연애
감정

연애 감정

2016년 11월 14일 초판 1쇄 발행

지은이 원재훈

펴낸이 정해종
출판신고 2016년 5월 20일 제406-2016-000066호
전화 031-955-9912, 9913
이메일 bakha@bakha.kr

펴낸곳 박하
주소 경기도 파주시 회동길 337-16 3층
팩스 031-955-9914
페이스북 bakhabooks

책임편집 김새미나, 이기웅, 이한아
경영지원 김현우, 강신우

마케팅 심규완, 김명래, 권금숙, 양봉호,
최의범, 임지윤, 조히라

© 원재훈 (저작권자와 맺은 특약에 따라 검인을 생략합니다)

ISBN 979-11-958230-7-9 (03810)

연애 감정

원재훈 장편소설

삶을 비극이라 여기는 순간, 우리는 비로소 삶을 시작한다.

W. B. 예이츠

차례

*

　육지의 끝이 어디라고 생각하는가? 아마 자네는 해변이라고 생
각할 거야. 하지만 이곳에서 살다 보니, 육지의 끝은 섬이라는 생각
이 드네. 섬은 육지의 마침표라는 생각 말이야. 육지에서 멀리 떨어
진 섬처럼 인간은 언젠가는 세상과의 인연에 마침표를 찍는 법이
지. 그걸 나는 적멸이라고 부르겠네. 그래, 자네가 생각한 대로 나는
지금 다른 세상을 마주하고 있다네. 막상 마주하고 있으니까 그리
무섭거나 허망하지도 않아. 바다 위에 떠 있는 구름처럼 말이야. 혹
은 바다 위에 떨어진 눈물처럼 한 생이 그토록 투명하게 맑아질 수
가 없네. 눈물 한 방울이 온 바다라는 생각을 하게 되었으니…. 여
생이 그리 허무하지는 않네.

마지막으로 우리가 광화문에서 만났을 때 내가 자네에게 이젠 떠나겠다고 하니, 날 보던 그 표정을 잊을 수가 없네. 자네는 마치 영혼의 얼굴을 보듯이 나를 바라보았지. 그리고 소년처럼 눈물을 몇 방울 흘리던 모습. 너무나 고맙고…. 자네와 같은 우정이 있으니 내가 얼마나 행복한 사람인지 이제야 알 것 같아. 그동안 정말 고마웠네. 가을바람이 차네. 지금 자네 곁에 있는 사람을 소중하게 여기면서 잘 지내게나.

**

그의 몸에는 허벅지부터 종아리까지 깊게 팬 흉터가 있었다. 오랜 세월이 흘렀지만 감정 변화가 클 때나 환절기가 되면 오래된 상처 부위에 간헐적으로 다시 통증이 찾아오곤 했다. 병원에 갈 생각은 하지 않았다. 그는 그 증상이 물리적인 것이 아닌 자신이 과거에 겪은 심각한 상황과 그로 인한 심리적인 상처 때문이라고 스스로 진단했다. 하지만 가끔 가을에서 겨울로 넘어가는 환절기에는 심각한 통증 때문에 정신이 산만해지면서 집중력이 떨어졌다.

그는 얼마 전 자신이 입주한 건물의 관리소장과의 실랑이가 새삼 마음에 걸렸다. 자신의 사무실인 502호에 찍힌 발자국 때문이었다. 502호는 그것이 도둑 발자국인 줄 알고 관리소장을 불러 항의했다. 관리소장은 평소에도 그를 이름 대신에 502호라고 부르면서 불친절하게 구는 노인이었다. 그는 사무실의 발자국이 503호의 전기배선 공사 때문에 인부들이 다니면서 찍은 것이라고 했다. 없어진 물건도 없는데 도둑 운운하면서 뭐 그렇게 요란하게 구느냐고 오히려 그에게 인상을 썼다. 502호는 불쾌한 기분이 들어 화를 내면서 그와 다투었다.

그런데 관리소장이 돌아간 뒤 진정을 하고 발자국을 자세히 보니 도둑 발자국이라 여겼던 것이 바로 자신의 발자국임을 알게 되었다. 타일에 기름기가 남아 있어 대걸레로 물청소를 했지만, 물기가 날아가면서 남아 있던 발자국 흔적이 드러났던 것이다. 502호는 그 사실을 깨닫고는 길게 한숨을 내쉬었다. 인생이 너무 각박하고, 뭔가에 쫓기는 기분이 들었기 때문이다. 그때 또 다리의 통증이 느껴졌다.

"아… 일단 커피라도 한 잔 마시자."

502호는 커피를 마시기 위해 커피 원두를 정성스럽게 갈기 시작했다. 직접 내려 마시는 드립 커피는 마음을 진정시켜준다. 전기 포트에서 끓어오른 뜨거운 물이 80도 정도의 온도로 내려가기를 기다리며 커피 필터에 원두 가루를 털어 넣었다. 원두 가루에 더운 물이 젖어들면서 부풀어 오르기를 기다렸다가, 황동 드립 포트를 들어 드립 서버에 정성을 다해 한 방울 두 방울 떨어뜨리며 조심스럽게 드립을 하기 시작했다. 드디어 한 잔의 커피를 완성하고 폴란드산 커피 잔에 따르자 기분이 조금 나아졌다. 그는 천천히 잔을 들었다.

제법 묵직한 커피 잔에 향기가 올라와 후각을 자극했다. 입안에 한 모금 머금으니 풍미가 향기롭다. 그는 며칠 전에 선물로 받은 지안니니 찻잔을 만지작거리고 있었다. 내일은 여기에 커피를 따라 마셔야겠다고 생각하다가 불현듯 여행 가방을 챙겨 들었다. 사무실의 공기가 답답해서 어디론가 훌쩍 떠나고 싶었다. 그는 주차장에 세워놓은 쏘렌토에 시동을 걸고 잠시 생각했다. '어디로 갈까?'

막상 길을 나섰지만 목적지가 생각나지 않는다. 차창을 여니 스산한 바람이 불어온다. 한기가 몰려와 차창을 올리고 히터를 틀었다. 가을이 가고 겨울이 오니 생각이 많아진다. 뜨거운 여름을 견디고 지나온 대가라고 할까? 이젠 자신에게 조금 휴식이 필요하지 않은가 하는 생각을 했다.

동물 생태학자인 그는 여름과 가을 내내 야생동물 도감 원고 작업을 하느라 온몸이 파김치가 되었다. 공교롭게도 한여름에 원고 마감이라니⋯. 그래도 잘 견디고 탈고를 했다. 마음이 가벼워지니 바람의 느낌이 다르다. 가끔은 바람이 인도하는 길로 달려도 좋을 것이다. 살면 얼마나 산다고⋯. 중년의 나이가 되어서가 아니다. 아주 젊은 시절부터 그는 미래나 희망이라는 단어를 의식하지 않고 살았다.

그는 일단 주차장에서 벗어나 도로로 접어들었다. 주차장 골목 길에서 대로로 빠져나오기 전에 우회전을 하려는데 일 톤 트럭이 요란한 경적 소리를 울리면서 휙 지나간다. 딴 생각을 하면서 운전하느라 달려오는 차를 보지 못했다. 급하게 브레이크를 밟고 천천히 도로로 진입하면서 쏜살같이 지나가는 트럭을 보고 생각했다. 짐승의 비명 소리와 같은 경적 소리를 듣는 순간 그는 '저 사람 어디를 저렇게 바쁘게 가는 걸까?'라고 중얼거리면서 페달을 꾹 눌러 밟았다.

"일단 저 차를 따라가 보자."

그는 트럭의 뒤를 일정한 간격을 두고 천천히 따라갔다. 트럭은 일산에서 서해안 고속도로를 거쳐 휴게실에서 한 번 멈추었다. 그는 천천히 그와 같이 행동했다. 의외로 재미있는 일이었다. 502호는 어린 시절부터 길거리에서 우연히 마주친 사람을 무작정 따라가는 버릇이 있었다. 내가 알 수 없는 사람이 지금 어디로 가고 있을까 하는 호기심 때문이었다.

어떤 여자는 집으로 갔고, 어떤 남자는 친구를 만났고, 어떤 노인은 은행에 가는 등 다 자신의 갈 길을 갔다. 하지만 고교 시절에 쫓아간 한 여자는 인상적이었다. 그녀는 미아리 공동묘지로 갔다. 가을이 깊어 떨어지는 나뭇잎들이 바람에 여기저기 굴러다니는 묘지에 한 아름다운 여성이 서 있었다. 그 여자는 시인 박인환의 묘지에 참배를 했다. 그녀가 묘지에 붉은 장미꽃을 놓고 다소곳이 묵념을 하는 모습이 선명하게 떠올랐다. 그 이후로 그는 미아리 공동묘지에 붉은 장미꽃을 들고 찾아가 시인의 묘지에 참배를 하곤 했다.

그런 버릇 때문인지 그는 대학을 졸업하고 문학에서 전공을 바꾸어 야생동물의 흔적을 쫓아다니는 동물 생태 연구에 몰두했다. 길거리에서 모르는 사람을 추적하던 버릇은 고라니, 토끼, 늑대와 같은 들짐승과 독수리, 부엉이, 까치와 같은 날짐승을 추적하는 연구에 큰 도움이 되었다.

그가 트럭을 쫓아가는 행위는 보복 운전을 하는 것이 아니라, 일종의 답사와도 같은 것이었다. 저토록 바쁘게 달려가는 트럭의 질주가 야생 포유류의 그것과 닮았다. 맹금류가 먹이를 발견하고 하강하는 속도는 전광석화다. 저 트럭도 아마 먹고살기 위해 어디론가 달려가고 있을 것이다. 거기가 어딜까? 여행에 목적지가 생겼다.

한나절을 달려 트럭이 도착한 곳은 서해의 바닷가 마을이었다. 가만히 마을을 살펴보니 수 년 전에도 다녀간 적이 있는 사찰이 눈에 띄었다. 골목길로 접어드는 트럭을 바라보면서 그는 한적한 사찰 주차장에 주차를 하고 차에서 내렸다. 바다가 한눈에 내려다보이는 사찰이었다. 그때 바닷가에서 중년의 남녀가 일정한 거리를 두고 산책하는 모습을 보았던 기억이 났다. 두 사람은 멀어졌다 가까워졌다 하기를 반복했다. 무척이나 외로워 보였던 그들은 지금 어디쯤 가고 있을까 하는 감상적인 생각이 들면서 마음이 차분해졌다. 502호는 사찰로 발걸음을 옮겼다.

그가 사찰의 일주문을 지나가고 있는데 일 톤 트럭이 다시 어디론가 달려가고 있었다. 먼 길을 달려와 일을 마치고 귀가하는 것일까. 트럭 운전사는 자신이 그를 여기로 데려왔다는 사실을 알지 못한 채 살아갈 것이다. 참으로 절묘한 것이 사람의 인연이다.

도로 위에서 만난 푸른 트럭은 무심하게 502호를 그의 인생에서 중요한 장소로 이끌고 왔다. 그는 수년 전에 월명 스님이라는 대학 선배의 안부를 묻기 위해서 이 절을 찾은 적이 있었다. 주지 스님이 말하기를 월명 스님은 이미 몇 달 전에 섬에 있는 암자로 자리를 옮겼다고 했다. 그곳이 어딘지는 알려주지 않았다. 수도승에게 속세의 인연은 번거로운 것이라면서. 어렵게 스님의 거처를 확인하러 왔지만 그는 떠나고 없었다. 월명 스님은 그의 인생에 중요한 사람이었다.

마른 스펀지에 낙수가 스며든 것처럼 사찰은 조용했다. 깨끗하게 청소된 대웅전 앞에 언제 떨어진 것인지 모를 마른 낙엽이 한두 장 굴러 다녔다. 사찰의 돌탑에 바람이 지나가는 소리가 들릴 정도로 적막했고, 주위에 인기척도 느껴지지 않았다. 그는 경내에 있는 돌확에 흐르는 물을 표주박으로 받아 한 모금 마시고 먼 바다를 바라보았다. 도서관에 진열된 책처럼 바다는 단정했다. 반짝거리는 파도의 잔물결은 사람들의 사연을 적어놓은 문장처럼 가지런했다. 그는 자리에서 일어나 주위에 있는 잔돌을 집어 멀리 던졌다. 길게 포물선을 그으면서 바다에 떨어진 돌멩이는 금세 그 흔적이 사라졌다.

"사람이 만나고 헤어지는 일이 바다에 떨어진 돌멩이 같은 거지요."

등 뒤에서 파도 소리처럼 사람의 목소리가 들렸다. 502호는 고개를 돌려 보았다. 주지 스님이 태양을 등지고 해맑은 미소로 그를 바라보고 있었다. 스님을 둘러싼 태양의 후광 때문에 눈이 부셨다.

"이번에도 누굴 찾으러 오셨나요?"

502호는 일어나 합장을 하고 대답했다. 오래전에 잠시 보았을 뿐인데 기억을 해주다니, 고마운 마음이 들었다.

"아, 아닙니다. 그냥 더 추워지기 전에 드라이브 삼아 여행을 하다가 우연히 들렀습니다. 올 가을에 중요한 일을 하나 끝내서…. 어디론가 가고 싶었는데 여기를 찾았네요."

"그래요. 보살님이 이 절과 인연이 있는 모양입니다. 그래, 바람이 찬데…. 차 한 잔 하시렵니까?"

"아이고, 이런…. 폐를 끼치는 것이 아닌지?"

"월명과 인연이 있는 분이니까 폐라고 할 것도 없지요. 그때 그냥 발길을 돌리는 뒷모습이 한동안 마음에 남아 있기도 했고요. 목마른 중생들에게 물 한 모금 떨어뜨려 주는 분이 바로 천수보살이십니다. 소승이 그 흉내를 조금 내려고요."

"정말 고맙습니다. 그럼…."

주지 스님이 대접해주는 차를 한 잔 마시고 이런저런 이야기를 나누었다. 간혹 달그락거리는 다기 소리가 두 사람 사이에 놓인 침묵을 지켜보았다. 주지 스님은 월명 스님에 대한 이야기를 하지 않았다. 502호도 더 이상 물어보지 않았다. 타인을 배려하는 데는 의외로 침묵이 큰 역할을 한다. 침묵이 영혼의 거리를 조절하면서 마음을 편하게 만들어주기 때문이다. 한여름에 관광객들이 다녀간 흔적이 아직도 백사장에 남아 있었다. 이런저런 생활 쓰레기들이 굴러다니는 것이 보였다. 그는 한동안 바다를 바라보았다. 그런 그의 모습을 보면서 주지 스님이 지나가는 말처럼 말했다.

"여기가 육지의 끝이라고 생각하는 사람들이 있지요. 해변이니까 말입니다. 하지만 육지의 끝은… 여기가 아니랍니다."

"아, 그래요. 그럼 육지의 끝은 어딘가요?"

"그건… 보살님이 곰곰이 생각해보세요. 과연 끝이라는 게 뭔지 말입니다. 육지의 끝, 바다의 끝, 인연의 끝, 이 세상의 끝은 어디에 있는지 말입니다. 육지의 끝은 바다의 끝이기도 하지요. 서로 연결되어 있고 윤회변전의 황무지입니다. 불가에서는 윤회를 인정하기 때문에 한 번 인연을 맺으면 끝이 없습니다. 그래서 부처의 큰 깨달음이 그 고통의 수레바퀴를 부숴버린 거지요. 고통의 뿌리인 집착을 하지 않으면 끝도 없고 시작도 없지요. 하물며… 땅을 디디며 사는 인간에게 육지의 끝이라니요. 그건 어디에 있는 걸까요?"

502호는 생각했다. 자신에게 질문을 하는 주지 스님이 부처의 현신처럼 느껴졌다. 그렇다면 그에게 경적을 울렸던 트럭 운전사는 큰 깨달음을 준 선사일 수도 있다. 단말마의 비명 소리 같은 외마디의 경적 소리 때문에 여기까지 찾아온 것이 아닌가?

그는 주지 스님의 말씀을 마음에 담고 사찰에서 내려왔다. 돌계단을 따라 이어진 해변을 걷다가 한동안 바다만 우두커니 바라보왔다. 머릿속으로는 육지의 끝이 어디인지 생각하고 있었다. 생각이 바람에 휘날리는 깃발처럼 요동쳤다. 일몰 무렵에 그는 해변에서 일어나 다시 서울로 돌아왔다. 그리고 사무실에 들어가 책상에 앉아 의자에 깊숙이 몸을 묻었다.

"아… 육지의 끝이라. 거기가… 어디란 말인가? 스님이 나에게 무슨 화두를 준 것인가?"

그때 요란하게 전화벨 소리가 울렸다. 깜짝 놀란 그는 오래전부터 기다리고 있었던 전화처럼 반사적으로 수화기를 들었다. 창밖에 앙상한 겨울나무에 매달려 있는 까치집으로 첫눈이 떨어지는 것이 보였다. 눈이 하나둘 떨어지더니 까치가 날아와 집 주변을 맴돌았다. 어두운 하늘에 눈이 점점 흩어져 내리고 있었다. 앙상한 겨울나무를 배경으로 새떼들이 멀리서 서쪽으로 날아가고 있었다.

혹시 오전에 다투었던 관리소장에게서 온 전화인가 싶어 502호는 수신 번호를 확인했지만 전혀 모르는 번호였다. 정체 모를 발신인은 한동안 말을 하지 않았다. 전화를 끊으려고 하는 순간에 잔기침 소리가 들려왔다. 기침 소리가 마치 안으로 잠긴 문을 두들기는 손기척처럼 들렸다. 이윽고 한 여자가 502호의 이름을 조심스럽게 불렀다.

"여보세요…. 저기… 전화 받으시는 분이… 서문… 선배 맞으세요?"

1 왼
쪽

엄지발가락

"아, 예. 제가 서문인데요. 누구신지요?"

내 이름을 확인하는 소리를 듣고 대답을 하긴 했지만, 도대체 짐작을 할 수 없는 여자의 목소리다. 발신자는 잠시 뜸을 들이면서 망설이더니 자신의 이름을 말했다.

"저 나영이에요. 황보나영. 제 이름 기억나세요?"

"나영…? 황보나영. 나영이라고?"

나는 같은 이름을 세 번이나 반복해서 부르면서 상대방을 재차 확인했다. 그러자 그녀는 가볍게 웃으면서 아직도 이름을 기억하고 있어서 고맙다고 했다. 이제는 기억에서 멀어진 여인이 내 이름을 부르는 소리를 듣고, 그 소리에 응답하자 책상 위에 거울이 눈에 보였다. 사무실 책상 위에 있는 작은 거울로 오랜만에 내 얼굴을 보았다. 수염이 자란 얼굴이 초췌했다. 뭔가에 쫓기는 것 같은 불안한 눈동자가 흔들리고 있다가 반짝 빛났다.

그래, 나는 천보 플라자 건물의 502호 사무실을 쓰고 있는 서문이다. 그녀가 나의 이름을 불러주었다. 정신이 번쩍 들었다. 황보나영이라니…. 왼손에 들었던 스마트폰을 오른손으로 옮기는 동안 그녀의 가벼운 웃음소리가 멀어졌다 가까워졌다. 도대체 이게 얼마만인가 싶었다. 동시에 알 수 없는 불안한 마음도 들었다. 우리는 마치 복잡한 광화문 사거리에서 우연히 마주쳐, 지나간 시간 동안 변해버린 서로의 모습을 확인하려는 듯이 한동안 말을 하지 못했다. 수화기 속에서 화이트 노이즈가 흐르고 있었다. 긴 강물 같았다. 강물에 돌을 던지듯, 그녀가 먼저 말을 했다.

"우리 학교 졸업하고 저 결혼할 때 오셨으니까 둘이 이렇게 통화하는 거, 거의 삼십 년이 다 되어가네요."

"그래, 그래. 그렇게 됐구나. 삼십 년이나 지났다. 그런데 지나간 세월은 참 가벼운 깃털 같구나. 그래 그동안 잘 지냈니?"

"아이, 글쎄요. 잘 지내는지…."

나는 자연스럽게 존댓말을 버렸다. 아무리 세월이 흘러도 그런 관계가 있는 법이다. 하지만 편한 후배라도 삼십 년 가까운 세월이 지난 뒤에 단번에 "잘 지내지?"라고 묻는 것은 경솔한 질문이었다. 그 말은 '잘 지냈으면 좋겠다.'라거나, 혹은 그냥 지나치는 말일 뿐이다. 살면서 그런 말들이 얼마나 의미가 없는 것인지 잘 알고 있었다. 하지만 뭐라 할 말이 딱히 생각나지 않았다. 느닷없이 오늘 날씨가 좋다고 할 수도 없는 일이다.

그녀의 남편이기도 한 친구 역시 십 년 전부터인가는 만난 적이 없다. 한 시절 그와는 친형제처럼 지내던 사이였는데, 어느 순간 가깝게 지내던 사람들이 멀어진다. 그녀가 결혼한 후에도 한동안 그 집에 다니곤 했지만 두 사람이 이혼을 하고 나서부터는 연락이 단절되었다. 그 세월을 "잘 지내지?"라고 물어본다는 것은 얼마나 우스꽝스러운 질문인가. 하지만 대부분 그런 식으로 살고 있다. 그녀는 '그냥 잘 지낸다.'라고 대답하지 않는 것으로 보아 단순한 안부 전화가 아니라 어떤 용건이 있다는 생각이 들었다.

"미안하다. 너무 오랜만이라서 뭐라 인사를 건네야 할지 몰랐네. 그래 웬일이야. 이렇게 전화를 다 주고. 나 깜짝 놀랐다."

그녀가 말했다.

"그럴 만도 하지요. 그런데… 오빠 혹시 기억나세요. 백사장에 찍힌 새 발자국을 보고 걸어가다가 갑자기 오빠가 늑대 발자국을 발견했다고 흥분하면서 뛰어갔던 그 섬 말이에요. 제가 섬에 무슨 늑대가 있느냐고 하니까, 오빠는 그것이 늑대 발자국이라고 억지를 부렸잖아요. 그 섬 이름이 기억나세요?"

오랜 시간이 지났지만 선명하게 섬이 떠올랐다.

"아, 바다 늑대 사건 말이지. 하하하. 그래 기억난다. 넌 새를 좋

아했지 아마. 새 발자국을 보고 있던 모습이 생각난다. 난 바다에
늑대가 산다고 억지를 부렸고."

"그래요. 바다 늑대. 오빠가 섬에 늑대가 산다고. 그건 바다 늑대
라고 했잖아요. 바다에서 살다가 가끔 육지로 올라오는 늑대라고
말도 안 되는 소리를 하면서 카메라를 들고 백사장에서 바다를 바
라보곤 했잖아요. 기억나지요. 그 섬이 이름이 뭔지 궁금해서요."

"그래, 그 섬⋯. 군산에서 배 타고 한참을 들어가는 서해의 끝자
락에 있던 섬이지. 격렬비열도 근처에 있는 아름다운 섬. 알지, 그
래. 그 섬 이름이 어청도야."

"아, 그래요. 어청도. 격렬비열도는 기억이 나는데 그 쉬운 섬 이
름이 잘 기억이 나질 않아서. 요즘은 꼭 기억하고 싶은 게 잘 생각나
지 않아요. 오빠도 그런 적 있어요?"

"맞아, 그럴 때 있어⋯. 그나저나 야, 정말 오래전 이야기다. 아직
도 선명해. 그 섬은 내가 좋아하는 섬이야. 등대가 좋아서 말이야.
그 등대에 관한 글도 쓰고 그랬어. 아, 그런데 그것도 십 년은 더 된
이야기네. 그래도 섬은 그 자리에 있겠지?"

"그래요. 그 글은 제가 봤어요.《등대 기행》이라는 환경 관련 에
이집을 냈지요. 그때 본 것 같아요. 등대는 섬의 영혼을 빛나게 하는
보석이라고 했지요. 사람들도 그런 등대를 하나씩 가지고 있다고, 아
마도, 그런 문장이었던 것 같아요. 등대의 영원성에 대한. 전 '등대'
하면 아직도 버지니아 울프와 '등대'라는 단어가 있는 박인환의 시

가 생각나곤 해요. 우습죠."

"무슨 소리를 하고 그래. 박인환의 시가 어때서. 시가 대중적인 사랑을 받는다는 건 매우 중요한 덕목이기도 하잖아. 박인환은 등대란 감상적이면서 이성적인 통찰이 빛나는 존재라고 생각하는 거지. 사물의 이중성이 사람들의 마음을 풍부하게 하잖아. 가장 철학적이고 어려운 내용이 실은 단순한 아이의 문장 같기도 한 법이니까 말이야. 아이고, 내가 뭐하는 거냐. 아직도 널 어린 후배로 생각하는 것 같다. 우리 대학 시절에는 이런 이야기를 많이 나누었는데 말이야. 지금까지도 그러네. 내가 뭘 안다고… 미안하다. 그런 그렇고. 사람은 사라져도 바다와 등대는 항상 그 자리에 있지. 그런데 왜 그 섬 이름이 궁금해서 전화한 거야? 갑자기 그 섬이 생각나서?"

몇 마디를 나누지 않았지만 그녀의 존재감이 확실하게 드러났다. 그만큼 그녀는 나에게 가까운 사람이었다. 어쩌다가 이런 안부 전화를 하는 사이로 변해버렸을까? 그녀 역시 그런 생각을 하는지 조금 뜸을 들였다가 말했다.

"아니요. 사실 그 섬의 이름을 알고 있어요. 그래도 한 번 물어보고 싶네요. 왜 그런 건지. 내가 그 섬을 알고 있다는, 그걸 알고 싶어서. 그 섬에 찍혀 있던 새 발자국도 궁금하고. 아직도 새들은 섬으로 날아가고 있을 거예요. 여전히 그 섬에는 새가 많이 날아올까요. 갑자기 전화해서 섬이니 새니 하니까, 좀 싱겁지."

그녀도 마지막 말에서는 존칭을 버린다. 우린 그런 사이였다. 나는 그녀의 반말에 안도감을 느꼈다. 그러자 자연스럽게 떠오르는 그녀의 기억이 있었다.

"왼쪽 엄지발가락은 아직도 만지면 아프니?"

내가 발톱 이야기를 꺼내자 그녀는 깜짝 놀란다.

"어머. 그걸… 내 발가락을 아직도 기억해요?"

"발톱이 살을 파고들어서 살짝 건드려도 아프다고 했잖아? 알아 두세요. 내 왼쪽 엄지발가락은 만지면 아프다는 걸. 그런 말도 했잖아. 그래서 내가 새 발톱이냐고 놀리기도 했고 말이야."

그녀는 낮게 웃으면서 말했다.

"그래요. 그건 여전해요."

"그럼 변한 게 별로 없네."

"아니요. 많이 변했어요. 사소한 고통만 변하지 않았지, 얼굴이며 몸이며… 나머지는 거의 남아 있는 게 없어요."

"그렇구나…. 하긴 세월은 백사장에 파도 같은 것이지."

백사장에 찍혀 있는 새 발자국을 유심히 바라보던 그녀의 옆모습이 기억났다. 정말 천사처럼 아름다운 얼굴이었다. 서해의 일몰이 그녀의 얼굴을 비추어주었다. 얼굴에 붉은 빛이 감돌았다. 바다를 향해 빛을 밝히는 작은 등대 같았다.

"그리고 오빠, 궁금한 게 하나 더 있는데?"

대화를 나누는 도중에 그녀는 무엇이 궁금해서 삼십 년만에 전화를 한 것일까 싶었다. 그리고 나는 아직도 그녀를 가볍게 대하고 있다는 생각이 들었다. 그녀는 이제 대학생이 아니다. 중년, 아니 어쩌면 폐경이 지난 여성일 수도 있으리라. 갑작스러운 도둑 발자국 사건으로 정신이 없었던 차에 갑자기 들려온 그녀의 목소리에 점점 마음이 들뜬다. 이 기분은 무엇일까? 창밖에 내리던 눈이 풍성해진다. 지금 밖으로 나가 걸으면 내 발자국이 어디를 향하게 될지 궁금했다. 요즘은 딱히 갈 곳이 없었다. 그녀가 말했다.

"그런데 말이에요. 우리가 거기에 왜 간 거지요?"

"어. 그래…. 우리가 거기에 왜 갔지? 둘이서 여행을 간 거지. 그때 우린 젊었잖아."

"그래요. 우린 젊었지요. 그런데 두 젊은이가 거기에 도대체 왜 간 거예요. 딴 사람도 아닌 오빠와 제가 거기에 간 이유가 있을 것 같아요. 아, 제 말은 그러니까… 이젠 감정이 자꾸 사라져서 말이지요. 어디를 가고 싶다든지, 누굴 만나고 싶다든지, 뭘 하고 싶다든지 하는… 뭐 그런 감정들이 자꾸 메말라서 옷을 벗고 점점 뜨거운 사막으로 걸어가는 것 같아요. 사막의 어느 곳에서 타죽어버릴 것 같은 기분이 드는 거예요. 그런데 갑자기 그때 생각이 나는 거예요. 그때 오빠와 함께 갔던 그 섬."

그녀의 이야기를 들으면서 나는 잠시 착각을 했다. 바로 어제 우리가 만난 것처럼 그녀는 자연스럽게 이야기를 했고, 나 역시 자연스럽게 대답했다. 하지만 무거운 주제다. 복잡하고 원시적인 인간의 감정에 대한 이야기는 말이다. 나는 말을 돌리고 싶었다.

"그때가 너 2학년 때였나? 내가 졸업을 앞두고 있었으니까?"

그녀의 목소리가 어두워졌다.

"신입생이었어요. 스무 살이었어요. 스무 살. 그리고 정말 물어보고 싶은 게 있어요. 오빠, 왜 날 버린 거예요. 도대체 왜 날 버린 거예요."

일상적인 이야기로 말을 돌리려던 나의 의도는 산산조각이 났다. 그녀의 사나운 목소리를 듣고 의자에서 벌떡 일어났다. 그녀의 목소리가 갑작스럽게 날카로운 말투로 바뀌었다. 당황스러웠다. 사과를 깎다가 칼에 손가락이 벤 것처럼 마음 한구석이 아려왔다.

"나영아. 글쎄 좀 당황스럽구나. 그건 네가 오해한 거야."

당황한 나의 목소리를 듣고 그녀가 잠시 숨을 고르면서 말했다.

"어머, 미안해요 오빠. 이건 아니다. 미안해요. 유치하게 이게 뭐야. 다 늙어서…."

"아니, 그게 말이야. 내 말은…."

"정말 다행이에요. 아, 그리고 고마워요. 아직 감정이… 다 소진해 버렸다고 생각한 감정이… 내 마음에 조금은 남아 있네. 오빠가 기억하는… 내 왼쪽 엄지발가락처럼 말이에요."

나는 그날 깨달았다. 세월에는 자로 잴 수 있는 멀고 가까운 거리가 없다. 그것은 타인의 왼쪽 엄지발가락 발톱처럼 사소하기도 하고, 바다 위에 떠 있는 섬과 같다는 것을. 어떤 사람들은 문득 그런 세월의 섬을 발견하곤 한다. 심해에 숨어 있던 고래가 바다 위로 치솟아 오른 것처럼 혹은 왼쪽 엄지발가락의 통증처럼 아주 잊고 지냈던 기억들이 파도 위로 떠오른다.

갑자기 그녀가 보고 싶어졌다. 내가 뭔가 할 말이 있어 저기, 저기 하는 사이에 그녀는 아직 감정이 남아 있다는 말을 남기고 전화를 끊었다. 그것이 어떤 감정이냐고 물어볼 참이었다. 전화기를 통해 다가온 그녀가 신기루처럼 순식간에 사라졌다.

사방이 조용하다. 그녀와의 통화가 끝나자 우주의 진공상태로 빨려 들어간 것처럼 너무 조용하다. 나는 스마트폰을 들고 사무실 바닥을 바라보았다. 아직도 내 발자국이 선명하게 남아 있다. 그녀의 전화번호도 스마트폰에 고스란히 남아 있었다. 이 숫자는 백사장에 찍혀 있는 새 발자국 같은 것이었다. 어찌 생각하면 파도가 밀려오면 부질없이 지워지는 그런 추억 속의 사람일 뿐이었다. 그런 그녀가 갑자기 전화를 해서 내 가슴에 흔적을 남겼다. 사무실 바닥에 찍혀 있는 발자국 따위는 아무것도 아니었다.

자신의 발자국을 보고 도둑 발자국으로 여긴 일은, 지금까지 내가 어떻게 살아왔는지를 잘 보여주는 일종의 사건이었다. 지난 수년 간 한 번도 내 삶을 돌아본 적이 없었다. 꼬리에 불이 붙은 쥐처럼, 매사에 너무 서둘렀다. 어쩌면 하루하루가 마지막 날이라는 절박한 생각이 들었기 때문이었다.

그때 전화를 통하여 다시 나타난 삼십 년 전의 여자. 대학 학과 후배이기도 한 황보나영이라는 여자. 혼란스럽다. 혹시 그녀에게 무슨 일이 일어나고 있는 것은 아닐까? 설령 그렇다고 한들 내가 지금에 와서 어떤 역할을 할 수 있을까? 나 역시 병들고 지친 몸이다. 이런 상태로 타인에게 어떻게 다가갈 수 있단 말인가?

　나는 다시 대걸레를 들고 사무실 바닥에 남아 있는 발자국을 지우기 시작했다. 이번에는 발자국이 남지 않게 안쪽에서부터 문 쪽으로 정성껏 문질러 닦았다. 걸레질을 하는 방향에 따라 발자국이 남기도 하고 지워지기도 한다. 생각의 방향도 이러하리라. 그녀에 대한 생각만큼은 잘 하고 싶었다. 그래, 어디로 가기 위해서는 당연히 방향이 중요하다. 몸을 움직여 걸레질을 하니 이것도 노동이라고 조금 힘이 들고 마음이 차분해진다.

2 오빠

그녀의 전화번호를 묵묵히 내려다보다가 긴 한숨을 내쉬었다. 책상 위에 올려놓았던 커피 잔에 손이 갔지만, 이미 식어버려서 다시 내려놓았다. 아무리 정성을 들여도 커피와 사랑은 금방 식는 법이다. 이미 식어버렸다고 생각한 가슴이 왜 이렇게 더워지는 건가? 손으로 턱을 괴고 창밖을 내다본다. 그녀는 미풍에 흔들리는 민들레 같은 여자로 기억에 남아 있다. 가만히 생각해보니 그녀는 조금 전의 통화에서 나를 아직도 오빠라고 불렀다. 오빠라고 부르는데 전혀 어색하지 않았다. 내가 대학 시절을 보냈던 1980년대에는 여학생들이 남자 선배를 부를 때 '형'이라는 호칭을 주로 사용했다.

'아직도 오빠라니 그 녀석은 참… 여전하군.'

그것 때문이었을까. 그 시절에 그녀와 함께 했던 감정이 조금씩 되살아났다. 이제는 이성에 대한 순수한 감정이 모조리 사라졌다고 생각했다. 남아 있는 것은 순간적인 욕망뿐이다. 그런데 그것은 내 가슴속 어딘가에 숨어 있었던 것일까? 눈은 여전히 내리고 있다.

창문에 부딪쳐 떨어지는 가벼운 눈송이를 향해 손바닥을 대본다. '오빠라….' 중얼거리면서 오디오의 전원을 켜고 슈베르트의 가곡을 골라 턴테이블에 올렸다. 귀에 익숙한 피아노 연주가 흘러나오고 바리톤의 음성이 바람처럼 휘몰아친다. 담배를 하나 뽑아 들고 길게 빨아들인다. 담배 연기가 사무실에 퍼져나가 구름처럼 둥둥 떠다니고 있었다. 연기가 너울거리는 파도처럼 보였다. 사무실은 바다처럼 조용했다.

의자에서 일어나 책장 옆에 세워놓은 전신 거울 앞에 섰다. 가만히 보니 거울 속에 순수했던 청년의 모습이 얼비쳤다. 수염으로 꺼칠한 뺨을 손으로 만지면서 희미하게 웃었다. 그 녀석을 처음 만났던 때가 언제였는지…. 뭐든 뒤죽박죽이었던 대학 시절 복학을 하기 위해 찾아간 학과 사무실에서 그녀를 만났던 것 같다. 아마도 그랬을 것이다. 그 생각을 하니 갑자기 헛웃음이 나려고 한다.

유리창 밖으로 겨울바람이 매섭게 불고 있다. 가로수 나무에 커다란 까치집이 바람에 흔들린다. 까치는 어디로 갔는지 보이지 않는다. 가끔 가느다란 우듬지에 앉아 외로운 장군처럼 사방을 둘러

보던 녀석이다. 마치 수탉처럼 커다란 까치는 책상에서 바로 마주 보인다. 온종일 집필을 하고 있을 때, 창공에서 까치가 날아오면 반가운 마음이 들었고, 특히 나무의 우듬지에 아슬아슬하게 앉아 중심을 잡고 있는 까치의 모습이 철학자처럼 보이기도 했다. 니체 나 쇼펜하우어 같다고나 할까. 이제는 친구처럼 다정하게 느껴진 다. 까치를 찾던 시선을 아래로 내려 도로 위를 달리는 자동차를 바라보았다. 다들 어디론가 부지런히 달리고 있다. 항상 이러한 일 상의 반복이었는데 나영의 전화는 느닷없는 것이었다. 갑자기 다 가온 일이라 잠시 꿈을 꾼 것 같다.

그녀와 나눈 대화 역시 톡 쏘는 사이다처럼 신선했다. 간혹 후배 들이 전화를 걸어 도움을 요청하거나 나에겐 필요 없는 물건을 사 달라고는 했다. 한번은 어떤 후배가 갑자기 전화를 걸어서 지금 자 신이 길거리로 나앉게 되었다며 돈을 빌려달라고 했다. 전화를 받 고 화가 나서 내가 왜 너에게 돈을 주어야 되냐고 냉정하게 거절했 다. 갑자기 걸려온 전화는 대부분 돈 이야기다. 하지만 그녀는 섬 이름을 물어보았다.

그녀는 문득 바다, 섬, 새, 호랑이 그리고 감정과 이별에 대한 이 야기를 하곤 연기처럼 사라졌다. 이건 잠시 졸다가 꿈을 꾼 것이라 는 생각도 했지만, 스마트폰에 새 발자국처럼 남겨진 그녀의 전화 번호가 선명했다. 나영의 전화번호를 소리 내서 불러보았다. 그리 고 전화번호를 저장했다. 그녀의 이름을 입력하고 나서, 그녀가 누구에게 자신의 연락처를 물었는지 궁금해졌다.

곰곰이 생각하다가 동창 김종혁에게 전화를 걸었다. 그는 신문사에 근무하고 있는 기자였다. 나의 오래된 친구이자 동창들의 소식통이기도 했다. 그에게 조금 전에 나영에게서 전화가 왔다고 하자, 친구는 한숨을 쉬더니 말했다.

"그래, 나영하고 통화했구나. 잘 했다. 사실 내가 전화번호 가르쳐줬다. 음. 이거 참 곤란하네. 나영이 요즘에 좀 안 좋아. 그래서 뭐 이런저런 생각이 나는 모양이야. 너하고는 살짝 연애 같은 거 하지 않았나."

창문을 열었다. 찬바람이 휙 몰아쳐 들어와 탁자 위의 메모지 몇 장을 날려버린다.

"글쎄. 하지만… 삼십 년이 지났는데 새삼스럽게 다시 이야기할 만한 일은 아닌 것 같기도 하고. 그녀가 어디 아픈 건가?"

"뭐 아는 사람은 알고 있으니까, 숨길 것도 없겠다. 사실은 암이라고 하던데, 다행히 초기라고 하더라. 요즘은 의술이 발달했으니까 완치도 가능할 거야. 하지만 갑자기 몸이 무너지니까 이런저런 생각에 기운이 많이 빠지는 모양이지. 뭐, 우리가 지금 그런 나이 아니냐. 생각해보면 정말 안됐어."

문득 그녀의 전 남편 생각이 났다.

"그래, 민은? 두 사람의 성격이 독특해서 잘 어울린다고 생각했는데 말이야. 어쩌다가 이혼을 하게 된 거야."

"아, 민이. 그 새끼는 잘 살고 있지 뭐. 얼마 전에 회사 근처에서 우연히 봤는데. 외제차 타고 다니더라. 어쩌다가는 뭐, 여자 바꾸고 팔자 바꾼 거지. 가끔 신문에 난 얼굴도 좋고 여전히 대학 교수이자 평론가로 잘나가는 모양이야. 아이 그 개새끼, 나 학교 다닐 때부터 그 새끼 맘에 안 들었어. 너하곤 잘 지냈지. 요즘엔 연락하냐?"

두 사람이 대학 시절부터 앙숙인 것을 생각하고는 피식 웃었다. 아직까지도 저런 모양이다. 나이가 들어도 두 사람의 관계는 전혀 회복되지 않았다. 아니 더 깊은 골이 팬 모양이었다. 좌우로 나뉜 우리나라 정치 지형과도 닮은 친구들이었다. 종혁은 내가 그와 친하다는 것조차 불만으로 여겼다. 나는 말했다.

"아니, 나도 본 지 오래됐어. 뭐 사정이 있겠지. 사람들 일을 어떻게 알 수 있나. 그래 무슨 사정이 있었을 거야. 너무 바쁘게 사니까 말이야. 재혼한 여자가 그 대학 이사장의 딸이라는 이야기는 들었어. 그런 정황들이 이런저런 이야기를 만들어내고 그 녀석을 욕하게 만드는 거지. 이 고단한 삶을 살면서 누군들 안 그런가. 다른 사람 욕하지 말자."

"그래. 하긴 그렇다. 자기 인생 자기가 사는 거지 뭐. 남 욕해서 뭐하냐. 하여간 남궁민 그 새끼는 잘 모르겠어. 나하곤 사이가 좋지 않아. 학교 다닐 때부터 말이야. 그 녀석의 태도가 마음에 안 들더라고."

"그래, 나도 잘 알고 있어. 너하고는 좀 그랬지. 나는 잘 지냈는데 말이야. 그래도 두 사람 사이에 딸이 하나 있다고 하던데 서로 근황 정도는 알고 있지 않을까?"

"야, 이혼하면 남이야. 그리고 그 녀석이 그런 신경이나 쓰겠냐."

갑자기 나는 그녀에 대해 궁금한 것이 많아졌다. 종혁은 기자답게 알고 있는 사실만 잘 간추려서 전해주었다. 종혁은 졸업 후에도 꾸준하게 동창회 활동을 하면서 선후배들의 근황을 비교적 잘 알고 있었다. 지금은 신문사 논설위원으로, 간혹 대기자답게 출판과 종교 분야 취재 기사도 쓰곤 했다.

책상에 스마트폰을 내려놓고 두 손으로 얼굴을 감쌌다. 눈앞에 그녀의 번호가 있는데도, 쉽게 전화를 걸 수가 없었다. 그녀에게 전화를 하고 싶었지만 막상 통화를 하면 내가 왜 전화를 했고, 어떤 이야기를 어떻게 해야 될지 가늠이 되질 않았다. 아무리 반가워도 지나간 세월이 너무 오래되었다. 멀리서 파도 소리와 새소리가 들려오기 시작했다. 길게 탄식의 소리를 내면서 고개를 숙였다. 그리고 생각했다. 내가 어떻게 그녀를 만났고, 어떻게 이별을 했는지. 아직 사랑에 대한 감정이 남아 있을 때 기억도 나는 법이라고. 그런데 지나간 여자에 대한 추억이 지금 나에게 무슨 소용이 있단 말인가. 나는 혼란스러웠다.

3 가
　위
　눌림

　인간이 타고난 가장 원시적인 감정은 공포다. 진화생물학자들은 인간에게 공포가 없었다면 인류는 멸종했을 것이라고 주장했다. 태고 적부터 지금까지 사람들은 공포에 대해 가장 민감하게 반응하고 그 힘으로 살아가는 것이다. 대학 시절을 생각하자 가위눌림을 당한 기억이 제일 먼저 떠올랐다. 꿈이었는지 생시였는지 사실 지금도 판단하기 어렵다. 선배의 하숙집 골방에서 한밤중에 길게 머리를 풀어헤친 채 나를 내려다보고 있던 처녀 귀신이 생각났다. 그 방은 그날 밤에 마신 소주병이 뒹굴어 다니는 비좁은 공간이었다.

　한밤중에 갈증이 나서 어둠 속에서 문득 눈을 떴을 때 그녀가 머리맡에 있었고, 그 순간부터 온몸을 밧줄로 감아놓은 듯 꼼짝할 수가 없었다. 얼마나 무서웠던지 목소리도 나오지 않았다. 좀비처럼 어어 하고 온몸에 식은땀을 흘리면서 몸부림을 치다가 다음날이 되었다.

그것은 다만 희미한 형상이었다. 내 몸에 누군가 대검을 박아 살을 갈라낼 때와는 다른 느낌이었다. 그것은 통증이었다. 하지만 처녀 귀신은 적어도 내 신체를 조금도 훼손하지 않고 나를 꼼짝 못하게 했다. 강박관념이 만들어낸 가상의 존재일 수도 있었다. 그때 느꼈던 공포감이 살고자 하는 젊은 에너지를 분출시키는 원동력이 되기도 했다. 지금은 귀신 따위 겁나지 않다.

그때 본 귀신의 얼굴은 그늘져 있어서 정확하게 기억나지 않았다. 누군지 알 것 같기도 하고, 모르는 사람인 것 같기도 한 묘한 얼굴이었다. 하필이면 대학 신입생 시절에, 그것도 아름다운 봄날에 왜 그런 일이 일어났는지 도대체 알 수 없는 일이었다. 세월이 지나 되돌아보니 따뜻한 봄날의 신기루가 만들어낸 추억처럼 여겨지기도 한다. 그 신기루가 귀신이라는 터무니없는 일일지라도 적어도 내게는 특별한 순간이었다.

다음 날에는 더 소름끼치는 일이 벌어졌다. 귀신이 보였던 골방 뒤편으로 아직 정리되지 않은 묏자리가 있었던 것이다. 군데군데 흙을 퍼 올린 흔적이 남아 있는 직사각형의 구덩이는 아직 수습도 다 하지 않았다. 얼마 전에 이곳에서 이관을 했다는 이야기를 듣고 더 이상 그 집에 머물러 있을 수가 없었다. 동네 사람들이 그 자리에 젊은 처녀가 묻혔는데 가엾다면서 혀를 차는 모습이 귀신보다도 무서웠다. 그렇다면 밤에 나타난 영혼이 그녀라는 말인가 싶었다. 그런 일이 가능한 것인가.

마침 남해로 여행을 떠나 방을 빌려준 선배는 내 이야기를 들으면서 껄껄 웃었다. 사내놈이 그 정도 가지고 뭐 호들갑이냐고 한 뒤에, 자신은 그 방에서 그냥 견디면서 있을 만하다고 했다. 선배는 대학 4학년이었다. 그 젊은 나이에 대단한 사람이었다. 선배의 말에 의하면 당시 부동산 시세에 비해 그 방은 싸고 넓었다. 시세에 비해 터무니없이 싼 가격에는 이유가 있는 법이다. 다들 쉬쉬하고는 있었지만 그 집은 동네의 흉가였다. 흉가는 사람이 살지 못하는 집이 아닌가? 내가 걱정스러운 표정으로 말하자, 선배가 대답했다.

"세상에 귀신이 못 사는 집은 있어도, 사람이 못 사는 곳은 없다. 공포감, 그건 상대적인 것이야. 흉가라고는 하지만 막상 지내보면 살 만해. 귀신하고 같이 사는 거지 뭐. 세상에 어딘들 귀신이 없겠냐. 다만 보이지 않을 따름이지. 그래도 이 집에 사는 사람들은 해가 지면 문 앞에서 모였다가 들어오곤 하지. 사실 매일 밤 시달리는 것도 아니고 말이야. 한밤중에 우두커니 서 있는 그녀를 물끄러미 바라보기도 하니까. 이것도 반복되니까 궁금한 생각까지 들더군. 그래도 다행이라고나 할까. 그녀가 기괴한 울음소리를 낸다든지 우리를 해치는 행동은 하지 않으니까. 그냥 우두커니 있다가 사라지더라고. 우리 사는 세상처럼 저 세상도 살기 힘들어 가난한 영혼이 이 집에 같이 세 들어 사는 거지. 조금 특별한 존재라는 생각이 들기도 한단 말이야. 사실 내가 먼저 말을 건 적도 있어."

나는 화들짝 놀라 물었다.

"아니, 귀신에게 무슨 말을 물어요?"

선배가 내 어깨에 손을 얹으면서 대답했다.

"당신의 이름이 뭐냐고 했지."

"그랬더니요?"

"그냥 또 사라지더라고. 그런데 너에게 나타난 걸 보니까 무슨 할 말이 있는 게 아닌가 싶어."

"저한테요?"

"말하자면 그렇다는 이야기지. 잊어버려. 별일 아니겠지."

"아이 참, 지금 저 놀리시는 거죠. 그건 그냥 가위눌림이라는 생각이 들어요. 요즘에 너무 술을 마시고 놀아서인지 온몸에 기운이 없어서 말이지요. 탈진한 상태에서 나타나는 일종의 허상이 아닌가 싶고."

선배는 잠시 생각을 하더니 말했다.

"그렇게 생각하면 더 좋고."

"그래요. 그건 가위눌림이죠. 세상에 귀신은 무슨…."

그러곤 그 일은 금방 잊었다. 간혹 친구들과 잡담을 하다가 귀신에 대해서 몇 번 이야기한 적은 있지만 그 누구도 심각하게 그 일을 받아들이지 않았다.

하지만 이해할 수 없는 일이 있었다. 그 후로 십여 년의 세월이 흐른 후, 전라남도 광주에서 중학교 교사를 하고 있는 그 선배에게 흉가에 대한 이야기를 하자 무슨 소리를 하느냐면서 정색을 하고 반문을 했다.

"너 무슨 소리하는 거야? 귀신은 뭐고, 흉가는 뭐야."

"선배 대학 시절에 제가 선배 방에서 자다가 본 그 귀신 말이에요."

"귀신이라니 무슨 소리야. 야, 정신 차려."

"에이, 왜 이러세요. 방 뒤에 이관을 한 젊은 여자의 무덤 자리가 있었잖아요."

"이 녀석 참, 왜 익은 밥 먹고 쉰 소리를 하는 거냐. 왜 그런 터무니없는 소리를 하는 거야. 시끄럽다."

선배는 완전히 그 일에 대한 기억이 없는 사람처럼 굴었다. 말투와 표정을 보아하니 거짓이 아닌 것처럼 보였다. 그의 태도에 당황한 나는 정작 내 기억을 의심하기 시작했고, 이후에 그 일은 내가 잠시 착각을 한 것으로 치부해버렸다. 별로 중요한 일이 아니었기 때문이다. 그런데 그런 일이 있을 수 있을까?

흰머리가 올라오기 시작하는 머리카락을 보면서 지금은 생각이 달라졌다. 가만히 생각해보니 터무니없는 공포심만 없었다면 자신의 눈앞에 있는 영혼에게 조금 더 다가갈 수 있지 않았을까. 그녀에게 왜 나의 머리맡에서 나를 내려다보고 있느냐고 말 한마디라도 건넬 수 있었다면 대답을 들을 수도 있었을 것이다. 하지만 공포심 때문에 냉동 인간처럼 굴었다. 그것이 문제가 아닌가. 왠지 슬픈 사연이 있는 것 같은 그녀의 하얀 모습을 떠올리자, 비로소 청춘의 열린 문으로 한 발을 디딘 느낌이 들었다. 그곳은 초원이 펼쳐져 있는 광활한 대지와 같은 곳이었다. 스스로 빛나는 청춘의 공간이었다.

모든 대상은 환영처럼 잠시 스쳐 지나가는 존재다. 다만 그 대상에게 느끼는 감정이 다를 따름이었다. 사랑이라는 감정과 공포라는 두 극단적인 감정에 따라 그 존재의 의미가 달라진다. 그것이 실체인지 환상인지는 별로 중요하지 않았다. 영혼이 지나간 자리는 짐승과는 달리 흔적이 없기 때문이다. 귀신이 지나간 자리나 사랑했던 여인이 지나간 추억의 자리는 흔적이 없다. 사냥꾼을 피해 숲속으로 달아난 동물의 발자국이 없다. 다만 고통과 쾌락, 그리움과 간절함 같은 감정만 남아 있고, 그것도 특별한 사람에게만 겨우 남아 있다. 기억의 흔적은 바로 감정이다. 그중에서 연애 감정은 오랫동안 지워지지 않는다. 그것은 발자국이 아니라 나무나 돌에 새겨진 흔적이나 화석처럼 남아 있다.

서재의 서랍에서 서류 봉투에 정리되어 있는 동물들의 발자국을 살펴보았다. 생쥐, 다람쥐, 토끼, 여우, 늑대, 너구리, 멧돼지, 오리, 꿩…. 길 위에 찍혀 있는 발자국을 쫓아가면 그 발자국의 주인을 만날 수 있다. 때로는 범인을 체포하는 형사처럼 그 발자국을 따라갔고, 때론 집 나간 아이를 찾는 심경으로 산속을 헤매었다. 그런 기억들이 오래된 필름과 그 필름을 인화한 사진 속에 고스란히 담겨 있었다.

몽골 케룰렌 강 초지에서 찍은 늑대 발자국들을 보았다. 눈 위에 무리 지어 지나간 발자국들이 어지럽게 흐트러져 있었다. 짐승의 발자국에는 일정한 패턴이 있다. 거짓말을 하지 않는다. 발자국이 남긴 앞발과 뒷발의 간격, 발바닥 모양으로 분별이 되는 수놈과 암놈의 차이 등등. 그것들을 살펴보다가 문득 나영이 청춘의 강가에 찍어놓은 발자국은 어디에 있는지 찾고 싶어졌다. 그 발자국을 찾아간다면 젊고 아름다웠던 시절을 찾을 수 있을 것 같기도 했다. 만약에 그녀의 흔적을 쫓아가 그 흔적의 주인을 만난다면 무슨 말을 해야 할까. 너무 생각이 많아지면 행동할 때 힘들다. 그래, 일단 가보자. 멸종동물을 찾아나가는 연구자처럼 마음이 설레기 시작했다. 오랜만에 온몸에 따뜻한 피가 흘렀다.

4 추억은 흉터를

남기지 않는 상처

사무실 공기가 점점 무거워지고 있다. 탁자 위에 먼지처럼 내려 쌓인 침묵을 손가락으로 만져본다. 우선 가늘고 긴 가운데 손가락을 들어 먼지 위를 가볍게 문질렀다. 어느새 늙어버린 손등에 검버섯이 작은 점처럼 두 개 보인다. 손가락으로 천천히 문질러 만들어 낸 희미한 선이 먼지 사이로 보였다. 오래된 먼지 위에 난 길, 그것은 나이 든 사내가 추억으로 기어 들어가는 동굴과도 같은 어둡고 축축한 공간으로 이어진다. 기억이라고 부르는 이 길의 시작은 먼지를 지우고자 하는 단순한 동작에서 연유한다.

가만히 생각해보니, 나영을 추억하면서 가위눌림이 먼저 떠오른 것은 엉뚱한 일이 아니다. 무심코 떠오른 기억은 기차를 타고 그녀라는 종착역에 빨리 가기 위한 터널처럼 연결되어 있었다. 그래, 나는 그때 귀신 이야기를 과장된 톤으로 그녀에게 해주었다. 그것이 시작이었을까, 일단 희미해진 기억의 발자국이 보였다. 찾고 있던 짐승의 발자국을 찍기 위해 카메라를 든 자세로 기억 앞에 섰다. 움직이는 대상을 향해 렌즈의 초점을 맞추듯이 기억에 집중했다. 눈꺼풀이 가늘게 떨리면서 그 시절의 풍경이 사막의 신기루처럼 떠올랐다.

그때 우리는 문리대 건물 앞에 있는 오래된 나무 의자에 앉아 있었다. 나는 나무의 결을 만지고 있었고, 그녀는 치마 아래 손수건을 깔고 다소곳이 앉아 적당한 거리를 두고 있었다. 아직 가까이 마주보는 사이는 아니었다. 서로 가볍게 시선이 교차하면서 웃음을 주고받았고 때로 그녀는 수줍은 미소로 나를 바라보았다.

강의실에서 쏟아져 나온 학생들은 숲에서 날아오르는 새처럼 여기저기로 흩어졌다. 곁을 지나가는 학생들을 보면서 손을 들어 아는 척을 하기도 했다. 걸음걸이가 물방울이나 공기처럼 가볍고, 상쾌하다. 봄바람이 가볍게 불었다. 그 공간은 순수한 물방울의 결정체처럼 한없이 투명했다. 바람에 떠다니던 물방울들이 어느 순간 톡 톡 터지고 있었다.

강의실에서 나와 특별히 할 일이 없었던 나른한 봄날이었다. 그저 재미 삼아 해준 귀신 이야기를 듣고, 아직은 소녀와 같던 나영은 금방이라도 울어버릴 것 같은 표정을 지었다. 정말 귀엽고 사랑스러웠다. 우리의 등 뒤로 하얀 목련꽃이 흐드러지게 피어 있었고 군데군데 라일락 꽃 향기가 좋았다. 그녀가 입술을 열자 사방에 꽃향기가 났다.

"난 자취방에서 혼자 자기 때문에 귀신 이야기는 무서워서 싫어요. 밤에 귀신 생각나면 어떡해. 사이비 심령술사 같아. 귀신이 나타난다니 그런 이야기를 누가 믿어요. 오빠 말대로 그건 착각일 거예요. 그건 그렇고 오빠는 어딜 그렇게 다니는 거예요?"

그녀의 동그란 입술 모양이 떠오른다. 나는 하늘을 올려다보면서 대답했다.

"야, 임마. 너, 새 발자국 본 적 있지?"

"새는 몰라도, 발자국을 유심히 본 적은 없는 것 같아요."

"아, 그래. 대부분 그렇지. 그럼 새는 좋아하나? 나는 새가 좋아. 그동안 우리나라 여기저기를 참 많이도 돌아다녔지. 육지에서 볼 수 없는 것들을 보기 위해서 바다로도 갔어. 하지만 내가 바다에서 본 것은 물고기가 아니라 새였어. 섬에서 사는 새들. 물고기들은 내 관심 분야가 아니니까."

그녀는 나무 사이에서 오르락내리락하는 새들을 보았다.

"이제부터 좋아해야 될 것 같아요. 그런데 왜 '새'하면 대프니의 소설이 생각나지요. 오빠 때문에 그래. 귀신 이야기를 하니까 공포스럽잖아."

"아, 그 소설. 그거 죽이지. 대프니 듀 모리에는 히치콕이 제일 사랑했던 작가였지. 그 여자의《몬테베리타》는 꼭 읽어야 한다."

"아직 그 소설은 못 읽었어요."

"정말 죽이는 소설이야. 멋져. 인간이란 신비스러운 존재라는 생각이 들 때가 있는데, 그녀는 산을 배경으로 신비스러운 영적 존재들에 대해 아주 구체적으로 이야기하고 있단 말이야. 몬테베리타의 여주인공을 중심으로 잘 읽어보고, 다음에 만날 때 같이 이야기해보자."

"그래요. 우리 다음에는 소설《새》와 영화《새》에 대한 이야기도 해요."

"그래. 그러자."

어떤 이유로 그녀를 만났는지는 잘 기억나지 않았다. 무작정 휴학을 하고 이 년간 여기저기 떠돌아다니다가 복학을 하기 위해 학교에 갔고, 학과 사무실에서 그녀를 보게 되었다. 이 년 전 다시는 돌아가지 않을 것이라고 작심을 하고 길을 나섰지만, 결국 졸업이라는 문을 지나가야 살아갈 길이 보일 것 같았다. 이미 시인의 길은 포기했다. 먹고살기 위해 취직을 하려면 적어도 졸업장이 필요하다. 그것은 중요한 일이었다.

사람들은 같은 일에 대해 서로 다른 기억을 가지기도 한다. 인간의 기억이란 어느 정도 자신에게 유리한 쪽으로 만들어지기 때문이다. 기억은 화가의 채색 작업과 같은 것이다. 내 기억에 아직 어렸던 그녀가 선배인 나에게 먼저 관심을 보였던 것 같다. 그 이유가 무엇일까? 어떻게 우리는 가까워진 것인가? 혹시 학교 앞에 선술집 '풍뎅이'에서의 일이 촉매가 되지 않았을까. 풍뎅이는 국문과 학생들의 단골 술집이었다.

하필이면 1980년 5월에 나는 광주에 있었다. 1980년 광주는 처녀 귀신이 살고 있던 흉가보다 더 끔직한 곳이었다. 불과 몇 달 사이에 도시 전체가 흉가가 되어버렸다.

그 선배에게 흉가에 대한 이야기를 꺼내면 쓸데없는 소리 하지 말라고 무시하는 이유가 아마도 그때의 충격 때문이었는지도 몰랐다. 그에게 더 이상 귀신 따위는 아무것도 아니었다. 무의식적으로 선배는 아예 자신의 기억에서 한 부분을 지워버리고 겨우겨우 버티고 있었던 것이다. 그때 자신의 골방에 귀신이 있었건 좀비가 있었건 그런 것은 문제가 되지 않았다. 그는 삶과 현실이 무너져 내리는 자리에서 아슬아슬하게 삶을 유지하고 있었기 때문이다. 그래서인지 선배의 결혼 생활도 지독한 조울증으로 파탄이 나고 말았고, 수년 전에 결국 자살을 했다는 소식을 들었다. 너무 늦게 연락을 받아 장례식장에는 가보지도 못했다. 이런 식으로 선배와 후배, 친구들 중에 몇 명은 이미 세상을 떠났다.

복학을 하자 선후배들이 모여 광주에서의 무사귀환을 축하하는 술자리를 만들었다. 술에 취한 후배 하나가 광주 이야기를 꺼내니까 술자리는 잠시 고요해졌다. 다들 무슨 생각을 하는지 고개를 숙이고 있었다. 그때 합석을 하고 있던 여학생이 조심스럽게 그때 어떤 일을 겪었는지 물었다. "정말로 그런 일이 있었던 것인지 믿어지지가 않아서."라는 말을 듣고, 나는 그녀를 쳐다보면서 아무 말 없이 바지를 걷어 다리를 보여주었다. 그녀에게 손짓을 해서 가까이 오라고 한 뒤에 말이다. 종아리부터 허벅지까지 진압군들의 총검이 지나간 상처가 깊게 패 있었다. 그리고 나는 술상 위에 머리를 처박았다.

"도대체, 너희들은 어디에 있었던 거야. 도대체 어디에 있었던 거야!"

나는 비명을 지르듯이 소리를 지르다가 쓰러졌다. 그때 등을 두들겨준 비둘기 같았던 여학생이 바로 나영이었다. 만취를 해서 그녀를 정확하게 기억할 수는 없었다. 다만 등을 두들겨주는데 잠시 정신이 들면서 그녀를 돌아보았던 기억이 났다. 그리고 다시 쓰러졌다. 왜 그녀가 그 술자리에 왔을까. 이유야 무엇이건 간에 우연히 광주에 가서 절묘하게 살아 돌아온 나는 학교에서 유명 인사가 되어버렸다.

그 술자리는 훗날 나영의 남편이 되는 남궁민이 주선을 하고 동기생들이 모여 합석한 자리였다. 그때 운동권 학생으로 노동 현장을 돌아다니던 김종혁이 거칠게 문을 열고 걸어 들어왔다. 김종혁은 이미 취해 있었다. 공장 노동자들이 입는 작업복을 걸치고 있어 학생처럼 보이지는 않았다. 하지만 손에는 책이 한 권 있었고, 뿔테 안경을 치켜 올리는 모습이 산짐승처럼 보였다. 철강 프레스 작업을 하다가 허리를 다쳐 한동안 입원을 하고 나오는 길이었다. 세

47

상이 너무 사나워서 그때 우리는 쉽게 분노하고 쉽게 좌절했다. 우리는 그 괴물들과 싸우기에는 너무나 나약하고 이상적이고, 특히 감상적이었기 때문이다.

평소 시니컬한 성격이었던 남궁민이 종혁에게 "앤 뭐야?"라고 했고, '앤'이라는 소리를 들은 종혁이 "뭐라고? 앤 뭐냐고, 이런 개새끼가! 넌 뭐냐?"라고 소리를 지르고 눈알을 희번덕거리면서 주먹을 날리려고 달려들었다. 두 사람을 뜯어 말리는 아수라장 속에서 나는 구토를 하기 시작했다. 기분이 상한 남궁민은 그 자리를 빠져나갔고, 그날 나는 새벽까지 술을 마시고 토하고 다시 마셨다. 아무리 구토를 해도 속이 불편했다. 술집에는 소주병들이 뒹굴어 다녔다. 나영은 고양이 눈을 뜨고 끝까지 내 옆에서 술자리를 지켰다.

남궁민은 학과에서 일하며 졸업 학기를 다니고 있었다. 동기들은 이미 졸업을 앞두고 취업을 하거나 노동 현장으로 혹은 장사를 하면서 제 살길을 찾아가고 있었다. 남궁민은 대학원 과정을 밟고 교수가 될 생각을 하고 있었다. 그는 대학에서 시로 등단한 시인이기도 했다. 다음 날, 학교 후문 쪽에 있는 내 방의 문을 열고 남궁민은 소주 한 병과 마른 오징어를 내밀었다.

"그래, 그동안 시는 좀 썼나?"

그동안 떠돌아다니면서 어떤 시를 썼는지 궁금하다고 했다. 그가 내민 소주병을 받아들고 말했다.

"시가 잘 안 돼. 그래서 말인데 나, 전공 바꿀 거야. 글은 아니 문학은 더 이상 안 할 거야. 아니, 못 할 것 같아."

"그래. 그럼 뭘 하려고. 어떻게 살아가려고 그래?"

"그동안 내가 살면서 할 만한 일을 찾았어. 떠돌아다니면서 그거 하나 건지고 온 거지. 이제부터 동물 생태학을 연구하려고. 독학으로. 지금은 그런 생각이야."

"동물 생태학이라, 너무 막연한데. 거기에 뭐 맺힌 거라도 있나?"

"야, 시나 소설보다는 구체적이야. 포유류를 중심으로 생태학을 연구하는 거지."

"조금 더 자세하게 이야기해봐."

"야생동물들의 흔적을 찾아다니고 싶어서 말이야. 동물들의 흔적을 찾아다니면서 우리나라 생태에 대한 글을 쓰고 싶다는 거지. 일단 그건 할 수 있을 거 같고, 나머지는 잘 모르겠어."

남궁민은 특유의 시니컬한 미소를 날리면서 말했다.

"결국 글을 쓰겠다는 거네. 그게 그거야. 어쩌면 더 잘된 일일 수도 있겠다. 지루하게 문학 작품이나 뒤적이는 것보다. 대자연에서 살아있는 글감을 찾는 일도 좋은 일이지. 그럼 일단 하나에 집중해봐."

"예를 들면?"

"내 생각에 넌 새를 연구하면 좋을 것 같아."

남궁민은 내 상처를 물끄러미 바라보면서 말했다. 일자로 깊게 파인 종아리와 허벅지의 상처를 꿰맨 자리에 흉터가 나무옹이처럼 단단하게 굳어 있었다. 남궁민이 말했다.

"이 흉터 좀 만져봐도 되나?"

"별스럽게 구네. 징그러운 흉터는 왜 만지려고. 그렇게 해."

남궁민은 조심스럽게 손을 뻗었다. '이 상처는 몹쓸 놈의 시대의 상처네.'라고 혼자 중얼거렸다. 무슨 생각을 하는지 인상을 잔뜩 쓰고 있었다. 나는 말했다.

"옛날 옛적에 호랑이가 담배를 피워 물던 시절에 말이야. 어떤 마을이 있었는데 울타리도 없이 평화롭게 사는 한적한 곳이었어. 마을 아이들이 다가오는 군인들에게 손을 흔들고 있었는데, 그들이 자세를 바꾸어 아이들에게 집중 사격을 했어. 사방이 천둥번개가 친 것처럼 요란하고 그 자리가 번개가 떨어진 것처럼 까맣게 타버렸지. 그런 꿈을 꾸었어. 생시인지 꿈인지 잘 모르겠어. 그것이 더 마음 아팠다."

"거참, 참 흉몽이네. 네가 어떤 고통을 겪은 것인지 짐작조차 할 수 없네."

민은 손가락으로 흉터를 더듬었다. 잠시 후, 긴 숨을 내쉬었다.

"문아, 너 말이다. 잘 한 것 같다. 동물 연구, 그것 참 좋은 생각이다. 땅에서 너무 지독한 일을 당했으니까. 한동안은 자연과 하늘만 보고 사는 것도 좋잖아. 그것도 세상이니까 말이야. 새를 찾아다니면서 연구를 하든 글을 쓰든 간에 말이야. 그건 그렇고 어쩌다가 이 상처가 생긴 거냐?"

"응, 도망가다가 생긴 상처야. 비겁하게 도망가다가 말이야. 정면으로 저항하는 이들은 모두 죽었어. 난 살고 싶어서 치열하게 도망을 치다가 이 증거가 남았고 말이야. 이건 내가 비겁하다는 의미이기도 해. 아, 그 군인 새끼 지독하게 쫓아와서 칼질을 하고 가더라고. 목에 칼이 안 들어온 게 그나마 운이 좋았지. 그때는 온통 미친 놈 같았어."

"그걸 글로 좀 쓰지 그래."

나는 소주병을 들고서 말했다. 저절로 한숨이 나왔다.

"그걸 안 쓰려고 문학을 포기한 거야. 이젠 인간에 대한 글을 쓰고 싶지가 않아."

"도대체 거기에서 뭘 봤기에. 멀쩡한 애를 이렇게 만든 거야."

"광주에서 말이야. 거기에서 처녀 귀신을 봤지. 그것이 꿈인지 생시인지 잘 모르겠지만. 그리고 조용한 마을에 울려 퍼지는 총성을 들었지. 아이들과 여자들이 영문도 모르고 쓰러지는 것도 보았어. 그런데 그게 귀신을 본 것 같아. 현실 같지가 않더라고. 야. 그리고 너 모르는 사람한테 애라고 하지 마라. 그러니까 종혁이가 화내는 거 아니야."

어느새 나는 감상적인 기분이 들어 하고 싶지 않은 이야기를 하고 있었다. 아차 싶어서 화제를 바꾸고 싶어 딴 이야기를 꺼냈다. 민이 말했다.

"그건 또 무슨 소리야. 아, 김종혁이. 그 자식은 왜 그렇게 거칠어. 인천에서 노동 운동 좀 했다고 티내는 거야 뭐야. 시커먼 녀석이 주먹은 왜 그렇게 휘둘러. 그 자식은 걸핏하면 후배들 팬다고 하더라. 하긴 뭐 상처가 많은 놈이니까 거칠어졌겠지. 그건 그렇고, 학교에 돌아오니까 어때? 아는 얼굴이 없어서 심심하지. 과 사무실에서 놀자. 그리고 살아 돌아와서 고맙다. 난 거기서 너 죽은 줄 알았다."

"그래. 학교에 너라도 남아 있어서 다행이네."

"나도 그렇다. 그런데 좀 아깝네. 고등학교 졸업하면서 시인으로 등단까지 하고서 이게 뭐야."

"시 몇 편 썼다고 시인이라고 할 수는 없지. 신춘문예는 운이 좋아서 된 거야. 난 시인이 될 재능이 없어. 죽다 살아나니까 그걸 이제야 겨우 알았다."

"무슨 소리야. 너 정도면 충분하지. 지금은 절망적인 기분이 드니 그럴지도 모르지만, 조금 지나면 다시 쓰겠지. 글 쓰는 것도 일종의 버릇이야. 네가 그 버릇을 고칠 수 있겠어?"

"아니, 만약에 내가 다시 시를 쓴다면 죽기 전에 유작으로 몇 편만 남기고 싶다. 가능하다면 오래 살고 싶으니 적어도 쉰 살은 지나고 나서 할 수 있을 것 같아."

"쉰 살이라, 참 까마득하다."

"그렇지, 그때까지 살아 있으리라는 보장도 없고 말이야."

우리들은 오십을 넘긴 중년의 모습을 잠시 상상하곤 소주를 마시면서 실소를 날렸다. 바로 코앞에 있는 세월이었는데, 그땐 너무 멀리 보였다. 강철도 쪼아먹을 것 같은 날카로운 부리를 지닌 푸른 청춘의 새. 날개의 깃털이 싱싱했기 때문이었다. 그때 남궁민과 나누었던 대화를 생각하니 참, 부질없이 빠른 것이 세월이라는 사실을 깨달았다. 벌써 오십 대 중반으로 치달아간다. 이런 속도로 나이가 든다면 금방 환갑이 될 것이다.

남궁민은 시와 더불어 평론을 쓰는 데 상당한 재능이 있는 친구였다. 비평가들은 그에게 기대를 많이 걸었다. 내가 보기에도 좋은 시인이자 평론가가 될 친구였다. 다만, 사회문제와 현실 문제에 대해서는 어느 정도 거리를 두고 있었다. 하지만 세상을 바라보는 그의 태도에는 확실한 중심이 있었다. 남들이 뭐라고 하건 간에 보기 좋았다. 전쟁터에서도 시와 음악은 필요한 법이니까. 하늘엔 새가 있고 땅에는 호랑이가 있다. 새에게 호랑이가 되라고 할 수 없는 법이다. 동물들은 자신의 몸무게를 지탱할 수 있는 발자국을 남기는 법이다.

그리고 또 한 마리의 새가 나에게 날아오고 있었다.

"이번에 우리 과에 아주 예쁜 신입생이 들어왔어."

남궁민이 말했다.

"그래, 누군데."

"황보… 나영이라는 아이인데 문학적인 재질도 있고 눈에 띄는 녀석이야."

"아, 나영이. 그래, 만난 적 있다. 술집에서 내 등 두들겨주던 기특한 녀석이지."

"그래. 이 녀석아. 넌 복학하자마자 연애부터 하는 거냐."

"아니, 그런 건 아니고. 네 말대로 눈에 띄더라."

"눈에 띄는 애들은 연극영화과에 많이 있지. 나영이는 요란하고 화려한 애들이 가지지 못한 순수한 매력이랄까. 시골 출신이라서 그런지는 몰라도 되바라지지 않은 그런 표정을 짓고 있더라고."

그녀가 세상을 바라보는 눈은 아름다운 새의 그것과 같았다. 내 상처를 바라보는 눈동자를 잊을 수가 없었다. 금방이라도 부드러운 부리로 쪼아버릴 것 같은 모습이었다. 그것은 동정이나 연민이 아니었다. 타인의 아픔에 대한 진지한 공감이었다.

나영은 강원도 화천에서 태어나 춘천에서 자랐다. 간혹 그녀는 고향에 가고 싶어 하곤 했다. 그녀는 자신의 고향 주소를 나에게 알려주었다. 둘이 거기를 한 번 다녀온 적도 있다. 그리고 나는 그녀와 멀어지고 나서도 몇 번인가 화천에 다녀오곤 했다.

강원도 쪽으로 답사를 가는 길이면 먼 길을 돌아서라도 거기를 들렀다. 그녀가 살았다는 동네를 한 바퀴 돌고 가까이에 있는 군부대까지 갔다. 군부대 앞에 있는 식당에서 라면을 끓여 먹곤 했다. 나영이 어린 시절에 살았던 동네 구멍가게에도 들어가 보았다. 가게는 병든 난쟁이 같았다. 거의 무너지기 직전의 낡은 건물이었다. 담배를 사는데 군인들이 두어 명 들어와 막걸리를 사고 있었다. 그 가게에 대해 나영은 "가게에서 물건을 살 때는 꼭 유통기한을 확인해야 돼요. 시골이라서 유통기한이 지난 물건도 꽤 있는 그런 구멍가게였어요."라고 말했다.

"동네 친구 중에 참 이상한 아이가 있었어요. 그 아이는 동네 무당집 딸이었는데 지금 생각해보니까 말없이 지내는 고독한 아이였던 것 같아요. 나중에 신이 내려 무당이 되었다는 이야기는 들었는데 지금은 어떻게 사는지 모르겠어요. 걘 어떤 물건을 하나 사면 물건에 표시된 모든 사항을 다 읽고 또 읽고 하는 거예요. 심지어 아이스크림을 살 때도 그냥 가격이나 보고 집어오면 될 텐데, 껍질에 적힌 제품에 관한 사항을 한참 동안 읽는 바람에 아이스크림이 다 녹아버릴 지경이라니까요. 그러다 다른 과자를 보기도 하고. 하여간 엄마 아빠가 걔만 오면 바짝 신경을 써요. 저년이 사지도 않을 거면서 물건 다 버려놓는다고 말이지요. 그 여자아이가 기억나요. 아주 작은 동네였는데 오히려 이 대도시보다도 신기한 사람들이 많고 이야기가 풍부했던 것 같아. 서로 가깝게 지내고 잘 알아서 그런가 봐요."

그녀가 얘기한 구멍가게의 아이스크림처럼, 기억에도 유통기한이 있다. 어떤 기억들은 그렇다. 나영에 대한 기억의 유통기한은 아이스크림 같은 것은 아니다. 그것은 차라리 통조림과 같다. 나는 그녀에 대한 기억의 유통기한을 아직 확인하지 못하고 있는 것은 아닐까? 무당집 딸처럼 꼼꼼하게 그녀에 대한 모든 사항을 천천히 읽고 싶었다. 그 아이는 도대체 무엇을 읽고 싶어서 그런 행동을 한 것일까? 나영과 그 아이에 대한 이야기를 하다가 우리는 이런 결론을 내렸다.

"서양에 기독교가 있다면 우리에게는 불교와 샤머니즘이 있다. 그 아이는 하늘과 신을 읽고 싶어서 인간에 대한 모든 걸 읽어 내려가는 무당이다."

학교 도서관에서 동물 생태학에 대한 자료를 열람하다가, 가방 속에 들어 있는 벽초 홍명희의 소설 《임꺽정》을 읽고 있었다. 재미있는 우리 소설이 주는 흥미진진함과 문장과 문장이 이어지는 모양새가 남다른 소설이었다. 외국소설에서는 결코 느낄 수 없는 우리 문장과 문학만의 힘이 있다면 이런 것이 아닐까. 지금은 죽어버린 우리 옛글의 주석을 읽어가면서, 어떤 부분에서는 조바심을 내고, 어떤 부분에서는 낄낄대고 있는데 갑자기 등에 닿는 손길을 느꼈다. 마치 나비가 앉았다 날아간 것 같은 기분이 들어 뒤를 돌아보니 나영이 환하게 웃고 있었다.

"오빠."

"어, 너구나. 웬일이냐."

"우리나라 조류도감 좀 보고 나오는 길인데요."

나는 《임꺽정》을 다시 가방에 넣고 시계를 보았다. 한 시가 조금 지난 점심시간이었다.

"그래. 이제 새에게 좀 관심이 생긴 모양이구나. 책도 좋지만 가까이 있는 것들을 자주 보고 관찰하는 게 더 좋아. 그건 그렇고 점심 먹었니?"

"아니요. 같이 해요."

다음 강의 시간까지는 시간이 좀 남아 있었다. 우리는 학생회관 지하에 있는 구내식당으로 걸어 내려갔다. 계단을 밟고 식당으로 내려가는 길에 같은 과 학생들이 여럿 보였다. 학생 여럿이 식탁을 앞에 놓고 두런두런 이야기를 나누거나 책을 보면서 점심을 먹고 있었다. 식사 때가 지난 식당은 철 지난 바닷가처럼 한산했다. 구내식당의 허름한 밥상을 받아온 그녀는 새처럼 조금 먹었다. 나는 그 모습을 물끄러미 바라보았다.

청춘은 새를 닮았다. 모래사장에 난 새의 발자국을 발견하고 쫓아가도 결국에는 새가 없는 것처럼 말이다. 새의 발자국이 지상에서 끊어지는 이유는 날개가 있기 때문이다. 날개가 있어 지상에서 계속 이어지지 않는 발자국. 그러나 우리가 보지 못할 뿐 새의 발자국은 계속 하늘로 이어진다. 바로 저기 저 하늘이다. 하늘이 아름다운 이유는 별이 빛나서가 아니라, 새가 있어서였다. 적어도 내가 보기에는 그러했다. 그녀는 새의 발자국을 가지고 있었다. 그래서 우리는 인연이 되지 못한 것이다. 식사를 마치고 나영이 말했다.

"그 상처가 그렇게 한 거죠?"

"뭘?"

"휴학을 하고 학교에 적응하지 못한 거 말이에요."

"그런 거 아니야. 살다보면 누구나 상처는 생기는 거지. 교통사고처럼. 나는 말이야… 상처 하나 가지고, 뭐 거대한 시대적인 사명감이나 혁명에 대한 생각을 하는 스타일이 아니거든. 다만 주어진 상황을 이해하고 싶은 마음은 있지. 그대로 받아들이는 것이 아니라. 우리는 아직 젊잖아. 아니, 넌 어리다고 해야겠구나."

"나, 어리지 않아요."

"하하. 그래 어리다는 말은 미안. 그런데 내 눈에는 그렇게 보여."

"겨우 세 살 차인데."

"야. 요즘엔 삼 년이면 강산이 변해. 아마 일주일 단위로 변하는 세상이 곧 올 거야."

"정말 그럴까요?"

그녀는 정말 어려 보였다. 아직 세상의 상처가 없는 순결한 상태. 그녀에 비해 나는 삼 년이 아니라 삼십 년은 더 산 것 같았다. 그녀에게 시대의 아픔을 이야기하는 것은 어울리지 않았다. 그녀는 고개를 끄덕이더니 다시 말했다.

"그 상처를 낸 사람들이 밉지 않아요?"

"음, 나영아. 그런 이야기는 하지 말자. 그냥 다른 이야기하자."

"아. 그래요. 그럼 그동안 돌아다닌 이야기 좀 해줘요. 왜 휴학을 하고 복학을 했는지. 그런 이야기는 괜찮아요?"

"그럼, 그거 좋네. 이야기를 하면서 내 생각을 정리할 수도 있고. 그런데 너, 혹시 남자 친구 있니?"

그녀는 고개를 가로저었다. 그 동작을 보고 나는 안도의 한숨을 내쉬었다.

"어떤 일이든 간에, 정확하게 그 이유를 파악하기란 어려운 것 같아. 마치 네가 지금 남자 친구가 없는 것처럼 말이야. 휴학은 그냥 한 거야. 그리고 돌아다녔지. 돌아다니면서 내가 뭘 해야 할까를 생각했다. 뭘 하고 살지. 그게 뭐든 간에 확실하게 보고 싶었다. 물론 고등학교 때부터 여기저기 돌아다니기를 좋아했는데, 이제 대학에 들어와 보니 세상이 참 넓어 보이더란 말이야. 대학에 들어가면 꼭 하고 싶었던 것이 그냥 한밤중에 집에서 걸어 나와 기차를 타고 어딘가로 가는 거였어. 아무에게도 말하지 않고, 부모님이나 선생님의 허락을 얻지 않고 그냥 가는 거야. 꼭 어딘가에 가겠다는 생각 없이 무전여행을 하고 싶었어."

"체 게바라처럼."

"그 사람은 오토바이라도 있었지. 그리고 친구도 있었잖아. 난 혼자였어."

"체는 그냥 놀러 갔다가 그곳에서 민중의 아픔을 목격하게 되잖아요. 일종의 그런 느낌으로 이해해도 돼요?"

"뭐 비슷해. 하지만 난 게바라 스타일이 아니야."

"게바라 스타일?"

"그래, 게바라 스타일 말이야. 게바라는 사라지고 그 자리에 스타일만 있는 거야. 그건 역겨워. 사실 난 목적이 있었어."

"그게 뭐예요."

"웃지 마."

"안 웃어요. 약속해요."

"내 사랑을 찾고 싶었어."

나영은 그녀답지 않게 크게 웃었다. 그런 그녀의 모습을 보고 당황했다. 내가 짐작하는 것보다 그녀의 영혼이 크고 깊어 보였다. 그때부터 그녀에게 관심을 둔 것 같다. 뭔가 상황이 역전되는 느낌이 들었다.

"그 사랑, 찾았어요?"

"아니. 그건 찾을 수 없는 거라는 사실만 확인하고 돌아왔지."

"그런 결론은 예상할 수 있는데, 그것만 있다면 뭔가 허전한데요. 뭘 봤을 거 아니에요."

"사랑을 찾으러 갔다가, 사람을 찾으러 갔다가 짐승을 봤어."

"짐승이요?"

"그래. 야생동물들 말이야. 새, 도끼, 고라니, 멧돼지 등등."

"동물을 봤군요."

"그래. 동물을 봤어. 그건 큰 기쁨을 주더군."

"어떤 기쁨인지는 모르겠지만 다행이네요. 어찌 되었건 목적을 이룬 거잖아요."

"그래. 그래서 또 고민이 생겼지."

"그건 또 뭐지요."

"사람에 대한 생각인데, 이런 결론을 내렸어. 사람은 동물이 아니다. 사람은 동물이라는 사실을 인정할 수 없다. 이유는 이래. 동물은 절대 도시를 만들지 않는다. 동물은 절대 문자를 사용하지 않는다. 동물은 절대 사랑을 하지 않는다. 동물은 절대 총을 만들지 않는다. 한두 가지가 아니지. 그러니 사람을 짐승이나 동물에 비유하지 말자. 예를 들어 패륜 살인범에게 짐승 같다고 말하지 말자. 살인범은 사람의 본능을 그대로 따른 것뿐이다. 사람이니까, 동물이 아닌 사람이니까 그런 행동을 하는 거다. 사람이니까 임신부의 배를 칼로 찌르는 거다. 사람이니까 서로를 배반하고, 서로를 억압하는 거다. 그렇다. 사람의 세상을 떠나서 사람으로 살자. 그게 어떻게 가능할까. 그래, 동물들과 함께 동물처럼 살자. 그래서 동물에 관심이 생긴 거야. 이 일이라면 늙어 죽을 때까지 일할 수 있지 않을까. 지금 우리는 어떤 일을 하고 살아야 하는지 암중모색하고 있는 시기이니까 말이야."

"어쩐지. 이제 조금 이해가 돼요. 그럼 문학은?"

"그건 삶의 교양으로 남겨 두자. 어찌되었건 문학은 사람을 생각하는 노래이거나 이야기이니까. 물론 설명을 하기도 하지만 말이야."

"그런데 이젠 동물이 많이 사라졌잖아요. 도시 중심으로 생활하고 개발한다고 하면서 동물들이 점점 사라지고 있는데. 그리고 연구자가 된다는 건 문학을 하는 것보다 더 외로운 것 같아요."

"바로 그거야. 거기에 매력이 있어. 마치 광산에서 광부가 금맥을 더듬어 황금을 찾듯이 동물을 찾아가는 거야. 세상의 모든 동물은 흔적을 남겨. 그들이 살고 있는 산이나 들에 반드시 흔적을 남긴단 말이야. 그 흔적을 더듬어가다 보면 동물을 발견할 수 있는 거지. 산에 찍혀 있는 토끼 발자국을 보면, 직접 보지 않고도 그 동물을 이해할 수 있어. 발자국, 배설물, 나무에 난 흔적들은 그 동물이 어떤 상태로 어디로 가고 있는지 말해주기 때문이야."

"그게 어디에 있는지도 모르는 사랑보다 더 확실하고 믿음을 주긴 하겠네요."

"그래, 바로 그거야."

그녀의 말대로 상처 때문에 한동안 말을 하지 않았다. 몸에 상처가 생기고 나서 유아처럼 간단한 의사 표현만을 드물게 할 뿐이었다. 사람이 말을 잃어버린다는 것은 세상과의 단절을 의미하기도 한다. 그것이 수도승의 묵언수행처럼 의도된 행동이라면 내면의 성장을 가져오지만, 외부의 폭력에 의한 장애일 경우에는 점점 그가 속한 사회로부터 도태되어가는 도정을 의미한다. 그 기간이 길어지면 스스로 격리되어버린다. 사람들은 그 상태를 일컬어 '수감자' 상태라고 부른다. 그곳이 감옥이 되었건 정신병원이 되었건 간에 자신만의 공간에 갇혀 나오지 못하는 단절의 상태가 된다. 그런 의미에서 내 청춘은 단절의 공간이기도 했다.

그때 내가 혼자가 아니라는 사실을 나영을 통하여 알았던 것이 아닐까. 되돌아 생각해보니 그녀와 우리가 앞으로 살아가야 할 세상에 대해 때론 진지하게 때론 다정한 대화를 많이 나누었다. 그 대화를 통해 생각을 표현하기도 하였지만, 정말 중요한 것은 그 말을 통하여 우리가 서로의 감정을 더듬고 있었다는 점이다. 지나고 나니 그런 생각이 들었다. 하지만 세파에 시달리다 보니 그녀를 잊고 산 것이었다. 왜 그랬을까? 그 이유가 궁금했다.

이미 오래된 버릇처럼 그녀의 흔적을 찾아가고 있었다. 포유류가 지나간 흔적을 찾기 위해서는 우선 지상에 난 발자국을 먼저 확인해야 한다. 땅이나 혹은 눈 위에 난 발자국을 보면 그 동물의 이름을 짐작할 수 있기 때문이다. 과연 그 동물이 맞는지는 확인을 해야 하지만, 고라니나 늑대처럼 그 동물의 이름을 찾아가는 동안 그 동물의 삶을 이해하게 된다. 그가 어떤 먹이를 먹고, 어떤 똥을 싸는지를 알게 되면 초식동물인지 육식동물인지가 구분되는 것이다. 결국 흔적은 삶의 자취이다. 물론 가끔은 흔적을 쫓아가다가 덫에 걸려 죽어가는 짐승을 보기도 한다.

그날 이후, 말문이 터진 나는 수다스러울 정도로 그녀와 이야기를 나누었다. 하늘에 박혀 있는 무수한 별 중에서 몇 개를 골라 선을 그어 북두칠성을 만들어내는 것처럼 그녀와 관련된 기억을, 조각난 파편들을 연결하니 이야기가 떠올랐다. 그러나 그것은 너무나 오래된 흔적이었다. 사랑에 대한 기억은 동물이 남긴 흔적과는 달랐다. 동물의 흔적 중에서 나무에 새겨진 발톱 자국 같은 것은 몇 년이 지나도 눈에 띈다. 발자국은 며칠, 똥은 몇 달이 지나도 알아볼 수 있다.

사람들은 이름으로 그 흔적을 남기려고 한다. 위대한 인물의 흔적은 그 이름만으로 몇 권의 책을 만들 수 있다. 역사는 사람이 남긴 확실한 흔적이다. 그 흔적을 더듬는 사람이 역사학자이다. 그에 반해 문학은 인간의 이름 이면에 있는 추하고 가여운 것을 보여주는 일이다. 그래서 시인은 역사의 전면에 나서지 않는다. 사람들은 시인을 중심으로 시대구분을 하지 않는다. 군인이나 정치인을 비롯한 권력에 의한 시대구분이 일반적이다. 예를 들어 알렉산더 대왕을 중심으로 헬레니즘을 규정하는 것은 역사이지 철학이 아니다. 제논이나 에피쿠로스, 세네카와 같은 헬레니즘 철학자들은 사상의 움직임으로 한 시대를 만들어 나갔다. 서양 철학의 첫 발자국들이다. 시인들처럼 말이다. 한 시절 나는 시인이 되려고 한 적이 있었다. 그녀와의 기억을 떠올리면서 그 생각도 동시에 났다. 하지만 전공을 바꾸고 야생동물의 흔적을 찾아다닌 지 이미 삼십 년의 세월이 흘렀다.

문득, 이야기를 쓰고 싶다는 생각이 들었다. 그녀의 푸념대로 아직 연애 감정이 남아 있을 때 말이다. 책상 위에 있는 노트를 펼치고 펜을 들었다. 그리고 인간의 감정에 대해서 뭔가를 적기 시작했다. 창문 너머로는 눈이 계속해서 내리고 있었다. 폭설이었다.

5 연
애
감정

봄이 왔다고는 하지만 응달진 골목길에는 아직 차가운 바람이 잔설을 날리면서 맴돌고 있었다. 한겨울에는 건물의 울타리처럼 보였던 개나리와 진달래가 피어올랐고, 갈라진 길바닥의 돌 틈에서도 민들레가 고개를 내밀며 올라오고 있었다. 꽃이 피어오르자 나무가 자신의 이름을 되찾았다. 은행나무도 그랬다. 꽃은 나무의 이름표처럼 보였다.

계절은 천천히 변화하는 것 같지만, 어느 날 문득 바뀌어버린다. 겨울에서 봄도 그러하다. 나영은 마치 겨울에서 봄으로 변하는 계절처럼 여겨진다. 나에게 갑자기 다가왔기 때문이다. 그녀는 응달에 떨어진 한 줌 햇볕 같기도 하고, 갑자기 불어오는 바람 같기도 한 사람으로 기억된다. 하긴 적어도 내 삶에서 대학 시절도 그런 것이 아닌가 싶다.

어느 날 오후에 그녀의 자취방을 찾아간 적이 있다. 그녀의 방은 언덕을 올라가서 좁은 골목길을 돌아나가는 모퉁이에 있는 허름한 단독주택에 있었다. 오래된 철제 대문에는 푸른색 페인트가 칠해져 있었고, 대문을 열고 들어가면 작은 마당에 수도가 설치된 구식 주택이었다.

우리가 들어가자 주인 할머니가 부엌에서 마당으로 나오려는 참이었다. 불쑥 들어온 나를 쳐다보는 할머니의 눈길이 곱지가 않았다. 내가 고개를 숙여 인사를 하자, 할머니와 나 사이에서 눈치를 보던 그녀가 밝게 웃으면서 말했다.

"고향에서 올라온 오빠예요."

"그려. 내가 연탄불을 갈았어. 조금 있으면 따뜻해질 거야. 아직 날씨가 추운데."

할머니는 부엌에서 들고 나온 바가지에 담긴 물을 마당으로 휙 뿌리면서 심드렁하게 말했다. 할머니는 내 인사도 받지 않고, 몸을 돌려서는 마루로 올라가버렸다. 마치 기분 나쁜 일이라도 당한 사람처럼 보였다. 나영은 어깨를 으쓱하면서, 할머니가 자신을 친손녀처럼 여기면서 돌봐주시기에 걱정이 돼서 그러는 거라고 했다. 할머니는 고향 오빠라고 소개한 그녀의 말을 믿지 않는 듯 보였다.

세상에는 본인보다 다른 사람의 눈에 더 잘 보이는 모습이 있다.

서로에게 관심을 갖기 시작하는 남녀의 포즈가 그렇다. 연인 사이에는 독특한 향기가 나고, 서로 딴 곳을 보는 척하지만 항상 상대방에게 머무는 또 다른 시선이 있다. 우리가 집에 들어서는 순간, 할머니는 아마도 우리 사이를 짐작했을 것이다. 나영은 방문을 열고 들어가면서 말했다.

"이 방에 남학생을 데리고 온 거 처음이거든요."

"그래, 내가 처음이자 마지막이 되기를 바란다."

"예?"

"아니, 별 뜻은 아니고, 여자가 혼자 사는 방에 남학생을 데리고 오면 안 좋다는 이야기야. 할머니의 눈에 아마도 난 늑대처럼 보였을 거야. 노인이 되면 걱정이 많거든."

"오빠는 무슨 말을…. 오빠가 늑대라도 되는 거예요."

"아니, 난 늑대는 아니야. 난, 오빠잖아. 고향 오빠. 하하."

"싱겁기는."

그녀의 좁은 공간을 생각하면서 눈을 꾹 감았다. 그녀의 방에 있었던 물건들을 하나둘 떠올려보려고 노력했다. 방은 작고 천장은 낮았다. 골목 쪽으로 난 작은 창문에 하얀색 커튼이 있었고, 벽에는 비키니 옷장과 작은 책상이 나란히 붙어 있었다. 책상 위에는 몇 권의 책들과 일기장, 그리고 세벌식 공병우 타자기가 있었다. 타자기 위에는 원고를 쓰다만 종이가 있었다. 타자기의 먹끈을 손으로 만져보니 검은색이 손가락에 묻어 나와 구겨진 원고지로 닦았다. 그리

고 책상 위 책꽂이에는 국문학 전공 서적과 토마스 만의 《마의 산》
이 보였다. 방바닥은 두 사람이 앉기에 적당했다. 나는 그녀의 의
자에 앉았다. 나영이 불기운이 올라오는 방바닥을 손으로 만지면
서 고개를 들고 말했다.

"아직 추운데 이리 들어와요."

방바닥에는 작은 담요가 깔려 있었다. 발이 시린 정도는 아니었
지만, 꽃샘추위가 극성인지라 "그럴까."라고 말하면서 의자에서 내
려와 담요 속으로 발을 넣었다. 연탄불이 올라오는 아궁이에서 열
기가 온돌로 전해지고 있었다. 그렇게 가만히 있다 보니 온몸이 따
뜻해지면서 나는 꾸벅꾸벅 졸기 시작했다. 따뜻한 봄기운 탓에 졸
음이 몰려왔다. 눈을 감았다. 그녀의 발이 내 발에 닿았다. 나영은
움찔하더니 발을 옆으로 옮기면서 말했다.

"왜 그런 생각이 드는지 모르겠어요."

나는 졸면서 그녀의 목소리를 듣고 대꾸를 했다.

"무슨 생각이 든다는 거야?"

"오빠를 보면 어딘가로 또 가버릴 것 같아."

"그러니? 왜 그럴까. 내가 여기에 있는데 어디로 간다는 거야. 학
과 공부 마치고 취직하고 열심히 살아야지. 그러려고 복학한 거야."

"그럼 졸업할 때까지 학교 다닐 거예요?"

"야, 당연한 걸 왜 물어보냐. 이런 귀염둥이 아기 같으니."

나영의 볼을 잡아 당겼다. 순간, 나영이 그대로 얼어붙은 듯 꼼

짝하지 않았다. 얼굴에 홍조가 올라왔다. 막 피어난 매화꽃 같은 홍조였다. 볼을 쥐고 있던 손가락에 힘이 쑥 빠지면서 손바닥으로 그녀의 얼굴을 감쌌다. 작은 아이 같은 얼굴을 두 손으로 감싸고 가만히 들여다보았다. 그러자 나영이 조용히 눈을 감았다. 그녀의 입술을 자세히 보았다. 세로로 난 가는 줄들이 미세하게 떨리고 있었다. 나는 갈증이 나서 침을 꿀떡 삼켰다. 그녀는 "오빠, 눈을 감으니까 뭔가가 보여요."라고 말했다. 그녀는 무엇을 보았을까? 속눈썹이 가볍게 떨리고 있었다. 날렵하게 솟아오른 콧날 밑으로 입술이 조금 벌어지고 있었다. 그녀의 얼굴을 가깝게 들여다보고 있으니 심장이 두근거렸다. 내가 말했다.

"배 안 고프냐?"

"예?"

"우리 아가. 배 안 고프냐고?"

"정말, 오빠, 정말!"

그녀는 갑자기 두 손으로 내 가슴을 두들겼다. 꽃잎이 떨어지는 소리가 들린다. 그것은 커다란 목련 꽃잎이었다. 꽃잎이 진 자리에 잎이 돋아나는 목련나무가 우리를 물끄러미 보고 있었다. 그때 주인 할머니가 문을 벌컥 열고는 오렌지 주스를 들고 들어왔다. 나영이 벌떡 일어나 주스를 받아 들었다. 나는 반쯤 몸을 일으키면서 말했다.

"할머니, 고맙습니다."

"아니여. 우리 집에 손님이 왔는데 뭐 좀 내와야지? 그래, 총각은 학생인가?"

"아, 예. 나영이와 같은 학과 선배 서문이라고 합니다."

할머니는 내가 고향 오빠가 아니라는 사실을 확인하고는 말했다.

"그려요. 우리 나영이 좀 잘 돌봐줘요. 아직 너무 어리고 철이 없어서 내가 아주 불안하다니까. 세상이 너무 험해서 말이야. 아이가 내논 사발 같아서 깨질까봐 겁이 나."

"아이고, 할머니. 너무 걱정하지 마십시오."

"그래. 배고프면 뭐라도 내어 먹고."

"예? 아. 예. 괜찮습니다."

"아니여. 한참 때인데. 할미가 라면이라도 끓여줄까?"

"아이고, 괜찮습니다."

내가 마음에도 없는 소리를 하자, 나영이 벌떡 일어나 할머니에게 달려갔다. 방 안에 감돌던 나른한 공기가 퍽 하고 터지는 느낌이다.

"그래요, 할머니. 오빠가 출출한가 봐요."

나영이 일어나 할머니의 손을 잡고 라면을 끓인다며 방을 나갔다. 할머니에게 달라붙어서는 애교를 떠는 모습이 귀여웠다. 할머니는 나영의 머리를 만지면서 "아이고, 이 강아지. 지금은 소도 잡아먹을 때여." 하면서 다시 걱정스러운 표정으로 나를 돌아보았다. 할머니가 나에게 보여준 표정의 의미를 그때는 몰랐다. 이제는 알 수 있을 것 같다.

그때 보았던 나영의 얼굴이 희미하게 떠오른다. 두 눈을 감고 그녀를 생각하자 입가에 미소가 저절로 지어졌다. '정말, 예쁜 아이다.'라고 중얼거렸다. 나는 콧등을 손가락으로 만지면서 생각하는 버릇이 있었다. 소파의 쿠션을 치우고 길게 누워서 콧등을 만지고 있자니 오랜만에 마음이 편해지면서 심신이 노곤했다. 피곤이 몰려왔다.

나는 책상 위에 있던 일기장을 열어보고 싶었지만 쉽게 넘길 수가 없었다. 저것은 타인의 가장 비밀스러운 공간인데, 아직은 아니다 싶었다.

나영의 웃음소리가 부엌에서 들렸다. 할머니의 웃음소리도 간간히 들렸다. 라면 냄새가 방문으로 새어 들어오고 있었다. 그녀는 라면 두 그릇과 김치 종지를 양은으로 만든 개다리소반에 올려 들고 들어왔다. 할머니의 눈빛이 한결 부드러워졌다. 할머니는 문을 닫으면서 "이쁜 것들, 이쁜 것들." 하면서 나갔다. 다시 둘만 남게 되자 나영에게 부엌에서 할머니와 무슨 이야기를 그렇게 재미있게 나누었느냐고 물었다. 그녀는 라면을 몇 가닥 건져 올리면서 말했다.

"할머니가 가끔 그런 이야기를 해요. 어떤 일이든 간에 지나고 나면 잠깐 낮잠 잔 것 같다고 말이에요. 지금 칠순을 넘기셨는데, 그 긴 인생이 잠깐 낮잠을 잔 것 같다고. 아주 짧은 봄날 같다고 말을 했어요. 그래서 늙으면 자고 싶어도 잠도 없어진대요. 할머니는 자고 싶을 때 많이 자고 먹고 싶을 때 많이 먹으라고 해요. 그것도 나이 들면 시들하다고 말이지요. 정말 그럴까요."

"그래, 맞는 말씀이야. 우리 외할머니도 그런 식으로 말씀하시곤 했지. 자신의 인생을 되돌아보면 그런 생각이 들 거야. 그런데 우리는 하루도 참 길게 느껴지잖아. 결국 타인의 전 생애보다 나의 하루가 더 길게 느껴지는 법이지."

"타인의 전 생애보다 나의 하루가 더 길다. 그거 멋있는데. 오빠가 쓴 글이죠."

"아니. 지금 툭 튀어 나온 거야. 단순한 아이디어로 글을 쓰는 게 아니야. 물론 시작은 될 수 있겠지만 말이야. 한 단락의 문장을 쓴다는 거 쉬운 일이 아니야. 잠깐 반짝하는 거지. 좋은 시는 반짝이는 기지나 재치만 가지고는 만들 수가 없다. 예술도 일종의 숙련된 기술이니까. 시적인 영감이나 재능만으로 시를 쓸 수 있다는 환상을 믿지 마. 언어는 세공사처럼 잘 다듬어야 되는 원석이야. 일단 많이 생각하고 많이 읽어야 돼. 그다음에 조금 쓰는 거야. 한 줄이나 두 줄 정도."

"그럼 내가 써도 돼요, 그 문장?"

"그래. 문장이랄 것도 없는데 뭐. 누구나 하는 생각이야. 곤충처럼 말더듬이를 잘 세우고 떠오르는 생각들을 잘 다듬어봐. 그럼 뭔가 좋은 구석이 있을 수도 있지. 달팽이가 이파리에 기어가듯이 조심스럽게 만들어봐. 그런데, 넌 뭘 쓰고 싶니?"

"저는 에세이를 쓰고 싶어요. 생명이나 사랑에 대한 에세이."

"그래. 너와 어울리는 것 같다. 솔직 담백한 에세이 말이야. 아, 그래 넌 좋은 수필가가 될 거야. 절묘하게 어울린다."

"정말요?"

"그럼. 너처럼 착한 글을 쓰면 좋겠다. 참, 할머니가 나에 대해서
는 별 말씀을 안 하던가?"

나영은 대답 대신에 손가락으로 작은 창을 통해 보이는 하늘을
가리켰다. 구름이 몇 점 걸려 있었다.

"무슨 뜻이야?"

"구름 같은 남자라는 뜻이에요."

"구름?"

"그리고 동문도 아니고, 남문도 아니고 서문이냐고 농담도 하셨
어요."

"하, 재미있는 분이네."

"그래요. 간혹 재미있는 말씀도 하세요. 금세 오빠에 대한 경계
심을 푸셨나 봐요."

우리는 키득거리면서 라면을 먹기 시작했다. 아, 그래. 그 생각도
난다. 할머니는 라면의 면을 온전하게 끓였다. 두 개로 나눈다든지
부수지도 않았다. 긴 면발이 그대로 살아나도록 라면 한 그릇을 정
성을 다해 끓였다. 그 후로부터 나도 라면의 면을 반으로 가르지 않
는다. 그런 생각도 난다. 그날 에세이의 주제를 하나 정해달라는 그
녀에게 제목을 하나 던져주었다. 내가 말한 수필의 제목을 듣고 그
녀는 좋아했다. 서간체나 일기체의 문장으로 마음을 담은 담백한

글을 쓰라고 권했다. 그녀의 책상 위에 있는 일기장을 보고 바로 떠올린 것이었다.

나영이 물었다.

"어떤 글감이 좋을까요?"

"글쎄, 우선 너와 관계가 가장 오래되었고, 가까이 있는 사람에 대해서 쓰면 어떨까? 나영이가 가장 잘 알고 있는 사람에 대해서 말이야."

"그래요. 그게 좋겠네요."

그해 봄이 가기 전에 나영은 한 편의 에세이를 보여주었다. 하얀 용지에 타자기를 사용한 원고였다. 컴퓨터에서 출력된 원고와는 다른 느낌이었다. 심지어 손으로 쓴 글씨처럼 여겨지면서 다정한 느낌이 들었다. 우리의 연애는 타자기로 쓴 원고를 서로 보여주면서 깊어지고 있었다.

그 시절을 떠올리며 사무실에 놓아둔 타자기를 찾았다. 여기저기 뒤지다 보니 책을 쌓아놓은 박스 옆에 잘 보관되어 있었다. 그 시절에는 곁에 항상 타자기를 두고 살았다.

손바닥을 비비면서 자판을 눌러보았다. 손가락이 자판에 닿자 먼지가 묻어 나온다. 자판이 찍힌 종이에 글씨가 새겨지지는 않았다. 먹끈의 잉크가 다 말라버렸기 때문이다. 손가락의 먼지를 닦을 생각도 하지 않고 용지를 우두커니 보았다. '황 보 나 영'이라고 자판이 찍어낸 흔적만 종이 위에 흉터처럼 남아 있다. 연필을 들어 그 자리에 색을 칠했다. 그녀가 보내온 편지와 같은 에세이가 생각났다.

　지난겨울에 아버지가 돌아가셨다. 아버지는 자주 다니던 홍천의 수타산에서 실족하여 어이없이 돌아가셨다. 울음바다가 된 장례식의 모든 절차가 끝날 때까지 나는 그 슬픔의 무게를 느낄 수 없었다. 다만 우리 가족을 걱정하는 조문객들의 위로를 받고 상갓집의 맏딸로 묵묵히 모든 일을 잘 마쳤다. 그리고 며칠 후, 나는 아버지가 돌아가셨다는 수타산에 올라갔다. 어떤 이유에서인지는 모르지만 아버지는 당신이 돌아가신 그 자리를 가끔 찾아가곤 했다. 그곳은 내 손을 잡고 여러 번 다녀간 곳이기도 했다.

　아버지는 항상 이 자리에 오면 낭떠러지가 있으니 조심해야 한다고 강조했다. 나는 이 자리에 오면 아버지가 잡아준 손에 힘을 주었던 어린 시절을 생각했다. 아버지는 크고 튼튼한 손으로 작은 내 손을 잡고 허허 웃었다.

　"아이고, 우리 나영이가 무서워요."라면서 나를 번쩍 들어 올려 아래를 보여주기도 하였다. 아버지의 손에 들려진 나의 가벼운 몸은 산의 깊은 속을 보았다. 산은 위로 솟아 있지만 그만큼 깊은 계곡도 만들어놓고 있었다. 하지만 아버지라는 튼튼한 팔이 있어서 나는 무섭지 않았다. 오히려 그 신비스럽게 깊은 숲을 바라보았다. 높은 곳에서 아래를 내려다보면 쾌감이 몰려온다. 하지만 그날은 그 자리가 무서웠다. 아래에서 아버지의 비명 소리가 들리는 것 같았다.

산속은 조용했다. 눈이 내려서일까. 세상의 모든 소리를 빨아들이면서 눈은 땅에 내려 쌓이고 있었다. 아버지의 시신은 눈 속에서 발견되었다. 어쩌면 이 눈이 살려달라는 아버지의 비명 소리마저도 다 잡아먹었는지 모를 일이다. 그래서인지 눈이 내리면 스며드는 산속의 고요가 나는 두려웠다.

얼마나 시간이 지났을까. 산속에서 나는 한없이 울었다. 이제 아버지는 이 세상에 없다. 유독 딸 바보였던 아버지가 이 세상에 없다는 생각은 나를 절망하게 했다. 아버지가 없다는 것은 감상적인 일이 아니다. 아버지가 월급날 사 오시던 전기 통닭이 사라졌다는 의미이다. 내 대학 등록금을 비롯하여 돈이 나갈 일만 남은 가난한 살림살이는 더 가난해질 것이다.

평생을 시골 고등학교 국어 교사로 재직하면서 검소하게 사셨던 아버지. 우리는 아마 더 가난하게 살아야 할 것이다. 어쩌면 대학을 졸업할 수 없을지도 모른다. 별말은 없으시지만 어머니의 깊은 한숨소리가 들려올 때면 나는 이불 속에서 몸을 뒤척였다. 고등학생과 중학생인 두 남동생은 아직 아버지의 손이 절실하게 필요했다. 항상 싸움을 하고 다니는 막내 녀석은 더 거칠어지지 않을까.

눈이 점점 내려 나는 조금은 서둘러 산을 내려왔다. 그때를 생각하니 눈 발자국이 떠오른다. 어느 순간이었을까. 계곡에 흐르는 물을 건너고 잠시 뒤를 돌아보았다. 내가 찍어놓은 발자국이 나를 따라오고 있었다. 그 발자국들이 내 발바닥을 밀어 올려 걸어온 것이다.

요즘 나는 아버지의 산에 같이 가고 싶은 사람이 생겼다. 그에게 보여주고 싶은 것이 있다. 이런 감정은 나도 잘 모르겠다. 하지만 이건 분명하다. 아버지가 잡아주던 그 손을 그 사람이 잡아주었다. 아버지를 향한 감정과는 완전히 다른 감정이지만, 공통점이 있다. 그건 바로 세상을 함께 본다는 점이다. 아버지의 손에 들려 바라보았던 세상과 그의 손을 잡고 마주하는 세상은 아름다웠다. 또 하나는 그 사람이 아버지처럼 가까이에 있다는 거다. 이 글을 읽어주는 바로 당신이다. 내 감정을 솔직하게 글로 쓰라는 말을 듣고 나는 깜짝 놀랐다. 아버지가 나에게 가르쳐준 작문 기법이기 때문이다.

아버지가 지금 하늘나라에서 나를 보고 있다면 어떤 표정을 지을까. 문득 아버지의 손을 잡고 산을 올라가고 있는 느낌이 들었다. 그러다가 한순간에 아버지가 사라지고 나 홀로 있다는 기분이 들었다. 사람이 사람을 만난다는 건 참 위험하고도 아름다운 일인 것 같다. 함께하고 싶은 그리움과 헤어질지도 모른다는 두려움이 함께 몰려온다. 그건 사랑하는 사람의 죽음을 경험한 사람들이 느끼는 두려움이다. 세상에 영원한 것은 없으니까 말이다. 그래도 이 순간을 놓치고 싶지 않다. 나는 아직 젊기 때문이다.

그녀는 숲속에 내리는 눈처럼, 깊고 고요한 여자였다. 나영의 에세이들은 이후로도 계속 이어졌고 그 무렵 나는 시를 다시 쓰고 있었다. 저절로 시가 떠올랐기 때문이었다. 시는 쓰는 것이 아니라,

어떤 순간에 저절로 써지기도 한다. 젊은 감정이 치밀어 올라 마음에 차고 흘러넘치는 날에는 짧은 시를 적고 다시 보고, 또 적었다. 그때 쓴 짧은 시 〈이내〉가 떠올랐다.

울어, 울어 이내
이내 저녁 숲길 내리면
울어, 울어 이내
아직 나 거기에 가지 못하리.

도대체 거기가 어디였을까? 울어도 가지 못하는 거기가 어디였을까? 이 시는 그녀의 아버지를 생각하면서 쓴 시였다. 그녀의 에세이에 대한 답장이기도 했다. 그때는 '아직'이라고 했지만, 언젠가 아니 조만간 '거기'엔 나도 가리라. 세월에 무게감이 느껴졌다. 그래도 아직은 견딜 만하다. 생각이 깊어지니 주위에 안개가 피어오르는 것 같다. 제 기능을 상실한 타자기 앞에서 역시 사랑이라는 기능을 상실한 한 사내가 누추한 모습으로 서 있었다.

6 타자기 소녀

성서에 "인생은 그림자로다."라고 했는데, 그것은 우뚝 선 나무나 탑의 그림자 같은 것인가? 아니다. 날아가는 새의 그림자와 같은 것이다. 새가 날아간 뒤에는 새도 없고 그림자도 없으니.

탈무드Talmud

모차르트 교향곡 25번을 들으면서 운전대를 잡았다. 라디오 에 프엠 방송에서 귀에 익숙한 1악장의 선율이 흘러나오자 소리 내어 선율을 따라 불렀다. 흥얼거리면서 따라 부르기 좋은 경쾌한 리듬이 다. 음악 소리에 맞추어 차가 탕탕 튕겨져 나가는 거 같다. 오랜만에 휘파람을 불었다. 기분이 좋아서라기보다는 기분이 좋아졌으면 싶었다. 음악에 맞춰 따라 부르는 휘파람이 기분 전환을 해주기도 한다.

신도시에서 조금 떨어진 가구 단지에 있는 '보물창고'라는 가게를 찾아가는 길이다. 그 동네에 칼국수 집이 있어 종혁과 가끔 찾아오는 장소였는데, 그날은 전화를 받고 친구가 서둘러 먼저 가고 나는 커피라도 한 잔 마실 생각에 조금 걸이기다가 눈에 띈 장소였다.

통유리를 통해 보이는 가게는 고즈넉했다. 쓸 만한 의자가 있나 싶어 찾아간 가게에 깨끗하게 진열된 타자기가 눈에 들어왔다. 한 시절 나의 필기구였던 물건이 남다르게 보였다. 타자기를 만지작거리면서 이제는 먹끈을 어떻게 구해야 하느냐고 걱정하자, 주인은 아직도 본인은 타자기로 물품 정리 장부를 만들고, 일기를 쓴다고 하면서 먹끈의 사용감이 떨어지면 찾아오라고 했다. 그는 먹끈을 잉크에 담가서 재생시킬 수 있다고 했다.

"요즘엔 너무 쉽게 물건을 버리는 것 같아요. 아파트 단지에 가면 아직 쓸 만한 가구나 가전제품들이 그냥 버려져 있으니까 말이지요. 모두 왜 그렇게 새것을 좋아하는지 말이지요. 소비를 부추기는 시대의 흐름 같기도 하고. 그런 세상에 타자기 먹끈 따위야 누가 신경 쓰겠습니까. 하지만 저는 타자기를 사랑하는 사람이어서 먹끈을 잘 재생합니다. 불편하지 않을 겁니다. 단, 신품보다는 빨리 먹이 떨어지기는 하지요."

상당히 설득력이 있는 음성이었다. 인간관계도 마찬가지가 아닐까? 오래된 우정이나 사랑 따위는 가치가 없어 보인다. 그래서인지 도시가 사막처럼 변하고 있다. 나는 타자기를 사기로 마음먹었다. 그리고 주인은 타자기를 사용하는 사람들의 동호인 모임도 있다고 소개해주었다.

"뭐, 타자기는 이제 주류에서 밀려난 골동품처럼 취급되긴 하지만, 어떤 사람들은 거기에서 마음의 안식이랄까 그런 걸 찾는 모양입니다. 너무 빨리 변하는 세상에서 자신만 제자리에 있는 것 같은 소외감을 덜어준다고나 할까요. 뭐, 그런 감정을 느끼나 봐요. 손님도 아마 타자기에 어떤 추억이 있어서 손길이 머문 것이 아닐까 싶은데요. 제 경우에는 타자기의 소리가 기억을 일깨워주더군요. 탁탁하면서 자판이 찍히는 소리를 들으면 옛 기분이 살아나는 느낌이 들기도 하지요. 그래요, 뭔가 살아나서 움직이는 느낌입니다. 딱히 기획을 한 것은 아니지만, 어떻게 하다 보니까 타자기를 좋아하는 사람들이 하나둘 모여들었고 말이지요. 물건을 팔면서 타자기 사용법도 간단하게 가르쳐주기도 하지요. 그런 사람들이 가끔 여기에 모여 서로 타자기로 쓴 글을 읽어주고 차 한 잔 마시면서 세상 이야기를 하는 모임입니다. 그래서 먹끈을 유지하기 위해서 잉크에 담가 재생을 합니다. 필요가 생산을 하게 하는 법이지요. 뭐 다 그런 거 아닙니까? 먹끈 걱정이라면 붙들어 매시고, 필요하면 사용하세요. 제가 관리해 드릴게요."

그는 자신을 타자기 전도사라고 불렀다. 단지 물건을 팔기 위해서 홍보를 하는 것 같지는 않았다. 의자에서 일어나는 그는 매우 키가 작았다. 난쟁이처럼 보일 정도였는데, 얼굴이 크고 수염을 길러서인지 마법사처럼 보이는 인상이었다. 왠지 현실적이지 않다고나 할까? 특히 그의 손이 작은 키와 어울리지 않게 크고 두툼했다. 손가락에 굵은 은반지를 끼고 있다. 담배를 많이 피우는 사람인지 냄새가 났다. 저 사람의 머리에 고깔모자를 씌워놓는다면 영락없이 중세의 마법사처럼 보일 것이다. 간혹 칼국수 집에 오면서 자주 다니던 길인데 이 독특한 가게를 발견하지 못한 것이 이상했다. 뭐든 필요해야 눈에 보이는 것일까?

"이 가게는 언제부터 여기 있었어요? 가끔 여기에 오는데, 오늘 처음 보는 것 같기도 하고."

"아이고, 꽤 오래됐어요. 벌써 십 년은 넘었을 걸요."

"그래요? 야, 그런데 왜 이렇게 낯설죠."

"그거야, 뭐든 관심이 없으면 눈에 안 보이는 법이죠. 옆에 코끼리가 지나가도 개미를 보는 사람들이 있지 않습니까? 관심이 있는 대상이 크게 보이기 마련입니다. 혹시 요즘에 타자기와 관련된 어떤 일이 있었나요?"

"예? 뭐, 그런 일은 없는데요."

"그럼 생기겠지요. 그래요. 손님들 중에 책 정리를 하다가 아주 오래전에 쓴 타자기 원고를 보고 여기를 찾는 사람도 있으니까. 물건 중에는 과거와 미래를 이어주는 기억의 촉매 역할을 하는 것이 있는 법이지요."

"하하. 그렇군요. 하긴 저도 뭐 비슷한 추억이 있지요….."

나는 말끝을 흐렸다. 주인은 가게에서 요란하게 울리는 전화벨 소리를 듣고 자리를 잠시 옮겼다. 전화기도 옛것이었다. 스마트폰이 아닌 수동식 전화기도 오랜만에 보는 물건이다. 집에 전화가 있어도 장식으로 남아 있는 경우가 많다. 가게는 골동품들로 만들어진 기억의 공간이었다. 하지만 가게의 물건들이 의도적으로 손님을 끌기 위한 장식용이 아니라는 생각도 들었다. 가게는 마치 그 시절로 돌아간 것 같은 과거의 공간처럼 보였다. 내가 시간을 거슬러 올라간 것 같은 느낌도 들었다.

이 마을은 공장과 창고가 많은 도시의 구석에 있다. 낙후한 시설 때문에 빈민가처럼 보인다. 과연 이곳에서의 모임이 어떠할지 호기심이 생겼다. 이곳에서 타자기를 통해 서로의 안부를 전하는 사람들의 얼굴이 궁금했다. 그들은 어떤 기억을 되살리려고 컴퓨터 자판을 버리고 타자기를 선택한 것일까? 나는 지갑에서 현찰을 꺼내 타자기 값을 지불하면서 물었다.

"사람들이 주로 어떤 글을 쓰나요?"

"일기와 단상들입니다. 남에게 공개하지 않는 글이니까 편하기도 하고, 우리끼리 돌려봐도 부담 없는 그런 내용을 한 페이지 정도 적어 옵니다. 그러다 보니까 가끔은 아주 개인적인 비밀을 적어 오는 사람들도 있어요. 재미있어요. 고등학교 시절 문학반 같기도 하고, 연령층도 다양합니다."

"그렇군요. 이 타자기가 또 그런 모임의 중심이 되는군요."

"아이고, 너무 빨리 세상이 변하니까요. 이런 취미라도 있으면 조금은 천천히 세상을 바라본달까? 생활에 조금은 여유가 생기는 법이지요."

그때 가게의 문을 열고 한 여학생이 들어와 먹끈을 재생해달라고 했다. 태블릿 피시에 익숙한 요즘 같은 시대에 타자기를 사용하는 여학생이 있다는 사실이 조금은 놀라웠다. 완전히 컴퓨터 세대라고만 여겼던 고등학교 여학생의 모습은 독특했다. 나는 그 아이를 물끄러미 쳐다보았다. 시선이 단정하고 딴 곳을 쳐다보지 않는다. 내가 있어도 그림자처럼 왔다가 지나가는 느낌이다. 그 아이가 나가자, 주인은 묻지도 않은 말을 해주었다. 내가 그 아이를 유심히 보고 있어 그런 것 같았다.

"우리 동호회 회원 중에서 가장 어린 회원인데, 가끔씩 적어 오는 일기가 조금은 남달라요. 믿을 수 없는 이야기이긴 하지만 저 아이는 유령을 본다고 합니다. 심령술이나 뭐 그런 데에 심취한 것 같기도 하고. 그 여학생이 손님을 볼 때 좀 이상한 기분이 안 들던가요?"

가만히 생각하니 그 아이는 나를 정면으로 보지 않고 내 옆을 보곤 놀라는 표정을 짓고는 고개를 돌렸다. 그것이 이상하긴 했다.

"그 아이가 또 뭔가를 본 모양이군요. 손님에게 뭔가 다른 구석이 있나 봅니다."

잠깐 소름이 돋았다 사라졌다. 그럼 내 옆에 유령이라도 서 있단 말인가. 내 표정이 굳어지자 주인이 허허 웃으면서 말했다.

"다음에 저 아이가 무엇을 적어 올지 기대가 되는군요. 우리 사이에서는 작가로 통하는 녀석입니다. 재능이 있어요. 뭘 봐서 그런지는 몰라도 말입니다. 하긴 뭘 봐야 쓰겠지요. 그게 뭐든 간에. 내용이 없이 만들어내면 감동이 없어요."

"그런 그렇군요. 저 학생이 다음에 오면 뭘 썼는지 알려주시겠습니까. 그거 궁금하군요."

나는 주인에게 전화번호를 남겼다. 하지만 그동안 따로 연락은 없었다. 내가 전화를 걸어볼까 하다가 잊었다. 그러다가 타자기의 먹끈을 재생하기 위해 다시 이곳을 찾았다. 주인의 말대로 타자기를 쓸 일이 생겼다. 우연치고는 절묘하다. 그사이에 새로 들어온 물건은 없어 보였다. 이런 가게의 특징은 고여 있는 샘 같다는 것이다. 요즘 같은 세상에 가게가 살아남아 있는 것 자체가 신기했다. 주인은 나를 보고 반색했다. 먹끈을 넘기고 주인이 내온 차를 마시면서 잠시 의자에 앉았다.

그가 먹끈을 재생하는 시간 동안 그 여학생의 모습을 잠시 떠올렸다. 거참. 맹랑한 녀석이다. 주인은 골동품이 쌓여 있는 가게의 한 구석에서 잉크에 먹끈을 담가놓고 있었다. 가게의 진열품들을 구경하면서 시간을 보내고 있는데, 가구들 사이로 러시아 인형이 눈에 들어왔다. 마트료시카 인형이다. 나는 인형을 만지작거리다가 주인에게 다가갔다.

"그때 만났던 심령술사 같은 그 여학생 소식은 있습니까?"

"아, 그 여학생 말입니까? 그럼요. 저기 길 건너편 편의점에서 아르바이트를 하고 있어요. 지금 아마 근무하고 있을 시간입니다. 토요일과 일요일에는 저녁 시간에 항상 나오니까요. 심야시간까지 일을 하는 새벽 근무를 좋아한답니다. 왜 새벽 근무를 좋아하느냐고 물어보니까, '밤하늘의 별자리를 볼 수 있어서.' 라고 하더군요. 도시에서는 광공해 때문에 별자리가 빈약하지만, 자신은 별자리를 보는 걸 좋아한다면서 말입니다. 그래서인지 그 아이를 보면 별에서 내려온 공주 같다는 생각이 든다니까요. 하하. 하여간 신비한 구석이 있는 녀석이에요. 편의점 주인 말이 상당히 성실하고 조용한 아이라서 신뢰가 간다고 하더군요. 사실 주인이 저의 집사람입니다. 제가 추천을 해서 거기에서 일하고 있어요. 그 아이는 참 독특해요. 아무리 작은 물건이라도 소름이 돋을 정도로 자세히 오래 봐요. 예를 들어 통조림 하나를 볼 때도 모든 사항을 외우려는 듯이 읽는다니까요. 편의점 체질 같기도 하고."

"그 아이가 써온 글은요?"

"하하, 그게 궁금하신 모양이군요. 뭐 별다른 건 없었습니다."

"그렇군요."

"아, 그리고 그 인형은 그 아이가 팔아달라고 위탁한 물건입니다. 마음에 드시면 싸게 드리지요."

"아, 그렇습니까."

여기에 오면 뭐든 사게 된다. 주인의 장사 수완 때문인지 내가 산 물건들이 내게 꼭 필요한 물건처럼 보였다. 나는 러시아 인형과 먹끈을 받아 가방에 집어넣고, 가게 문을 나서 길 건너편의 편의점으로 갔다. 온통 유리로 된 편의점의 조명은 지나치게 밝았다. 아무리 작은 물건이라도 숨을 곳이 없는 공간이었다. 완전히 열린 공간에 진열된 물건들. 죽어 있는 물건들이다. 살아 있는 물건에는 그림자처럼 적당한 어둠이 있는 법이다. 죽음은 어둠 속으로 사라지는 것이 아니라 역설적이지만 환하게 밝은 곳으로 사라지는 어떤 상태가 아닐까? 편의점은 물건들의 무덤처럼 보였다. 음료 코너에 가서 탄산음료를 골라 계산대로 가니 과연 그 여학생이 단정하게 앉아 있었다. 조용히 정면을 응시하고 있던 아이는 나를 보자 반가운 표정을 지었다.

"안녕하세요. 오실 줄 알았어요."

"어, 그래 나를 기억하는구나. 너도 타자기를 쓴다는 소리를 들었다."

"아저씨는 타자기를 쓰지 않는 분 같아요."

"음, 그래. 사실, 타자기를 손에서 놓은 지 꽤 된다. 내가 너만 할 땐 많이 썼지. 요즘에 다시 사용하려고 한다. 갑자기 그런 일이 생겼어…. 계속해서 타자기를 쓰다보니까 먹끈이 다 돼 가지고 재생하고 오는 길이다. 그런데 내가 올 줄 알았다는 게 무슨 말이냐?"

"아저씨에게 한 말이 아니에요."

"뭐라고?"

"아저씨에게 한 말이 아니라, 아저씨 옆에 있는 한 소녀에게 한 말이에요."

그 아이의 말을 듣고 반사적으로 주위를 돌아보았지만 편의점에는 우리 둘만이 있었다. 계산대 쪽 천장에 설치된 무인카메라가 우리를 지켜볼 따름이었다. 그 아이는 또 내가 아닌 내 옆을 보고 있었다. 갑자기 오싹하면서 소름이 돋았다. 여학생은 계산을 하고 난 탄산음료를 나에게 내밀었다. 시선은 역시 내 옆을 향해 있다.

"아, 도대체. 이게 뭐냐! 어른을 놀리는 것도 아니고. 정말 내 옆에 누군가 있니?"

내가 언성을 높였는데도 전혀 동요하지 않는다. 아니 오히려 더욱더 차분한 목소리로 말했다.

"아저씨. 사람들은 너무 가까이 있는 것들은 보지 못해요. 적당히 떨어져 있어야 보이잖아요. 그 거리에 따라 사람들의 관계가 형성되고 말이지요. 세상에는 인간관계를 거리로 나누어 분석하는 사회학자 따위는 짐작도 할 수 없는 거리가 있어요. 나와 별의 거리, 혹은 나와 영혼의 거리 같은 것 말이죠. 그런 거리를 유지하면서 아저씨 옆에…. 그래요, 누군가 있어요. 단발머리에 허리가 잘록한 교복을 입고, 얼굴이 작은데 온몸에 피를 흘리고 있어요. 아마 아저씨가 편해서 옆에 있는 것 같아요. 우리 엄마 시절의 교복 같아요. 지금은 저런 교복이 없어요. 아마도 아저씨와 아는 사이 같아요. 그러니까 지금도 저렇게 옆에 있지요."

　소녀가 나에게 이런 수작을 부리는 이유를 찾을 수가 없었다. 덜컥 황당한 이야기를 믿을 수도 없었지만, 그냥 지나치기에는 신경이 거슬렀다. 소녀의 태도 때문이었다. 소녀는 무서운 집중력이 있는 아이처럼 보였다. 내가 물었다.

　"그래, 그렇다면 그 아이의 이름이 뭔지 물어볼 수 있겠니?"

　"궁금하세요?"

　"누구라도 이런 이야기를 듣는다면 궁금하지 않겠니?"

　"그래요. 그런데 저도 사실 오랜만에 본 거에요. 이름은… 경자라고 하네요. 신, 경, 자. 반갑다고…. 너무 오랜만에 자신을 알아봐서 반갑다고 하네요."

　경자라는 이름을 듣고 나는 탄산음료를 그 자리에 떨어뜨리고 말았다. 깡통에서 거품이 흘러나오자 아이는 걸어 나와 그 자리를 치우고 있었다. 소녀는 누구이기에 타인의 삼십 년 전 사람을 본단 말인가? 그렇게 우리는 타자기를 통하여 만났다.

7 시
　리
　우
　스

　별자리에 관심이 많다는 이야기를 들어서일까? 그 아이는 그날 나에게 이름을 하나 지어주었다. 그냥 아저씨라고 부르는 것은 뭔가 어울리지 않는다면서, 적어도 자신과 만나는 동안에는 시리우스님이라고 부르겠다는 것이었다. 생각해보니 그 아이의 입장에서 아버지와 같은 연배의 중년 사내를 부를 때, '아저씨' 외에는 별다른 호칭이 없다. 그런데 시리우스님이라고 하니까, 그 이름을 통하여 그 아이가 말하는 거리가 달라지는 느낌이 들었다.

　"시리우스님, 이제부터 이렇게 불러드리고 싶어요."

　"시리우스라니? 혹시 별과 관계된 거냐?"

　"시리우스님을 그 가게에서 처음 봤을 때 저는 늑대 한 마리가 지나가는 걸 봤어요. 시리우스님에게 늑대의 이미지가 있더라고요. 그건 나만이 볼 수 있는 이미지이기도 하지요. 사람들은 누구나 영혼의 이미지를 갖고 있어요. 그걸 꺼내는 일이 쉽지 않아요. 야생 포유류 중에서 늑대는 호랑이와 개 사이에서 적당하게 자리 잡고 있어요. 완전히 멸종된 것도 아니면서 개처럼 흔하지도 않고 말이죠. 왠지 어딘가에 숨어 있을 것 같은 느낌이 들어요. 시리우스는 우리나라에서는 '늑대 별'이라고도 부르는 매우 밝은 별이에요. 별자리 이야기에 의하면 사냥꾼 오리온을 따라다니는 개를 형상화한 큰개자리의 알파별인데 하늘에서 제일 밝은 별이에요. 1등성보다도 10배나 더 밝아요. 언젠가 저는 걸어서 그 별까지 갈 거예요. 그럴 수 있을 거예요."

"시리우스는 너에게 매우 소중한 별 같은데 나를 그렇게 부르는 이유가 있는 거냐. 네 또래면 남자 친구나 뭐 그런 사람에게 더 필요하지 않을까?"

"아이 참…. 전 그런 거 없어요. 나에게만 집중을 해도 시간이 모자라는데 남친이라니요."

"허허. 그 녀석 봐라. 그럼 남친도 없는 녀석이 아저씨, 아니 시리우스님에게는 왜 이러는 거야."

"그건 뭐, 그럴 만한 이유가 있는 법이죠. 저기요… 시리우스님. 뭐든 한 번에 다 알려고 하지 마세요. 뭐든지 과정이 중요하고, 시간이 필요하잖아요. 사람을 한 번 보고 정확하게 파악할 수 있으세요?"

그녀의 말에 내가 아니라고 했다. 나는 무엇인가를 천천히 조사해서 정체를 밝혀내고 연구하는 사람이라고 했다. 사람에 대해서 알면 알수록 슬프다는 말은 하지 않았다. 그런 말을 하기에 소녀는 너무 어려 보였다. 소녀에게는 좋은 것만을 주고 싶었다. 내가 뭔가를 생각하고 있자 타자기 소녀는 말했다.

"하여간에… 시리우스님이라는 이름은 괜찮아요?"

"솔직히 아주 좋다. 내가 좀 특별해진 것 같기도 하고. 필명을 쓸 일이 있다면 이거 괜찮은 것 같아. 좋은 이름을 줘서 고맙다."

소녀는 희미하게 고개를 숙이고 웃었다. 기뻐하는 모습이다.

하늘에서 제일 밝은 별의 이름을 나의 다른 이름으로 불러주는 녀석이 고맙기까지 했다. 아이가 시리우스님이라고 하니까 친밀감이 느껴진다. 내 이름인 서문과도 어울리는 것 같았다. 별자리 관련 서적을 뒤쳐 자료를 찾아보니 시리우스는 '불탄다'라는 의미인 희랍어 '세이리오스'에서 유래되었다. 소녀의 말대로 하늘에서 제일 밝은 별이고, 지구로부터 약 8.7광년 떨어져 있었다.

사람의 관계는 서로의 호칭에 따라 결정된다. 회장님, 의원님, 검사님에서부터 작가, 시인, 아줌마, 아저씨. 그리고 고인에 이르기까지 어떻게 부르느냐에 따라 두 사람의 거리가 설정되는 것이다. 그 아이가 나를 시리우스라고 부르는 순간, 나는 아이가 말하는 나와 별 사이의 거리, 나와 영혼과의 거리를 느낄 수 있었다. 결코 수학 단위로는 설명할 수 없는 인간 간의 거리에 있는 것이 바로 감정이다. 나영이 말한 연애 감정이 바로 그 거리에 있었다.

나영에게 전화가 오고 나서부터 내 주변이 변화하는 것을 느꼈다. 타자기 소녀가 나타나고 타자기를 사용하게 되었다. 이제는 아주 잊어버린 소년 시절의 기억까지 일깨우는 그 감정의 정체가 무엇일까? 그것을 확인할 수 있는 방법은 과거에 있다.

지금 기분은 터널 안을 달리고 있는 것 같다. 끝도 보이지 않는 동굴과 같은 곳을 천천히 가고 있다는 생각. 자동차의 헤드라이트가 비추는 도로의 선을 따라 무심하게 달리고 있다. 하지만 아무리 긴 터널이라도 끝이 있는 법이다. 이 터널의 끝에 가면 빛이 있을까. 그래 설령 밤에 도착한다 하더라도 밤하늘에는 별이 있을 것이다. 그리고 나는 밤하늘에 가장 빛난다는 시리우스가 아닌가?

8 수
분
리
에

살고 있는 허봉니 씨와

지
금
도

수분리에 살고 있는 허봉니 씨

타자기는 빈티지 필기도구이다. 나는 지금 타자기를 통하여 추억을 일깨우고 있다. 재생 먹끈을 끼운 타자기에 하얀 종이 한 장을 끼워 넣었다. 그리고 '연애 감정'이라고 자판을 움직여서 찍었다. 톡톡 하면서 종이에 자판이 찍히는 소리가 기억을 일깨우고 있었다. 연애 감정은 대학 시절에 그녀에게 준 산문의 제목이었다.

돌이켜보니 참으로 기고만장하고 철없던 시절의 객기였다. 감히 '연애 감정'이라니. 차라리 달팽이나 갈매기, 동주나 소월과 같은 제목이라면 이해가 된다. 그토록 모호하고 거대한 글 제목을 주다니. 철없고 어렸던 시절이었다. 잠시 책상에서 일어나 한쪽 벽면에 있는 서가를 향해 천천히 다가갔다. 그때 나는 그녀에게 연애 감정을 느낀 것이다. 그렇다면 지금은 그것에 대해서 뭔가 적을 수 있다는 말인가? 그것도 아닌 것 같다.

연구실이자 사무실의 벽면에는 온통 책들이 꽂혀 있고 창문 쪽에는 작은 오디오가 설치되어 있었다. 턴테이블에 올려진 말러의 교향곡 9번을 본다. 카라얀이 지휘한 베를린 필하모닉의 음반이었는데 최근에 복각된 음반이었다. 요즘에는 엘피음반이 은근히 유행을 타는 모양이다. 만년의 카라얀이 늙은 얼굴로 우두커니 어딘가를 보고 있다. 지난 시절 전성기에 검은 색 턱시도를 차려 입고 단에 서서 힘차게 지휘를 하던 생각이 났다. 나치 경력 때문인지는 몰라도 카라얀을 폄하하는 사람들이 있다. 하지만 나는 카라얀의 지휘가 좋았다. 그는 대중에게 어려운 음악을 매력적으로 연주하고 들려준 사람이다. 대중적인 인기가 있으면 아카데믹한 자들은 질투를 하는 법이다. 턴테이블의 카트리지를 들자 회전판이 돌아간다. 조심스럽게 음반의 맨 처음에 바늘을 올려놓는다. 1악장이 흘러나온다.

음악을 들으면서 책장을 보니 눈에 들어오는 책이 한 권 있었다. 《강운구 마을 삼부작 그리고 30년 후》라는 제목의 사진집이었다. 강운구의 사진을 좋아해서 사들인 책인데 책장에 놓아두고 그동안 들여다보지도 않았다. 책을 들어 탁자에 올리고 몇 장을 펼쳐 보다가 다시 표지로 돌아왔다.

책 제목 밑으로 제법 긴 부제가 붙어 있었다. '70년대 강운구가 찍은 마을과 30년 후 권태균이 다시 찍은 그 마을―시간과 거리에 관한 다큐멘터리' 양장본 박스 장정이 된 앞표지에 검은색을 바탕으로 사진 한 장이 있다.

눈 내리는 마을에 한 여인이 포대기로 딸을 업고 있다. 엄마와 아이의 머리 위로 눈꽃이 피었고, 배경으로 보이는 초가와 겨울나무가 내리는 눈에 형태가 흐릿했다. 사진 제목을 보니 〈수분리 허봉니 씨(당시 28세)와 큰딸. 강운구 사진. 1973.〉이라고 되어 있다. 뒷표지는 영문으로 부제가 적혀 있고 그 밑으로 역시 사진 한 장이 있었다. 같은 배경인데 계절이 달라 눈이 내리지 않는다. 그리고 나이든 아주머니가 환하게 웃고 있었다. 사진 제목을 재빨리 확인했다. 〈지금도 수분리에 살고 있는 허봉니 씨, 권태균 사진. 2004.〉

지금도 수분리에 살고 있는 허봉니 씨의 등에 업혀 있던 딸은 어디에 갔을까? 하는 생각이 먼저 들었다. 그녀는 도시로 가버린 것일까, 아니면 잠시 자리를 비운 사이에 허봉니 씨만 그 자리에 있는 것일까. 그 시간과 거리가 사진 속에 숨어 있었다. 사진은 어떤 거리와 시간을 우리에게 보여주는 것인가? 쏟아지는 눈발처럼 생각이 많아졌다.

2016년 겨울인 현재로부터 삼십여 년 전인 1980년 겨울에 무슨 일이 있었던가? 사진가 강운구의 시선으로 삼십여 년 전을 떠올려 보기로 한다. 그때 나는 상처 입은 짐승이었다. 지상에 발을 딛고 살기 힘들 만큼 고통스러웠던 것은 우연히 목격하게 된 광주에서의 참상만이 아니었다.

거기에는 눈사람 같은 여자 선배가 있었다. 발이 없어서 걸어가지 못한 눈사람 같은 여자. 고교 시절에 만난 세 살 연상의 여학생이었다. 내 인생에 첫사랑이 있다면 그것은 그녀라고 믿어 의심치 않았다. 1980년 겨울에 그녀는 떠났다. 그것이 적어도 한 개인에게는 결정적인 사건이었다. 이후에 나는 그녀와 비슷한 여자만을 만나려고 했다. 그래, 그것은 거의 신경증에 가까운 깊은 병이었다.

그녀의 이름은 원소미. 학교 선배였다. 황보나영을 생각하고 있으니 마치 허공에 걸린 거미줄처럼 투명한 인연의 끈들이 보이기 시작했다. 세상의 모든 것들은 절묘하게 연결되어 있다. 그래…. 나에게 제일 먼저 연애 감정을 불러온 사람은 바로 원소미라는 여자였다.

1979년 3월 꽃피는 대학 교정의 확성기를 통해 '서문'을 찾고 있는 방송이 나오고 있었다. 국문과 신입생 서문은 방송을 들으면 어서 학교 신문사로 오라는 내용이었다. 아마도 그해 신춘문예에 당선을 한 신입생인 나를 인터뷰하려는 모양이었다. 본관에 있는 학교 신문사의 문을 열고 들어서자 제일 먼저 눈에 띄는 여자가 있었다. 머리를 반 묶음으로 묶어 넘기고 한 손에 볼펜을 들고 원고지를 마주보고 있었다. 원고를 쓰다가 고개를 든 그녀 역시 문을 열고 막 들어오는 나를 알아보고 손짓을 했다. 그녀는 노트를 꺼내놓고 이런저런 질문을 했다. 그중에 하나가 앞으로 대학 생활을 어떻게 보내겠느냐는 질문이었다.

"한 여자를 사랑하는 방법을 배우고 싶습니다."

대답을 듣고 그녀는 고개를 갸웃하면서 말했다.

"너무 말랑말랑한데 그대로 적어도 되나? 선데이 서울 기사 제목 같잖아."

"그건 꼭 적어주세요. 황동규 시인이 〈즐거운 편지〉를 쓴 때가 제 나이입니다. 저는 대학에서 사람을 사랑하는 방법을 배우고 싶습니다. 저에게 시는 그 도구일 따름입니다."

그녀는 소리 내서 하하 웃었다. 그녀의 윗입술과 아랫입술이 벌어지면서 입안에 깊은 동굴 같은 목젖이 보일 지경이었다.

"하하. 야, 우리 학교에 물건 하나 들어왔네. 신춘문예에 합격했다고 너무 가오 잡는 거 아니야? 임마, 그럼 어떤 여자가 이상형이야?"

그 질문에 대답하지는 않았다. 바로 우리 학과 선배인 원소미라는 말을 책상 위에 있는 찬물과 함께 꿀꺽 마셔버렸다. 커다란 덩치에 반 묶음 머리를 한 대학신문 기자는 내 시에 대한 이런저런 이야기를 했지만 지금은 전혀 기억나지 않는다. 그녀는 대학을 졸업하고 뛰어난 소설가가 되었다. 야생동물 탐사를 하러 다니던 시절, 베스트셀러가 된 그녀의 작품을 간혹 찾아 읽으면서 그 시절을 반추하기도 했다. 그때 그녀가 헤밍웨이의 노벨상 수상 수락 연설문을 인용하면서 해준 말이 인상적이었다. 작가로서의 삶은, 최상의 상태에서도 고독한 삶이라고. 혹시 명예에 취해서 어영부영하다가는 작품의 질이 떨어진다고 충고해주었다. 그리고 이런 말을 했다.

"최고의 시인이 되고 싶으면 영원한 고독 속에서 지독한 결핍과 매일매일 마주하며 살아야 될 거야. 잘 기억해둬라. 너에게 다가오는 고통이 널 시인으로 만들어줄 거야. 건필하기를 바란다. 《노인과 바다》는 당연히 읽었지?"

그녀는 자신의 생에 대한 예언을 나에게 한 것 같았다. 좋은 선배이고 멋진 작가이다. 하지만 나는 연구자의 길을 걸었다. 지나고 보니 작가와 별반 다르지 않다. 헤밍웨이의 《노인과 바다》처럼 나도 바다 위에서 많은 시간을 보냈다. 비록 거대한 청새치는 잡지 못했을지라도 말이다.

나는 대학에 입학해서 고교 시절에 만났던 원소미라는 여자에게 다가갔고, 그녀의 주변을 어슬렁거렸다. 그녀 역시 재능 있는 시인 후배로서 나를 돌보아주었다. 서로 바라보는 시선이 엇나가기는 했지만, 그녀와 함께 있는 시간은 풍요로웠다. 수업을 마치고 집으로 돌아오면 그녀를 향해 여러 통의 편지를 쓰다가 버리기를 반복했다. 마음만 먹으면 학교에서 만나 바로 전해줄 수 있었지만 주머니에 넣고 만지작거리기만 했다.

얼마 후, 대학 신문에 난 기사를 보면서 소미 누나는 나의 소원이 꼭 이루어지기를 바란다고 말했다. 학교 앞에 있는 음악다방에서 우리는 커피를 마시고 자리에서 일어났다. 소미 누나는 인터뷰 기사가 실린 면을 따로 접어서 가방에 넣었다. 우리는 대학 정문으로 나와 어딘가로 가고 있었다. 그때 소미 누나가 내 어깨를 툭 치면서 말했다.

"야, 여자랑 걸어갈 때는 여자를 길 안쪽에 두고 가는 거야. 약한 여자를 보호해야 될 거 아니야. 덩치는 산만 한 녀석이 어린애처럼 안쪽에서 걷냐? 사람을 사랑하는 방법은 거대한 구호나 감미로운 시 구절이 아니야. 상대를 배려하는 아주 단순한 행동에서 나오는 법이다."

그녀의 말을 듣고 얼른 자리를 바꾸었다. 그때 배달 오토바이 하나가 곁을 쏜살같이 지나갔다. 바람이 휙 몰아치면서 들고 있던 가방을 놓칠 뻔했다. 아, 이런 거구나 싶었다. 여자는 안쪽으로 걸어가야 되는 거구나. 가방을 바로 잡으면서 말했다.

"이제 됐어요?"

누나는 내 팔짱을 끼면서 말했다.

"그래. 그게 신사의 기본이야. 이제 너도 연애를 할 텐데. 가장 기본적인 예의를 지켜야 되는 거야. 알겠어? 그게 여자를 사랑하는 방법이야. 디테일이 중요한 거야. 아주 사소한 것도 섬세하게 살펴주란 말이야. 시를 쓰는 것처럼."

문득 다가온 그녀의 손길에 저절로 입가에 미소가 떠올랐다. 거리에 온통 꽃이 피어 있는 것처럼 향기로웠다.

"그래요. 잘 알겠습니다. 그런데 우리 지금 어디 가는 거예요?"

고개를 돌려 누나를 내려다보았다. 그녀는 작은 체구이지만 균형이 잘 잡혀 있어서 멀리서 보면 키가 커 보이는 스타일이었다. 청바지에 티셔츠를 입고 긴 머리카락은 뒤로 묶었다. 뒷모습을 볼

때 머리카락이 좌우로 흔들리는 모습이 장난스러워 보였다.

"담배 피우러 간다."

"대학생인데, 그것도 졸업반인데 담배를 숨어서 피워요?"

"여자가 담배를 피운다고 욕하는 세상이니까. 얼마 전에 미대생이 복도에서 담배를 피우는데 어떤 남학생이 따귀를 때렸다고 하더라. 참 이상한 녀석이야. 그런 마초들이 귀찮아서 숨어서 피우는 거야. 담배 피우다가 갑자기 맞고 싶지는 않아. 싸우기도 싫고. 적어도 나에게는 가장 안락한 시간이니까. 여자들도 길거리에서 담배를 피우는 나라가 좋은 나라야. 그 좋은 나라에 지금 가는 거야."

"거기가 어딘데요?"

"내 친구가 하는 술집. 미미."

미미는 학교 앞에서 카페를 운영하고 있었다. 밤에는 술을 팔지만, 낮에는 커피를 파는 조금은 퇴폐적인 공간이었다. 미미는 화려한 화장을 하고 노출이 심한 복장을 즐겨 입었다. 예술 전문대학 연극영화과를 졸업하고 배우가 되려고 준비하는 여자였다. 소미 누나와는 어울리지 않는 여자처럼 보였지만, 두 사람은 친자매처럼 지냈다.

그날 카페 미미에서 소미 누나는 담배를 피웠고, 나는 담배를 피우는 그녀를 바라보았다. 그녀의 입에서 나오는 담배 연기는 굴뚝의 연기처럼 힘찬 에너지가 있어 보였다. 담배 연기가 몸속에 타오르는 열정의 에너지를 연소해서 나오는 물질처럼 보였다. 적당히 커튼으로 가려진 햇살 사이로 담배 연기가 퍼지면 술집 미미는 안락한 동굴처럼 느껴졌다.

미미도 담배를 피웠다. 대학의 정문이 마주 보이는 환한 대낮에 화려한 여자와 소박한 여자가 담배를 피우는 장면은 한 폭의 그림이었다. 나도 담배를 피워 물었다. 세 사람이 동시에 담배를 피우는 좁은 카페는 마치 안개에 쌓인 것처럼 몽환적이었다. 미미가 꿈틀거리면서 음악에 맞추어 춤을 추곤 했다. 짧고 타이트한 스커트를 입고 뱀처럼 몸을 꿈틀거리면, 여성의 숨은 관능이 살아나고 남성은 흥분한다. 성 에너지의 발산은 청춘의 증기기관이었다. 힘차게 청춘의 엔진을 돌리는 것이 바로 성적인 에너지였다.

카페 미미에는 일제 테크닉스 SL-1200 턴테이블이 있었다. 미미는 우리에게 들려줄 노래가 있다면서 엘피음반을 꺼내 턴테이블에 올렸다. 턴테이블의 카트리지가 엘피음반에 닿는 순간 지지직거리면서 작은 소리가 났다. 그리고 곧 기타 소리와 함께 노래가 흘러나왔다.

외딴 파도 위 조그만 섬마을 소년은 언제나 바다를 보았네

바다 저 멀리 갈매기 날으면 소년은 꿈속의 공주를 불렀네

파도야 말해주렴 바닷속 꿈나라를

파도야 말해주렴 기다리는 소년

어느 바람이 부는 날 저녁에 어여쁜 인어가 소년을 찾았네

마을 사람이 온 섬을 뒤져도 소년은 벌써 보이지 않았네

파도야 말해주렴 바닷속 꿈나라를

파도야 말해주렴 그 소년은 어디에

파도 소리가 들리면서 음악이 끝나자 미미는 이정선의 '섬 소년'이 나와 어울린다고 했다. 대중가요에 별로 관심은 없었지만 방송을 통해서나 길거리에서 저절로 듣게 되는 노래였다. 음반은 다음 트랙으로 넘어가고, 나는 앨범의 재킷을 살펴보았다. 그때 담배를 피우고 있던 소미 누나가 말했다.

"이정선… 그 사람 음유 시인이야. 섬 소년이라. 그래, 미미야. 네 말이 맞다. 그거 문이 별명으로 잘 어울리는데. 이제부터 넌 섬 소년이다."

그때까지 나는 별명이 없었다. '섬 소년'이라는 별명은 그 시절 우리만의 암호처럼 여겨진다. 다른 사람들은 나를 그렇게 부르지 않았다. 미미와 소미 누나 그리고 나만이 주고받았던 호칭이었다. 그런 식이었다. 그녀는 나에게 섬 소년이라고 불러주었고, 그 말 때문이지는 몰라도 훗날 나는 섬을 자주 찾았다. 농담처럼 주고받은 사소한 말 한마디가 인생의 중요한 부분과 연결되어 있는 것이다.

"그럼 누나는 인어공주라고 할까?"

"야, 징그럽다. 내가 다리가 없는 인어라고? 싫다, 싫어."

그러자 미미가 옆에서 팔짱을 끼면서 말했다.

"야, 섬 소년. 이 누나만 누나냐? 나는 인어공주의 자격이 없나?"

미미는 내 팔짱을 끼면서 바싹 다가앉았다. 소미 누나가 미미를 보면서 말했다.

"맞아. 미미야. 네가 인어공주다. 네 다리는 가끔 물고기의 몸통처럼 느껴진다니까?"

"아니에요. 누나들, 인어공주라는 별명은 취소해야 되겠어요."

"왜?"

두 여자가 동시에 나를 보았다. 나는 말했다.

"인어공주는 물거품이 되어 사라지니까 말이죠."

"어이, 시인 양반. 역시 넌 섬 소년이다. 그냥 웃자고 하는 이야기인데, 뭘 그리 심각해."

깔깔대면서 웃고 있는 두 여자 사이에서 묘한 경험을 했다. 그것은 관능이었다. 이후 내 생을 지배하게 될 여자의 관능미를 나는 그날 처음 가까이에서 본 것이다. 미미의 관능적인 모습에 눈길이 갔다. 꿈틀거리면서 피어오르는 동물의 몸을 가진 식물이라고나 할까? 여자의 관능은 꽃이나 나무 같다가도 뱀과 같은 느낌이 든다. 소미 누나는 미미와 반대의 이미지다. 때론 사회에 저항하는 거친 짐승처럼 굴지만 마음은 여린 풀과 같았다. 완전히 다른 모습을 하고 있는 두 명의 여자와 그녀들이 지배하고 있는 두 개의 세상이 동시에 내 눈앞에 펼쳐져 있었다. 낮과 밤처럼 서로 다른 두 사람이 어떻게 저다지도 친하게 지내는 것인지 미스터리였다.

이정선의 '섬 소년'은 오랫동안 뇌리에 남아 있었다. 타자기로 섬 소년이라고 적었다. 음반 속 파도 소리가 들린다. 그것은 잊어버린 내 젊은 시절의 모습을 보여주는 흔적이었다. 섬 소 년, 탁탁탁 자판이 올라가고 내려오면서 단어가 생겨난다. 여러 번 반복해서 그 단어를 사람 이름처럼 불러보았다. 그건 내가 나를 부르는 주문과도 같았다.

그날 나는 잊을 수 없는 경험을 했다. 늦은 오후, 서쪽으로 난 창문으로 들어오는 햇살에 눈이 부셨다. 미미는 소파에서 일어나더니 창문에 암막 커튼을 치고, '외출중'이라는 팻말을 카페 입구에 걸었다. 그녀가 일어나 걸어가는 모습을 보니 소미 누나가 그녀의 다리가 물고기의 몸통과 같다고 했던 말이 이해되었다. 그녀의 하체는 유선형으로 둥글었고, 그 하체를 감싸고 있는 실크 치마 탓인지 실루엣이 인어처럼 보인다. 미미는 카운터 서랍에서 작은 보라색 손가방을 들고 와서는 금박으로 된 걸쇠를 열고 내 옆자리에 앉았다. 미미는 손가방에서 은박지에 쌓여 있는 풀잎을 꺼내 조심스럽게 냄새를 맡아보았다. 그 모습을 보고 소미 누나가 피식 웃었다.

"어디서 구했어?"

"소미야. 너도 할래?"

"난 담배면 충분해."

"그래. 언니가 좀 즐기려고 하니까, 섬 소년 너도 이해해라."

그녀가 성경책의 한 부분을 뜯어내어 풀잎을 말고 있는 모습을 보았다. 미미가 뜯어낸 성경의 구절이 눈에 들어왔다. 그것은 솔로몬의 노래로 알려진 아가의 첫 구절이었다. "솔로몬이 지은 최고의 노래입니다. (여자) 감미로운 당신과의 입맞춤을 원해요. 그것은 당신의 사랑이 포도주보다 달콤하기 때문입니다." 미미도 그 구절을 보면서 말했다.

"사랑의 입맞춤보다 더 달콤한 연기가 여기에 있다네."

미미는 나에게도 권했다. 그녀가 말아준 대마초를 들었다. 담배보다는 가벼웠다. 두려움이랄까, 선뜻 입에 물 수가 없었다.

"이거, 마약 아니에요?"

미미가 말했다.

"아니. 마약이 아니라, 미약이야. 세상을 아름답게 보고 듣게 하는 미약이야."

나는 대마초를 입에 대고 소미 누나를 바라보았다. 그녀에게 승낙이라도 얻고 싶은 표정이었다. 소미 누나는 고개를 끄덕이면서 희미하게 웃었다. 연기를 길게 흡입하고는 천천히 그 느낌을 기다리고 있었다. 미미는 조금 전에 들었던 이정선의 판을 턴테이블에 다시 올리고 볼륨을 높였다. 그녀의 말대로 그것은 마약이라기보다는 미약이라고 하는 편이 나았다. 신경안정제를 맞은 것처럼 마음이 차분하게 가라앉았다.

온몸의 감각이 활짝 열리면서 음악 소리가 들리기 시작했다. 눈을 감으니 소공연장의 객석에 앉아 있는 느낌이 들었다. 연주자들이 바로 곁에서 노래하고 있었다. 청각이 의사의 청진기처럼 예민해지면서 심장박동 소리처럼 세상이 쿵쾅거리고 있었다. 이정선이 연주하는 기타 소리와 배경으로 들리는 파도 소리가 나를 바다로 데려가고 있었다. 눈앞에서 파도가 부서지고 있었다.

미미에게 조금 전에 품었던 욕정이 사라지고 순백의 비늘을 반짝이면서 움직이는 물고기 한 마리가 떠올랐다. 그리고 소미 누나를 보았다. 그녀는 파도의 포말 위에 떠올라 있는 신비스러운 여인이었다. 물방울이 터져 오르면서 그녀의 형태를 이루었다. 손을 뻗어서 잡으면 그 자리에서 사라지는 무지개처럼 떠올랐다.

"소미 누나."

나는 소미 누나를 불렀다. 그녀가 말했다.

"왜, 기분이 달라지지? 어떤 기분이야?"

"정말 섬 소년이 된 것 같아요. 내 감정의 가장 깊은 곳으로 들어가고 있어요. 야. 참 좋은 물건이네요. 이 연기 덩어리가."

"그래서 내가 대마를 안 하는 거야. 이 피투성이의 엄청난 현실을 왜곡시키기 때문이지. 세상은 대마 연기가 만들어내는 것처럼 착하고 순한 게 아니거든."

그 이야기를 듣고 미미가 길게 연기를 내뿜으면서 말했다.

"그래서 내가 대마를 구하는 거야. 이 연기는 비상구야. 내가… 내가 이 엿 같은 세상에서 유일하게 탈출할 수 있는 비상구."

그리고 둘이 거의 동시에 말했다.

"우리는 서로 갈 길을 간다. 그 길이 달라도 서로 원하는 길을 간다."

두 여자의 웃음소리가 연기 속에서 맴돌았다. 두 눈을 감았다. 소미 누나의 손길은 바로 천사의 손이었다. 나는 그 자리에서 혼절하듯이 길게 누워버렸다.

"자, 이제 정말 죽이는 노래 한번 들어볼까."

미미는 일어나서 김정미의 판을 뽑아 들었다. 신중현의 사이키델릭한 기타 소리가 울려 퍼지고 김정미의 독특하면서도 나른한 목소리가 흘러나왔다. 이곳이 천국이구나 싶었다. 극도로 감정이 고양되어, 한없이 투명한 눈물이 흘러나왔다. 노래가 빗방울처럼 뚝 뚝 떨어져 내 마음을 적시고 있었다.

빨갛게 꽃이 피는 곳 봄바람 불어서 오면
노랑나비 훨훨 날아서 그곳에 나래 접누나
새파란 나뭇가지가 호수에 비추어지면
노랑새도 노래 부르며 물가에 놀고 있구나
나도 같이 떠가는 내 몸이여
저 산 넘어 넘어서 간다네
꽃밭을 헤치며 양떼가 뛰노네
나도 달려보네
저 산을 넘어서 흰 구름 떠가네

파란 바닷가에 높이 떠올라서

멀어져 돌아온다네

생각에 잠겨 있구나

봄바람 불어오누나

그 얼마나 아름다운가

봄 봄 봄 봄 봄

봄이여

아름답다. 그리고 황홀하다. 빨주노초파남보, 세상의 모든 색들이 두둥실 음표가 되어 떠올랐다. 음악을 들으면서 색감을 느낄 수 있는 감각이 놀라웠다. 빨강, 노랑, 파랑, 갖가지 색이 화가의 붓에 찍혀 허공에 그려지자 산과 강이 보였다. 봄바람을 타고 오는 생명의 강들은 물감을 풀어놓은 듯 온통 주위에 스며들고 있었다.

1979년. 그 무채색의 봄은 음악 한 곡으로 화려한 색감을 띄고 평화롭게 다가왔다. 나는 연기를 길게 내뿜었다. 미미는 자리에서 일어나 연기를 내뿜고 하나둘 옷을 벗으면서 춤을 추었다. 그녀는 고대의 무당처럼 보였다. 땅으로 내려온 소리의 신과 접신을 하고 어디론가 날아가는 제사장의 영혼이 그녀의 몸을 통하여 발현되고 있었다.

손을 뻗어 그녀의 형체를 더듬었다. 여성의 나체가 남성에게 주는 안락함. 평화의 감각을 즐기고 있었다. 술에 취한 듯한 나의 행동을 보고 소미 누나는 희미하게 웃으면서 내 머리를 쓰다듬어주었다. 소미 누나의 가슴에 기대어 다시 눈을 감았다. 대학 시절의 대마초 경험은 미미라는 여성이 보여준 낯선 세상이었다.

소미 누나를 처음 보는 순간에 연애 감정을 느꼈다. 그것을 정확하게 설명할 수는 없다. 대마초를 피운 것처럼 주위에 모든 것이 사라지고 그녀만 남아 있다거나, 환하게 빛이 쏟아지는 경험을 한 것은 아니었다. 다만 그녀의 행동거지에 온 신경이 집중되었다고 할까. '저기'를 쳐다보고 있는데도 그녀가 있는 '여기'가 보인다고 할까. 온몸에 이상한 화학반응이 일어나는 것을 감지할 수 있었다. 그것은 외부의 어떤 자극에서 이루어진 것이 아니었다. 저절로 몸속에서 살아나는 감각이었다. 그녀를 쳐다보고 있으면 성장호르몬을 왕성하게 뿜어내는 청소년처럼 무엇인가 마음에서 자라났다. 그 감정에는 당연히 고통도 있었다. 그러나 그 고통마저 감미로웠다.

연애 감정은 바람이 부는 것처럼 아주 사소한 동작과 연관되어 있다. 그녀의 얼굴에 미세한 변화가 일어나면 내 마음에는 해일과 같은 감정이 휘몰아치는 것을 느끼곤 했다. 그녀가 만지작거리는 커피 잔을 보면서 심하게 감정이 움직이는 것을 느꼈다. 그녀가 하품을 할 때나 웃음을 지을 때면 보조개가 살짝 들어간다. 여성의 상징인 가슴과 엉덩이, 다리는 욕망을 자극하는 함정에 지나지 않았다. 대신에 그녀의 속눈썹과 눈동자, 입술과 치아, 날씬한 콧등과 작은 콧구멍, 머리카락과 이마, 코와 입술을 연결하는 작은 다리와 같은 인중에 집중했다. 그녀의 얼굴과 손에서 미세하게 변화하는 표정과 동작은 어떤 이야기를 만들어내고, 노래를 부르게 했다. 그것은 창작의 영감이었다. 적어도 그 시절에는 그랬다.

아주 오래전에 청춘이라는 '섬'에서 살았던 소년처럼 말이다. 그 땐 남쪽에서 봄바람이 불어왔다. 나는 섬 같은 안락한 공간에서 사랑이라고 부를 수 있는 행위를 하고 있었다. 그것은 내 인생에 어떤 흔적을 남겼을까? 나는 노트를 물끄러미 내려다보면서 그 흔적을 찾고 있었다. 지우개로 방금 지워낸 글씨 같은 청춘의 흔적들이 기억 속에서 묻어 나왔다. 아직도 내가 살아 있다는 생각이 들었다. 그동안은 시체처럼 살았던 것일까?

9 마
트
료
시
카

만들기

책상 위에는 러시아 인형이 있다. 눈사람처럼 생긴 러시아 인형 마트료시카를 하나씩 꺼내본다. 내가 품고 있는 기억은 그 안에 작은 기억을 품고 있었다. 인형을 꺼내듯, 기억 하나를 꺼내보면 그 안에 더 작은 기억이 작은 인형처럼 숨어 있었다. 인형의 눈이 과장되게 그려져 있지만 무엇인가 똑바로 집중해서 보라는 이미지로 보인다. 두 눈을 크게 뜨고.

삼십 년 만에 나영에게 문득 걸려온 전화가 내 감정에 어떤 부분을 건드린 것인지는 정확하지 않았다. 하지만 그녀의 목소리가 파도 소리처럼 들려오는 순간, 이제는 완전히 잊어버렸다고 생각한 대학 시절의 추억들이 백사장에 난 새 발자국처럼 보였다. 그 발자국을 쫓아가고 있었다. 과연… 내가 나영을 만나기 전에 어떤 여자들을 만났고, 그 후에 만난 여자들에게 어떤 행동을 했는지 자연스럽게 떠올랐다. 이것이야말로 지금 당장 찾아야 할 새 한 마리라는 생각이 문득 들었다. 동시에 시간이 별로 없다는 불안감이 왜 자꾸 드는 것일까?

중년의 나이는 내일에 대한 태도로 결정된다. 내일이 새롭지 않을 것이라는 생각은 청년들의 감상적인 발상이다. 중년이 되면 내일이 불안하고 암담하고, 심지어 분명히 비참해질 것이라는 초초함이 엄습한다. 그것은 거의 확실한 사실임을 잘 알게 된다. 사실처럼 무서운 것이 세상엔 없다. 작가들이 추구하는 삶의 진실은 그 무서운 현실과 사실을 견디게 하는 힘이다.

그렇다고 오늘이 충만한 것도 아니다. '카르페디엠'과 같은 구호가 공허해지고 절망에 빠지는 것이다. 가장 근본적인 생에 대한 질문, '어떻게 살 것인가?'에 대해 이제는 진지하게 생각할 시간이 된 것이다. 적어도 그동안 내가 살아온 생을 모조리 용광로에 넣고 녹여서 날카로운 칼 한 자루를 만들어야 한다. 그것으로 이 불안함을 절단 내야 한다.

그리고 갑자기 나에게 나타난 타자기 소녀는 누구일까? 타자기 소녀가 말한, 내 곁에 있다는 영혼의 정체도 궁금했다. 사무실에서 본 도둑 발자국 사건 이후 내 주위의 모든 것이 이상하게 돌아가고 있다. 어떤 때가 온 것일까?

"시리우스님… 이제부터 깊은 수렁에 빠질 것 같아요."

그날, 편의점에서 타자기 소녀가 말했다. 현실적으로 아무런 맥락도 짚을 수 없는 이상한 말을 하는데도, 소녀가 귀엽게만 느껴졌다. 소녀와 나 사이에 묘한 연대감 같은 것이 생겼다. 소녀는 내가 보지 못하는 것을 볼 뿐이다. 사실 소녀를 보면서 공포감이 들기도 했지만, 그게 뭐가 문제인가? 소녀가 한 말이 거짓일 수도 있지만, 최소한 느슨한 일상에 팽팽한 긴장감을 돌게 한다. 공포란 적당히 요리하면 뛰어난 셰프의 맛있는 음식처럼 삶의 의욕을 되찾아주기도 한다.

"이 녀석, 어른을 놀리면 못 쓴다. 그래… 이 정도까지만 하지."

"그래요. 사람들은 일이 벌어져야 말의 중요성을 깨닫는 법이지요. 곧 수렁에 빠질 거예요. 아니, 이미 시작된 것인지도 모르죠."

소녀는 내가 쏟아버린 탄산음료를 깨끗하게 치운 다음에 아무 일도 없다는 듯이 편의점의 카운터로 들어갔다. 나는 다른 탄산음료를 하나 골라 계산하고 나왔다. 편의점 앞에서 찬 탄산음료를 목구멍으로 넘기면서, 타자기 소녀와는 다시 만날 것 같다는 생각이 들었다.

황보나영, 그녀를 통하여 떠올린 기억들은 의외로 뿌리가 깊게 뒤엉켜 있었다. 하긴 삼십 년의 세월이 지났으니 세월을 묘목 삼아 심어놓았으면 제법 근사하게 자란 나무가 되어 숲을 이루었을 것이다. 지금까지 내가 했던 말과 행동이 결국은 여기까지, 자신의 발자국조차 알아보지 못하고 허둥대는, 뒤죽박죽의 인생을 살아온 오십 대 남자를 밀고 온 것이었다. 그 시절과 지금의 가장 큰 차이점은 시력이다.

'노안은 참 피곤하고 번거로운 일이로군.'

책을 읽거나 글을 쓸 때만 사용하는 돋보기안경을 벗어 책상 위에 놓고 손으로 턱을 만지작거렸다. 기억에도 노안이 온다. 가까운 기억들이 멀리 보이고, 먼 기억이 아주 가까이 보는 때. 아주 먼 기억이라…. 그때 공교롭게도 떠오르는 기억들이 있었다. 바로 소미 누나를 처음 보았던 고교 졸업반 시절이다. 내 연애와 관련된 가장 먼 기억이다. 그리고 그 대척점에 있는 비교적 최근에 만났던 한 여자가 생각났다.

두 여자 사이에 나영이 있었다. 그녀는 육지와 바다의 가운데 있는 섬과 같은 여자였다. 그렇다면 내 인생에서 만난, 가장 가까이에 있는 여자는 어떤 의미일까? 책상 위에 있는 바싹 마른 식빵을 꺼내 입에 물었다. 일주일쯤 지난 식빵의 식감은 종잇조각 같다. 사무실 공기가 건조해서인지 곰팡이는 피지 않았다. 마른 식빵을 입술 사이로 물고 곰곰이 생각한다.

그녀는 사진가였다. 그녀보다 그녀의 사진이 오랫동안 기억에 남았다. 그녀는 낮보다 밤을 좋아한다고 했고, 어둠보다 어둠 속에 빛을 더 사랑한다고 했다. 밤은 빛이 스며들어 숨어 있는 상태라고 했다. 마치 과일 속에 스며들어 있는 과즙처럼 밤의 빛은 농밀한 풍미와 향기가 있었다.

그녀는 주로 사람을 즐겨 찍었다. 도시의 야간 풍경, 홍등가의 매춘부들을 촬영하곤 했다. 자연의 빛으로 동물들의 흔적을 찾아다니는 나와는 서로 다른 방식이다. 그녀는 카메라의 눈을 가지고 있었다. 빛과 대상에 따라 조리개를 움직이는 멋진 성능의 고성능 카메라 같은 여자였다. 우리의 만남은 빛과 어둠의 경계선처럼, 국경마을에 있는 외딴 집처럼 아슬아슬하고도 외로웠다.

'그녀의 이름이 뭐였더라?'

생각해보니 나는 한 여자에 정착을 하지 못하는 스타일이었다. 그것을 의식한 적이 없다. 그저 여자들이 떠나가고 다가오는 존재려니 했다. 사랑에 대한 진지함이 없었다. 그것이 문제라는 생각이 들었다. 마트료시카 인형을 다 꺼내 가지런히 세워두었다. 제일 큰 인형과 제일 작은 인형을 번갈아 보다가, 제일 큰 인형을 만지작거렸다. 순간, 인형이 무슨 말인가를 하는 느낌이 들었다. '이게 뭐지?'라고 중얼거리다가 인형을 떨어뜨리고 말았다. 문득 구토를 느꼈다. 씹던 식빵을 토하다가 그 자리에서 쓰러졌다. 타자기 소녀의 말대로 깊은 수렁 속으로 빠져 들어가는 것일까? 의식이 가물가물해지고 있는데 누군가가 어딘가로 전화를 하는 목소리와 사이렌 소리가 들렸다. 다급한 발자국 소리를 들으면서 의식을 잃어버렸다.

문득 그녀가 찍어주었던 사진 한 장이 떠올랐다. 그것은 늑대 무리의 발자국이었다. 러시아 연해주 지역의 바닷가 백사장에 찍혀 있는 늑대 발자국이 숲으로 이어져 있었다. 나는 그 발자국을 쫓아가다가 숲에서 나를 노려보고 있는 늑대를 발견하곤 얼어붙었다. 늑대가 날카로운 이빨을 드러내면서 으르렁거린다. 그때 내 등 뒤에서 사냥꾼의 총성이 울리고 늑대가 쓰러졌다. 혼수상태에서 그 기억이 났다. 누군가 나를 병원으로 데려다 주고, 마치 늑대처럼 발자국을 남기고 걸어가는 뒷모습이 보였다.

얼마나 지났을까. 여기가 어딘가 싶어 주위를 돌아보니 병상에 누워 있었다. 내 팔에 링거가 꽂혀 있는 걸 보자 안도감이 들었다. 병실은 환하고 밝았다. 여행지의 호텔처럼 안락하고 깨끗했다. 정신을 차리자 어서 병실에서 일어나고 싶었다. 몸을 움직여보니 잘 움직여진다. 팔과 다리에 힘을 주어 발가락을 꼼지락거려 보았다. 잘 움직이니 마비 상태는 아니다. 문득 쓰러져 식물인간이라도 된다면⋯. 이제는 이런 공포에 시달리는 나이이다.

입원실은 2인실이었다. 내가 누워 있는 병상 옆 탁자에 장미꽃이 한 다발 놓여 있었다. 그 옆으로 가습기가 쉭쉭 숨소리를 내면서 습기를 뿜어내고, 창문은 블라인드로 가려져 있었다. 반투명 블라인드를 통해 빛이 병상으로 스며들어 오고 있었다. 그때 병실 문이 열리면서 익숙한 얼굴이 보였다. 종혁은 내 얼굴을 확인하고는 병상 옆에 간이의자를 끌어당겨 앉았다. 순식간에 모든 상황이 파악되었다. 내가 쓰러졌다는 연락을 받고 친구가 와서 입원 절차를 마무리한 것이라는 생각이 들었다.

"아니, 어떻게 알고…."

"너와 가장 최근에 통화한 인간이 나라는 사실이 괴로울 따름이다. 그냥 심심해서 커피나 한잔 하려고 사무실에 들렀다가 사무실 바닥에 짐승처럼 자빠져 있는 너를 봤다. 이 인간아. 제발 건강 좀 챙기면서 살아라. 너 이러다가 금방 훅 간다."

"그래, 그럴 수 있겠지. 그건 그렇고 미안하다."

"친구끼리 무슨 그런 말을 하냐. 그런데 사무실 앞에서 만난 소녀가 누구냐? 그 아이가 도와줘서 빨리 옮길 수 있었다. 골든 타임을 놓쳤으면 큰일 날 뻔했다. 그건 그렇고 한동안 잠잠하다 했다. 요즘에 뭐가 문제야?"

나는 종혁의 질문을 건너뛰고 물었다.

"소녀라고?"

"그래, 너 찾아서 일부러 온 모양이던데. 공교롭게 쓰러져 있는 너를 발견한 거지."

"그래…. 타자기 소녀가 온 모양이구나. 그것 참 이상한 일이구나. 하여간 고맙다."

나는 어려운 시험 문제를 받은 학생처럼 잠시 타자기 소녀를 생각하고, 요즘에 뭐가 문제냐는 종혁의 질문에 대답했다.

"현실과 환상의 구분이 안 된다고나 할까? 요즘 좀 이상한 일들이 자꾸 주위에서 벌어지고 있는데 뭐가 뭔지 잘 모르겠어."

"보이는 거야, 들리는 거야?"

"보이기도 하고 들리기도 하지. 일종의 환각 상태에 있다고나 할까? 네가 말한 그 소녀는 아마 타자기 소녀일 거야. 아직 이름도 모르는 아이인데. 어떻게 내 사무실을 알고 찾아왔지."

"그 녀석 참 묘한 구석이 있더라고. 하여간 그 아이가 생명의 은인이다. 나중에 만나면 고맙다고 해라. 용돈이라도 좀 주고. 애교 있는 조카처럼 참 귀엽더라."

종혁은 병실이 너무 어둡다고 하면서 병실 블라인드를 올렸다. 오후의 햇살이 쏟아지면서 블라인드가 가리고 있던 창밖의 풍경이 보였다. 나뭇가지가 흔들리면서 울창한 나뭇잎 사이로 하늘이 보였다. 하늘에는 구름 한 점 없었다. 나는 몸을 반쯤 일으키고 머리를 긁적이면서 새들이 날아가는 풍경을 보았다.

종혁은 병실의 창문을 열어놓고 일회용 종이컵에 담뱃재를 털었다. 나도 친구의 담배를 빼어 물고 길게 담배 연기를 내뿜었다. 몇 마디 나누지도 못했는데, 종혁은 신문사의 급한 전화를 받고 병실을 빠져 나갔다. 그러자 주위가 적막해지면서 우울한 기분이 들었다. 그때 타자기 소녀가 병실 문을 열고 들어왔다.

"시리우스님."

소녀를 보고 나는 반색을 했다.

"그래, 너로구나…. 친구에게 지금 이야기 들었다. 정말 고맙구나. 내 사무실은 어쩐 일로 온 거냐? 거긴 어떻게 알았어."

"털보 아저씨 가게에 연락처 주셨잖아요. 그리고 아저씨는 알려진 사람이라서 신상 털면 금방 나와요."

"뭐, 뭘 털어?"

"그런 게 있어요. 하여간 시리우스님 옆에 있는 소녀에 대해서 제가 할 말이 좀 있어요. 그냥 지나치면 안 되겠다 싶어서요."

소녀는 내 표정을 살피더니 병원 냉장고에 있는 음료수를 꺼내 마시면서 말했다. 모든 동작들이 아주 자연스러워서 마치 내 간병인 같은 모습이다.

"저기, 타자기 소녀. 아니 너, 이름이 뭐냐? 나한테 좋은 이름을 주고 넌 이름도 밝히지 않는 거냐."

"이름은 뭐… 그냥 타자기 소녀라고 부르세요. 나중에 시간 되시면 제 이름이나 하나 지어주세요."

"그럼 아직 이름이 없단 말이냐? 말도 안 되는 소리."

"제가 뭐 말이 되는 소리를 시리우스님께 한 적이 있나요. 다 말이 안 되는 소리들이지."

"허허, 그건 그렇구나. 참 그 녀석 맹랑하다."

"하여간 나중에 이름이나 꼭 지어줘요. 저도 가끔씩 내 이름을 누군가가 불러줬으면 할 때가 있으니까요. 별자리에서 따와주면 좋고요. 아름다운 별이 뭐가 있을까? 이렇게 생각하면 되잖아요."

이 녀석은 혹시 가출 청소년일까? 부모의 학대에 못 이겨 세상을 증오하는 청소년이라든지. 자신의 이름을 부정한다는 건 심각한 정신적 장애일 수도 있었다. 하여간 상처가 있어 보이는 아이였다. 나는 다시 너털웃음을 날리면서 말했다.

"그래, 그럼 그렇게 하자꾸나. 넌 참 남다른 아이다. 하지만 아저씨는 너도 보다시피 지금 여러 가지로 힘들구나. 그래서 이렇게 쓰러진 거고 말이야. 어쩌면 큰 병에 걸렸는지도 모르지. 내 옆에 있다는 유령 이야기가 나에게 어떤 의미가 있다는 거냐?"

"시리우스님. 그래서 제가 수렁에 빠질 거라고 했잖아요. 그전에 가게에 제가 내놓은 러시아 인형 샀지요?"

"그래."

"그건 시리우스님이 산 게 아니에요."

"허허, 그것 참. 그럼 누가 산 거냐?"

"시리우스님 옆에 있는 그 소녀가 원한 거예요. 그 인형, 제가 아끼는 인형이에요. 그런데 그날 소녀가 그 인형을 갖고 싶다고 해서 제가 내놓은 거예요. 물건은 돈으로 사는 것이기도 하지만 주인은 항상 따로 있어요. 그 인형을 보다가 쓰러지셨지요. 한번 잘 생각해보세요."

타자기 소녀의 말이 정확하게 맞아 떨어지는 것이 신기했다. 나는 그녀의 지시대로 생각을 하려고 했다. 그런데 갈피가 잘 잡히지 않는다. 소녀는 편의점에서 가져온 듯한 음료수 박스를 내려놓고 잠시 내 곁에 있는 의자에 다소곳이 앉았다. 툭툭, 엉뚱한 이야기를 하는 녀석이지만 왠지 정겹다.

나는 소녀를 물끄러미 바라보았다. 너무 귀엽다. 내가 말했다.

"저기 타자기 소녀야. 내가 만약에 네 볼을 만지면 불쾌할까?"

"왜요. 제가 너무 귀여워서 볼을 만지고 싶으세요? 어린아이처럼 귀여워서."

"그런 생각이 드는구나. 네 볼을 만지면 얼굴에서 나비가 날아갈 것 같다고나 할까?"

가만히 생각하니 만약 아내가 사고를 당하지 않고 살아 무사히 아이를 낳았다면 나에게도 타자기 소녀와 같은 딸이 있었을 것이다. 그래서일까? 그 소녀에게 정이 갔다. 그리고 타자기 소녀는 요즘 아이들 같지 않았다. 성숙한 생각을 하고 있는 모양이 대견했다. 그래서 말이 잘 통하는 것일까?

그 아이가 나에게 관심을 가져주니 아빠가 딸에게 가지는 친근감을 느낄 수 있었다. 아니, 나는 아이가 없으므로 이 감정에 대한 표현이 정확하지는 않다. 하지만 아마도 이런 감정일 것이라고 짐작했다. 경우는 다르지만 사랑의 화학반응을 피력한 괴테의 소설 《친화력》 같은 것 말이다. 하지만 소녀의 볼을 만지는 건 자제해야 되겠다는 생각이 들었다. 나는 다시 말했다.

"아니다. 방금 한 말은 취소다."

"괜찮아요. 만지셔도 돼요."

"아니야. 취소야. 나중에 다시 그런 생각이 들면 그때 한번 살짝 만져보자."

"그럼 그러세요."

소녀는 방긋 웃었다. 그 미소를 보자 어서 일어나 건강하게 살고 싶다는 생각이 들었다. 어떤 형태가 되었건 서로에게 힘이 되는 사람들이 있다. 나에게는 친구 김종혁이 그런 사람이었다. 지금은 곁에 있는 타자기 소녀에게서 기운을 얻는다. 평소의 나답지 않은 모습이다.

한 시간 정도 병문안을 와 있던 타자기 소녀가 나가고 나서 저녁 늦게 종혁이 다시 찾아왔다. 그는 병실 문을 열고 들어오면서 갑자기 터진 특종 기사 때문에 정신이 없다고 했다. 기업체 사장이 분통이 터져 정치인들의 비밀스러운 인맥을 폭로한 내용이었다. 병원에 와서도 종혁은 누군가의 전화를 계속 기다리고 있었다. 이 사건으로 한동안 우리 사회가 시끄러울 것이라고 종혁은 말했다. 나는 그의 기사에는 별 관심이 없다. 그의 기사가 어떤 기사라 하더라도 정치적인 문제라면 다른 큰 사건이 터져서 그 기사를 가릴 것이다. 이것 역시 우리 사회의 사실이다. 종혁은 의자에 앉아서도 카톡으로 뭔가를 적어 보내고 받았다.

"그건 그렇고 요즘에 왜 그런다고?"

일단 바쁜 일을 일단락 지은 종혁은 끊어진 이야기의 끈을 이었다. 그의 태도가 고마웠다. 저토록 바쁜 와중에도 병든 친구를 위해서 잠시 전화기를 탁자에 내려놓는 모습을 보고는 갑자기 마음의 한 구석에서 둑이 터진 것처럼 그동안 쌓인 감정이 밀려 나왔다.

"왠지는 모르겠는데, 자꾸 죽고 싶어. 어느 순간에 내가 붙잡고 있던 마음의 끈이 끊어지면서 깊은 곳으로 추락하고 있는 것 같아.

지금도 계속해서 떨어지고 있는 상태 같기도 하고. 머리가 터지는 한이 있더라도 바닥이라도 나오면 좋겠다는 생각이 든단 말이야…. 그냥 가슴 한구석에 뭔가 밀려오면서 걷잡을 수 없이 고통스러워. 가슴이 두근거리고 세상의 모든 것이 두렵고 무서워서 견딜 수가 없어. 마치 러시아 작가의 간질 발작처럼 간헐적으로 찾아오는 이 병은 조용하고도 음습해. 세상의 모든 것을 가려버리고 깜깜하게 만들어버리면서 고통만을 주지. 누구에게 의논할 수도 없어. 이 나이에 아이들 투정 부리듯이 살 수는 없잖아. 그냥 그러다가 지나가곤 하니까 말이야…. 일종의 우울증이랄까, 하여간 내 정신이 감당하기 힘든 상태가 되면 그냥 사무실 바닥에 누워서 두 팔을 벌리고 가만히 있으면 조금 진정이 되기도 하는데….

그리고 요즘엔 사소한 일로 화가 많이 난단 말이야. 심지어 다른 사람을 도둑으로 생각하기도 하고. 얼마 전에는 이런 일도 있었어. 사무실에 도둑이 든 줄 알았는데… 나중에 자세히 보니까 그게 바로 내 발자국이었더라고. 뭐든 서두르게 되고, 초초하고 불안해서 다른 사람을 보기가 무서워. 차라리 죽어버리고 싶다. 얼마 전에는 사무실 창문에서 그냥 뛰어내리려고 하기도 했어. 그리고 뭔가 이상한 존재가 주위에 나타나는 것 같기도 하고…. 나도 이런 내가 무섭다."

종혁은 묵묵히 이야기를 듣고 있었다. 유리 탁자 위에 올려둔 스마트폰에서 진동이 울리고 있었지만 그는 받지 않았다. 그는 계속해서 울리는 스마트폰을 가방에 신경질적으로 집어 넣고는 손가락으로 유리 탁자를 톡톡 두들기면서 한 손으로는 턱을 만지고 있었다. 나는 잠시 친구의 눈동자를 응시했다. 뭔가 불안한 그림자가 감도는 눈동자였다. 우리는 침묵했다. 종혁은 짧게 한숨을 내쉬고는 말했다.

"아마도 무슨 원인이 있겠지?"

"그럴까?"

"내가 보기에 뭔지 알 수 없지만 말이야. 그리고 위안이 될지는 모르겠지만, 문아…. 너는 출퇴근을 안 하잖아. 그게 얼마나 고마운 일인지 모른다. 월급 받으려고 죽기 살기로 출퇴근하는 나 같은 사람. 쓰자마자 허공으로 날아가고…. 다 먹은 짜장면 덮어두는 데에나 쓰는 신문 기사를 쓰느라고 정작 쓰고 싶은 글을 못 쓴단 말이야. 월급쟁이들은 뭐 남는 게 없는 인생이다. 이런저런 생활비와 주택 대출금으로 월급의 반이 날아가면 항상 쪼들리는 생활이지. 하지만 너는 일단 혼자 살면서 하고 싶은 일을 하면서 살았으니까 너무 낙담하지 않았으면 좋겠다. 하여간 이런 말이 뭐 위로가 되겠니. 너무 힘들면 정신과 치료를 받는 게 어떨까?"

"아니, 조금 더 견뎌봐야지. 이러다가 다시 돌아오니까 말이야. 사실 그렇게 심각한 것은 아니야. 네 말대로 나는 그리 힘들게 사는 게 아니지. 사실이 그래…."

"아니, 그것과는 다른 문제지. 자기 사무실에서 뛰어내리려고 한 상태를 심각하다고 하는 거다. 하여간 무엇인가가 너를 거기로 안

내하고 있다는 생각이 들어. 그게 무엇인지 그걸 찾아봐."

"뭘?"

"이쯤에서 그동안 살아온 날을 한번 돌아보란 말이야. 너의 전공을 살리란 말이지. 넌 길바닥에 발자국만 보고도 오소리인지 너구리인지 아는 야생동물 전문가잖아. 마침 입원도 했으니 조용히 한 번 생각해봐, 분명히 뭔가 있을 거야. 이 병원이 있던 자리도 과거에는 숲이 무성했다고 하더군. 그런 거잖아. 숲에 야생동물도 살았을 거란 말이야. 아스팔트가 모든 것을 지워버린 자리, 그 밑에 화석처럼 동물들의 발자국이랑 똥이 있을 거 아니야. 오래된 아스팔트를 걷어버리고, 그걸 한 번 찾아가 보라고."

그의 말에 설득력이 있었다. 그건 내가 반드시 해야만 하는 일이었지만, 나에겐 가장 어려운 일이기도 했다. '그럼 누구를 찾아야 하지?'라는 질문을 떠올렸다. 소미 누나, 황보나영, 그리고 한 여자의 얼굴이 또렷하게 떠올랐다. 그 여자, 아니 그 사람이 있었던 자리에 단서가 있을 것이다. 발자국이 지나간 자리 끝에는 동물이 웅크리고 있듯이 말이다. 나는 종혁이 탁자에 올려놓은 담배를 꺼내 다시 피워 물었다. 종혁은 중환자가 무슨 담배냐면서 내 담배를 빼앗아 창가로 가면서 말했다.

"그리고 흔적을 찾아갈 때 조심해야 할 것이 있다. 선불교에 '영양이 뿔을 건다'라는 말이 있지. 《전등록》의 설봉존자가 한 말인데, 이게 머릿속에 오래 남아 있어. 내가 취재를 할 때도 간혹 떠올리는 말이야. 영양은 뿔이 앞으로 꼬부라진 놈이잖아. 이놈이 잠을 잘 때 꼬부라진 뿔을 나뭇가지에 걸어놓고 허공에 매달려 잔다고 하는 거야. 그래서 발자국만으로는 그 녀석을 찾을 수가 없다는 거야. 영양은 사나운 짐승을 피하기 위해서 그런 거지. 물론 비유인지 정말 그런 건지는 몰라도, 넌 포유류 전공이니까 알 거 아니야. 정말 그러냐? 하긴 그건 중요한 게 아니고, 하여간 영양의 발자국만 보고 따라가다가는 어느 순간에 발자국은 끊어지고 영양이 간 곳을 모른단 말이야. 나에게 제보를 한 기업체 사장의 폭로도 아마 그렇게 마무리될 거야. 아무리 추적을 해봐도 잡아야 할 놈들은 흔적도 없이 사라진단 말이야. 발자국을 쫓아가도 보이지 않는 놈들이 세상을 이 지경으로 만들고 있지.

그리고 말이다. 이 말을 너에게 해주고 싶다. 땅 위에 찍힌 호랑이나 고라니 발자국을 찾아가듯이 하면 분명히 놓치는 것이 있을 거야. 하늘도 봐야 할 거야. 이것은 심리적인 것일 수도 있지. 사람의 흔적을 짐승의 흔적 찾듯이 하면 될까 모르겠다. 그래도 사랑했던 사람이라면 뭔가 있겠지. 그리고 다시는 어리석은 짓을 하지 말아라. 너 죽어버리면 내가 심심해서 안 되겠다. 오래 살아라. 그래야 동물 연구자로서 아니면 다시 시인으로 돌아와 뭔가 이룰 거 아니냐?"

"고마운 말이구나. 그래, 너 때문이라도 조금 더 살아야 되겠다. 나 금방 안 가니까 걱정하지 마라. 그리고 그건 말이야. 기억이라는 거, 일종의 새 발자국이구나. 새들은 땅에 흔적을 남기지만 하늘에서 살아가지."

"그래, 그런 거야. 하지만 인간은 땅에 살지. 내가 보기에도 넌 연구실에서 살았고. 그나마 시간이 나면 여러 여자를 만나 가볍게 살았잖아. 연구실에서만 진지했지. 여자 관계는 너무 가벼웠어. 너 임마, 오래전에 내가 좋아한 여자하고도 잤잖아."

"그런 일이 있었나."

"이것 봐, 이것 봐! 아무것도 모른다는 이 천진한 표정은 뭐야. 임마. 너 그러니까 벌을 받는 거야."

"무슨 말을…."

"넌 그게 문제야. 그건 타인에게 무책임한 거란 말이다. 일종의 범죄야 그건. 사건을 취재하다 보면 의외로 그런 일이 많아. 그 사건의 발단이 의외로 어처구니가 없을 때가 있단 말이지. 상대방의 폭력보다 사소하다고 여겨지는 일상적인 무관심 때문에 상처받는 사람들이 있다고. 마치 제방에 뚫린 바늘구멍처럼 말이야. 나영의 전화를 비롯해서 너의 주변에서 벌어지는 일들의 이면에 뭔가 있을 거란 생각이 든다. 하여간 여자 조심해라. 자고로 모든 남자들이 여자 때문에 망했어. 이건 정말 절대 진리다."

나는 단정적으로 말하는 친구를 향해 고개를 도리질했다.

"아니야, 난 여자들에게 고통을 준 적이 거의 없어."

친구는 혀를 차면서 말했다.

"넌 여자의 고통을 기억하지 못하고 있구나. 그게 큰 문제 같다는 생각이 든다."

"과연 그럴까?"

"아마도 그럴 거야. 잘 생각해봐."

우리는 대화를 멈추고 잠시 쉬었다. 말도 많이 하면 피곤하다. 특히 요즘엔 말을 하면서 현기증을 느낄 때도 있다. 그건 종혁도 마찬가지였다. 우리는 서로 말을 멈추고 조금 쉬었다. 우리는 병실에 설치된 티브이를 무음 상태로 해놓고 화면만 보았다. 그의 말대로 재벌 회장이 자살을 했다는 소식이 큰 자막 처리로 뜨면서 진행자들이 들떠 있었다. 그 화면을 우두커니 보고 있다가 종혁은 내 눈치를 살피면서 말했다.

"그리고, 바로 수술 들어가야 된다고 하더라. 날짜 잡느라고 고생했다. 다행히 여기 병원장과 내가 조금 아는 사이야. 간이 그 지경이 되도록 뭐하고 있었냐. 조금 더 늦었으면 손을 쓸 수 없었다고 하더라. 정말 다행이다. 삼 일 후에 수술이다. 시골에 계시는 어른에게는 내가 연락했다."

"수술?"

"간암이라고 하더라."

"간암?"

"그래, 이제 의사가 설명해주겠지만 너무 겁먹지 마라. 요즘 의료 기술이 네가 생각하는 것보다 훨씬 좋아. 잘될 거야."

"내가 수술을 받는다고?"

"그럼 어떡하냐. 바로 죽을래?"

"그럴 수는 없지. 아직 생각해야 할 것이 조금 남았어."

"그래, 무슨 생각을 해야 하는데?"

"내가 만났던 여자들…."

"이 자식. 이제야 철이 드는구나."

"그동안… 너무 멋대로 살았던 것 같다."

"허허. 왜 이래. 불길하게. 너답지 않게 반성을 하고. 그래도 그동
안 잘 견뎠어. 유난 떨지 말고 그냥 살아온 대로 살아."

"아니야, 아니야. 뭔가 단단히 잘못됐어."

갑작스러운 혼절과 수술 이야기가 무거운 짐처럼 여겨진다. 친구
의 말대로 그대로 살 수는 없다는 생각이 들었다. 무엇인가 해결해
야 될 일들이 있는 법이다. 그건 피한다고 없어지는 것이 아니다.
마치 수술을 하듯이 말이다. 피곤하다…. 피곤이 몰려와 사람이 앞
에 있는데도 저절로 눈꺼풀이 내려간다.

"다 잘될 거야. 너무 걱정하지 마라."

종혁은 걱정스러운 얼굴로 나를 내려다보았다. 나는 두 눈을 감
은 채로 고개를 끄덕였다. 종혁은 내 손목의 맥박을 짚어 보고 있
다. 한의학에 대한 상식이 있어, 간혹 내 보약을 달여주기도 했다.
내 맥박 소리가 들리는 것 같다. 나른하게 잠으로 빠져든다.

여행을 마치고 안락한 호텔에서 욕조에 머리만 내고 온몸을 담

근 것 같다. 이 모든 상황이 꿈을 꾸는 것 같았다. 눈꺼풀 아래 눈동자가 조금씩 흔들리고 있었다. 한 여자의 얼굴이 그림자처럼 어른거린다. 어둡고 깊은 숲속에 있는 호숫가에서 물그림자가 번들거리며 떠오르는 기분이다. 깊은 숲속에서 이끼가 가득한 바위를 만지는 기분도 든다. 이끼가 미끌거리면서 축축한 물기를 내보낸다. 바위 앞으로 작은 소가 있었다. 숲이 너무 깊어 어두운 그 연못의 중심에 방울방울 물방울들이 올라오고 있다. 나는 쪼그리고 앉아 그것을 유심히 들여다본다. 물방울 속에 내 얼굴이 비친다.

아마도, 팔 년 전이었을 것이다. 내년이면 쉰 살이 된다는 생각을 한 기억이 난다. 대나무의 마디처럼 사람들의 인생은 십 년 단위로 뭔가 변화한다. 그녀가 아마도 나에겐 그런 변화가 아니었을까? 개국 준비를 하는 여행 전문 채널 방송국에서 특집 프로그램을 제작한다면서 출연 섭외 연락이 왔다. 역사, 문학, 미술 등 여러 분야의 전문가들이 문화 기행을 떠나는 형식이었다. 피디는 나를 중앙아시아 야생동물에 대한 다큐멘터리의 출연자로 모시고 싶다고 정중하게 부탁했다. 이 분야 전문가인 나와 함께 사진작가가 동행을 하기로 했다. 전문가의 해설과 함께 사진작가가 찍은 동물들의 사진을 실음으로써 방송의 질이 더 높아질 것이라는 피디의 발상이 좋아 보였다.

그녀를 처음 만난 곳은 인천 국제공항이었다. 이착륙하는 각국의 비행기들이 창으로 보였다. 비행기는 내 소년 시절에 동경의 대상이었다. 공항은 항구와는 다른 느낌으로 다가온다. 항구는 바다로 나아가는 과정처럼 여겨지지만, 공항은 다른 세상으로 하는 출구로 여겨지기 때문이다. 랭보의 시를 읽다가 문득 공항으로 와서 비행기를 타려고 한 적이 있다. 마치 기차를 타듯이 게이트에 들어가려는 나를 저지하던 직원들의 황당한 표정이 생각난다. 비행기를 타기 위해서는 여권을 준비해야 한다고 했다. 나는 무조건 프랑스에 가야 된다고 했고, 마침 그 자리를 지나가던 비행기의 기장이 무조건은 일제가 항복을 할 때나 쓰는 거라면서 여유롭게 나를 달래주었던 기억이 난다. 그는 캐리어를 잠시 멈추고 말했다.

"야, 여권이 필요하다는 건, 준비가 필요하다는 거야. 프랑스에 가고 싶으면 프랑스에 갈 준비를 하고 와. 학과 공부 열심히 해서 대학에도 가고, 알아들었지. 네가 여권을 가지고 여기에서 다시 만날 날을 기다리마. 어서 가라. 이 꼴통아."

그는 내 머리통을 쥐어박으면서 화통하게 웃었다. 기가 막힌 표정을 지으면서 지나가던 사람들의 표정도 생각난다.

걸을 수 있다면 어디든 갈 것 같았던, 그 철없던 시절을 생각하면서 속으로 웃고 있는데 그녀는 묵직한 카메라 가방을 메고 공항에 나타났다. 첫인상이 매우 매력적인 여성이었다. 화장기가 전혀 없는 얼굴이고, 석고상처럼 흰 피부가 볕을 받아 반짝거리고 있었다. 걸음걸이를 옮길 때마다 어깨까지 내려오는 긴 머리카락이 가지런하게 출렁거리고 있었다. 분명히 그녀는 나보다 어려 보였는데, 왠지 그녀가 더 성숙하다는 느낌을 지울 수가 없었다. 그것은 아마도 사람을 대하는 그녀의 태도 때문이 아닌지 모르겠다. 출국 절차를 밟으면서 옆에서 슬쩍 본 그녀의 나이는 서른다섯 살 정도였다. 그녀는 말수가 적었고 맑고 투명한 정신을 가지고 있는 사람처럼 보였다.

그녀는 도시와 인물 사진을 좋아했다. 그녀의 사진 작업을 일별을 한 상태라서 나는 그녀에게 이미 관심을 가지고 있었다. 매우 개성적인 작가임에는 분명했다. 그녀가 말했다.

"저는 주로 도시를 찍고 있는데, 제 작업이 어울리는 자리인지 잘 모르겠네요."

그녀는 자신을 소개하면서 '도시'라는 말을 했다. 나 역시 도시에서 살고 있지만 그곳은 거주지일 뿐, 실제 생활은 야외에서 보내는 경우가 많다. 직업 때문에 그런 것이다. 그래서 산이나 들이 더 익숙하다. 하지만 나는 도시형 인간이다. 그건 분명하다. 단 한 마디를 나누었을 뿐인데, 그 말도 평범한 인사에 불과했는데 듣기 좋았다. 누군가의 말이 잘 들리면 그 사람과 친밀해질 가능성이 높다. 나는 말씨가 예쁜 여자들에게 호감을 느낀다. 그녀의 말씨가 내 답답한 귀를 열었다. 그녀에게 호감을 느껴서인지 나는 약간 긴장했던 것 같다.

비행기가 이륙을 하고 나서, 좌석 벨트를 풀어도 된다는 안내 방송을 들으면서 옆 좌석에 앉아 있는 그녀에게 말했다.

"우리는 어떤 사건이 일어났을 때, 그 사건을 바라보는 시선 때문에 불안해하거나 안심하곤 하지요. 같은 사건인데 말입니다. 사진은 그런 시선을 가장 정확하게 표현해주는 것 같아요. 저는 연구할 동물들의 흔적을 찍기 위해 카메라를 가지고 다니는데, 화가의 스케치북 같은 거죠. 그놈들의 발자국이나 배설물, 지나간 자리를 찍으면 연구 자료가 되는데, 이것이 없이는 논문을 쓰기 힘들지요. 저에게 사진은 일종의 필기도구 같은 겁니다. 단순한 사실만 적어내는 그런 문장과도 같지요. 하지만 어젯밤에 피디가 보내온 당신의 사진은 인상적이었어요. 아름다운 문장을 만들어내는 작품과도 같은 사진을 찍을 것 같더군요. 뭐랄까? 작가 정신이 돋보인다고 할까. 하여간, 같이 일하게 돼서 반가워요."

그녀는 내 말을 듣고 고개를 갸웃하면서 말했다. 입술 사이로 하얀 치아를 보이며 미소를 지었다.

"과찬이세요. 아직 그런 경지에 이르려면 한참을 더 가야 될 것 같아요. 가끔 이런 생각은 들어요. 사진은 사람들의 영혼을 포착하는 작업이라는 생각 말이지요. 사진을 영혼의 시선이라고 말한 유럽의 포토그래퍼가 있어요."

"브레송? 결정적 순간을 포착해낸 사진의 구도자라고 하는 사람이지요."

"어머, 혹시 브레송을 좋아하세요?"

"아니요. 각별한 생각이 있는 건 아니고, 세종문화회관에서 열린 전시회에 간 적이 있어요. 그의 포스터를 제 연구실의 한쪽에 붙여 놓았죠. 뭐 그 정도의 관심이 있고, 그의 산문집 한 권이 서가에 있어요. 아직 다 읽지는 못했어요."

"저기…. 그럼… 각별하게 생각하는 포토그래퍼는 있어요?"

그녀는 호칭을 고민하더니 '저기'라고 하고는 물었다. 나는 사진에 관심이 있는 편이다. 우선은 내 작업에 필요하기 때문에 촬영을 해야 하고, 그래서 답사를 다닐 때마다 사진기를 항상 가지고 다니기 때문에 장비에도 조금 신경을 쓰는 편이다. 필름 시절부터 니콘 카메라를 사용했지만, 그날은 보조용으로 가지고 다니던 캐논의 디지털 카메라 G9을 가지고 왔다. 이 카메라는 가볍고 비교적 해상도가 좋아 수정 작업을 거치지 않고 바로 잡지에 실어도 될 만한 사진을 만들어낸다. 그녀도 캐논을 사용하고 있었다. 그리고 찍는 순간에 바로 사진을 볼 수 있는 폴라로이드 사진기도 보였다. 그녀의 카메라 가방을 보면서 나는 생각나는 작가들을 떠올렸다. 그러자 곰 한 마리가 연상되었다. 이것도 일종의 직업병인가?

"글쎄요. 딱히…. 아! 그래요. 그런 식이라면 우리나라 강운구, 주명덕 선생의 작품을 각별하게 여기기는 하지요. 내 정서와 잘 맞는 것 같기도 하구요. 외국 작가는 패션 사진 작가인 헬무트 뉴튼의 곰 사진을 보고 좋았던 적이 있어요. 보그지에 실린 작품인데 헬무트다운 작품이더군요. 곰이 두 다리로 버티고 서서…. 역시 전공은 속일 수가 없지요."

그녀는 웃음을 참으면서 말했다.

"아… 곰요. 곰이 자랑스럽게 고추를 내밀고 있는 그 사진 말이죠?"

"고추라구요? 하하 그러네요. 그 생각까지는 못 했는데. 프로이트식이네요. 그 사람 사진을 보면 성기의 이미지가 많아요. 포르노까지 접근한 모양인데. 역시 포르노에는 한계가 있어요."

"그 사진… 곰이 발기하고 있는 사진이어서 검열을 당했다는 거죠. 패션과 육체를 사진 미학으로 여기는 거장이에요. 그 사람 덕분에 20세기 패션 사진의 역사가 바뀌었다는 평가가 있어요."

"그건 시대가 필요해서 만들어 낸 작가로군요. 패션의 시대인 유럽의 20세기가 아니었다면 가능한 인물이 아니지요."

"징기스칸이나 나폴레옹도 그런 거죠."

"그럼요. 시대가 필요해서 거장을 만들어내는 거지요."

우리는 가볍게 웃었다. 머릿결이 출렁거리면서 한쪽 얼굴을 가렸다. 러시아 블라디보스토크로 가는 비행 시간 동안에 우리는 사소한 이야기를 나누면서 친밀감을 느꼈다. 우리는 서로 다른 일을 하고 있었지만 대화를 이어갈 공통의 주제를 이끌어낼 수 있었다. 그녀는 그동안 내가 답사를 다닌 이야기를 듣고 싶어 했다. 나는 우리나라 섬에서 만난 새의 이야기를 조금 했다. 어청도였다. 그녀는 내 이야기를 잘 들어주었다. 진지하게 경청하고 가끔 가볍게 내 이야기에 대한 자신의 생각을 말했다. 잠깐 이야기를 나누었지만, 많이 듣고 적게 말하는 스타일이다. 내가 좋아하는 인간형이기도 하다.

자신의 일을 사랑하는 사람이 서로 가까워진다는 것은 야생 곰이 발기를 하는 것만큼이나 자연스러운 일이 아닐까? 그녀는 지루한 비행 시간 동안에 잠시 대화가 끊어지면 가방에서 브레송의 산문집을 꺼내 읽곤 했다. 나는 그냥 눈을 감고 쉬었다. 그녀는 말했다. 나에게 한 말인지는 정확하지 않았다.

"밤이 되면 온갖 추한 것들이 모습을 감춰요. 난 밤이 좋아요. 밤이 되면 작은 상처 따위는 보이지 않으니까."

상처에 대한 이야기를 꺼내는 순간, 나는 그녀에게 빠져 들어간 것이다. 나에게 있는 상처가 추한 것은 아닐지라도 그것을 나는 감추면서 살고 있었다. 다행히 바지를 입고 있었기 때문에 나의 상처는 보이지 않는다. 만약에 짧은 치마를 입었다면 내 상처는 누구나 볼 수 있었을 것이다. 상처는 은밀한 곳에 있어야 한다. 타인에게 내 상처의 고통을 강요하고 싶지는 않았다. 상처가 겉으로 드러나는 순간 흉터가 되기도 하니까. 내밀한 곳에 있는 상처 중에 여자의 성기처럼 아름다운 것이 있을까. 사랑은 고통이다. 우리는 모두 고통의 문을 통하여 그 상처의 문을 열고 나온 존재들이다.

그녀의 말을 듣고 나는 거의 반사적으로 그녀에게도 어떤 상처가 있음을 직감했다. 말하는 태도로 보아 적어도 내 다리의 상처 정도는 될 것이라고 짐작했다. 상처라는 단순한 단어 하나만으로도 우리는 서로 소통하는 문을 만들었던 것이다. 문이 있으면 그다음엔 관계가 쉬워진다. 그녀는 신체에 심각한 상처를 가지고 있을 것이다. 어린 시절에 개에서 물렸다거나 화상을 입은 자리일까? 그 상처는 그녀의 몸 어디에 자리 잡고 있을까? 내 상처 때문인지 생각은 제법 길게 이어졌다.

"무슨 생각을 하고 있어요?"

"아, 그게…. 상처라는 말에 대해서 조금….."

나는 이렇게 말했다. 상처라는 말을 듣자 그녀는 고개를 조금 숙이면서 얼굴에 그늘을 만들었다. 순간적으로 지나가는 표정을 보니 심각한 감정의 변화가 일어난 것 같았다. 그녀는 다시 브레송의 산문집으로 눈을 돌렸고, 나는 비행기 창으로 보이는 구름을 내려다보았다.

그날 우리는 서로 다른 점에 대해서 관심을 가지고 이야기를 이어갔다. 그녀는 도시의 밤을 좋아했고, 나는 자연의 대낮을 좋아했다. 그리고 그녀는 도시의 사람을, 나는 야생의 동물을 좋아했다.

이런 것들이 서로 어울려 우리는 만나자마자 무척 가까워졌다. 한동안 여성에게 관심이 없었던 나는 속에 숨어 있던 은근한 감정이 점점 데워지고 있음을 느끼고 있었다. 러시아 시베리아의 야생동물 서식지를 시작으로 중앙아시아까지 이어진 탐사는 그녀로 인해 더욱 활기찬 일이 되었다. 그녀는 프로답게 작업에 임했다.

그녀는 내가 주목하는 동물들의 사진과 흔적을 찍었는데, 나 역시 간단하게 흔적을 촬영했다. 그녀는 간혹 폴라로이드 카메라를 꺼내 실험적으로 대상을 미리 찍어 확인하곤 했다. 러시아 사람들의 모습을 틈틈이 촬영하면서, 사실은 동물보다는 사람들에게 더 관심이 있다고 했다. 일정이 끝나면 그녀는 카메라를 챙겨서 마을에 있는 사람들을 찍으러 돌아다녔다. 나는 당연히 동물의 흔적을 찾았다. 그리고 서로의 사진을 비교해 보았다. 우리는 사진을 통해 점점 더 친밀감을 느끼고 있었다. 그녀의 이름은 정희. 포토그래퍼 서정희. 그녀와 함께한 추억이 바다처럼 막막해 보였다. 겉으로 보기에는 잔물결만 찰랑거리지만, 심해의 깊은 곳에서 고래와 상어가 천천히 빠르게 움직이는 기운이 느껴졌기 때문이다.

종혁의 권유로 수술 전에 잠깐 필요한 물건을 챙기기 위해 사무실로 돌아와 앉았다. 내일이면 수술대에 누울 것이라는 생각이 들자 문득 무서운 생각도 들었다. 마취를 한 상태에서 이 세상과 결별을 할 수도 있다는 이야기도 들었다. 하지만 그런 의료사고가 나에게까지 오리라고는 생각하지 않기로 했다. 설령 그런다 한들 별로 아쉬울 것은 없는 나이다. 수술을 생각하니 수술대 위에 있는 불빛이 떠올랐다. 수술 자리를 보기 위해 온몸을 환하게 비추어주는 그 불빛이 무서웠다. 적당한 어둠이 없다면 세상은 두려운 짐승의 눈동자처럼 사물을 바로 볼 수 없다. 너무 환한 것은 블랙홀과도 같다. 사무실 의자에 앉아 호흡을 가다듬었다.

책상 위에서 노트를 휙 옆으로 밀어놓고, 사무실 한쪽에 있는 스케치북을 가져와 책상 위에 올려놓았다. 그러다 책상 위에 쌓여 있는 논문과 단행본들을 한쪽으로 쓸어버렸다. 그중에 몇 권의 책은 바닥으로 떨어져버렸다. 자리에서 일어나 사무실을 서성거리다가 다시 책상으로 돌아와 연필과 싸인펜, 그리고 깃털이 달린 펜과 잉크를 가지런히 정리하고는 책상 앞에 앉았다. 손가락을 머리카락 사이에 넣고 힘껏 눌렀다가 얼굴로 가져와 손세수를 하기도 하면서 움직였다. 그렇게 한 시간 정도 시간이 지나 천천히 연필을 들어 적기도 하고, 다시 타자기 앞에 앉아서 자판기를 누르기도 했다.

그녀와 함께 갔던 곳, 우리들이 나누었던 대화, 그녀가 입었던 옷, 구두, 모자, 향수, 그녀로부터 받은 선물, 심지어 그녀의 걸음걸이까지도 모조리 기억하기 위해 애를 썼다. 비록 머릿속으로 기억을 더듬는 일이지만, 그것은 숲으로 사라진 동물의 흔적을 더듬어가는 행위와 비슷했다. 우선 이 여자의 흔적부터 찾아가자, 그럼 뭔가 보이지 않을까? 동물들은 대부분 흔적을 그대로 남긴다. 발자국, 배설물과 털, 나뭇가지와 풀이 쓰러진 자리 등등. 그것은 가시적인 세계의 표본이었다. 하지만 그녀는 그런 것을 남기지 않았다. 그녀는 이제는 기억으로만 존재한다. 나는 곰곰이 생각하기 시작했다.

'그녀와의 사랑과 인연은 어디서부터 어떻게 시작된 것일까? 그리고 지금 그녀는 어떻게 살고 있을까?'

10 술
집

안티 카메라

다큐멘터리 프로그램의 촬영 일정을 마치고 우리는 무사히 인천에 도착했다. 여독이 쌓여서인지 비행기가 활주로에 내리는 동안에 귀에 이명이 들릴 정도로 피곤했다. 우리들은 공항 커피를 한 잔씩 마시고 잠시 한담을 나누었지만, 오랜 여정으로 파김치가 된 피디와 촬영감독은 방송국에서 다시 보자는 인사를 남기고, 서둘러 차를 타고 공항을 떠났다.

커피를 마시면서 피디는 앵글에 잡힌 우리들의 모습이 가끔 연인처럼 보인다며 농담을 하곤 했다. 그때마다 조금 불편하긴 했지만 그녀의 얼굴을 한 번 더 보게 되었다. 한 달 후, 다큐멘터리 영상 편집을 마치고 내 목소리로 나레이션을 녹음하면서 화면에 나오는 우리의 모습을 천천히 살펴 볼 수 있었다. 피디의 말대로 중앙아시아의 고원에서 살고 있는 동물들처럼 제법 어울리는 연인처럼 보이기도 했다. 나는 화면에 떠오르는 그녀의 사진을 유심히 보았다. 그녀가 촬영한 사진들은 짐작한 대로 작품으로 남을 만한 컷도 있었다. 그녀는 습지에 찍힌 내 발자국을 찍어 보여주었다. 내가 걸어가는 방향으로 난 발자국들. 길을 찾아가는 짐승의 발자국과 다를 것이 없었다.

그래…. 인천공항에 도착한 날이었다. 그날부터 우리는 공적인 자리에서 벗어나 자연스럽게 만나기 시작했다. 그날, 자연스럽게 공항에 남게 된 우리가 간 곳은 그녀가 자주 간다는 강남의 한 술집이었다. 제법 긴 일정을 같이 다녀서인지 그냥 헤어지기가 섭섭한 그런 날이었다. 그녀도 마찬가지였던 것 같다.

그녀의 작업실은 강남 신사동에 있는 스튜디오였고, 그곳과 가까이 있는 그 술집으로 갔다. 그 술집의 이름은 잘 기억나지 않는다. 그녀가 좋아하는 앙리 카르티에 브레송을 비롯해서 헬무트 뉴튼과 같은 세계적인 사진가들의 작품으로 인테리어가 된 소박하고 편안한 장소였다.

거기를 가야 되겠다. 그 술집은 강남의 대형 백화점 뒷골목에 있었다. 나는 상호도 전화번호도 모른 채 무작정 쏘렌토를 몰고 서둘러 사무실을 떠났다. 기억을 더듬어 가면 찾을 수 있을 것이다. 시베리아 벌판에서 호랑이도 찾아가던 기질이 발동을 하고 있었다.

흔적은 애당초 희미한 것이다. 아무리 정확한 발자국을 남겼다고 해도 며칠이면 사라진다. 가끔 현기증이 돌았지만, 정신을 집중해서 운전대를 잡았다. 분명히 거기에 가면 뭔가 단서를 찾을 수 있을 것 같았다.

종혁의 말대로 그동안 단기 기억상실증 환자처럼 사람을 만났다. 무엇이든 쉽게 잊어버리는 것은 아내의 갑작스러운 죽음에서 연유한 것일 수도 있다. 나는 자신이 어찌할 수 없는 일에 환멸감을 느껴, 인간관계에 염증이 난 사람처럼 굴었던 것일까? 아내의 죽음 이후 나는 동물의 흔적에 대한 연구에만 매달렸다. 나머지는 삶의 여분일 뿐이었다. 심지어 부모 형제와의 관계도 그러했다. 연구실에서도 유령처럼 굴었다. 뼈와 살이 없는 사람처럼 행동했다. 동료 연구원이 말하기를 나에게 손을 대면 그냥 통과할 것 같은 느낌이 든다고 했다.

인간관계에 대해 크게 기대하지 않았지만 섹스만은 예외였다. 여자를 좋아하지는 않았지만 섹스만은 즐기는 편이었다. 마치 내가 그림자나 유령이 아니라 신체를 가지고 있는 동물이라는 사실을 확인하고 싶어 하는 것처럼 말이다. 여자들은 나의 여성에 대한 태도에 호감을 느끼기도 하고, 역겨움을 느끼기도 했지만 나는 두세 번 만나고 나면 그냥 소리 없이 헤어지는 그런 스타일의 남자였다. 그런 내가 일정한 주제를 가지고 대화하면서 연애한 여자가 바로 정희였다.

차 안에서 시가 필터를 누르고 담배를 찾아 입에 물었다. 강변북로의 야경은 대교에 설치된 조명으로 아름다웠다. 강물에 반사되어 흐르는 조명 불빛이 하늘에 떠 있는 달빛을 강으로 안내하는 것 같다. 양화대교를 빠져 나오고 나니 차량이 정체되고 있었다. 고질적인 정체 지역을 통과하면서 차창을 열고 한강을 바라보았다.

강물이 멈추어 있는 것 같았다. 마포대교 위에서 누군가 다리 위에서 투신을 했다. 그러자 사람이 떨어진 자리의 파장이 이어지면서 멈추어 있던 강물이 격하게 흐르기 시작했다. 저 사람은 왜 저기에서 떨어지는 것일까? 그도 추억 속의 누군가에게 전화를 받은 것인가? 강물 위로 떨어진 사람은 허우적거리고 있었다. 사람이 떨어진 자리에 물결이 매우 혼란스럽게 흔들렸다. 해변에서 포말 치는 파도 같다. 그 모습까지도 무심하게 바라보고만 있었다.

이런 생각이 들었다. 저 사람은 자신의 인생이 매우 길 것이라고 생각하는 것은 아닐까. 그것은 착각이거나 혹은 오만이 아닐까? 아니다. 어떤 절박한 상황이 오히려 죽음을 망각하게 한 것일지도 모른다. 자신은 죽지 않을 수도 있다고 착각하게 한 것이다. 인생에 대해 깊게 생각하지 않은 탓이다. 영원히 살 것 같지만, 결국은 금세 죽는다. 힘든 일이 있다면 그냥 내버려두면 된다. 언젠가 저절로 죽게 되리니.

도로는 여전히 정체되어 있었지만, 강물은 정체 구간도 없이 무심하게 흘렀다. 강은 자신을 향해 달려든 사람 하나를 품에 안고 천천히 갈 길을 가고 있었다. 모든 것이 화면 속의 움직임처럼 느껴졌다. 저것은 살아있는 생명이 아니라, 어떤 상징을 지닌 문양처럼 느껴졌다. 사람이 조금씩 물에 빠지는 것을 관찰하고 있었다.

문득, 시간이 지나면 수면 위로 떠오르는 사체처럼 조금씩 그녀의 모습이 드러날 것 같은 느낌이 들었다. '과연 그녀와 함께 갔던 술집이 아직도 있을까?'라는 생각도 들었다. 한남대교를 건너자 술집의 상호가 떠올랐다. 그래 술집은 카메라, '안티 카메라'였다. 이토록 단순한 상호를 기억하지 못하다니. 주인에게 왜 상호가 안티 카메라냐고 물었던 기억까지 난다. 그때 주인은 말했다.

"카메라로 찍을 수 있는 세상에 대한 환멸감! 모든 안티들이여, 대동단결하라. 잃을 것은 족쇄요, 얻을 것은 자유이리니. 하하하."

그의 어투는 독특했다. 순결한 카메라의 눈으로 담아내기에 세상은 너무 타락했다는 것이다. 하지만 그런 더러운 세상을 깨끗하게 담으라고 카메라가 있는 것이 아닌가? 순수하다는 것은 더러운 것을 고스란히 안고 있을 때 빛나는 것이 아닌가? 아니면 내가 짐작할 수 없는 그의 절망적인 상황이 그를 니힐리스트처럼 만들어버렸는지도 모를 일이다. 그는 말할 때 문장의 어미를 잘라버리고 명사형으로 끝내는 버릇이 있었다. 해적선의 선장처럼 가죽으로 만든 안대를 한쪽에 찬 외눈박이에 수염을 길렀다. 몸집은 왜소했다. 수염을 길러 얼굴을 덮었지만 한쪽 눈은 유난히 빛나고 있었다. 세상의 깊은 곳을 바라보는 한쪽 눈동자가 인상적이었다.

그는 자신을 잭이라고 부르라고 했다. 그리고 그의 아내도 있었다. 정확히 말하면 동거인이었다. 서로 애칭을 부르는 사이였다. 두 사람은 벌써 십 년째 같이 살고 있으며 이제 애정 결산 시기가 돌아왔다고 했다. 마치 경영자가 사업 현황을 점검하고 사업의 지속 여부를 판단하는 것처럼 그들은 십 년에 한 번 서로의 감정을 결산하여 동거 여부를 결정한다고 했다. 하여간 매우 독특한 사람들이었다. 그의 아내는 집시풍의 여자였다.

머리에 두건을 두르고 온몸을 가리는 항아리 같은 옷을 입었지만, 가슴 쪽이 매우 부풀어 오른 의상 속에 단단하고 풍만한 가슴이 있다는 것을 짐작하게 했다. 그녀는 심령술사라고 자신을 소개하고 '애플 메리'라고 부르라고 했다. 애플 메리와 정희는 매우 친한 사이였다. 두 사람이 운영하는 술집은 모든 것이 낯설고 어색했지만 나는 점차 적응해나갔다. 나는 세상에서 격리된 분위기를 좋아한다. 대학 시절 보았던 미미의 술집도 그러했다. 적어도 그녀를 만나는 동안에는 자주 그곳을 드나들었다. 잭이 우리를 보고, 정희에게 한 말이 생각났다.

"당신들은 잘 어울리지 못해서 어울리는 한 쌍!"

잭이 말하자 그녀는 웃었다. 나는 잭에게 물었다. 세상의 어떤 면이 환멸감을 들게 하냐고. 잭이 말했다.

"사람은 없고 좀비만 살고 있는 이 세상에 대한 공포와 역겨움! 하하. 당신도 언젠가는 보게 될 거야. 그때 날 찾아오라고. 내가 아주 좋은 곳으로 데려다 주리니. 하하하."

　그의 호탕한 웃음소리가 귓속에서 울려 퍼지는 것 같다. 골목길을 뒤져 겨우 주차할 자리를 찾아내고 술집을 향해 걸었다. 고장 난 가로등이 있는 후미진 골목길의 모퉁이에 은은하게 보라색 조명의 술집 간판이 보였다. 간판에 달이 그려져 있다. '안티 카메라'의 문을 열고 들어가자 안개가 낀 것처럼 자욱한 담배 연기가 좁은 실내에 가득했다. 도시의 모든 건물이 금연 구역이었지만 이곳은 치외법권 지역처럼 느껴졌다. 주변에 있는 건물들과 불협화음을 이루는 버려진 창고처럼 보였다.

　이곳이 이토록 작은 곳이었던가? 술집의 스탠드바 쪽으로 걸어가면서 주인을 찾아 주위를 돌아보았다. 이미 바에는 여러 명의 손님들이 앉아 있었다. 구석진 자리에 붉은색 천을 댄 의자와 나무 탁자가 비어 있음을 확인하고는 그쪽으로 걸어갔다. 어두운 실내는 개별 조명으로 탁자와 주방 쪽으로 설치된 긴 바를 비추고 있었다.

　나는 단골손님처럼 자연스럽게 그 자리에 앉았다. 술집의 문을 열고 들어오는 순간부터 마치 미끄러지듯이 스르르 그 자리에 앉아버린 것 같다. 그러자 옆 자리에 있는 사람들이 수상한 눈동자로 나를 보고 있었다. 그들의 눈동자가 조명처럼 빛나고 있었다. 모두들 가면을 쓰고 있는 사람들처럼 눈동자만 빛나고 얼굴은 보이지 않았다. 탁자를 내려다보니 예약석이라는 명판이 있었다. 아차 싶어서 자리에서 일어나려고 했다. 그때 한 여자가 다가와 앞에 앉으면서 말했다. 기억난다. 술집 안주인 애플 메리다.

"서문 씨군요. 그 자리에 앉으셔도 돼요. 언젠가는 온다고 하시더니 이제야 오셨네요. 시간을 좀 길게 늘여서 살다 보면, 언젠가라는 말처럼 확실한 말은 없는 법이지요."

그녀는 유령처럼 떠 있는 것처럼 보였다. 손을 뻗어 그 실체를 확인하고 싶은 마음이 들었다. 그녀는 탁자에 있는 재떨이를 앞으로 당겨 담배를 피워 물었다. 실핏줄이 보일 정도로 희고 투명한 그녀의 손가락 사이로 불길이 살아 움직이는 황동색 지퍼 라이터가 묵직하게 보였다.

"오래간만입니다. 정희는 가끔 여기에 오나요?"

나는 계절 인사는 생략하고 바로 본론으로 들어갔다. 그녀는 담배 연기를 깊게 마시곤 내뱉었다. 그리고 탁자 위에 놓은 주문서를 만지작거리면서 나를 응시했다. 뭔가를 생각하는 표정인데 괜히 불길한 생각이 든다.

"그건 남편이 더 잘 알지요. 잭은 지금 잠시 외출 중이에요."

"언제 만날 수 있습니까?"

"아마 자정이 되면 오겠죠."

"지금이 몇 시지요?"

"지금 열한 시가 되고 있으니까, 한 시간 정도 후면 돌아올 거예요. 기다리는 동안 뭐 좀 마셔요."

"늦은 시간인데 커피가 될까요?"

"술은?"

"맑은 정신으로 듣고 싶은 이야기입니다."

"그래요. 커피는 내가 마시려고 내리려던 참인데, 그거 같이 마셔요."

그녀는 말을 마치고 자리에서 일어나면서 예약석이라는 명판을 손에 들었다. 명판을 한 번 보고는 그를 다시 쳐다보았다. 그녀가 말했다.

"정말 반가워요. 빈말이 아니에요. 아주 제대로 찾아왔어요. 이 자리는 오래전부터 당신을 기다리고 있던 자리입니다."

그렇다면 그때부터 지금까지 이 자리는 정희와 나를 위해 비워두었단 말인가? 이건 너무 비현실적이다. 하긴 이 공간 자체가 비현실적인 공간이었다. 이 술집은 몽환적인 곳이다. 내 표정을 다시 살핀 그녀는 말했다.

"서문 씨. 최근에 한 소녀를 만났지요. 유령을 본다는 여자인데."

"타자기 소녀 말입니까?"

"그래요. 그 아이도 우리 집 단골손님이에요."

"그 아인 미성년자 아닙니까?"

"호호. 또 변장을 한 모양이군요. 그 아이라니. 어느 순간에 성장이 멈춘 소녀, 아니 여자랍니다. 그녀의 나이는 아무도 몰라요. 그건 일종의 질병인데. 하여간 어려 보이니까, 루키즘이 판치는 요즘 세상엔 축복처럼 여겨지기도 하지요. 그 이야기는 차차 하기로 하죠.

하여간 이 술집은 한 자리는 비워둬요. 손님이 아무리 많아도 말이 지요. 한 자리도 빈자리가 없으면 왠지 너무 외로워 보여서 말이지 요. 그릇의 빈 공간이 그릇을 완성하는 그런 느낌도 들고…. 이런 방식으로 술집 운영을 오래 하다 보니까. 일종의 영업 방침이랄까? 그럼 이 공간이 생명체처럼 느껴지는 거 있죠. 수많은 사람들이 자 신이 흘려놓고 간 감정으로 지어진 공간이랄까? 지금 우리 주위에 있는 손님들도 모두 간절한 사연을 품고 있는 사람들이지요. 참, 사 람이란 알 수가 없어서."

그녀의 이야기를 들으면서 나는 타자기 소녀가 가상의 존재처럼 여겨지기도 했다. 내 삶의 돌연변이 같은 존재이기도 하다. 타자기 소녀는 나이조차도 잘 알 수가 없는 미스터리한 존재였다. 내 인생 에 깊게 관여하고 있다는 짐작만 할 뿐이었다. 이런 경우에는 귀납 법으로 문제를 풀어볼 수 있지 않을까. 적어도 내가 알고 있는 그 녀에 대한 모든 사실들을 정리해보면 타자기 소녀의 정체에 대해 서 어떤 짐작을 할 수 있을 것이다.

하지만 그녀에 대해 분자생물학자들이 탐구하는 바이러스나 DNA의 나선 구조처럼 복잡한 연구를 할 필요는 없을 것이다. 이것 역시 조만간 어떤 경로를 통해서건 정체가 '우연히' 밝혀질 것이라 고 나는 믿었다. 타자기 소녀는 나에게 불쑥 다가온… 어찌 생각하 면 돌연변이와 같은 존재이기 때문이다. 하지만 지금은 정희가 먼 저다. 그녀를 찾아서 여기에 온 것이다. 호랑이 발자국을 쫓아가고 있는데, 옆에 고라니 발자국이 찍혀 있다고 방향을 돌릴 수는 없다.

하여간 정희의 안부가 궁금해서 뭔가 물어보려고 하는데, 메리는 자신의 입술에 손을 대고 쉬라는 제스처를 취하고는 카운터 바로 걸어 들어갔다. 그녀는 타인의 마음을 읽어내는 능력이 있는 사람처럼 굴었다. 잠시 후, 그녀는 커피를 두 잔 가지고 다시 자리에 앉았다.

"잭을 기다리는 동안 당신이 그동안 정희에 대한 생각을 하고 있으면 도움이 될 것 같아요. 어찌되었건 당신은 정희에게 의미가 있는 존재였어요. 그건 확실하죠. 그래서 여기까지 온 것이고 말이죠. 이제 마지막 기회라고 여기고, 그동안의 생각을 잘 정리하고 그에게 뭐든 물어보세요. 그는 정확한 사람이니까요. 시계 바늘처럼 확실해요. 그는 살아 있는 동안에 있었던 모든 일을 다 기억하고 있는 사람입니다. 마치 기록하는 카메라처럼 말이에요. 그는 살아 있는 기억의 카메라예요. 이런 비현실적인 인물이 존재한다는 것 자체가 미스터리죠. 그건 그렇고… 당신 눈동자를 보니까 '그동안 너무 많은 걸 잊고 살았구나'라는 생각이 드는군요. 당신의 눈동자는 지금 하현달처럼 기울고 있어요. 정희와 함께할 때는 두 사람 다 만월의 눈동자를 가지고 있었는데 말이죠. 사람들은 누구나 해와 달의 시선으로 세상을 봐요. 우리의 두 눈동자는 해와 달을 상징하지요. 지금 당신에게 달의 눈동자가 지고 있어요. 기억이 점점 희박해진다는 거죠. 죽음은 한쪽 눈동자가 제 기능을 상실할 때 찾아와요.

그건 아주 무서운 일이에요."

그녀는 책을 읽어주는 것처럼 말한다. 눈동자 이야기를 하니 자연스럽게 잭의 눈동자가 떠올랐다. 술집의 간판에도 달이 그려져 있었다. 나는 커피 잔을 만지작거리면서 메리를 쳐다보고 물었다.

"술집 간판에 그려진 달도 어떤 이유가 있군요?"

"간판에서 달을 봤나요?"

"예. 흑백에 달만 노랗게 그려져 있던데요?"

"아… 간판은 당신의 마음이 투영된 거예요. 우리 집 간판에는 아무런 문양이 없어요. 내가 제대로 본 것이 맞군요."

"정말입니까?"

나는 되물었다. 나는 분명히 달이 그려진 간판을 봤다. 하지만 그녀의 말을 들으니 내가 본 것이 허상일 수도 있다는 생각이 들었다. 적어도 이 순간만큼은 그녀의 모든 말을 신뢰할 수 있었다. 나는 고개를 끄덕였다. 지금 중요한 건 그게 아니다. 다시 잭에 대해서 물었다.

"그럼 당신의 잭은 어떤 눈동자가 기울고 있나요? 그는 외눈박이 아닙니까?"

"여전하군요. 그래요. 잭은 달이 없는 태양의 눈동자예요. 반대로 나는 달만 있는 눈동자를 가지고 있지요. 그래서 기억과 망각이라는 두 존재가 함께 있는 거지요."

"잭이 한쪽 눈을 잃어버린 이유가 따로 있군요?"

"이 대화의 핵심이군요. 당신은 문제의 핵심을 잘 짚어내는 능력이 있어요. 그는 너무 많은 것을 보고 기억하는데 지쳐서 자신의 한쪽 눈을 스스로 파낸 거예요. 그게 그가 살아갈 수 있는 유일한 방법이니까. 중요한 기억을 유지하는 장치는 역설적으로 들리겠지만, 바로 망각이에요. 망각이 없는 삶을 상상할 수는 없어요. 그는 그런 고통을 타고난 장애인이기도 하지요. 그런데 반대의 경우도 있어요. 정말 중요한 사실을 기억하지 못하는 기억상실증 환자예요. 겉으로는 정상인 것처럼 보이지만, 상대에게는 치명적인 상처를 주기도 해요. 바로 당신 같은 경우 말이에요. 잭은 당신을 부러워하는 사람이지요. 당신이 여기를 찾아왔다는 것은 바로 잃어버린 중요한 기억을 찾으러 온 겁니다. 이제부터 조금 힘든 일이 일어날 수도 있어요. 감당할 수 없을지도 모릅니다. 지금 자리에서 일어나여기를 걸어 나가면 고통이 없을 수도 있어요."

그녀가 말하고 있는 잃어버린 기억이 정희임을 알고 있었다. 나는 커피를 한 모금 마셨다. 강한 바디감과 풍미가 좋다. 어떤 원두를 쓴 것인지 궁금했지만, 그걸 질문할 기분이 아니었다. 내가 말했다. 탁자 위에 붉은 조명이 껌벅거린다.

"아니요. 지금 꼭 알아야 할 것들이 있어요. 고통은 감내할 준비가 되어 있어요. 저는 지금 사실 시간이 별로 없어요."

그녀는 말했다.

"시간이 별로 없다. 인생에서 매우 중요한 사실을 깨달았군요. 그렇다면 이제부터 시작이군요…. 여기에서 잘 생각해봐요. 사람들은 누구나 기다리는 존재입니다. 당신도 그 범주에서 벗어날 수 없어요. 그리고 당신이 여기를 찾아왔다는 것은 이제 망각의 강을 건너려고 하는 신호이기도 해요. 누구나 그 강 앞에 서면 간절한 기억들을 떠올리면서 고통스러워 하니까. 하지만 이미 망각의 강물을 따라 뱃사공이 노를 저어오고 있으니 이것을 운명이라고 해도 되겠지요. 환영해요. 이곳에서 당신이 잃어버린 당신의 모습을 조금이라도 찾는다면 좋겠군요."

　카페 안에 있는 사람들은 조용했다. 아무런 말도 하지 않고 묵묵히 앞에 놓인 술잔을 들고 연신 줄담배를 피우고 있었다. 마치 안개를 뿜어내는 숲의 정령처럼 보였다. 담배 연기가 안개처럼 피어올랐다. 그들도 나처럼 잃어버린 시간을 찾으러 온 사람들처럼 보였다. 이 술집의 어딘가에 타자기 소녀가 있지 않을까 하는 생각이 들었다. 하지만 자리에서 일어나 손님들의 얼굴을 일일이 확인하지 않는 한 알 수가 없는 일이다.

　이 공간에서는 사람들의 얼굴이 자세히 보이지 않았다. 다만 얼굴이 있을 것이라고 짐작만 할 뿐이었다. 술집의 조명은 아주 낮은 조도로 사람이 앉아 있는 주위만 겨우 밝혀주고 있었다. 수능 시험을 준비하는 독서실처럼 말이다. 모두가 타인보다는 자기 자신에만 집중하는 그런 풍경이었다. 타자기 소녀는 몰라도, 정희가 여기 어딘가에 있는 것은 아닐까? 그래, 어딘가에서 나를 보고 있는 것은 아닐까?

11 약
　　속

　그날 그녀의 목소리는 조심스럽게 문을 두들기는 손기척처럼 들
렸다. 어쩌면 피아노의 타건 소리처럼 들렸는지도 모르겠다. 매일
매일 타인과 대화를 하는 우리의 기억은 가난한 집안의 살림살이
처럼 빈곤하다. 그것은 남루하고 부서지기 쉽다. 그래서 사람들은
기록을 남긴다. 비록 그 당시에는 확실한 메시지가 있다고 하더라
도, 누군가의 목소리를 기억한다는 건 의외로 어려운 일이다. 최소
한의 흔적조차 남기지 않기 때문이다. 오래전에 서가에 꽂아놓고
읽지 않은 책처럼 좀처럼 기억에 남지 않는다. 하지만 그날의 목소
리는 달랐다. 오랜 시간이 지났지만 마음속에 담아 두었던 음악처
럼 자연스럽게 다시 들려왔다. 어쩌면 태엽을 감으면 다시 돌아가

는 오르골의 연주 같기도 했다. 우리의 기억에도 그런 장치가 있는 것이 분명했다. 정희는 나에게 이렇게 이야기했다.

"저기… 이거 하나만 약속해줄래요?"

"그래, 무엇인데?"

"언젠가 나를 떠나고 싶을 때가 오면… 그땐 꼭 말을 해줘요. 떠난다고."

"음… 왜 그런 말을 하는 거야?"

"그냥 약속해줘요."

"싱겁긴. 그래, 약속할게. 그런데 그런 생각하지 마. 우리 만난 지도 얼마 되지 않았는데."

"그 말을 들으니까 좀 안심이 되네."

"참, 성격 한번 별스럽네. 당신은 가끔 나를 놀라게 하는 버릇이 있어. 갑자기 이별 이야기라니."

나는 장난스럽게 이야기했지만, 그녀는 아랑곳하지 않았다.

"꼭 그래야 해요. '나는 이제 떠난다'라고 사무적으로 이야기해도 괜찮아요."

"그래, 꼭 그렇게 하지. 그런데 그런 일이 없으면 더 좋잖아."

"그건 나중에 생각하기로 해요."

나에게 이별 통보에 대한 약속을 받고 얼마 지나지 않아, 그녀는 유방 절제 수술을 한 가슴을 내게 보여주었고, 그날 우리는 동침을 했다. 유방이 사라진 자리에 난 상처는 깊은 마음의 흔적처럼 보였다. 그녀의 가슴 때문에 그날은 오랫동안 기억에 남아 있었다. 사랑을 나누고 나자 그녀는 중요한 일을 마친 사람처럼 표정이 밝아졌다. 기분이 좋아진 그녀는 나의 손등을 고양이처럼 핥아주었다. 혓바닥의 까칠한 감촉이 느껴지자 온몸에 전율이 일었다. 그녀가 나를 사랑한다는 섬세한 감정이 전달되자, 황홀한 감정이 들어 눈을 감는데 멀리서 이런 소리가 들렸다.

"이건 무슨 상처예요?"

나는 정신이 번쩍 들었다. 그녀는 내 다리에 깊게 팬 흉터를 더듬었다. 나와 사랑을 나눈 여자들은 한결같이 그 흉터를 사랑해주었던 사람이었다. 그녀는 내 다리의 흉터를 정성들여 오랜 시간 동안 애무했다. 나는 감정이 고양되어 한 손으로 자위를 하면서 기어이 사정을 하고 말았다. 나는 그녀의 상처를 애무해주었다. 얼마나 고마운 사람인가. 그건 쉽사리 지워지지 않는 기억이다.

"우리는 서로 상처를 갖고 있고, 그것을 사랑하는 사이가 되었군요."

나는 대꾸를 하지 않고 눈을 감고 있었다. 그녀의 목소리가 너무나 멀리에서 들렸기 때문이다. 그 뒤로도 우리는 자주 만났지만, 어느 순간 헤어졌다. 내가 그녀를 떠난 것인지, 그녀가 나를 떠난 것인지도 잘 기억이 나지 않는다. 하지만 분명한 건 그녀와 헤어지면서 그녀와 한 간단한 약속을 지키지 않았다는 거다. 나는 그녀에게 이제 떠난다는 말을 남기지 않았다. 아니 어쩌면 나는 지금까지도 그녀를 떠나지 않은 것일지도 모른다. 다만 오랫동안 만나지 않았을 뿐이다. 그녀의 눈에 나는 어디론가 항상 떠나는 사람처럼 보였는지도 모르겠다. 하긴 산과 들로 야생동물의 흔적을 찾아다니는 연구를 하고 있기 때문에 나는 연구실에 머무는 시간보다는 밖으로 돌아다니는 시간이 더 많았다. 그런 버릇 때문인지도 모를 일이다. 그래서인지는 몰라도 우리는 어느 순간에 헤어져 있었다. 언제, 어떻게, 왜 헤어졌는지…. 그것이 잘 기억나지 않았다.

만약에 우리가 헤어진 것이라면, 내가 먼저 떠난 것이 아닌가 싶다. 그녀에 대한 생각을 떠올려보니 먼저 그녀의 몸에 난 상처가 떠올랐다. 유방이 사라진 자리는 바로 그 옆에 있는 유방과 대비되면서 마치 폭탄이 떨어진 자리처럼 보이기도 했다. 탐스럽고 싱싱한 한쪽 유방 때문에 착시 현상이 일어난 것인지도 모른다. 그 상처를 본 남자가 내가 유일하다고 했다.

자신의 상처를 보여준다는 건 아마도 '사랑'을 한다는 거다. 동침을 하면서 그녀는 눈물을 흘리고 있었다. 눈물은 눈동자가 흘리는 땀처럼 느껴졌다. 여자의 힘으로는 감당하기 힘든 고통을 겨우 지탱하고 있는 동안에 흐르는 땀처럼 그것은 끈적끈적했다. 따뜻한 온기가 느껴지는 따뜻한 눈물에 입을 맞추면서, 이런 말을 그때 한 것 같기도 하다. "너의 상처 때문에 내가 떠나지는 않을 거야. 정말로." 하지만 나는 그 약속을 지키지 않을 것 같다는 생각을 동시에 했던 것 같다. 아마도 그랬을 것이다. 그것이 문제였을까? 이제야 알 것 같기도 하다. 그것이 문제다.

　나는 마치 가방에 넣어 온 책이나 연구 일지를 읽는 것처럼 기억을 읽어 내려갔다. 그녀의 말대로 기억과 망각의 공간에서 두뇌 활동이 극도로 팽창된 것인지 선명하게 모든 것이 기억났다. 낯선 술집의 풍경을 몸을 일으켜 돌아보았다. 손님들의 모습이 흔들리는 것 같기도 하다. 모두 반쯤 공중에 떠 있는 것 같다.

　'여기가 과연 현실의 공간인가. 아니면 드디어 내가 죽어버린 것인가? 지옥으로 들어가기는 입구인 것 같기도 하다.'

　나는 뭔가에 쫓기는 불안한 자세로 의자에서 일어나 술집을 서성거리기도 하고, 문을 열고 밖을 내다보기도 했다. 커피는 이미 식어 있었다. 커피 잔을 들어 입에 대고는 고개를 숙였다. 자정이 가까워지고 있다. 술집에 설치된 오디오 세트에서는 리스트의 가곡, '사랑할 수 있는 한 사랑하라'가 흘러나왔다. 술집은 재즈나 팝이 어울릴 것 같은 공간인데 잭은 고집스럽게 클래식 음악을 배경음악으로 사용했다.

　'나는 그토록… 그녀가 간절하게 원했던 약속을 왜… 지키지 않았을까? 도대체 왜?'

　그녀에 대한 기억의 처음을 찾아가려고 하니, 우리가 헤어진 사랑의 끝이 생각났다. 안개 속에 있는 것처럼 경계선이 보이지 않았다. 기묘한 일이다. 하지만 그것은 중요한 일이다. 리스트의 가곡이 끝나고 알프레도 피아티의 '12 카프리스'가 흘러나왔다. 첼로의 묵직한 선율이 공간을 지배한다. 눈을 감고 카프리스를 듣고 있다가, 이 아름다운 선율도 곧 잊어버릴 것이라는 생각이 드니 왠지 서글프다. 그녀의 목소리는 더 이상 음악 소리처럼 찾아오지 않을 것이다. 문득 절벽의 끝에 서 있다는 절망감이 툭 마음을 건드리고 갔다. 손을 내려 다리에 상처를 만지면서 그녀의 얼굴을 떠올리려고 애쓰고 있었다. 한겨울 눈밭에 찍혀 있는 짐승의 발자국처럼 그녀의 얼굴이 또렷하게 떠올랐다.

자정을 알리는 괘종 소리가 실내에 울려 퍼지고 있었다. 자정이 되자 음악 소리도 멈추었고 잠시 고요한 정적이 감돌았다. 그때 문을 열고 잭이 걸어오고 있었다. 잭은 주위를 둘러보더니 곧장 내게로 걸어오고 있었다. 나는 의자에서 벌떡 일어났다. 거두절미하고 말했다.

"정희에 대해 알고 싶은 게 있어서 찾아왔습니다."

잭은 한쪽 눈을 덮고 있는 가죽 안대를 손으로 만지더니 위스키를 한 잔 마셨다. 역시 아무 말도 하지 않고 허공을 바라보고만 있었다. 나 역시 질문만 하고는, 아무 말도 하지 못하고 있었다. 두 사람의 침묵이 깨진 것은 작은 무대에 올라간 애플 메리가 기타를 연주하기 시작하면서부터였다. 무대는 두 사람이 서기에 적당한 장소였다. 그녀는 에릭 사티의 '짐노페디'를 피아노로 연주하면서 마이크를 켰다. 그녀는 매주 금요일 밤 자정에 시와 소설을 읽어주는 공연을 했다. '짐노페디'의 한 소절을 연주한 그녀는 말했다.

"오늘은 전혀 예상하지 못했던 일이 벌어졌습니다. 제가 간혹 이야기하곤 했지요. 만월이 되는 금요일 밤에 찾아오는 '그 손님'이 있을 거라고 말입니다. 오늘 드디어 그가 왔습니다. 오늘은 아주 특별한 날입니다. 그래서 오랜만에 이 공간에서 뭔가를 읽을 수 있다는 생각이 드는군요. 한 사람의 영혼이 머무는 장소가 바로 시라는 생각이 드는데요. 오늘은 그 영혼의 노래를 불러 드리겠습니다."

그녀가 시를 낭송하기 시작하자, 잭은 비로소 굵은 시가를 입에 물고 성냥을 그어 불을 붙였다. 그리고 길게 연기를 내 쪽으로 뿜은 후, 입을 열었다.

"무엇을 알고 싶은 거요?"

나는 난감했다. 무엇이 알고 싶은 것인가?

"사실은… 그걸 잘 모르겠습니다."

"여기에 온 사람들, 자정이 지나면 모이는 사람들이 있소. 좀 독특한 사람들이지. 그중에 경찰이 한 명 있소. 그는 사체들의 증거 사진을 찍다가 우연히 직업을 바꾼 사람이오. 그가 가져온 사진을 본 적이 있소. 모자이크 처리가 되지 않은 진짜 시체들이지. 그가 찍은 사진 중에 정희의 사진도 있소. 아… 오해는 하지 마시오. 정희의 사체 사진이 아니오. 그는 퇴근하고 나면 살아 있는 여자의 누드와 아이들이 웃는 사진만을 찍었다오. 아마 사체 사진에 대한 환멸감 때문이겠지. 사람의 얼굴 표정이 디테일하게 살아있는 근접 촬영에 재주가 있는 작가였소. 저기를 보시오."

잭이 가리키는 술집의 벽면을 보았다. 거기에는 여자의 누드가 걸려 있었는데, 뒷모습을 촬영한 것이었다. 소파에 팔을 기대고 고개는 앞을 응시하고 있었다. 잘 익은 복숭아처럼 둥근 엉덩이가 자극적인 포즈였지만, 배경이 지워진 사진은 마치 커다란 복숭아를 찍어놓은 것처럼 보이기도 했다. 생각해보니 그녀의 엉덩이는 한쪽 유방 따위는 잊게 만드는 매력적인 신체였다. 나는 그녀의 엉덩이도 좋아했다. 잭은 사진을 보고 있는 나에게 물었다.

"누군지 알겠소?"

"정희라는 이야기입니까?"

"그렇소. 저건 정희의 누드 사진이오."

"솔직히 잘 모르겠습니다. 정희가 누드를 찍는다는 사실도 몰랐으니까요."

"잠깐 모델이 되어주기는 했지만, 전문 모델이라는 소리는 아니오. 그녀는 뛰어난 사진작가요. 내가 부러워할 재능을 다 가지고 있는 아주 불세출의 작가란 말이오. 그녀가 갑자기 이 세상에서 사라져버렸소. 그건 알고 있겠지."

"예, 그게 무슨 말씀인지요?"

"아, 아날로지가 통하지 않는 이 답답한 세상. 그래요. 이런 이야기는 직설적으로 해야지. 사실관계니까 말이오. 그녀는 죽었소."

"정희가 죽다니요. 언제 말입니까?"

"그게 중요하신가? 당신이 정희를 떠나는 순간 이미 그녀는 죽은 것이나 다름없었소. 자유로에서 고장 난 차 뒤에서 서비스 센터 차를 기다리다가 교통사고를 당한 것이 객관적인 사실!"

나는 심하게 손이 떨리기 시작했다. 누군가의 비명 소리가 들려오는 것 같다. 잭이 떨고 있는 나의 손을 두툼하게 큰 손으로 잡아주었다. 왠지 안도감이 느껴진다. 잭이 말했다.

"그때 그녀와 함께 나눈 감정을 기억할 수 있겠소?"

"우리 사랑이라는 게… 당연히 고통스러웠습니다. 지금도 가끔씩 그때 생각이 납니다."

잭은 희미하게 웃으면서 말했다.

"그런 상태를 추억에 잠긴다고 하지요. 기억이 고통이 될 때 사람들은 그걸 통해 성장을 하는 법이요. 그 고통을 통해 어떤 생각을 하게 되었소? 고통은 우리가 건너가야 할 문지방이요. 저 방으로 건너가기 위해서는 고통이라는 문지방을 넘어서야지. 선이 악으로 가기 위한 과정인 거지. 이건 뭐, 악에 대한 기초적인 철학 정보 아니겠소?"

나는 그의 철학 이야기 따위는 관심이 없다. 막스도 선도 악도 말이다. 다만 정희가 중요했다. 나는 말했다.

"내가 생각한 것보다 그녀를 더 사랑하고 있다는 사실을 알게 되었습니다."

"제법 감동적이군. 그래서 죽은 여자를 찾아나서는 거요? 당신은 참 그동안 편하게도 살았소. 가출을 한 것도 아니고, 헤어진 것도 아닌 죽은 사람을 찾아서 뭘 어쩌겠다는 거요. 그만 돌아가시오. 뭐 그런 일도 있는 거지."

잭이 자리에서 일어나려고 하자, 나는 급하게 그의 손을 잡고 말했다.

"사실은 그녀와 한 약속을 지키지 않아서 그런 겁니다. 그게 마음에 걸립니다."

"하하하. 사람은 누구나 약속을 지키지 않소. 그녀도 그건 이해할 거요. 그래요. 그래, 내가 할 일은 합시다. 사실은 정희가 당신이 오면 주라고 한 물건이 있소. 나를 따라오시오. 그건… 가지고 가야지."

잭을 따라갔다. 잭은 화장실로 난 쪽으로 가더니 주위를 한번 돌아보았다. 화장실로 이어지는 좁은 복도에 정희의 사진 액자가 걸려 있었다. 그는 액자 앞에 서서 말했다.

"누군가의 진실을 안다는 것은 매우 위험한 일이기도 하오. 굉장히 고통스러울 거요. 그냥 살던 대로 사는 것이 어떨까 싶은데…. 왜 새삼스럽게 옛 연인의 자취를 찾겠다는 것이오. 내가 보기에 당신은 나이에 비해 젊고 매력이 있는데 말이오. 여자가 궁한 스타일은 전혀 아니야. 지금이라도 그냥 돌아가는 것이 어떨까 싶소."

나는 고개를 가로저었다. 타지기 소녀가 말했듯이 나는 지금 수렁에 빠져 있다. 지푸라기라도 잡고 싶은 심경이다. 정희의 물건이 나를 구할 수도 있다.

"적어도 그 물건이라도 받아 가고 싶습니다."

"그것은 저 지하에 있소."

"그럼 그걸 가지고 가겠습니다."

"그 물건이라는 게… 크고 무거운 것은 아니지만 들고 나갈 수 없을 수도 있소."

"어떤 물건이든 간에 제가 감당하겠습니다."

"다시 한 번 말하겠소. 저 아래로 내려갈 용기가 있어야 한단 말이지."

"그렇습니다."

"그럼, 갑시다. 하긴 그 물건을 당신에게 줘야 내 임무도 끝이 나는 것이지. 그리고 이 공간에 들어가면 이름을 버려야 됩니다. 이름 대신에 단순한 숫자나 기호를 선택하시오. 뭐가 좋겠소. 그걸 생각해보지요."

나를 사무실 '502호'라고 부르는 사람이 있다고 했다. 그러자 잭이 말했다.

"그럼 그 공간에서는 당신을 502호라고 생각하시오."

"그럴 이유가 있습니까?"

"당신의 이름이 당신을 구속한단 말이요. 이제 이름을 버리고 간다고 의식하시오."

나는 고개를 끄덕였다. 그는 사진 액자를 위로 들더니 버튼을 눌렀다. 잠시 후, 벽이라고 여겨졌던 공간이 옆으로 밀려나면서 지하로 내려가는 계단이 나왔다. 잭이 한 발을 디디면서 말했다.

"내려가면 무서운 일이 기다리고 있을 수도 있소. 그냥 바에서 기다리겠소? 내가 가지고 나오는 방법도 있는데…."

"내 일은 내가 해야지요. 그래야 되겠습니다."

나는 다시 고개를 흔들면서 그의 뒤를 밟아 내려갔다. 우리들이 내려가자 문은 다시 벽으로 변했다. 계단을 다 내려간 잭은 갑자기 뒤에서 야구방망이를 들어 내 목덜미를 내리쳤다. 가격당한 나는 그 자리에서 쓰러졌다. 잭은 우두커니 나자빠진 나를 보더니 등산화를 신은 발로 툭툭 어깨를 쳤다. 내 몸이 흔들리는 것을 본 잭은 야구방 망이를 지하의 한구석에 툭 던지고는 다시 계단을 밟고 올라갔다.

이 모든 일이 유체 이탈이라도 한 듯이 무의식중에 보였다. 무대 위에서 메리가 애드거 앨런 포의 시 '갈까마귀'를 기타를 치면서 낭송하고 있었다. 그녀의 음성은 천상의 소리처럼 들리기도 했고, 때론 악마의 호흡 소리처럼 음침하게 내려앉았다. 그녀의 모습에 빨려들어간 사람들은 눈물을 흘리기고 하고, 때론 탄식하면서 그 녀의 시 낭송을 듣고 있었다. 잭은 시 낭송을 하고 있는 메리를 보고는 고개를 끄덕이면서 바라보았다. 그녀는 잭을 보고 역시 고개를 끄덕였다. 두 사람은 마치 공범처럼 보였다. 잭은 다시 바의 문을 열고 나와 보름달을 바라보면서 크게 기지개를 켰다. 그의 눈에는 작은 물방울이 맺혀 있었다. 그가 말했다.

"정희야. 그 녀석이 이제야 너를 찾아왔구나…."

잭은 한참 동안 보름달을 바라보다가 다시 술집으로 돌아왔다. 무대에서 내려온 메리가 잭에게 물었다.

"내려갔나요?"

"그래, 지금 내려갔어."

"언제쯤 다시 올라올까요? 저 사람이 그런 능력이 있을까?"

"글쎄. 이제 다른 세상에 갔으니까. 우리는 그저 지켜보는 수밖에…."

"하긴 올라오고 싶으면 언제든지 올라올 수 있겠지요."

"올라오는 계단은 항상 거기에 있으니까…."

"하지만 사람들은 그걸 보지 못하지. 그게 문제란 말이에요. 바로 눈앞에 살길이 있는데 죽으려고 하는 사람들. 하지만 우리 정희가 사랑한 사람이니까 뭔가 다르겠지. 과연 저 사람, 성공할 수 있을까?"

그녀의 말에 잭은 의미심장한 말을 한 마디 던졌다.

"죽거나 살거나 둘 중에 하나겠지. 저곳은 언제든지 나올 수 있는 출입구가 있는 공간이 아니니까 말이야. 인간의 마음이라는 것이 그런 거란 말이야. 밀폐된 공간에서 감정이 곰팡이처럼 발효되는 법이니까. 정희가 간절히 바라던 일이기도 하지. 자기의 마음속으로 들어오기를 말이야. 하지만 그게 얼마나 무서운 일이야. 난 못 할 것 같아. 에이 참. 사는 것은 죽는 것의 연장선이야. 우린 죽어 있는 상태란 말이야. 가끔 깨어나긴 하지만. 내 친구 로트레아몽의 시가 생각나는군. '따라서 소심한 자여, 너는 이런 미답의 황야에 더 멀리 들어가기 전에 너의 발길을 앞으로가 아니라 뒤로 돌려라. 내가 네게 말하는 것을 잘 들어라. 너의 발길을 앞으로가 아니고 뒤로 돌려라.' 그의 시처럼 사람들은 발길을 뒤로 돌려야 할 때가 반드시 오는 법이야. 다들 앞으로만 나가려고 하다가 절벽에서 떨어지는 것이지. 멍청한 것들!"

메리가 담배를 피워 물면서 말했다.

"아, 이제 우리의 일은 어느 정도 마무리가 되었네요. 영업 끝내지요."

"그러지. 이 술집도 이제 지긋지긋해."

"우린 정희와의 약속을 지켰으니까. 이젠 된 거야."

메리의 말에 잭이 고개를 끄덕였다. 그때 나는 보았다. 술집 한 구석에서 일어난 정희가 슬그머니 사라지고 있었다. 두 사람이 술집을 나가자 모든 조명이 꺼지고 있었다. 손님들이 분주하게 일어나 나가고 있었다. 아무도 없는 술집을 잠깐 바라보고 두 사람은 밖으로 나가 문을 닫았다. 그리고 커다란 자물쇠를 걸었다. 그들은 그 자물쇠의 유일한 열쇠를 걸어가면서 거리의 쓰레기통에 버렸다. 고양이 한 마리가 곁을 지나가는 것이 보였다.

12 내
려
가
라,

그 길이 올라가는 길이다

한 줄기 빛이 그의 얼굴에 떨어졌다. 그것은 마치 날카로운 비수처럼 내리꽂혀 잠들어 있는 남자의 의식을 깨웠다. 502호는 인상을 쓰면서 손등으로 빛을 가리고 몸을 일으켰다. 그때 어디선가 목소리가 들려왔다.

'내려가라, 그 길이 올라가는 길이다.'

수술대 위에서 외과 의사가 메스를 대고 환부를 갈라내는 것처럼 통증이 느껴졌다. 한 손으로 아직도 뻐근한 목덜미를 만지면서 빛이 떨어지는 곳을 올려다보니 매우 깊어 보이는 지하 공간의 맨 위에 난 창이었다. '여기가 어딜까?' 얼핏 보기에 180센티미터인 자신의 키보다 두세 배는 되어 보이는 5미터 이상의 공간 위쪽에 작은 창문이 하나 있었다. 천장과 가까운 곳에 있어서 손으로는 여닫을 수가 없는 창문이었다. 창문은 누군가 폭탄이라도 터뜨린 것처럼 부서져 있었다. 깨진 창문으로 정오의 태양이 빛을 조각내고 있었다. 502호는 몸을 추스르고 겨우 일어나 벽에 기대어 주위를 살펴보았다. 작은 빛이 떨어진 자리를 중심으로 동공이 확대되면서, 조금씩 지하 공간이 형체를 드러내고 있었다.

마치 생매장을 당한 사람처럼 두려움이 엄습했다. 어디선가 찍찍거리는 소리가 들려왔다. 살펴보니 벽에 난 작은 쥐구멍을 통해 생쥐가 한 마리 기어 나왔다. 어둠 속에서 생쥐가 움직이고 있었다. 쥐구멍에서 막 빠져나온 생쥐는 약삭빠른 눈동자로 두리번거리면서 마치 자신의 구역을 침범이라도 했다는 듯이 낯선 사람을 경계하고 있었다. 자신의 발등을 지나가는 쥐를 피해 길을 열어주었다. 생쥐는 맞은편에 난 구멍으로 다시 들어갔다. 502호는 벽에 등을 기대고 최대한 동공을 열어보려고 노력했다. 희미하게나마 물체들이 드러났다. 그의 맞은편으로는 작은 책상과 의자가 하나 있었다. 책상 위에는 백열전등이 갓을 쓰고 나란히 놓여 있었다. 그는 책상 쪽으로 걸어가 의자에 걸터앉았다. 그나마 다행이라는 생각이 들었다. 어두웠지만 공간이 그리 좁지는 않았다.

그사이에 통증이 사라지고 혼미했던 정신이 맑아지고 있었다. 살아야 되겠다는 의지인지는 몰라도, 몸을 움직이고 싶었다. 일단 이 공간의 사이즈를 확인하고 싶었다. 동물이 살아가기 위해서 반드시 필요한 것이 공간이다. 그것은 물과 산소처럼 중요하다. 그는 자신이 설치류라도 된 듯이 생쥐와 동질감을 느꼈다. 설치류들은 예민하고 감각적이다. 땅에 구멍을 파들어 가는 모습을 보면 지하의 병정들처럼 용감하고 강인한 동물이다.

그는 걸음걸이를 옮기기 시작했다. 바닥에서 발바닥을 들어 올리는 순간, 살아 있다는 생명감이 느껴졌다. 희열감마저도 들었다. 움직일 수 있다는 것이 중요하다. 이쪽 벽에서 저쪽 벽까지 천천히 가로질러 걸었다. 보통 걸음의 보폭으로 열두 발자국이었다. 그는 자신의 보폭이 크게 걸으면 1미터 이상, 보통은 60센티미터임을 알고 있었다. 답사를 할 때 대충 거리를 확인하는 방법이었다. 이번에는 세로 방향으로 걸었다. 두 방향 다 정확하게 열두 발자국이 나왔다. 그렇다면 이곳은 약 7미터 가량의 정사각형의 공간이다. 일종의 돌 상자처럼 생겼다. 그 공간엔 어둠이 가득했고, 책상과 의자가 있고 냉장고가 돌아가는 소리가 들렸다.

그는 벽을 더듬어 냉장고의 문을 열었다. 냉장고의 문이 열리자 환한 조명이 반가웠다. 어둠 때문인지 공기의 밀도가 빡빡하게 느껴졌다. 이런 어둠은 처음이다. 냉장고 안에는 1.5리터 용량의 우유와 작은 물병들이 한 박스 들어 있었다. 변기나 수도는 없었다. 이곳에서 얼마나 견딜 수 있을까. 변기와 수도가 없다는 사실이 절망적이었다. 그는 생각했다. 이곳은 무덤 속이다. 일단 먹지 말자. 견딜 수 있는 데까지 굶어보자.

그는 바닥에 웅크리고 다시 누웠다. 불현듯, 그는 이곳이 내가 살았던 세상이 아닐 수도 있다는 생각이 들었다. '혹시 내가 병원에서 수술을 하다가 자연스럽게 죽어버린 것인가?'라는 생각이 들었다. 하지만 신체의 모든 감각이 엄연히 살아 있었고, 무엇보다도 고통을 느낄 수 있었다. 그것은 분명이 살아 있다는 증거가 아닌가? 그리고 저기 작은 책상 위에 있는 사물들.

책상 위에는 눈에 익숙한 정희의 노트북이 보였다. 전원은 연결되어 있었다. 노트북 옆에는 노트와 사진 앨범이 그리고 그녀의 카메라가 가지런히 놓여 있었다.

'저것이 정희가 나에게 남긴 유품인가?' 아마도 그럴 것이라는 생각을 하면서 그는 웅크리고 가만히 있었다. 자신의 감각을 느끼고 싶었다. 발가락과 손가락을 움직이고, 고개를 조금 흔들었다. 손톱으로 관자놀이를 꾹꾹 눌렀다. 두 손으로 머리카락을 쥐고 고개를 무릎에 파묻었다. 희망을 떠올릴수록 절망감이 엄습한다.

얼마나 시간이 지났을까, 바닥을 지나가는 빛의 움직임으로 가늠할 수 있을 뿐이다. 오전인지 오후인지 알 수 없었지만 아직 밤은 아니다. 이곳에서 나갈 방법을 찾기 위해 주위를 둘러보았지만 텅 빈 사각형의 공간이었다. 그는 이것은 분명히 꿈이라고 생각해버렸다. 그렇지 않다면 견딜 수가 없을 것 같았다. 이것은 꿈이니까 깨어날 때까지만 기다리면 된다. 꿈을 꾸다가 죽었다는 사람의 이야기는 들어본 적이 없으니까. 아니다. 잠을 자다가 급사를 한 선배의 부고 생각이 났다. 그 사람도 이런 경험을 하고 그대로 저세상으로 간 것인가. 아니다. 그는 고개를 가로저었다. 이건 단순한 악몽이다. 그럼 무엇을 하면서 이 악몽의 끝을 본단 말인가. 그는 책상을 바라보았다. 우선 저기에 앉아야겠군. 502호는 중얼거린다. 거기 누구 없어요? 이야기도 건네본다. 아무런 대답이 없다.

어둠 속에 누군가 웅크리고 있는 것은 아닐까 하는 생각이 들기도 했다. 502호는 그녀의 카메라를 들고 이리저리 살펴보았다. 그녀의 체취가 느껴진다. 그리고 앨범을 손으로 만지다가 첫 페이지를 열었다. 앨범의 정중앙에 정희가 찍어준 502호의 사진이 있었다. 등산복 차림에 붉은색 지프 모자를 쓴 모습이다. 사진을 보고 있자니 그 사진의 배경이 되는 설악산의 한 능선이 떠올랐다.

그는 노트북의 전원을 켜고 바탕화면에 떠 있는 음성 파일을 보았다. 문서명은 그가 연구하는 짐승들의 이름으로 되어 있었다. 호랑이, 고라니, 노루, 토끼, 멧돼지 등등 파일들이 세로 방향으로 가지런히 정렬되어 있었다. 그는 우선 맨 위에 있는 파일을 눌렀다. 커서가 모래시계 아이콘으로 변하면서 녹음 파일이 돌아가고 있었다. 모니터가 검은색 바탕화면 탓인지 밤하늘의 별처럼 보였다. 이곳에서 유일하게 바라볼 수 있는 것이었다. 정희가 그에게 남긴 음성이었다. 그는 손깍지를 끼고 손으로 턱을 괴고 천천히 정희의 목소리를 듣기 시작했다. 봉인된 편지를 뜯어 읽어 내려가는 기분이 들기도 했다. 502호는 어둠 속에서 '서문'이라고 자신의 이름을 부

173

르는 그녀의 목소리를 들었다. 그는 눈을 감았다.

　당신… 보고 싶네요. 벌써 일 년 넘게 연락이 오지 않는군요. 오늘이
당신과 연락이 끊긴 지 440일째 되는 날이에요. 마치 구조선을 기다리는
조난자가 홀로 구명보트를 타고 있는 기분이 들기도 해요. 태평양과 같은
바다에서 말이지요. 때론 정신적인 무력감이 육체를 더 힘들게 하지요. 정
신이 육체와 같다는 생각이 들어요. 자꾸 여기저기 아픈 데가 생기네요.
그동안 몇 차례 전화를 했는데 받지도 않고, 우린 이제 헤어진 것 같다는
직감이 드는군요. 헤어질 때 간단한 메시지를 달라고 내가 간곡하게 부탁
했는데 당신은 역시 그 부탁을 들어주지 않는군요. 그래요, 그럴 수 있어
요. 이런 생각이 나네요. 우린 아직 헤어진 것은 아닐지도 모른다는 생각.
　지금도 가끔 그런 생각이 들곤 하는데요. 뭔가 맛있는 걸 먹고 싶은데
뭘 먹어야 할지 잘 생각이 나지 않는 순간이 있어요. 그땐 뭐, 빵이나 우
유를 대충 먹기도 하지만 분명히 그 음식을 먹고 싶었던 것은 아니에요.
대신에 포만감이 차오르면 그런 생각이 사라지곤 했어요. 당신에게 나는
빵이나 우유 같은 존재가 아니었나 싶어요. 이런 생각을 할 때 당신에게
연락이 오면 참 좋겠다 싶네요. 그럼 내가 적어도 편의점에서 살 수 있는,
끼니나 겨우 때우는 존재라는 생각은 들지 않을 텐데 말이지요. 하지만
사랑의 속성은 정체를 알 수 없는 식욕과는 다른 그 무엇이 있을 겁니다.
그건 분명해요.
　지금 내가 느끼는 이 갈증, 기다림의 정체를 식욕과 비유할 수는 없을

겁니다. 보고 싶네요. 정말로 간절하게 당신을 기다리고 있어요. 당신을 기다리면서 한 일이 있어요. 사랑이라는 것이 무엇인지 알고 싶어진 거랍니다. 이게 도대체 뭘까? 카메라 작업을 통해서 가능한 일일까? 사랑하는 사람들의 사진을 통해서 드러나는 것일까? 마치 당신에게 감염이라도 된 것 같다는 생각도 들었어요. 감기 바이러스처럼 당신을 통해 전염된 바이러스가 나의 신체기능을 약화시키고, 병들게 한 것은 아닐까. 자꾸 기침이 나네요. 조금 쉬어야겠어요.

그녀의 기침 소리가 들리자 502호는 심한 자책감에 빠지고 말았다. 그는 판결을 받아 수감된 죄수의 심경으로 고개를 더 깊이 처박았다. 그러자 치지직 거리는 화이트 노이즈 소리가 멈추고 다시 그녀가 말하기 시작했다.

당신에게 내 몸을 보여주던 날, 물론 당신을 신뢰하는 마음이 바탕이 되었지만, 여자가 남자에게 몸을 보여주는 일은 매춘이 아니라면 대단한 결단을 하는 거예요. 하긴 매춘도 먹고사는 일이니까 성노동자로서는 매우 중요한 결심을 한 거죠. 그 소수자들의 절박함은… 어쩌면 사랑보다도 숭고한 감정인지 몰라. 생존을 위한 감정보다 구체적이고 물질적인 감정은 없으니까요. 교회의 칠성사처럼 말이에요. 하지만 당신은 그걸 잘 모르는 것 같아요. 사랑 때문에 현실이 보이지 않았을 때 우린 젊었어요. 당신은 그때 믿지 않았어요. 당신이 나의 첫 남자라는 사실을 말이지요. 당신은 대신에 이런 말을 했어요.

'그게 뭐 중요하다고.'

무심한 사람 같으니. 세상에 여자로 태어나서 처음 당신에게 사랑한다는 말을 했어요. 아마도 당신은 그 기억을 하지 못하겠지요. 많은 여자들이 당신에게 던진 말일 테니까 말이지요.

당신에게 처음 관심을 가진 것은 첫인상 때문이었어요. 아무런 이유도 없는 상태에서 오로지 첫인상 때문에 당신에게 호감을 가진 거죠. 당신이 나에게 한 말들을 떠올려봅니다. 우리가 아직 각별한 감정을 나누기 전이었지만, 난 이미 여행을 하는 동안에 당신을 여러 번 필름에 담았어요. 이른바 찍었다고 말할 수 있어요. 찍었다는 말의 뉘앙스가 사진이 아니라, 사람을 선택할 때 생기는 믿음이나 신뢰 같은 것일 수도 있겠군요. 그리고 오로지 나 홀로 있는 암실에서 나는 당신을 새롭게 발견했어요. 우리가 함께 했던 순간들이 필름에서 현상되어 나오고 있어요. 사진 작업을 하는 암실에서 인화지에 사물의 형태가 드러나듯이 말이지요. 그건 신비한 일이네요. 당신과 오랫동안 헤어져 있으니 당신이 한 말과 행동들을 액자에 걸어놓고 싶어져요. 아, 그래요. 나는 지금 당신에 대한 기억을 하나둘 액자에 끼워 걸어놓고 있어요. 내 사랑의 기억이 내 인생의 작품 전시실이 되는군요.

우선, 당신이 한 말 중에 이런 말이 있어요.

"난 사람에 대한 신뢰감을 잃어버린 것 같아."

그 말을 하고 있는 당신은 정말 신뢰할 수 있는 사람이었어요. 과장하자면 내가 만난 남자 중에서 처음으로 진실을 이야기하고 있다는 생각이 들었기 때문이지요. 당신은 인간관계에 대해서는 무감각하다는 걸 잘 알고 있었어요.

그런 이유에서인지 당신은 늘 가볍게 사람을 만나고 헤어지지요. 주위에 친구가 별로 없고, 여자관계는 화려한 듯하지만 항상 외롭게 보이는 스타일의 사람이었어요. 인간관계를 잘 유지하기에는 단점이 될 수도 있어요. 그 단점을 보완해주는 것이 바로 당신이 연구하는 분야이지요. 야생동물 연구. 그건 정말 매력적인 일처럼 저에겐 보였어요. 당신이 동물에 대해 이야기를 하는 모습은, 그 자취를 찾아가면서 몰두하는 모습은 살인범을 찾기 위해 모든 걸 희생하는 영웅적인 탐정의 모습과도 같다고 할까. 나는 당신과 여행을 다녀오고 나서 내가 찾아가야 할 사랑의 발자국을 찾았다는 생각이 들었어요.

그래요. 당신은 영혼을 찾아다니는 외로운 늑대처럼 보였어요. 영혼 따위는 믿지 않는다고, 당신은 부정하겠지만 말이지요. 당신은 영적인 사람입니다. 우리가 친밀해지고 나서 당신은 말했어요. 사람에 대한 신뢰를 잃어버리게 한 그 이유를 말해주었지요. 물론 당신의 인생에 큰 상처인 임신한 아내와의 사별이 결정적 요인이었지만, 인간이라면 누구나 그러하듯이 성인이 되고나서의 상처보다는 어린 시절에 그 고리가 있는 거지요.

당신은 마치 정신분석학자처럼 자신의 어린 시절을 이야기했어요. 난 그게 마음에 들었어요. 그건 당신이 고독한 시간을 견디고 있다는 증거니까 말이지요. 당신은 때로 무덤 속에 있는 것처럼 두렵고 무섭다고 했어요. 매사에 자신만만한 당당함 속에 숨어 있는 어린아이가 있었던 것 같아요. 내 눈에는 그 아이가 잘 보이거든요. 당신은 이렇게 말했어요.

"내 어린 시절에 대한 이야기를 듣고 싶다고? 그래, 그러지 뭐. 하긴 이런 이야기를 한 게 참 오랜 것 같은데 말이야. 정희는 사진가라서 그런지 근본적인 질문을 잘 하는 것 같아. 그런 게 아니라고? 날 사랑해서 그런 거라고? 그래. 하긴 나도 정희 어린 시절이 궁금하다. 그건 서로에게 관심이 있다는 얘기이기도 하니까. 생각 좀 해볼까? 어린 시절의 상처라? 언젠가 그걸 곰곰이 생각한 적이 있는데 말이야. 아무래도 그때부터인 것 같아.

그래, 그날이었어. 아버지를 향해 날아간 총성을 듣고 나서부터 난 귀가 멀어버린 아이처럼 행동했지. 아버지가 대통령도 아닌데 총격으로 쓰러진다는 건 적어도 그 시절에 우리나라에서는 흔하지 않은 케이스야. 그게 어떻게 된 일인지 궁금하지? 우리 집안의 비밀이야. 아버지는 경찰이었어. 뛰어난 경찰이었지. 그 말은 수많은 범인을 잡았다는 이야기인데, 그만큼 적도 많았을 거야. 거미줄 같은 인간관계에서 날벌레처럼 걸려든 증오와 고통은 필연적인 것이니까. 하여간 아버지는 간혹 이런 말을 하곤 했어. 어떤 사건이든 간에 반드시 증거는 있다고 말이야. 범인들은 자신의 자취를 어딘가에 남겨놓는다는 거야. 내가 증거라는 것이 흰 눈 위에 남긴 발자국처럼 보이는 것이냐고 물었어. 아버지는 '그래, 그럴 수도 있겠구나.'라고 하시면서 내 머리를 만지면서 껄껄 웃었어.

어린 시절에 나는 아버지를 사냥꾼처럼 여겼어. 포악한 맹수를 추적해서 기어이 잡아내는 사냥꾼 말이야. 그런데 어느 날, 가장 가까이에 있는 사람의 공격을 받았지. 항상 집을 비우는 아버지 탓이겠지만, 어머니는 우울증을 견디면서 살았다는 생각이 들어. 간혹 창가에 앉아 담배를 피우셨던 모습이 기억나. 누구를 기다리는 것일까. 당연히 아버지의 귀가라고 처음에는 생각했지만, 어느 순간부터는 아버지가 아닌 다른 존재를 기다리고 있었던 것 같아. 지금 생각해도 알 수가 없어. 아마도 어머니이기에 그렇겠지.

어머니는 아버지에게 납치를 당해서 결혼했다는 이야기를 나중에서야 큰 이모에게서 들었지. 어머니가 여학교에서 걸어 나오는 모습을 보고 반한 아버지가 구애를 하다가 결국은 반 강제적으로 범하고, 결혼을 해서 나온 아이가 바로 나야. 지금 생각해보니까 어머니는 아버지에게 강간을 당한 것이지, 부모님에게 이런 표현을 한다는 것이 상당히 힘든 일이긴 하지만 말이야. 이런저런 이야기를 듣고 곰곰이 생각해보니 정황상 그런 것 같아.

어머니는 나를 임신하고 아버지와 결혼을 할 수밖에 없었다는 거지. 요즘 같으면 강간범으로 감옥에 가야 하겠지만, 오십 년이 훨씬 지난 일이고, 정조관념이 유난했던 어머니는 아버지의 사랑, 아니 폭행이라고 해야 되나. 하여간 그걸 운명으로 받아들이고 결혼 생활을 시작한 거야. 다행히 아버지 집안은 부자로 소문이 났기 때문에 어머니 댁에서도 그걸 위안 삼아 보낸 것이기도 하겠지.

아버지 집안은 경찰 집안이야. 할아버지도 일제시대에 경찰을 했다고 하더군, 작은 할아버지는 판사 출신이고 말이야. 좀 알아보니까 전형적인 친일파로 등록이 된 분이야. 그러니까 나는 친일파인 악질 판사 자손의 강간으로 세상에 태어난 그런 존재인 셈이지. 하지만 아버지가 남겨준 유산이 있으니까 내가 이렇게 살 수 있는 것이 아닐까? 조금은 지루한 이야기야. 아 그렇지. 이야기가 샛길로 샜네. 아버지를 쓰러트린 충성에 대한 이야기를 하다가 생각지도 않았던 말을 하고 말았네."

아니요, 당신의 자연스럽게 흘러나오는 음성은 마치 오페라의 아리아처럼 들렸어요. 억지로 밀어내는 것이 아니라 자연스럽게 터져 나오는 감정의 표현. 그것은 적어도 저에게는 아름다운 이야기였어요. 상대의 고통을 받아들이는 것은 사랑의 첫걸음이니까요. 그건 당신이 내 가슴에 찍어놓은 첫 번째 발자국이었다고 생각해요. 기억하나요. 내가 처음으로 당신의 손을 잡았던 날이기도 해요. 당신은 잠깐 놀라는 표정을 짓더니 나를 천천히 바라보다가 다시 고개를 숙이고 말았지요. 나는 당신의 손을 놓지 않았어요. 당신은 이야기를 계속했어요.

"우리가 러시아에서 보았던 묘지가 그려진 호텔 간판 알지?"

"그게 아마… 그래요. 칸트의 《영구 평화론》 첫 문장이죠."

"그래, '사람들이 영원한 평화를 얻은 곳은 묘지'라는 문장처럼…. 호텔은 여행자들의 요람이자 무덤이기도 해. 여행을 하다가 호텔에서 운명을 달리하는 것도 괜찮은 일이기도 하지. 코코 샤넬이 리츠 호텔에서 운명한 것처럼 말이야. 죽음마저도 패션으로 만들어버린 여자가 요조숙녀이기를 바라서는 안 되는 거야. 하여간 나는 아버지가 돌아가시고 평화로운 상태가 되었다는 걸 인정하지 않을 수 없는 거야. 요란한 총성이 들리고 나서야 우리 집에는 고요한 상태가 찾아오니까 말이야. 그 정적은 엄청난 고독이었다는 생각이 들어. 동시에 그날은 유독 번개와 천둥소리가 요란했던 것으로 기억나는군.

우리 집은 2층으로 지어진 저택이었는데, 거실에서 2층으로 올라가는 층계참에서 총을 든 상대방을 보고 놀란 아버지의 모습을 올려다보았지. 아버지는 총을 든 어머니의 얼굴을 확인하고는 잠시 안도의 표정을 지었는데, 난 그 표정을 잊을 수가 없어. 총을 든 상대의 얼굴을 보고 안도의 표정을 보인다는 것은 상대가 자신을 죽일 수 없을 것이라는 사실을 알았거나, 혹은 자신의 죽음을 기다리고 있는 두 가지 경우가 있을 거야. 공교롭게도 나는 계단을 천천히 내려오는 총을 든 사람의 얼굴을 바라보고는… 아버지와 비슷한 표정을 지었던 것 같아. 그 사람은 적어도 나에겐 천사와 같았던 어머니였어. 그런데 말이야, 그것이 정말이었을까? 내가 여섯 살 무렵 보았던 이상한 상황과 우리 집의 풍경이 그림이거나 환상이 아니었을까?"

"아니요. 아마도 그 일은 사실일 거예요. 우리는 받아들이기 힘든 상황이 오면 환상 탓으로 돌리려는 버릇이 있어요. 그건 아마 평생 품고 살아온 아버지에 대한 증오감이 어머니로 하여금 총을 들게 한 것은 아니었을까요. 그럴 수 있어요. 궁지에 몰린 생쥐가 고양이를 물어버리듯이 말이에요."

"그래, 그럴 수 있겠군. 이제 그 일을 한번 곰곰이 생각해보자. 우선 총을 맞은 아버지는 총을 들고 주저앉아 있는 어머니에게 천천히 다가갔어. 그러곤 총을 뺏어 나에게 걸어와서는 내 손에 총을 쥐어주었단 말이야. 어머니는 그 자리에 주저앉아 오열하고 있었어. 두 분의 모습이 기억나는군. 나는 무서웠어. 나는 울지도 못하고 극도의 공포감에 사로잡혀 바들바들 떨고 있었을 거야. 그때 아버지가 말을 했어. '이놈아! 남자답게 견디란 말이다. 네 에미를 살인범으로 만들 셈이야. 어서 가라, 가서 총을 숨겨버려. 네 방으로 돌아가란 말이다! 어서 어서. 아빠는 괜찮다. 다 좋아질 거야'라고."

당신은 사냥꾼에게 총상을 입고 달아나는 짐승의 핏자국을 가끔 이야기하곤 했어요. 상처를 입고 달아나다 흘린 혈흔을 바라보는 마음은… 짐승이 지나간 흔적을 바라보는 마음 중에서 가장 아프지만 그 존재가 확실하다고 했지요.

겨울철이면 사냥꾼들의 불법 수렵 행위에 치를 떨던 당신의 모습은 연구자로서의 마음이려니 했지만, 이 말을 듣고 나서는 마음 깊은 곳에 있는 어머니에 대한 연민의 발로였다는 사실을 알게 되었지요. 사람의 피로 인한 기억보다 더 진한 건 흔하지 않아요. 손등을 개가 물어도 그건 오랫동안 남게 되지요. 하물며 아버지의 총상은 당신의 어린 시절을 송두리째 흔들어 파괴시켜버린 또 다른 총상이지요. 어머니가 방아쇠를 당기는 순간, 당신의 어떤 부분도 산산조각난 거라는 생각이 들어요. 당신의 인생에 혈흔이 남게 되는 순간이지요. 이걸 브레송식으로 결정적인 순간이라고 불러도 되겠지요.

프로이트가 유아기의 노이로제에 관한 에세이 제목을 〈늑대인간〉이라고 했는데요. 이 논문은 유아기의 최초 성교 장면을 이야기하고 있어 아들러나 융이 반대 이론을 펼친 유명한 글이지요. 그 글에서, 꿈속에서 나뭇가지에 앉아 있는 하얀 늑대가 그려진 그림이 생각나네요. 당신은 이런 강박증의 일종이라고 할 수 있는 두려움으로부터 탈출하고 싶었던 거란 생각이 들어요.

간혹, 당신은 지나치게 진지한 구석이 있었는데, 그것 때문에 타인과의 관계에서 서투르다는 사실을 누구보다 당신이 잘 알고 있었지요. 그래요. 너무나 당신은 진지해서 동물과도 이야기를 나눌 수 있을 거라는 생각이 들곤 했어요. 묻고 싶어요. 왜 그렇게 매사에 진지하게 바라보는 건지요. 뭔가 더 보일 거라는 생각 때문인가요. 아니면 사람을 믿지 못하는 지독한 마음 난독증에 걸린 영혼의 시력 때문인지요.

아버지를 해치려고 한 흉기를 손에 들고 방으로 울면서 걸어가는 당신의 모습을 상상할 수는 없는 일이겠지만, 같은 여자로서 당신의 어머니에 대한 생각을 하게 되었어요. 그분은 피를 흘리면서 도망치는 짐승처럼 살았던 거고, 그 혈흔을 당신은 보았던 겁니다. 당신은 집안의 흉사에 대해서 계속 이야기를 이어갔어요.

"다행스럽게도 아버지는 돌아가지 않으셨어. 어깨를 관통한 총알이 벽에 박혔을 뿐, 아버지는 건재하셨지. 그 후로 아버지는 그 일에 대해서 한마디도 하지 않았어. 그래서인지 지금도 그 일이 정말 일어난 일인지 혼란스러울 때가 있단 말이야. 내가 악몽을 꾼 것은 아닌가 하는 착각이 들 정도야. 그래서 그런 말을 한 거야. 그리고 어머니 역시 마찬가지였어. 어머니는 아버지가 마련해준 저택의 다락방 화실에서 꼼짝하지 않고 그림만을 그렸지. 육아에 대한 책임도 없는 사람처럼 굴었어. 나와 여동생은 어머니의 사랑이라는 것을 그림자처럼 여길 따름이었지.

어린 시절에는 몰랐지만, 아버지에 대한 이모들의 험담과 어머니의 태도가 과연 정당한 것인가에 대한 생각을 사춘기에 접어들면서 하게 된 거야. 적어도 오랜 세월 같이 한 가족의 일원으로 바라보는 아버지의 모습은 대단히 성실하고 단단한 바위 같은 분이었어. 그분 덕택에 내가 지금까지 특별한 수입이 없어도 하고 싶은 일을 하면서 산단 말이야. 이건 정말 중요한 일이야. 그걸 지금에서야 알겠어. 내가 만약에 생계 때문에 허우적댄다면 너를 만날 수도 없었겠지. 사랑 따위는 창문으로 넘어갔을 거야. 일상이 여유로워야 환상을 본단 말이야. 내 연구는 모두 아버지 덕이야. 우리에 대한 사랑도 넘치는 가장이었지. 하여간 두 분의 모습을 보고 이런 결론에 도달하게 되었어.

그건 말이야. 아버지가 불쌍하다는 생각을 하게 된 거야. 그리고 도대체 아버지를 그런 지경에 이르게 한 사랑이라는 것이 무엇인지 알고 싶어진 거야. 그것은 왜 일방적으로 이루어지기도 하는 것인지 말이야. 그래서 난 골방에서 시를 쓰기 시작했어. 중학교 때부터. 항상 내 곁에 있었던 시집들이 조용한 내 성격과 잘 맞았어. 어머니는 그런 나를 보고는 좋아하셨어. 예술에 대한 감각과 자연에 대한 사랑, 그리고 무엇보다 당신과 비슷한 외모가 어머니를 기쁘게 했던 것 같아. 어머니는 내 시를 좋아했지. 난 어머니의 그림을 좋아했어. 그래서 한 시절, 섬에서 만난 연상의 화가와 뜨거운 사랑을 나누기도 했지."

이런 생각이 들었어요. 강간범에게도 사랑이 있는 것인가? 통상 타인을 배려하지 않는 행위는 범죄로 이어지기 마련이지요. 당신은 이 문제를 진지하게 생각했던 것 같아요. 동물들이 교미를 할 때 그것에도 사랑이 있는 것인가? 라고 질문을 하기도 했어요.

사랑이라는 말에 대한 생각을 하게 되는군요. 그건 아마 인간들이 만들어낸 감정이 아닌가. 분노나 행복과는 달리 '나는 인간이다. 이걸 증명 한다.'라는 가설을 세워놓고 그것을 증명하기 위해 만들어낸 공식과 같은 것은 아닐까? 그렇다면 비록 폭력은 행사하지 않았지만 당신에게서 느꼈던 거리감과 거기로 끊임없이 다가가고자 하는 나의 감정도 당신의 아버지처럼 그저 일방적인 사랑이 아닐까? 너무 논리가 비약되었지만 가끔 그런 생각을 했어요.

외사랑을 하는 사람들의 특징은 두 가지로 나누어진다고 봐요. 하나는 폭력, 하나는 절망. 폭력은 범죄를 낳고 절망은 자살을 낳게 되니까 둘 다 비극적인 결론이군요. 하지만 세상은 이런 비극으로 점철된 구조로 만들어져 있다는 걸 인정할 때 우리가 무엇을 바라보든 그게 뭐든 조금은 보이는 법이지요. 당신은 왜 나에게 이런 생각을 하게 만드나요? 그나저나 지금 당신은 어디에 있나요. 어서 와서 나에게 한 마디라도 해주고 다시 가면 되잖아요. 그게 그렇게 어려운 일인가요?

정희의 녹음 파일은 멀리서 들려오는 새소리처럼 들렸다. 아니 조용한 목소리로 중요한 판단을 하는 판사의 판결문 같았다. 혼절한 상태에서 이 공간에 들어와 깨어나면서 처음 들었던 음성이 바로 정희의 목소리였음을 502호는 알았다. 그것 말고는 아무런 소리도 들리지 않았다. 세상의 모든 소리가 사라진 공간에서 울리는 목소리였다. 어떤 약품으로 소리를 모두 말려버린 그런 느낌까지도 들었다. 탈지면에 소독약을 발라서 환부를 소독을 하는 기분이었다. 502호는 생각했다.

'그녀는 나에게 내려가서 올라가라는 아이러니한 말을 했다. 더 내려가라. 어디로? 그것은 나의 기억이었다. 나는 어린 시절이라는 내 기억의 밑바닥까지 내려갔다. 그 아래로는 마치 무의식처럼 잠겨 있다. 잘 기억나지 않는다. 어디에서 어떤 일이 일어났는지 말이다. 모든 인간이 탄생의 순간을 기억하지는 못할 것이다. 내가 만약에 아이라도 있었으면 미루어 짐작할 수 있는 일이지만, 생에 유일하게 잉태되었던 아이마저 엄마와 함께 죽었다. 엄마의 피가 흘러나오는 그곳에 아이의 생명이 사라져버린 것이다. 지금 들려오는 그녀의 목소리는 적어도 내가 내려갈 수 있는 최대치의 깊이로 들어갔다.'

그녀가 자신에 대한 이야기를 하자 502호는 타인의 감정에 소홀했던 죄인의 모습을 보았다. 그녀의 이야기를 듣고 나자, 여기가 어디인가라는 생각보다는 여기에서 무엇을 할 것인가를 생각하기 시작했다. 물론 이 어둡고 답답한 공간을 벗어날 방법을 생각하지 않은 것은 아니었다. 그는 사방이 벽인 이 공간에 유일한 길은 밑으로 내려가는 계단밖에는 없다는 사실을 곧 발견했다. 그렇다면 여기에는 어떻게 들어왔을까? 분명히 잭과 함께 계단을 내려왔다.

502호가 내려왔던 그 계단은 그녀의 녹음 파일이 끝나자 사라지고 대신에 더 깊은 곳으로 내려가는 계단이 나타났다. 502호는 미동도 없이 계단이 사라지고 나타나는 광경을 보고만 있었다.

502호는 책상과 의자, 그리고 노트북과 상자가 하나 있는 이 공간에서 무엇을 해야 할지 서성거리기만 했다. 마치 동물원에 갇힌 오랑우탄처럼 가슴을 치면서 무엇인가를 찾아 헤매고 있었지만 보이는 것이라고는 아무것도 없었다. 아무것도. 여기서 할 수 있는 유일한 것은 생각하는 일 밖에는 없었다. 그것이 무엇이든 간에 손에 쥐고 설치류가 땅을 파듯이, 굴이라도 팔 수밖에 없는 상황이 되자, 그는 온몸의 긴장감으로 팽팽해지기 시작했다.

'저 계단을 내려가면 무엇이 있을까? 일단 그것은 알아야 되는 것이 아닌가?'

502호는 용기를 내서 계단을 내려갔다. 계단의 끝에 서서 조심스럽게 발을 디뎠다. 그곳은 완전한 어둠이었다. 공간에 무엇이 있는 전혀 알 수가 없었다. 502호는 천천히 걸었다. 그러자 벽에 손이 닿았다. 502호는 벽을 더듬었다. 벽돌로 짐작되는 물질이 감각으로 전해진다. 딱딱하다. 절망적이다. '이젠 죽는 건가?'라는 생각이 들었다.

그때 벽의 저편에서 사람들이 수군거리는 소리가 들려왔다. 그것은 조심스럽게 의견을 전달하고 있는 듯했다. 어떤 집기를 만지작거리면서 무엇인가를 내려놓고 들고 하는 소리도 들렸다. 그는 벽에 귀를 대고 사람들의 인기척을 확인하고는 온 힘을 다해 벽을 두들겼다.

"거기 누가 있나요. 여기 사람 있어요. 나 좀 살려주세요."

502호가 간절하게 소리 지르자, 그의 음성에 벽은 조금씩 허물어지고 있었다. 벽돌들이 하나둘 허물어지면서 그 틈으로 밝은 공간이 눈부시게 빛나기 시작했다. 서문은 밖으로 한 발을 내디뎠다. 단 한 발자국을 옮겼을 뿐인데 초원이 펼쳐져 지평선이 보이는 풍경이 보였다. 먼 곳에 은행나무가 노란빛을 빛내면서 서 있었고, 그의 발 앞으로 강물이 흐르고 있었다. 강물에 은빛 물고기 한 마리가 강물을 거슬러 오르다가 뛰어 올라 풍덩 빠졌다.

그는 두 팔을 벌리고 하늘을 올려다보았다. 구름 한 점 없는 태초의 창공에서 빛이 내려오고 있었다. 그 빛 가운데 정희가 서 있었다. 그녀는 온통 밝은 빛으로 내려와 그에게 손을 내밀고 말했다. 그녀는 실오라기 하나 걸치고 있지 않았다. 절제 수술을 한 자리가 사라지고 아름다운 가슴이 고스란히 되살아나 있었다.

"시간이 다 되었어요. 이젠 살아 있는 사람에게로 가요. 아직 당신은 더 살아야 되니까. 어서 눈을 떠요. 그럼 여기에서 벗어날 수 있어요. 용기를 내서 번쩍 눈을 떠요. 그리고 잘 살아요. 늦었지만 당신은 왔어요. 그거면 충분해요. 이제 약속을 지킬 시간입니다. 지금이라도 한 마디만 해주면 돼요. 나, 너를 떠나야겠다고 한 마디를 해요. 그럼 당신은 여기에서 벗어날 수 있어요."

"정희야 미안하다. 이제 널 떠나야겠다. 정말 미안하다."

502호가 그녀의 손을 잡았다. 따뜻하고 작은 손이 새처럼 그의 손아귀에 들어왔다. 정희가 환하게 웃었다.

"이제 됐어요. 이제라도 날 찾아줘서 정말 고마워요. 정말로. 이제 당신을 보낼 수 있어요. 어서 가요. 여긴 당신이 있을 곳이 아니야. 강물을 건너지 말아요. 거기 가서 잘 살아요. 죽음은 예상하지 못하는 순간에 갑자기 찾아와요. 내가 도로 위에서 고장 난 차의 구조 차량을 기다리다가 죽어버릴 줄은 정말 몰랐어. 우리가 언제 어떻게 세상을 떠날지, 아무도 그것을 몰라요. 그러니까 잘 살아요. 정말 잘 살아요."

그녀가 다시 하늘로 올라가고 있었다. 그 순간 502호는 번쩍 눈을 떴다. 그러자 환한 빛이 쏟아졌다. 병원 복도의 형광등 불빛이었다. 수술대 위에서 침상으로 옮겨져 입원실로 실려가는 502호는 두 눈에 흐르는 눈물을 닦아낼 기운도 없이 무방비 상태로 그저 울고만 있었다.

그때 옆에서 젊은 여의사가 502호의 눈물을 손수건으로 닦아주었다. 그녀는 수술실에서 집도 의사와 같이 있었던 인턴 의사였다. 얼핏 보기에 그녀가 누군가를 닮았다는 생각을 했다. 502호는 말없이 그녀를 바라보면서 손을 겨우 들어 고맙다는 표시를 했다. 그녀가 말했다.

"서문 선생님. 장시간 정말 수고하셨어요. 이제 힘든 수술 잘 끝났어요. 많이 힘드셨죠. 마취가 풀리면서 꿈이라도 꾸셨나 봐요. 무서운 꿈이었어요? 마취 상태에서 어떤 사람은 잠깐 천국에 다녀오기도 한다던데. 혹시 그런 경험을 하신 건 아닌가요? 그렇다면 안심하세요. 수술은 잘되었으니까. 이제 걱정 마세요."

그는 고개를 가로저었다. 어떤 말도 할 기운이 없었다. 그녀는 간호사와 침상을 밀고 입원실로 들어갔다. 그녀는 환자의 팔에 링거를 확인하고는 다시 천천히 환자를 내려다보면서 미소 짓고 있었다. 그는 다시 피곤이 몰려와 두 눈을 감았다. 그는 눈을 감으면서 그녀가 누구를 닮았는지 기억을 더듬고 있었다. 그녀는 젊은 시절의 황보나영과 붕어빵처럼 닮은 여자였다. 심지어 음성마저도 비슷했다.

13 솔베이지의 노래

입원실에 누워 잠시 눈을 감았다. 간호사가 주사기 바늘을 팔에 꽂아 약품을 투여하고, 차트를 들고 뭔가를 체크하고는 병실을 나섰다. 수술 후의 고통 때문인지 신음이 간헐적으로 흘러나왔지만, 수술 도중에 본 환상의 세계에서 이제 빠져나왔다는 안도감이 들었다. 하지만 과연 그곳에서 나는 올라온 것인가? 그렇다면 내가 가지고 온 것은 과연 무엇인가? 잭이 앞에 있다면 물어보고 싶었다. 어쩌면 가져온 것이 아니라, 두고 온 것이 아닐까?

수술 상태에서 만난 정희라는 여자의 존재는 분명히 나에게 중요한 사람이었다. 그녀와의 약속을 지키지 않았다는 사실이 나의 무의식 어딘가에 옹이처럼 박혀 있었던 것이다. 그녀의 말대로 작별을 고하자, 나는 아득하게 먼 곳으로 떠나는 느낌이 들었다. 어느 순간, 깊은 산속에 낡은 오두막의 문을 열고 방으로 들어갔다. 창호지를 바른 방문은 군데군데 찢어져 있고, 삐거덕 거리는 경첩 소리만이 겨우 문틀의 존재를 알리고 있었다. 오두막은 폐가처럼 방치된 듯 보였다. 도대체 여기가 어딘가 싶어 방문을 열고 들어가니 늙고 병든 '서문'이라는 인간이 웅크리고 누워 있었다.

화들짝 놀라 내 눈 앞에 있는 늙은 몸과 머리를 들어 끌어안았다. 내 품에서 늙어버린 내가 점점 작아지고 있었다. 계속 늙은이의 몸을 끌어 앉았지만, 그 이상한 몸은 작은 조직으로 변해 내 품에서 빠져나갔다. 그 하얀 조각들을 손으로 쓸어 담으려고 했지만, 손길이 닿는 순간 그것은 가루로 잘게 부서졌다. 순간 오두막이 와르르 무너지면서 보석처럼 반짝이는 가루들이 허공에 뿌려지듯이 날아가고 있었다. 그것은 보석 가루처럼 허공에 잠시 머물다가 먼지처럼 사라졌다. 우두커니 서서 허공을 바라보았다. 먼 곳에 무지개가 걸려 있었다. 이젠 정희가 떠난 것이다. 그녀는 나에게 명령했다. 더 내려가라. 그래, 결국 병들고 지친 몸으로 여기까지 왔다. 내 기억의 굴을 두더지처럼 파내려가면서, 더 내려가 보자. 거기가 올라가는 길이라고 했다.

퇴원을 하고 나서, 나는 서둘러 잭과 메리를 만났던 그 술집 자리를 다시 찾아갔다. 하지만 그 자리에는 이미 대형 건물이 화려하게 자리 잡고 있었다. 주변에 물어보니 그 장소에 있던 건물들은 얼마 전에 재건축이 되었고, 내가 찾고 있던 골목길과 모퉁이 술집을 기억하는 사람도 없었다. 모두 떠나버린 것이다. 이제 그곳에는 아무런 흔적이 없었다. 마치 이 도시가 기억의 사막처럼 여겨졌다. 도시는 기억을 사막화시키는 공간이다. 이토록 잔인하게 모든 흔적을 지워버리는 존재는 지구에 인간밖에 없다. 인간이라는 존재는 자신의 흔적을 말끔하게 지워버리는 괴물 같다. 이곳에서 과연 내가 얼마나 살 수 있을까?

　나는 사무실로 돌아와 정희 이전의 기억을 더듬었다. 소미 누나가 떠올랐다.

　처음 만나는 순간부터 소미 누나에게 다가가고 싶었지만, 이미 그녀에게는 사랑하는 사람이 있었다. 그 사람은 나의 고등학교 문예반 선배 '고도찬'이었다. 그는 '고도'라는 필명을 가지고 있었다. 베케트의 유명한 연극에서 빌려온 이름이다. 그는 문학과 고독에 대해 문학반 후배들인 우리에게 이야기해주었다. 지금도 기억나는 것이 검은 나무가 연상되는 릴케의《형상시집》서시를 읽어주던 그의 모습이다.

　아주 천천히 너는 한 그루 검은 나무를 일으켜
　하늘에다 세운다: 쪽 뻗은 고독한 모습. 그리하여
　너는 세계 하나를 만들었다. 그 세계는 크고,
　침묵 속에서도 익어가는 한 마디 말과 같다

그리고 네 의지가 그 세계의 뜻을 파악하면

너의 두 눈은 그 세계를 살며시 풀어준다

그 시절, 아직 소년에 가까웠던 우리는 침묵 속에서 익어가는 한 마디 말의 의미를 찾았다. 릴케를 그 선배를 통해 만났다. 그리고 릴케보다 더 중요한 인물이 소미 누나다. 역시 그 선배를 통해 나는 소미 누나를 알게 되었다. 그녀의 곁에 있는 고도찬 시인은 다소 퇴폐적인 모습을 한 매력적인 스타일리스트였다. 미군 부대에서 흘러나온 야전 잠바를 검게 염색해서 입고, 릴케의 시집을 옆구리에 끼고 다니면서 장발의 머리를 휘날리던 문학청년이었다.

그는 시인으로 재능이 뛰어났고, 주위 사람들을 놀라게 하는 기행으로 이미 고등학교 시절부터 시인으로 주목을 받았던 탁월한 인물이었다. 후배들은 교주처럼 그를 추종하면서 선배의 독특한 스타일을 따라하곤 했다. 심지어 목소리와 손동작, 글씨체 등을 모방하면서 시인이란 저런 모습이어야 한다고 일방적으로 생각하고 있었다. 고도찬은 우리의 우상이었다.

내가 고교 시절 문예 반장을 하고 있을 때 그는 소미 누나와 함께 학교에 오곤 했다. 이미 졸업을 하고 나서도 문학반 후배들을 챙기기 위해서 자주 드나들었다. 그때 처음 원소미를 보았다. 아찔하게 오래된 기억이지만 어떤 일은 마치 어제의 일처럼 선명하다. 문예반 교실에서 소미 누나가 가지고 온 도시락을 나누어 먹었던 기억이 났다. 고도찬이 문학반 후배들의 원고를 보고 있을 때, 나는 그녀와 이런저런 이야기를 나누었다.

어느 날, 학교에서 정례적으로 여는 가을 〈문학의 밤〉 행사 준비를 하면서 혼자 남아 책을 읽고 있는데 나무 바닥으로 되어 있는 복도에 두 사람의 발자국 소리가 또렷하게 들렸다. 그리고 노크 소리가 울리고, 고도찬과 그녀가 나타났다. 나는 두 사람을 올려다보다가 그녀에게 시선이 멈추었다.

"선배님, 어쩐 일이세요."

나는 엉거주춤한 자세로 일어나면서 말했다.

"그래, 문학의 밤 준비는 잘 되어가나."

선배는 나에게 다가와 어깨를 두들기면서 내 옆에 앉았다.

"그런 대로… 작품 준비는 하고 있어요. 그런데 그 작품에 어울리는 음악 선곡이 좀 어렵네요. 클래식으로 하려고 하는데요."

"그래, 그럼 내가 좀 도와주지. 올해 애들 작품 수준은 어때?"

"저는 불만이지만, 지도 선생님이 무난하다고 합니다."

고도찬은 고개를 가로저으면서 사납게 말했다.

"문학은 무난해서는 안 돼. 작품이 회사의 기안 서류도 아니고. 너희들이 직장인이야? 아무 생각하지 말고 몰두하란 말이야. 그래야 겨우 한 줄 쓸 수 있는 거야. 하여간 잘 해."

고도찬과 이야기를 하는 동안 그녀는 왔다 갔다 하면서 교실을 둘러보고 있었다. 고도찬은 일어나 그녀의 어깨에 손을 얹으면서 나를 소개해주었다.

"소미야. 여기 내 후배야. 서문이라고 문학반장이고, 나보다 시를 더 잘쓰는 녀석이야."

소미 누나가 손을 내밀었다. 그리고 말했다.

"그래. 너로구나. 도찬 씨에게 이야기 많이 들었어. 잘생겼네. 나 원소미라고 해."

"아, 예, 서문입니다."

그녀와의 인연은 묘하게 이어지기 시작했다. 사람의 일은 정말 알 수가 없다. 선천적으로 바람둥이 기질이 있었던 고도찬은 문학의 밤을 준비하면서 만난 내 여자 친구에게 관심을 보였다. 나와 엘리엇의 장시 〈황무지〉를 낭독하는 그녀를 유심히 보았다. 낭독 시의 배경음악으로 그리그 페르귄트 모음곡 중에서 솔베이지의 노래를 골랐다. 대강당에 음악 소리가 울려 퍼지고 나는 여학생과 시를 낭독했다. 문학의 밤 리허설 시간이었다. 고도찬은 간간히 음악을 멈추고 무대 위로 올라와 그녀와 낭독에 대한 이야기를 나누었다. 특유의 동작으로 문학에 대한 이야기를 하는 그의 모습을 소미 누나는 객석에서 무심히 지켜보고 있었다.

그때 나는 소미 누나와 대학 생활에 대한 이야기를 나누었다. 소미 누나는 때론 내 어깨를 다독거리기도 하면서 이런저런 이야기를 해주었다. 그날부터 나는 이유 없이 읽던 책을 덮고 한동안 하늘을 올려다보곤 했다. 때론 긴 숨을 내쉬면서 학교 운동장을 무작정 걸어 다니기도 했다. 가슴에서 뭔가가 움직이는 느낌이 들었다. 그것이 무엇인지는 몰랐지만, 가슴을 뛰게 하는 보이지 않는 힘이라는 사실을 깨달았다. 보이지 않는 손이 몸속으로 들어와 감정을 끌어올려 심장이 움직이고 온몸이 더워졌다.

태양이 있는 하늘에 눈이 내리던 이상한 날이었다. 나는 예비고사를 보고 나서, 대학 도서관 앞에서 소미 누나를 만났다. 도서관에서 걸어 나온 소미 누나는 이런 날씨는 잘 기억해두었다가, 글을 쓸 때 묘사하면 좋겠다고 했다. "어떤 운명적인 만남의 장면에 화창한 태양 아래 눈이 내린다면 뭔가 분위기가 다르지 않겠니?"라면서 환하게 웃었다. 나는 그 풍경을 마음에 담았다. 그녀의 말대로 운명적인 남녀의 만남에 적절하게 묘사만 한다면 좋은 문장이 나올 것도 같았다. 이제야 그것이 우리의 만남에 어울리는 풍경이라는 사실을 알 수 있었다. 태양과 눈은 어울리지 않는다. 그런데 함께 있다. 그래, 우리는 그때 그런 모습이었다.

소미 누나가 말했다.

"추운데 따뜻한 차 한 잔 하러 학교 앞 다방으로 갈까?"

나는 머뭇거렸다.

"아직 고등학생인데."

"예비고사 봤잖아. 그리고 이제 졸업만 하면 되는데 뭐. 누나랑 같이 가면 된다. 따라와."

소미 누나와 함께 대학 정문을 빠져 나와 걸어가고 있는데 고도찬이 내 여자 친구와 걸어오고 있었다. 우리는 적당한 간격을 두고 서서 서로를 보았다. 그럴 수 있었지만, 참 어색한 일이었다. 그때 고도찬은 긴 머리카락을 쓸어 올리면서 내 어깨를 툭 치고 묘한 미소를 지으며 말했다.

"야, 서문이 아니야. 너 여긴 웬일이냐. 둘이 어디 가는 거야?"

내가 움찔하자, 소미 누나가 대답했다.

"문이가 우리 학교에 관심이 있어서 내가 오라고 했어. 학교 구경도 시켜주고, 커피 한 잔 하러 가는 거야. 그나저나 자기는 어디 가는 거야?"

소미 누나는 나에게 가까이 와 팔짱을 끼면서 다정하게 웃었다. 그것이 남자 친구를 향한 질투의 감정에서 나온 행동이라는 사실을 금방 느낄 수 있었다. 정작 나와 그 여학생은 아무 말도 하지 못하고 있었다. 그저 서서 어색하게 웃고 있을 따름이었다. 우연히 거리에서 서로 다른 이성 친구와 지나치다가 마주칠 확률이 얼마나 될까? 태양 아래서 눈이 내린 날씨와 닮았다. 우리는 아주 잠깐 멈추어 서서 이야기를 나누고 아무 일도 없다는 듯이 서로 헤어졌다.

대학 다방에 들어간 우리는 커피를 주문했다. "여기 커피가 참 좋아. 바리스타가 아주 괜찮은 사람이거든."이라고 커피 가게를 소개한 소미 누나는 잠시 무슨 생각을 하는지 고개를 숙이고 있었다. 나는 조금 전에 일 때문에 그러나 싶어, 그냥 일어나 가려고 하다가 소미 누나가 말을 시작하는 바람에 다시 자리에 앉았다.

"그래, 시험까지 다 봤는데 생각해둔 대학은 있어?"

"뭐, 특별한 생각은 없어요."

나는 이미 소미 누나의 대학에 가려고 마음을 먹었다. 나는 가방에 넣어온 시 원고가 생각났다. 그 자리에서 그녀에게 신춘문예에서 응모할 시를 여러 편 보여주었다. 그녀는 시를 읽으면서 세 편을 골라주었다. 시를 보는 동안 그녀의 표정이 미묘하게 변화하고 있었다. 조금 전에 있었던 어색한 일은 이내 잊어버린 듯했다. 시의 효용성을 처음으로 확인한 날이었다. 그녀는 시를 다 읽고 나서 매우 흡족한 표정을 지으면서 말했다.

"어쩌면 올해 당선될 것 같은데. 너 시 정말 잘 쓰는구나."

"아이고, 아니에요. 그저 습작일 뿐인데요. 뭘."

"아니야, 아니야, 뭔가가 있는 것 같아. 다만 문장을 조금 줄였으면 좋겠다는 생각이 들긴 하는데. 그것도 내 생각이고. 아직 시간이 있으니까 정성을 들여 퇴고해서 이 작품들 꼭 응모해봐."

"그래도 될까요?"

"그럼. 최근에 본 시 중에서 가장 뛰어난걸. 특히 이 시…. 그 고요함 아래 앉아 있으면 나는 한 방울의 물방울, 바다를 그리워한다. 야, 정말 참신하다."

소미 누나의 칭찬에 나는 부끄러운 생각이 들어 그냥 고개를 가로 저였다. 그 시는 누나를 생각하면서 전날 밤에 쓴 시였다. 그 시를 좋아하다니. 나는 어깨가 으쓱해지는 기분이 들었다. 소미 누나는 시가 적힌 원고지를 가지런히 정리해서 나에게 건네주었다. 나는 원고지를 받아들고 기분이 좋아졌다. 존경하는 누나에게 인정받은 착한 동생처럼 굴었다.

"그리고 말이야. 대학에 들어가면 니만의 방을 하나 만들어두면 좋아. 작가에게 방은 작가만큼이나 중요하다는 생각이 들어. 버지니아 울프의 자기만의 방도 좋고, 카프카의 프라하 골방이어도 좋고, 괴테의 성이어도 좋다는 말이야. 그 방은 넓은 의미에서 자기 존재의 방이기도 하지. 예를 들어 나에겐 사찰이 바로 그런 공간이야. 얼마 전에 발견해서 자주 다니는 절이 있어. 기분이 울적해지면 저절로 찾아가는 곳이기도 하지.

문아. 너도 그런 장소가 하나 있으면 좋을 거야. 졸업을 하면 적어도 다른 세상이 펼쳐지니까 말이야. 고등학교 때와는 모든 것이 완전히 달라. 너는 시 창작이라는 분명한 목표가 있으니까, 몽테뉴의 말처럼 너만의 고독한 방을 만들어야 할 거야. 그리고 불교에 주목해. 시 쓰는데 상당히 도움이 될 거야. 난 불자거든. 그래서 절에 정기적으로 나가서 공부를 하기도 해. 너도 관심을 가지면 좋을 것 같아. 문학에 불교 사상은 중요하잖아.

하여간, 내가 가는 절에는 말이야. 부처님을 모신 대웅전 앞쪽에 작은 돌확이 있어. 산에서 내려오는 물을 모았다가 밑으로 내려 보내는 샘물 같은 곳이지. 신자들은 표주박으로 그 물을 한 모금씩 마시고 대웅전으로 들어가 예불을 보거나 기도를 올리곤 해. 가끔 거기에 가면 돌확이 마치 부처처럼 보인단 말이야. 아니 어떤 때는 대웅전에 있는 부처상보다 돌확이 부처의 진짜 모습처럼 보여. 왜 그런 감정이 들었는지…. 그건 아마도 그저 중생을 내려다보고 있는 부처상에 비해 돌확은 나보다 더 아래에 있으면서 나에게 물을 주기 때문이 아닌가 싶어. 산다는 게 그런 것 같아. 갈증이 나는 상태가 반복되거든. 육체보다 영원의 갈증이 더 심할 때가 있는데, 그게 바로 우리의 시절일 거야. 이 갈증이 사라지고 그저 습관적으로 살아가면 그땐 늙은 거지. 젊은 우리는 항상 갈증이 나거든."

사실 그때는 그녀의 말을 잘 이해할 수가 없었다. 좀 더 달콤한 말을 하고 싶었다. 하지만 나는 사랑에 대해 아무런 준비가 되지 않은 상태였다. 그저 고개를 끄덕일 수밖에 없었다. 소미 누나가 다닌다는 절의 이름을 노트에 적었다. 은평구에 있는 진관사라는 절이었다. 그리고 문득 물었다.

"고도찬 선배가 누나 괴롭히진 않아요?"

나의 이 말은 연인에 대한 관심이고 질투다. 누나는 바로 대답했다.

"글쎄. 그 사람이 누굴 괴롭히는 사람은 아니야. 잘 알잖아. 그저 이기적인 사람이라고나 할까. 타인에게 무관심하려고 노력하는 타입이라고나 할까. 그것도 그 사람이 사는 방법이지 뭐. 사실 네가 그 사람 별로 좋아하지 않는다는 거 잘 알아. 그를 쳐다보는 눈을 보면 알 수 있어. 하지만 그 사람은 너를 좋게 보고 있어. 재능이 있고 뛰어난 시인이 될 후배라고 각별하게 생각하던데. 언젠가 그런 말을 하더군. 너는 중심이 있는 부처 같은 놈이라고 말이야. 큰 칭찬이야. 그리고 그 사람을 내가 좋아하는 진짜 이유가 뭔지 알아?"

나는 잘 모르겠다고 했다. 사실 여러 가지 이유가 떠올랐지만 그녀의 말을 듣고 싶어서 대충 대답을 하고 그녀를 바라보았다. 그녀는 말했다.

"그 사람은… 나보다 훨씬 외로운 사람이야. 이 여자 저 여자 기웃거리는 것도 외로워서 그러는 거야. 아까 봤던 여학생과 친구 같던데. 이런 말하기는 그렇지만 나중에 따로 만나서 그 사람 조심하라고 그래. 큰 상처를 받을 수 있단 말이야. 이건 질투가 아니야. 난 다행히 그 사람에게만 목숨을 걸지는 않아. 그런데 그 여학생은 좀 달라 보였어. 너무 순수한 모습이 불안해 보인단 말이야. 어쩌면 무서운 일이 일어날 수도 있어."

그때 내가 최근에 보았던 사실을 조심스럽게 말했다.

"누나, 사실은… 며칠 전에 선배 방에서 경자가 있는 걸 봤어요. 선배에게 빌린 이상 시집을 돌려주기 위해 간 것인데 말이지요. 내가 문을 여니까 급하게 서로 떨어지더라고요. 물론 선배는 여유 있게 대처하더군요. 그런데 경자는 무척 당황했어요. 자꾸 구석으로 숨으려고 하던 모습이 떠오르네요. 참 착한 아이인데. 이런 말을 하는 거. 저 질투해서 그런 거 아니에요."

소미 누나는 걱정스러운 얼굴이 되었다.

"넌, 괜찮아? 네 여자 친구잖아."

"전 괜찮아요. 뭐 각별한 사이는 아니니까. 두 사람이 같이 있는 거 보고, 조금 놀라기는 했지만. 사실 도찬이 형이 조금 원망스럽기도 해요."

누나는 탁자에 있는 내 원고지를 만지작거리면서 이마에 손을 대고 말했다. 신중한 모습이지만 다정하게 여겨졌다.

"그래, 그럼 너희는 어떤 사이인데…?"

"글쎄요. 가만히 생각하니까. 그저 호감을 가진 친구 정도예요. 손이 따뜻했던 것 같아요. 문학의 밤 연습하느라고 몇 번 만났는데. 연습이 끝나고 교정에서 가곡 '동심초'를 불러준 적이 있고, 그래요. 종로에서 길거리 카세트테이프를 같이 샀어요. 그때 장갑을 벗더니 제 손을 잡아주면서 '너 손이 참 차구나.'라는 이야기를 했던 기억이 나요."

"그 아이의 손이 따뜻했어?"

"예. 아주 따뜻했어요."

그 이야기를 듣고 소미 누나는 혼잣말을 했다.

"에이. 나쁜 개새끼."

"예?"

"아니야. 신경 쓰지 마, 정말 그 인간은 잘 모르겠어. 도대체 어쩌자고 함부로 행동하는 거야. 사춘기 여자애한테 감정이 얼마나 중요한 건데 말이야. 문아, 넌 그런 이기적인 인간이 되지 마라. 적어도 문학을 하는 동안에는 말이야."

그때 소미 누나의 손길이 더 따뜻했다는 말은 하지 못했다. 그리

고 '비록 홍은 보고 있지만 누나도 선배를 좋아하고 있잖아요.' 라
는 말도 하지 못했다. 그 말들이 목울대를 넘어오지 못하도록 꿀꺽
삼키고 말했다. 우연히 선배의 방에서 경자를 발견한 이후로 나는
그녀에게 연락하지 않았다. 그때는 그녀와 별 관계가 아니라고 생
각했다. 하지만 돌이켜 생각해보니 나 역시 그 여학생에게 호감이
있었다. 그것을 고도찬이 가로채어 간 것이다. 하지만 다행이다.
난 소미 누나가 좋다. 그런 생각도 들었다.

　나는 그 여학생의 이름을 이제는 잊었다고 생각했지만, 소미 누나
와의 대화들을 떠올리자 자연스럽게 이름이 떠올랐다. 경자는 소미
누나의 말대로 무서운 일을 저질렀다. 그것은 아무도 예상하지 못한
일이었다. 경자는 그해 겨울이 지나가고 봄이 올 무렵에 자신의 집
뒷산에 있는 놀이터에서 철봉에 목을 매고 자살을 해버렸다. 새벽에
운동을 하러 가던 동네 주민이 발견하고 신고를 했다고 한다.

　그즈음에 나는 신춘문예에 당선했다는 소식을 받고 약간 들떠 있
었다. 원하던 대학에 입학도 했으니 소년에서 청년으로 넘어가는
시기에 축복처럼 여겨지는 즐거운 시절이었다. 문단의 큰 선배들이
내 시를 인정해 주었다는 사실에 달뜬 마음으로 한동안을 보냈다.

　사실 그녀의 자살 소식은 몇 달이 지나고 나서 그녀와 같은 교회
를 다니던 고등학교 동창에게서 들은 이야기였다. 갑자기 슬픈 소
식을 듣고 가슴은 아팠지만 담담하게 사실을 받아들였다. 마치 직
장에서 업무 보고를 받는 기분이기도 했다. 왜 그랬을까? 그것은

소미 누나 때문이었다. 그때 소미 누나에게 완전히 몰두하고 있었기 때문에 그런 것이다.

교복을 단정하게 입고 갈래머리를 땋은 경자는 아마도 온전한 한 남자의 사랑을 기대했을 것이다. 밤마다 자신에게 시를 들려주고 달콤한 말로 미래를 약속하는 낭만적인 시인을 사랑했을 것이다. 그 환상이 깨지는 데는 별로 긴 시간이 걸리지 않았다. 어느 순간부터 고도찬은 경자에게 걸려오는 전화를 무시하고, 때론 냉정한 태도로 그녀를 비웃듯이 바라보았을 것이다. 전혀 예측할 수 없었던 고도찬의 시니컬한 모습에 소녀는 겁에 질렸을 것이고, 그 충격에서 헤어 나오지 못하고 비극적인 결정을 내렸다. 그것은 누구나 짐작할 수 있는 일이었다. 하지만 자살이라니…. 그건 너무나 비극적인 일이다.

그녀의 자살 탓이었는지 고도찬 역시 어디론가 사라져서는 나타나지 않았다. 그때부터 나는 고도찬의 소식을 한동안 들을 수가 없었다. 오랜 세월이 흘렀어도, 가끔은 문학에 관련된 책이나 뉴스를 보면서 그가 다시 나타나기를 기대하곤 했었다. 그는 어디에서 어떻게 살고 있을까? 그때 도대체 무슨 일이 있었던 것인가? 순수했던 한 소녀의 죽음과 뛰어난 시인의 실종은 내 대학 시절에 큰 미스터리로 남아 있었다.

스무 살 시절의 감정은 햇살과 함께 내리는 눈처럼 가볍게 바람에 휘날린다. 하지만 그때 생각을 하면 지독한 습설처럼 무거운 감정이 가슴을 찍어 누른다. 청춘의 습설은 돌처럼 무겁다. 고도찬의 여성 편력은 화려했지만, 소미는 꾸준하게 그의 곁에 있었다. 나는 그것 이 답답했다. 나는 소미 누나의 곁을 맴돌았고, 소미 누나는 그 선배 와 때론 연인처럼 때론 친구처럼 지내는 모습이었다. 두 사람 사이 에 내가 끼어들 틈은 없었다.

나는 소미 누나가 다니는 대학에 화려하게 입학해서 그녀의 후배 가 되었고, 그녀에게 끊임없이 다가가고자 했지만, 소미 누나는 고 도찬이 실종되고 나서 마음에 큰 상처를 입은 듯 보였다. 여학생의 죽음은 우리의 청춘 시절에 큰 전환점이었다. 졸업을 한 소미 누나 는 나에게 작별을 고했다. 소미 누나는 승려가 되기 위해 대학을 졸 업하고 마치 대학원을 진학하는 학생처럼 속세를 떠났다. 그녀의 출가가 경자의 죽음보다 더 크게 다가왔다. 비록 그녀가 선배의 실 종과는 아무런 관계가 없는 일이라고, 평소에 승려들의 삶을 동경 했다는 말을 남겼지만 이제 대학생이 된 나에게 소미 누나의 출가 는 큰 상실감을 남겨 주었다. 넓은 대학의 캠퍼스가 텅 빈 것처럼 느껴졌다. 사람이 지나가도 인기척을 느낄 수가 없었다. 나 역시 마음 한구석은 이 세상을 떠나 있었다.

그 후로 오랜 세월이 지나도 그녀의 말과 행동, 그녀가 자주 다니 던 사찰의 대웅전 앞 돌확은 전시실의 그림처럼 남아 있다. 그해 5월 광주에 간 것 또한 큰 상처로 남게 되었다. 울음소리, 아우성, 총 성. 이러한 것들이 그해 늦은 봄과 한겨울에 찾아왔다. 그녀의 말대로 사춘기를 막 벗어난 학생이 감당하기에는 너무나 벅차고 힘 겨운 상황이었다. 한 인간이 감당하기에는 적당한 고통이 아니다.

나는 노트에 바둑판 모양으로 선을 그었다. 딱히 바둑판을 그리려고 의도한 것은 아니었다. 문장을 쓰다가 글이 막히면 선을 긋는 버릇이 있을 따름이다. 선을 그으면 자음과 모음이 떠오르기도 하니까. 세로선과 가로선을 긋다가 그것이 교차하면서 바둑판 모양의 형태가 생기고 그것을 가만히 들여다보고 있으면 입체적인 공간이 생긴다. 그곳을 집중을 해서 보면 평면이 입체적으로 보이기도 한다.

타인에 대한 기억 또한 마찬가지이다. 어떤 기억은 입체적인 공간감이 있다. 어떤 기억은 그저 종이 위에 의미 없이 그어놓은 직선 같기도 하다. 종이 위에 그려진 선들 위로 바둑돌 모양의 흰 돌과 검은 돌을 그려보았다. 몇 번인가 동그라미 그리기를 반복하다가 복기하는 바둑기사처럼 생각했다.

바둑의 복기처럼, 인생의 복기는 가능한 것이 아니다. 그건 절대 불가능하다. 흰 돌과 검은 돌로 구분되지 못하는 것이 바로 감정이다. 감정의 빛깔이 수천 가지로 다가온다. 일일이 헤아릴 수도 없을 만큼 말이다. 사실을 정리해서 생각하고 판단하는 이성이라는 도구로는 인생의 복기가 가능하다. 하지만 인생의 이면인 감정에는 그러한 패턴이 없다. 그것은 결국 동물의 발자국 같은 것이다. 소미 누나의 출가와 그해 5월 광주로의 여행. 내 가슴속에 날아오르던 새와 포효하는 호랑이. 이 두 가지만 분명한 사실이다. 그것을 제외한 나머지는 모조리 정체를 알 수 없는 동물의 발자국처럼 불투명하다. 습지와 같은 곳에 찍혀 처음엔 윤곽이 뚜렷하지만 비가 오고 바람이 불어 그 흔적이 사라져버린 흔적과 같은 것이다.

타자기 소녀가 나를 시리우스라고 부르는 것은 매우 적절하다. 나는 늑대별처럼 빛나는 눈동자를 가지고 세상을 향해 달려 나가고 있었다. 하지만 항상 다가오는 슬픔은 갈림길에 나타나는 낡은 나무판에 새겨진 이정표 같은 것이었다.

소미 누나, 나는 누나를 사랑했다. 누나가 출가를 하는 날까지도 나는 고백을 하지 못했다. 결국 그 말을 해야 되겠다는 생각을 했다. 누나는 이제 승려가 되었으니 그녀를 찾아가 속세에서의 사랑 때문에 고통받고 있는 중생의 마음을 전한다고 누가 돌을 던질 것인가? 이제 누나는 대웅전 앞에 돌확이 되었다. 그 돌확에 고인 맑은 물과 같은 모습을 보고 싶다. 그리고 말하고 싶었다. 누나를 사랑한다. 누나를 따라 대학에 진학했다. 누나를 따라 문학을 하고 싶었다. 그런데 누나는 그 모든 것을 버리고 어디로 가려고 한단 말인가?

소미 누나가 출가한 지 이제 삼십여 년이 지났다. 제법 긴 세월이고, 시를 쓰다가 어느 날 밤에 요절한 대학 친구에게는 전 생애이다. 그 세월을 견디고 지금은 어떤 모습으로 살고 있을까? 그녀는 출가하면서 말했다.

"금강과 섬진강의 발원지 수분령이라는 곳이 있어. 수분리의 들목에 있는 작은 언덕인데 말이야. 강운구 선생의 사진을 꼭 보도록

해. 때론 사진이 많은 힘을 주기도 하니까. 좋은 사진은 단순해. 좋은 사람처럼. 하여간 거기에 가면 금강과 섬진강을 가른다는 수분령이 있어. 북쪽의 임진강과 한강이 갈리는 것처럼. 일종의 분기점이지. 모든 일에는 수분령이 있는 것 같아. 문아, 너, 나 좋아하는 거 알아. 그 감정을 잘 지니고 살아. 나도 너를 좋아해. 서로 감정의 결이 다르지만 말이야. 이제 우리는 헤어질 시간이 된 거다. 하늘에서 떨어진 빗방울이 서로 다른 물길을 타고 가듯이 말이야. 나는 서쪽 바다로 가고, 너는 남쪽 바다로. 아니 그 반대라도 관계없어.

이제부터 대학 생활 잘 하기를 바란다. 너는 입학하고 나는 졸업하고, 너는 세상으로 나아가고 나는 세상에서 벗어나려고 해. 그래, 지금 우리는 수분령이라는 언덕에 서 있는 거야. 우린 갈 길이 달라. 그래서 말인데. 내가 경험한 감정을 너에게 전해주고 싶어. 우선, 너무 고마워. 넌 나에게 소중한 사람이기도 해. 네가 나를 쳐다보고, 나를 걱정하고, 나에게 해주었던 행동들이 큰 힘이 되었어. 너도 감정을 잘 다스려. 넌 앞으로 여자들을 많이 만날 거야. 그럼 나 정도는 금방 잊을 거야. 그건 분명해. 대부분 그렇게 사니까 말이야."

카뮈를 좋아했던 소미 누나는 이런 말도 했었다.

"카뮈의 《이방인》은 후반부가 중요해. 왜 뫼르소가 이방인 취급을 받아야 하는지 잘 생각해봐. 햇볕 때문에 사람을 죽였다는 말의 함정을 조심해야 한다. 사람을 대하는 태도가 중요하다는 말이다. 문학은 살인 사건을 다루는 다큐멘터리가 되어서는 안 돼. 한 인간이 살인자라면 그가 삶을 어떤 자세로 대하고 있는지를 봐야 하는 거야. 뫼르소가 감옥에서 담배와 성적인 욕정이 간절하다고 한 말의 의미도 잘 생각하기 바란다. 우리는 사랑이라는 이름으로 흔한 자기기만에 빠지기도 하니까. 뫼르소가 여자를 대하는 태도를 보고 이성 간의 사랑이 무엇을 속이고 있고, 무엇을 간절하게 그리워하고 있는지를 생각하는 것도 중요해. 한 사람이 우리 시대의 이방인이 되어가는 과정을 통해 타인을 바라보는 시선을 하나 만들기 바란다. 결국 너도 이방인이라는 사실을 깨달을 때 인생은 시작되는 거야. 우리나라와 같은 사회 구조에서는 더욱더 절실하게 다가오니까 말이야."

그리고 독서와 여가에 대한 조언도 있었다.

"티브이는 편하게 볼 수 있어. 하지만 몸이 편해지면 정신이 무기력해지지. 반대로 독서는 힘들다. 힘들게 책을 읽으면 충만감이 생겨. 이것이 두뇌의 작용인지는 모르겠다. 독서는 생각을 하게 하고, 그 생각으로 내가 무엇이든 할 수 있을 거라는 자신감을 준다는 거야. 이것이 티브이와 독서가 다른 점이지. 무엇을 보느냐가 중요하다는 말이야. 사람을 티브이처럼 보지 말기 바란다. 아주 소중한 책 한 권을 다루듯이 그 사람을 보기 바란다는 거지. 그것이 고통스럽고 견딜 수 없이 힘들지라도 말이야."

그리고 이런 말도 했었다.

"태평양을 발견한 사람과 바늘구멍을 발견한 사람의 차이가 뭘까?"

14 붉은부리찌르레기

소미 누나는 성숙한 사람이었다. 그녀는 세월이 흘러도 변하지 않는 '누나'의 모습으로 곁에 남아 있었다. 경황없이 길거리를 걸어가다 돌부리에 치여 넘어지듯이 살면서 문득, 문득 소미 누나가 떠올랐다. 그녀가 어느 겨울날 출가를 해버리고 난 후 오랜 세월이 흘렀다. 지금 누나는 어떤 승려가 되어 있을까. 그녀가 수행을 하는 모습을 상상해본다.

그 젊은 나이에 출가를 하다니…. 당시에는 참을 수 없는 연민과 슬픔으로 다가왔지만, 수도승의 고행을 상상하면 경건한 마음이 들기도 했다. 산에서 과연 그녀는 마음의 평화를 얻었을까. 그녀가 사랑했던 돌확처럼 그 자리에서 지혜의 물방울을 모아 살고 있을까?

출가한다는 그녀의 이야기를 듣고 며칠이 지난 뒤 술에 취해 그녀의 집을 찾았다. 소주병을 한 손에 들고 제기동 한옥 골목에 있는 그녀의 문을 두들겼다. 비가 오는 날이었는데, 골목길에서 팔던 수박 한 덩어리를 손에 들고 있었다. 왜 수박을 사서 갔을까? 그녀에게 뭔가를 주고 싶어서였을까? 마침 그녀가 소리를 듣고 한달음에 달려 나왔다. 소미는 멍한 표정으로 나를 보았다.

"누나, 가지 마요. 제발."

"문아, 너 이 시간에 여기는… 어떻게 왔어."

"가지 마요. 가지 마요."

손에 들고 있던 소주병을 떨어뜨리고 소미의 발목을 잡았다. 거의 난동에 가까운 나의 몸부림에 수박이 땅바닥에 떨어져 박살이 났다. 터져버린 수박의 붉은 속살이 마치 내 심장처럼 보였다. 수박향이 풍겨져 왔다. 땅바닥에 주저앉아 사랑한다고 소리를 지르고, 통곡 소리를 내고 있었다. 그때 머리카락을 쓰다듬어주면서 소미 누나가 말했다.

"야, 임마. 너 정말 아직 어린아이구나. 아직 멀었어."

그날 어떻게 집으로 돌아왔는지 잘 기억이 나지 않았다. 소미 누나의 집에서 누군가 달려 나오고 듬직한 남자의 손이 주저앉아 울고 있는 나를 일으켜 세웠던 기억이 났다. "이 녀석 뭐하는 녀석이냐."라는 굵직한 음성이 들렸고, 누나가 "이 사람은 시인이에요. 시인."이라고 조용히 말을 했다. 그것이 마지막이었다. 다른 기억은 안 나고 소미 누나가 내 머리를 쓰다듬어주면서 마음을 달래주기 위해 애쓰던 모습이 떠오른다. 그다음 날부터 한동안 부끄러워서 외출을 하지 못했다.

그때는 청춘이었다. 오랜 시간이 지났지만, 아직도 그 자리에 머물러 있는 내 모습이 있었다. 모두들 떠나고 없는 그 자리에 남아 있는 상처는 의외로 오래 갔고, 그 와중에 만난 여자가 황보나영이었다. 소미 누나 때문이었을까. 그녀에게 쉽게 다가갈 수 없었다. 그녀 역시 상처를 남기는 사람처럼 보였기 때문이다. 이러한 인연의 고리를 끊어버리기 위해 소미 누나는 출가를 했다. 결국 나는 문학을 포기하고 다른 길을 걸었다. 소미 누나에 대한 연민에서 벗어나지 못한 내가 다시 연애 감정을 되살린 장소가 바로 어청도라는 섬이었다. 사람들은 그곳을 새들의 섬이라고 불렀다.

서해의 고도인 어청도는 영국과 일본의 조류학자들도 새들의 생태 연구를 하기 위해 다녀가는 섬이기도 했다. 그곳에는 붉은배새매, 새매, 소쩍새, 솔부엉이, 매, 비둘기조롱이, 흰날개해오라기, 검은바람까마귀, 흰배뜸부기, 흰털발제비, 흰꼬리딱새, 특히 우리나라 조류도감에는 기록되지 않은 희귀조인 '붉은부리찌르레기'가 발견되어 화제가 되기도 했었다. 해오라기, 까마귀, 뜸부기, 제비, 딱새, 찌르레기 등 새들은 같은 종으로 분류되더라도 몸의 특정 부분 색깔에 따라 이름이 서로 달랐다.

그동안 연구 노트에 적어 놓은 새들의 이름을 소리 내어 불러본다. 조류 분류법은 새들의 입장에서는 아무런 의미가 없다. 연구자들이 다양한 새들을 구분하기 위한 분류일 뿐이다. 어청도에서 붉은 부리를 가진 멸종 위기의 찌르레기가 발견되었듯이, 내 청춘에도 붉은 새의 부리와 같은 뾰족한 기억이 있었다. 적어도 이 세상에서는 멸종되어버린 희귀한 새와 같은 여자. 나영의 이름을 불러보았다.

이제 중년의 나이가 된 지금, 아무리 그 시절에 만났던 사람들의 이름을 불러도 소용없지만 그때 보았던 섬은 그대로 있으리라고 생각했다. 어느 날, 나영이 전화를 걸어와 확인한 감정이 나에게도 돋아나고 있었다. 사랑의 감정은 바이러스처럼 전염이 된다. 그래, 적어도 그건 그렇다. 소미 누나가 떠나간 바로 그 자리에 나영이 물방울처럼 스며들었다. 이건 중요한 일이다.

나는 그즈음에 조류 촬영에 적합한 고가의 망원렌즈를 충무로에서 좋은 가격에 구입해 들떠 있었다. 카메라의 바디를 지탱하기 힘들 만큼 길고 무거운 렌즈는 무엇인가 좋은 것을 잡아내는 독수리의 눈처럼 보였다. 인간의 시력으로 잡아내기 힘든 대상도 망원렌즈는 가까이 다가오게 하는 마술을 부렸다.

그 렌즈를 시험하기 위해 우선 나영을 찍어보고 싶었다. 가까이에 있는 사람을 멀리서 바라보면 어떤 느낌일까? 카메라의 표준렌즈와는 다른 느낌으로 그녀를 보고 싶었다. 좀 더 특별하게 그녀를 보고 싶다는 생각을 왜 했을까? 나는 그녀에게 소나무 밭이 있는 음대의 피아노 연습실 격자무늬 창문 앞에 서 있으라고 한 다음에 문리대의 강의실 창문에서 몸을 내밀고 그녀의 얼굴을 잡았다. 숲 속에서 오랜 시간을 기다려 멸종 위기의 새를 발견한 조류학자처럼 마음이 들떴다.

가을볕이 그녀의 입술과 눈동자에 떨어지면서 만들어 내는 음영이 신비스럽게 다가왔다. 참 예쁜 여자라는 생각을 하곤 여러 각도로 그녀의 모습을 잡았다. 그녀는 멀리서 나를 보고는 손을 흔들었다. 나도 손을 흔들어 촬영이 끝났음을 알렸다. 그때 그녀가 나를 정면으로 바라보았다. 다시 카메라를 들어 그 모습을 찍었다.

그 사진이 아직도 남아 있었다. 그때 촬영을 마치고 렌즈를 거두는데 햇살이 얼굴에 들어 눈이 부셨다. 가늘게 눈을 뜨고 가을 하늘을 올려다보았다. 단풍든 나무들 사이로 햇살이 빛났다. 햇살 입자를 관찰해보면 눈의 입자와 닮았을지도 모른다. 물방울과 햇볕은 서로 비슷한 분자 구조를 가지고 있을 것이다. 피아노 연습실을 배경으로 앞을 바라보고 있는 그녀의 옆얼굴이 생각난다. 단풍과 은행나무 사이로 가을이 깊어가고 있었는데, 맑은 피부를 가지고 있는 그녀가 날아와, 새처럼 부리를 내밀어 옹이처럼 무딘 내 감정을 쪼아댄 것인지도 모른다.

나는 사무실을 뒤져 사진첩과 노트를 여기저기에서 찾아냈다. 그동안 방치되어 있던 물건들이다. 한 권의 사진첩이 따로 보관되어 있었다. 나의 어린 시절부터 대학을 졸업할 때까지의 사진들이 있었다. 그때 사진들을 손으로 만져보았다. 어떤 사진들은 변색되었다.

나는 대학 시절의 사진을 유심히 바라보았다. 남궁민과 등산을 하고 찍은 사진도 보인다. 학과 친구들과 어울려 술을 마치던 종혁의 자취방 사진도 있다. 종혁은 시커먼 얼굴로 비스듬히 누워 있다. 소미 누나와 미미가 술집 앞에서 나와 나란히 찍은 사진도 있다. 그리고 나영의 사진들이 있었다. 그녀의 인물 사진을 비롯해 캠퍼스를 돌아다니면서 찍은 나무와 새, 연못과 건물들이 고스란히 낡아버린 인화지에 남아 있었다.

시간이 흘러도 그때의 감정까지 담아내고 있는 종이가 좋다. 인화지를 만지니 그 시절의 기억이 고스란히 되살아난다. 마치 필름을 돌리는 것처럼 말이다. 인화하지 않으면 사진이라고 할 수 없다. 그것은 단지 기억의 조각들일 따름이다. 그때 이 사진들을 인화하기 위해 충무로에 있는 사진 현상소 포토피아에 우리는 같이 갔다. 포토피아는 국내의 사진가들도 많이 이용하는 장소였다. 그곳에서 작가들의 사진도 감상하고 사진을 기다리는 시간도 좋았다. 그녀와 함께 사진을 찾아 나오는 길에 그녀가 말했다. 가을엔 서해가 좋다고 하던데…. 그때 어청도가 생각났다. 그녀의 모습이 새를 닮았기 때문이었다. 그녀의 입술이 붉은 부리처럼 보였다.

바다를 보고 싶을 때면, 동해로 여행을 떠나는 친구들이 많았다. 청춘의 깊고 푸른 바다인 동해는 무한한 가능성의 대지처럼 여겨졌지만, 그녀는 서해를 이야기했다. 지금 생각하니 그녀는 남달랐다.

"나영아. 너, 어청도라는 섬을 아니? 저기… 서해의 끝자락에 있는 작은 섬인데…."

나는 손가락으로 해가 지는 쪽을 가리켰다. 나영이 그쪽을 쳐다보면서 말했다.

"어청도요? 처음 들어보는데요."

나는 그녀에게 소미 누나처럼 말했다. 소미 누나가 신입생인 나에게 한 말투였다.

"음, 그래…. 넌 이제부터 처음 들어보는 것들이 참 많을 거야. 내가 하나씩 알려줄게. 우선 거기는 서해에 있는 섬인데 제법 멀어. 중국과 우리나라의 중간쯤에 있다고나 할까. 이번에 답사 겸 해서 거기 가려고 하는데, 같이 갈까?"

"정말요? 나를 데리고 가려고요?"

"그래, 숙소는 걱정하지 말고. 거기에서 우리 삼촌이 등대지기로 근무하고 있거든. 등대에 방문객들을 위한 숙소가 따로 있어. 뭐 가끔 뱀이나 지네가 나오기는 하지만, 마음이 나쁜 사람에게만 찾아간다니까. 나영은 걱정할 필요 없을 것 같기도 하고."

"정말요?"

"그래, 밥상에 숟가락 하나 더 얹으면 되니까. 따라오고 싶으면 내일 새벽에 서울역에서 만나자. 기차 시간은…."

그렇게 우리는 호남선 기차를 타고 군산으로 내려갔고, 군산여

객터미널에서 여객선을 타고 출발해서 4시간 정도 바다를 보았다. 군산에서 멀어질수록 바다는 푸르게 빛나기 시작했다. 푸른 섬 어청도가 나타났다. 어디서 나타났는지 갈매기들이 뱃전에 가까워진다. 나영은 아이처럼 좋아했다. 나는 그녀의 머리 위를 날아다니는 갈매기들을 보았다. 마치 여객선을 접안하기 위한 안내원처럼 새 떼들은 상승과 하강을 반복했다.

그때가 아마도 내 연애 감정의 지수가 높아진 시점이었을 것이다. 문득, 하늘에서 큰 새가 나타나 그녀를 병아리 채어가듯 데려갈지도 모른다는 생각이 들었다. 산골 마을에서 갓난아이를 부엉이가 채어갔다는 이야기도 있었다. 왜 그런 생각이 났을까. 그것은 이제 막 사랑하기 시작한 연인에 대한 정체 모를 불안감이다. 사랑을 하면 제일 먼저 다가오는 감정이 불안감이다. 벽장 속에 숨어 있는 괴물 같은, 혹은 심야에 잠든 자신을 바라보고 있는 귀신과 같은 초자연적인 존재에 대한 두려움이 엄습한다.

바다는 해면에 은가루를 뿌려놓은 듯이 곱게 출렁거리고 있었다. 섬에서 바라보면 분명히 발바닥 아래에 있는 곳이 바다이다. 사람보다 항상 높이 솟아 있어 올려다보게 하는 산과 다른 곳이었고, 내가 물과 바다를 좋아하는 이유이기도 했다. 물은 흐르고 지상에 스며들면서, 자신을 낮추고 기어이 하늘보다 높아지는 저 위대한 생명의 근본이었다. 바다가 없다면 지구가 푸른 행성이 되지 못한다. 그녀와 오기 전까지 나는 홀로 어청도를 찾곤 했다. 어청도에서 출가한 소미 누나를 생각하면서 바다를 바라보곤 했다. 누나의 먼 길을 축원하며, 구도를 하는 수도승의 자세로 하루나 이틀을 머물렀다.

어청도에서 삼촌이 어청도 등대원으로 근무하고 있었다. 우리 집안의 대들보처럼 우뚝한 분이었는데, 경찰 공무원이었던 아버지와 나란히 행정 공무원으로 입신출세한 분이었다. 나이가 들자 사회 명사로 지내던 삼촌은 어느 날 사표를 던지고 한동안 방 안에서 빈속에 소주만 마셨다. 그러다 어느 날 다시 기지개를 켜고 일어나서 공무원 시험을 보고 해양 수산부 항만청 항로표지과 직원으로 근무하고 있다. 삼촌의 이야기를 들었을 때, 상식적으로는 이해가 되지 않는 일이었다. 그 이유가 무엇인지 아무도 알 수 없었다. 심지어 숙모조차도 모르는 척했다.

나는 평소에 아버지보다도 가깝게 지냈던 삼촌이 왜 그러한 선택을 했는지 궁금했지만, 짐작조차 할 수 없었다. 사연의 실마리를 찾을 수가 없었다. (충격 사건 이후로 아버지와는 자연스럽게 소원해졌다. 생각해보니 그랬다.) 하지만 나의 경험으로 미루어보건대, 삼촌 역시 힘든 일을 겪지 않았을까? 삼촌에게도 나와 같은 상처가 분명히 있을 것이라고 짐작할 따름이었다.

대학에 진학하고 나서 나는 가끔 섬을 찾아 삼촌에게 인사를 드렸다. 우리는 별말을 나누지 않았다. 그저 가만히 앉아 있거나 신문에 난 사건에 대한 이야기를 한담으로 나누었을 뿐이다. 나는 삼촌이 어떤 이야기를 해주기를 기다렸지만, 삼촌은 간혹 섬마을에 대한 이야기나 그저 일상적인 이야기에서 멈추었다. 그건 당연한 일이다. 나 역시 삼촌에게 소미 누나나 광주에 대한 이야기를 하지 않았기 때문이다. 하지만 삼촌과 나는 그러한 점 때문에 때론 편한 감정을 느낄 수 있었다. 삼촌도 '너는 참 편하다.'라고 말을 했다. 그것은 친밀감의 표시였다.

나영과 삼촌을 찾았을 때 그새 많이 늙어 있는 어른의 모습을 볼 수 있었다. 바닷바람 탓인지 고위 공무원 시절에 말끔했던 외모가 아니었다. 나는 여객선 안에서 섬에서 곧 만나게 될 삼촌의 이야기를 나영에게 해주었다. 나의 간단한 이야기만으로도 나영은 아직 만나지도 않은 삼촌에게 연민을 느끼는 표정이었다. 외로운 섬에서 더 외로운 등대지기로 근무한다는 말이 문학소녀의 예민한 감성을 건드렸다.

그녀에게는 독특한 표정이 있었다. 특히 사람이나 사물에게 어떤 연민의 감정을 느낄 때면 속눈썹이 가늘게 떨린다. 나영은 왜 삼촌이 그런 결단을 내린 것인지에 대해서는 아무것도 묻지 않았다. 물론 질문을 했더라도 나는 아무런 대답을 하지 못했을 것이다. 그저 어설픈 짐작만 할 뿐. 묻지도 않은 이야기에 대해 나는 이런 이야기를 했다.

"아마도 삼촌에게 무슨 일이 있었을 거야. 그게 뭔지는 전혀 짐작할 수 없지만 말이야. 사실은 그 일이 궁금하기도 해."

"삼촌이 먼저 이야기하기 전에 물어보지 마세요. 오빠."

"왜 그렇게 생각해?"

그녀는 손에 들고 있던 책을 만지작거리면서 말했다.

"사정은 알 수 없지만 분명히 고통스러운 기억을 되살리는 일이 될 테니까. 그런 말들은 어떤 계기가 있어서 저절로 흘러나와야 되는 것 같아요. 사실 저도 그와 비슷한 일이라고 할까? 지금도 알 수 없는 이상한 집안 일이 있었어요. 생각해보면 누구나 집안에 고독한 분들은 하나 있는 것 같아요. 우리 이모도 고독하게 살다가 알 수 없는 병으로 세상을 얼마 전에 떠났어요. 젊은 시절에는 여자로서 아름다웠고, 공부도 잘한 뛰어난 분이었어요. 그런 분이 어느 날, 곡기도 끊고 정신이상자처럼 굴기 시작한 거죠. 할머니를 비롯해서 많은 분들이 이모를 구하려고 했지만 결국 이모는 그렇게 수십 년을 살다가 세상을 떠났어요.

일 년에 한두 번 돌아오는 명절이나, 혹은 갑작스럽게 집안 일이 있을 때 외가댁에 가면 이모는 항상 골방에 웅크리고 앉아서 알 수 없는 말을 중얼거리고는 했어요. 가만히 듣고 있으면 그냥 아무런 말이나 하는 것 같은데, 그냥 구시렁거리는 것이 아니라 무슨 주문 같기도 했어요. 어릴 적에는 그런 이모가 무서웠는데 막상 그분이 돌아가시니까 한 여자의 인생이 얼마나 가여운지 모르겠어요. 이모에게도 우리처럼 젊은 날이 있었을 텐데…. 그 아까운 날을 전부 골방에서 환자처럼 보낸 거예요. 이십 년이 넘게 말이에요. 어떤 사연으로 그런 생을 살게 된 것인지 궁금하지 않아요. 다만 그런 생이 가엽고 너무 불쌍해서 세상이 무섭긴 해요. 이모를 그렇게 만든 건 할머니의 말에 의하면 한 남자에 대한 사랑 때문이라고 하니까요. 남자와 여자 사이에 사랑이 사람을 저토록 힘들게 할 수도 있다는 사실을 지금도 믿고 싶지 않아요."

"나영아, 너도 힘들었겠구나."

"아니요. 외할머니와는 따로 살았으니까, 거기는 가끔 가는 곳이니까. 불행에 대한 체감온도가 낮은 편이지만 가끔 혼자 그 생각을 하면 힘들어지기도 해요. 나도 혹시, 하는 그런 불길한 생각이 들곤 하지요. 나에게도 그런 유전자가 있지 않을까 하는 생각을 하는 거죠."

"천만에, 넌 그런 생을 살지는 않을 거다."

"이모도 그런 생을 살 거라고는 아무도 짐작하지 못했다고 하더라고요."

"그런 생각은 하지 마라. 이제 막 피어나는 대학 신입생이 불길하게 그런 생각하는 거 아니야."

"그래요. 오빠가 삼촌 이야기를 하니까 갑자기 생각이 나서."

"그래도 우리 삼촌은 다시 힘을 냈으니까 다행이다."

"그러게요. 강한 분 같아요."

"맞아. 무척 강한 분이지. 그러니까 이런 고도에서 혼자 살아낼 수 있는 거야."

"오빠, 그런 생각해본 적 없어요?"

"무슨 생각?"

"앞으로 이십 년이건 삼십 년이건 간에 그 훗날 우리의 모습 말이에요."

나는 바다를 바라보았다. 그런 날이 과연 올 것인가 싶었다. 나는 나영에게 말했다.

"글쎄. 특별히 그런 생각은 안 한 것 같은데, 넌 하니?"

"가끔요. 그런 생각을 하면 왠지 슬퍼져요. 삼십 년 후에 내 모습을 생각하면 말이지요."

"그러면 발상을 바꾸어보면 어떨까. 우리 주위에 잘 사는 사람들 정말 많아. 넌 전공을 살려서 유명 작가가 되어 이 오빠를 모른 척할 수도 있고 말이야."

"오빠는?"

"글쎄. 난 새나 동물들의 생태를 연구하고 싶어. 아마 생태학자가 되어 있을 거야."

"시를 잘 쓰는 그 좋은 재능을 왜 버리려고 해요. 오빠 작품 봤어요. 아까워요."

"정말?"

"그럼요. 정말 아까워."

"그럼 언제가 우리 나영이가 좋아할 만한 작품 하나 쓰면 되겠네. 한 삼십 년 후에 말이야. 그래 그거 괜찮다. 삼십 년 후에 좋은 시 한 편을 쓴다. 그전에는 아니야."

223

"그거, 약속할 수 있어요?"

"삼십 년 후에 할 일을 벌써 약속하자고?"

"할머니가 그러는데 정말 잠깐이라고 하더라고요. 삼십 년 정도는."

"하하. 그래. 내 약속하지. 지금으로부터 삼십 년 후에 좋은 시 그리고 소설 하나 쓴다. 이 서문이가 황보나영에게 약속한다."

"나에게… 나를 위해서 말이에요. 정말이에요?"

"그래, 정말이야."

"그럼 오빠가 일전에 나에게 준 제목으로 써요."

"뭐?"

"'연애 감정' 말이에요. 그 제목으로 하나 써요. 그리고 나에게 보내줘요."

섬으로 가는 여객선 위에서 농담처럼 시작한 말을 그녀가 진지하게 받아들이고 있었다. 삼십 년 후의 약속. 마치 타임캡슐처럼 서로의 가슴에 묻어둔다. 그거 좋은 생각이라는 생각이 들었다.

"좋다. 약속한다."

"그럼…."

황보나영은 새끼손가락을 들어 내 손을 잡고 손가락에 걸었다. 나는 갑작스러운 나영의 행동에 어처구니가 없어 하하 웃었다. 그녀는 손가락을 걸고 바다를 바라보았다. 그녀는 웃지 않았다. 그 기억이 났다. 그래, 그 아이는 그때 웃지 않았다. 마치 삼십 년 후를 보듯이 바다를 바라보고 있었다. 아뿔싸, 그때 그녀의 표정을 지금에서야 이해할 수 있었다.

그 생각을 하면서 두 손으로 얼굴을 감싸고 한동안 꼼짝하지 않았다. 벌써 삼십 년이 흘렀다. 내가 또 약속을 지키지 않았구나, 하고 탄식했다. 그래도 아직은 늦은 것이 아니다. 아직은. 적어도 그녀는 살아 있으니까 말이다. 이건 정말 희망적인 상황이다. 오아시스가 사막에 있는 것이다.

우리는 섬으로 가는 여객선의 선실에서 나와 바다를 바라보았다. 바다에는 해도가 있다고 하는데, 육지와 달리 지형지물이 없는 공간에서 어떤 기준으로 바다의 지도를 만드는 것일까? 가늠이 되지 않았다. 해류가 육지의 길과 같은 것일까? 여객선은 정해진 항로를 따라 묵묵히 내달리고 있었다.

무사히 섬에 접안을 한 여객선에서 내려 등대가 있는 곳으로 올라갔다. 등대는 복잡한 대도시의 랜드마크처럼 섬의 어디에서 보아도 금방 눈에 띈다. 완만한 언덕길을 올라 등대에 다가가자 바다에 해무가 자욱할 때 경적 소리처럼 울린다는 검은 종이 먼저 보였다. 묵직한 쇳덩어리로 만들어진 종을 직원이 청소하고 있었다. 익숙한 뒷모습이다. 나는 큰 소리로 그를 불렀다.

"삼촌!"

"아니. 이게 누구야. 문이 아니냐. 연락도 없이 여기 어쩐 일이냐? 이 녀석 공부는 안 하고…. 너무 자주 오는 거 아니야?"

삼촌은 손걸레를 한 손에 들고 반갑게 조카를 맞아주었다. 뒤따라오는 다소곳한 여학생을 보고는 활짝 웃었다. 나는 머뭇거리는 그녀의 손을 잡아당겼다. 나영이 어린아이처럼 조금 뒷걸음을 친다.

"같은 과 후배인데 여자애가 철이 없이 이렇게 날 따라오네요."

"그래. 따라올 만하니까 따라왔겠지. 아이고. 반가워요. 아주 잘 왔어요."

삼촌의 말에 나영은 단정하게 이름을 밝히고 인사를 했다.

"그래요. 섬은 불편한 곳인데 뭐하러 이렇게 먼 곳까지 왔을까. 젊은이들이 놀기에는 도시가 좋은데 말이야. 이 녀석이 어릴 적부터 워낙 돌아다니길 좋아해서 여자 친구가 불편하겠구만."

"삼촌, 그냥 후배일 뿐이에요. 동생처럼 지내는 사이인데요."

여자 친구라는 말에 서둘러 그냥 후배일 뿐이라고 했지만, 삼촌은 고개만 끄덕이면서 조카의 등을 두들겨주었다. 나영은 얼굴이 빨갛게 달아올랐는데, 그것이 차가운 바닷바람 탓인지 숙녀의 부끄러움인지는 알 수가 없었다.

나영은 삼촌에 대한 이야기를 들으면서 나름대로 삼촌의 모습을 그려보았다고 했다. 뚜렷한 상은 그려지지 않았지만, 그녀의 예상과는 크게 다르지 않았다고 했다. 첫눈에 그는 중심이 잘 잡혀 있는 등대 같은 사람이고, 젊어서부터 등대에 있었던 사람처럼 보인다고 했다.

나는 조용한 그녀의 모습을 좋아했다. 가끔 종이를 오려서 만든 인형처럼 그녀는 움직였다. 바람이 불면 이리저리 날아갈 것 같았다. 나영의 '아픈 이모'에 대한 이야기가 앙금처럼 내 마음에 남아있었다. 그녀는 나이는 어렸지만 속이 깊고 타인에 대한 배려가 넘치는 여자였다. 때로는 깊은 생각을 말해 나를 놀라게도 했다. 한참 호기심이 많을 나이이지만, 타인의 삶에 대해서는 함부로 이야기하지 않았다. 그 점이 그녀의 매력이었다. 사람에 대해서 조심스러운 것은 어쩌면 아픈 이모에 대한 기억 때문에 그럴 것이다.

나는 삼촌의 숙소에 짐을 풀었고, 삼촌은 방문객들을 위해 준비된 방을 나영에게 마련해주었다. 삼촌은 등대로 다시 올라갔고, 우리는 섬 마을로 내려갔다. 섬의 끄트머리에 있는 등대에서 언덕길을 내려오자 마을의 골목길이 보였다. 섬을 감싸고 있는 산의 언덕에 푸른 기운이 넘쳐나고 있었다. 나는 이 섬의 전망이 좋은 곳을 잘 알고 있었다. 언덕 위에 올라가면 작은 터가 있는데, 그곳에서 바라보면 한눈에 바다가 눈에 들어왔다. 가파른 언덕이었지만, 올라갈 만한 곳이다. 그녀는 바다를 내려다보았다.

"오빠, 이 섬은 오빠의 말대로 정말 바다가 좋아요. 새들도 눈에 가까이 보이고. 그런데 정작 섬은 바다에서는 잘 보이는데, 막상 섬에 도착하니 섬은 사라지고 등대만 있네요."

"그러게 말이야. 뭐든 너무 가까이 가면 잘 안 보이는 것 같아. 서로 적당한 거리를 유지해야 보이는 것들이 있을 따름이지. 섬은 도착하기 전과 떠나갈 때 가장 잘 보이지. 여러 번 반복해도 마찬가지야. 사람도 그런 것이 아닌가 싶기도 하지. 어떤 사람은 그가 떠나갈 때 가장 잘 보이는 것 같아."

"사랑도 그런 것이 아닐까요. 다가가기 전과 떠날 때 가장 잘 보이는 것."

"모든 건 연결되어 있으니까, 생각의 꼬리가 자꾸 이어지는 거지. 결국 사람과 사랑은 자웅동체의 생명체야."

우리 사이에 잠시 침묵이 감돌았다. 어디서 날아오른 것인지 바닷새의 울음소리가 정적을 깨뜨리고 있었다. 가을바람이 차다. 겨울이 손을 내밀고 있는 것 같았다. 나영이 가방에서 붉은색 목도리를 꺼내 목에 감으면서 말했다.

"오빠가 사랑한 여자는 어떤 여자였어요?"

나영이 문득 던진 질문에 말문이 턱 막히는 기분이 들었다. 나는 슬그머니 말꼬리를 돌리려고 했다.

"내가 뭘 사랑이라는 걸 한 적이 있나? 난 아직 멀었어. 누군가를 사랑하기에는 말이야. 야, 나영아. 그나저나 바다 한번 멋지다."

말문을 돌리려는 나의 시도에 그녀는 엇나가는 나의 말꼬리를 틀어쥐고 이야기를 이어갔다.

"아니에요. 분명히 있을 것 같아요. 가끔 그런 생각이 들곤 했거든요. 분명히 있을 거야. 오빠가 아주 좋아했던 여자가 말이야."

"내가 너처럼 신입생이었을 때 이런 말을 해준 선배가 있었어. 사람에 대해서 알려고 하지 말라. 알면 알수록 슬픔뿐이다. 참 멋진 말이고 맞는 말인데, 가혹하지. 사랑에 대해서도 똑같이 말할 수 있을 것 같아. 나중에 그 말이 부처의 말씀인 걸 알았어."

만약에 나영이 말하는 사랑이 내게 있다면 그건 소미 누나일 것이다. 그녀를 찾아갔던 길에 길목에서 우연히 마주친, 미친 승냥이가 날뛰던 5월의 광주 역시 마찬가지였다. 승복을 입은 비구니가 고독한 독경 소리를 내고 있었고, 불타 무너지는 도시가 떠올랐다. 아득하게 독경 소리가 멀리서 들리고 중생들의 아우성이 지옥 불 속에서 타올랐다. 총성과 대포 소리가 요란하게 주위에서 터지고 있었다. 죽어가는 사람들이 허공을 향해 팔을 내밀었다. 진압군의 총검이 가까이 다가왔다. 나는 머리가 무거워져서 잠시 침묵했다. 우리는 잠시 아무런 말도 하지 않았다. 나는 잡념을 파도 위로 돌멩이처럼 던지고 있었고, 그녀는 깊은 바다를 눈동자에 천천히 담고 있었다.

등대에서 만난 등대장은 삼촌보다도 훨씬 젊은 사람이었다. 두 사람의 사정을 모르는 사람이 본다면 삼촌이 등대장처럼 보일 것이다. 그들은 오랜만에 회식을 한다면서 술자리를 준비했다. 등대 근무원들은 대부분 파견 근무를 하는 사람들이었다. 섬에서 멀리 떨어진 도시에 가족을 두고 정해진 기간 동안 근무를 하고 다른 곳으로 근무지를 옮긴다. 그래서인지 술자리를 자주 여는 편이었다. 섬에서 고립되어 살아가는 시간들이 사람을 힘들게 하는 것이다.

이미 날은 어두워지고 있었다. 술자리가 이어지자, 삼촌은 우리에게 등대를 구경시켜준다면서 자리에서 일어났다. 등대의 계단을 밟고 등롱에 올라서니 서해 바다가 한눈에 펼쳐졌다. 삼촌이 말했다.

"아마 여기가 이 섬에서 바다가 가장 잘 보이는 곳일 거야. 어느 섬이든 등대가 있는 곳이 바다에서 가장 잘 보이듯이 말이다. 바다는 섬의 어느 곳에서 보아도 같은 것 같지만 사실은 그렇지 않다. 어디에서 보느냐에 따라 그 모양이 달라. 내가 여기 와서 그걸 알게 되었다. 그리고 등대는 등탑과 등롱으로 나뉜다. 멀리서 보이는 탑이 등대라고 하지만 사실 이 등롱에서 빛이 나가는 거다. 사람에 비유하자면 눈동자란다. 이 눈동자가 환하게 밝아야 등대가 제 기능을 하지. 그러니까 너희들은 지금 등대의 눈동자에 서 있는 거지. 지금은 잠시 마음을 내려놓고 등대의 눈으로 바다를 보면 기분이 좋아질 거야."

삼촌의 말대로 등롱에서 등대의 불빛으로 바다를 보았다. 불빛이 일정한 간격으로 번쩍거리면서 등대 빛은 멀리 뻗어 나갔다.

늦은 시간, 삼촌의 숙소에서 차 한 잔을 앞에 놓고 앉았다. 우리 숙소 옆 동에 있는 나영의 방에 불빛이 들어왔다. 섬에서 보이는 불빛은 모두가 신호이다. 저기에 누군가 있다는 것을 확인하는 '안심등'과 같은 것이었다. 마을에 떠오르는 불빛들은 하늘에서 내려온 별빛으로 보였다. 하늘에는 은하수가 쏟아질 듯이 떠올랐다. 바다의 어둠은 그 푸른 기운으로 더 깊어진다. 한없이 깊다는 말은 바로 바다를 두고 하는 말이다. 빛깔 역시 마찬가지였다. 섬에 우뚝 솟아 있는 등대와 등대 근무원들이 내보내는 등불이 간헐적으로 번쩍 움직이면서 섬을 마치 항해 중인 배처럼 보이게 했다. 문을 열면 이곳이 섬인지 배 위인지 알 수가 없을 지경이었다.

우리는 자정 가까이 집안 이야기를 나누다가 자리에 누웠다. 눈을 감고 잠을 청하고 있는데 삼촌이 말했다. 어둠 속에서 조용히 들려오는 그 말은 차분하고 고요했다. 마치 무당이 넋을 달래는 소리 같기도 했다. 목소리가 파도 소리처럼 귓전에 울려 퍼졌다. 고요한 바다의 노래였다. 나는 이렇게 들었다.

"문아, 그냥 자면서 들어라. 왠지 이제는 네가 성인이 되었다는 생각이 드는구나. 그래서 하는 말이기도 하다. 내 보잘것없는 이야기가 앞으로 우리 문이가 살아가는 데 조금이라도 도움이 되었으면 좋겠구나. 나는 이곳으로 와서는 술을 마시지 않았다. 한동안 술을 먹고 죽을 생각을 했으니까 말이야. 하루 종일 방 안에 앉아 소주병이 뒹구는 것을 보면서 살던 시절도 있었다. 그러던 어느 날 다시 살고 싶어서 이곳을 찾아왔지. 여기에서 나는 비로소 평화로운 마음을 얻을 수 있었다. 내가 술을 마시지 않는 이유는 이곳에서 살고 싶어서이다. 등대원의 생활이라는 것이 고독을 견디지 못하면 안 된다. 그걸 나는 알게 되었지. 물론 동료들과 어울려 술을 마시면 너무나 즐겁지. 하지만 등대원은 너무 즐거우면 안 된다. 그다음에 바로 찾아오는 고독을 견딜 수가 없기 때문이지. 그것을 견디지 못하면 중독에 빠지게 된다. 내가 중독에서 벗어나지 못하던 한 시절이 있었다. 너도 알겠지만 갑자기 사표를 내고 집안에 주저앉아 있던 그 시절 말이다. 사실 뭐 특별한 사연이 있는 건 아니란다. 어쩌면 그게 더 무서운 일이지.

그때 어느 날 갑자기 찾아온 무기력감과 우울증이 얼마나 힘들었는지 모른다. 지금 그 이유를 찾으면 한두 가지가 아니었다. 그리고 정작 딱 한 가지만 찾으려고 하니 찾을 수가 없더구나. 중년의 사내에게 삶이란 그저 지고 가야할 짐처럼 느껴질 때가 있다.

그때에는 내가 살아오는 동안 선택한 모든 것들이 등을 돌리고 있었다. 고속 승진으로 얻은 국장이라는 자리, 아름다운 아내, 공부 잘하는 아이들. 비교적 넉넉한 경제 활동. 내가 분명히 사랑하고 쳐다보고 만지던 모든 것들이 말이다. 정말 막연하게 다가오는 절망감은 더 이상 중요한 판단을 해야 하는 공직 생활을 유지할 수 없게 했다.

어느 날 갑자기 심장마비로 세상을 떠난 친구, 빚 보증을 서달라는 친구의 눈빛, 진급을 하기 위해 몸부림 쳐야 하는 구조적인 부조리들, 한 손으로 악수를 하면서 한 손으로는 비수를 들고 있어야 하는 정치인의 포즈, 자신이 태어난 날보다 더 가까이 있는 죽음의 날이 너무나 사실적으로 다가올 때, 젊어서 헤어진 여자가 찾아와 다시 사랑이라는 것을 하려고 했던 욕망의 족쇄…. 이 모든 것들이 내가 살아온 날보다 살아갈 날을 힘들게 하는 것이었다. 그때 나에게 찾아온 것은 고독이 아니라 격리였다.

내가 그동안 기대고 의지하면서 알고 있는 모든 것과 떨어져 있게 하는 격리. 그것은 내가 만들어놓은 지하 감옥이었다. 빛이 전혀 들어오지 않는 사각형의 검은 공간에서 사형 집행일을 받아놓은 죄수처럼 살았다. 문득 바다에서 죽고 싶더구나. 정말 죽으려고 했다. 술을 먹다 지친 어느 날 새벽에 조용히 집을 나섰다. 한밤중에 먼 바다로 나가 슬쩍 몸을 던지면 누가 알겠니? 죽는다는 건 의외로 간단한 일이다. 그것은 비상구를 열고 나가는 일이니까 말이다. 세상의 모든 문에는 비상구가 있다. 그것은 비상구이기에 아주 가까이에 있지. 손을 뻗으면, 그래, 이렇게 손을 뻗으면 바로 앞에 있다. 그것이 바로 죽음이라는 것이다.

나는 항만청에 근무하는 동료에게 무인도 가는 방법을 물었다. 그는 무인도는 너무 위험하다고 하면서 무인 등대를 관리하는 표지선이 있다고 하더구나. 그의 배려로 한때는 사람이 살았지만, 정부의 정책으로 무인 등대가 된 '격렬비열도'로 가게 되었지. 그동안 공직 생활을 한 덕분에 그 정도의 일탈은 눈감아줄 수 있는 거니까 말이다. 나는 아무도 없는 무인 등대에서 오직 바다와 등대만 바라보면서 3일 동안 지냈다. 내가 그동안 살아왔던 세월보다도 길었던 3일이었다. 소설 제목에 《백년 동안의 고독》이라는 것이 있는데, 그것 참 기가 막힌 제목이라는 생각이 든다. 그런 고독이었다. 이 시간과 공간은 나를 다른 사람으로 만들어주었다. 완전 고독의 상태를 체험했다. 그대로 육 개월을 견딘다면 부처라도 될 것 같더구나. 인간이란 그 깊은 심연의 바다를 알 수 없다는 사실을 깨달았다고나 할까. 문아, 너에게 이 말을 해주고 싶구나, 인생이란 힘든 것이다. 인간으로 살아간다는 것, 그것은 형벌처럼 고되고 외로운 일이다.

나에게 다가온 일들은 모두 그런 과정이었고, 그렇다면 섬에서 등대를 지키는 사람으로 여생을 살아갈 수 있겠다는 생각이 들었다. 이렇게 여기에서 너와 밤을 보내는구나. 이 생활을 하다 보니 사랑을 하고 싶다는 생각을 했다. 간절한 사랑처럼 소중한 것은 없으니까 말이다. 참으로 이상한 일이다. 사람이 싫어서 도망쳐 나온 자리인데, 그 자리에 결국 또 사람이 있더구나. 결국 섬이란 완전한 고독의 상태라고 말할 수 있다면, 어떤 시인의 말대로 사람과 사람 사이에 있는 것이 아닌가 싶다. 정말 거기에 가고 싶었는데, 그곳에서 또 사람을 찾는다. 이게 바로 사는 거다. 이런 사연으로 너희 숙모와 헤어지게 된 것이다. 더 이상 가정생활을 유지하기 힘든 내가 일방적으로 요구했고, 숙모도 순순히 응해주었다. 그동안 도시에서 힘들었으니 이제 섬에 가서 행복하라고, 혹시 좋은 사람이라도 만나길 바란다는 말을 했다. 고마운 사람이지…. 나에게 그 말의 의미는 깊은 것이다."

숨소리마저도 죽이고 조용히 삼촌의 말을 들었다. 삼촌은 나에게 이야기를 하는 것이 아니라, 어둠과 바다에게 이야기를 하는 것처럼 들렸다. 이야기를 마친 삼촌은 몸을 뒤척이더니, 어느새 가벼운 숨소리가 들려왔다. 혼자 이야기를 마치고 깊은 잠에 들어간 삼촌의 모습은 바다에 누워 있는 섬과 같았다.

삼촌은 깊은 잠에 들었지만 나는 쉽게 잠이 오지 않았다. 이불에서 몸을 반쯤 일으켜 우두커니 혼자 앉아 있었다. 커튼이 쳐진 방 안의 창문에 불빛이 지나가고 있었다. 이 섬을 지배하는 등대의 불빛이다. 불빛이 나를 부르는 소리를 내는 것 같았다. 파도 소리가 들려왔다.

쉽게 잠을 이룰 수 없었던 나는 이부자리에서 일어나 조심스럽게 옷을 챙겨 입고, 목도리까지 둘렀다. 숙소 문을 여니 밤공기가 차다. 나는 등탑으로 올라가려고 했다. 그때 등대 마당에 나영이 서 있었다. 그녀 역시 잠이 오지 않았던 것이다. 우리는 마치 약속이라도 한 것처럼 등대 불빛 아래에 있는 벤치에 나란히 앉았다. 나는 "바람이 차다."라고 말하면서, 나영의 손을 잡았다. 손바닥이 작은 새의 깃털처럼 따뜻했다. 우리는 잠시 아무 말도 없이 앉아 있었다. 그녀는 이 여행이 얼마나 낯선 것인지 모른다고 했다. 하지만 이 낯선 풍경이 아름답고 설렌다고 했다. 나는 묵묵히 고양이 울음소리처럼 들리는 그녀의 말을 들었다. 나는 삼촌의 이야기가 생각났다. 그 이야기를 그녀에게 해주고 싶었다. 나는 말했다.

"나영아, 낯선 곳에 오니까 잠이 쉽게 안 오지. 여행이 원래 그런 거야. 첫날은 대부분 깊은 잠을 자지 못해. 어쩐지 여기에 네가 있을 것 같더라. 그리고 조금 전까지 내가 궁금해했던 삼촌의 이야기를 들었어. 아주 긴 이야기 같은데, 신기하게도 짧은 몇 줄의 시처럼 느껴진다. 한 사람의 진솔한 마음은 아무리 긴 이야기라도 듣고 나면 짧게 느껴지는 것 같아. 마치 좋은 작품처럼 말이야."

나영은 바다를 바라보면서 말했다.

"오빠에게는 아주 좋은 이야기가 된 것 같네요. 드디어 궁금한 이야기를 들었잖아. 정말 좋은 일이야. 한 사람의 비밀을 안다는 건 말이에요. 섬이 마술을 부리는 것 같아요. 문을 닫아건 사람들의 마음을 열어주는 것 같아."

"사람이 소중하니까. 여기에서 사람처럼 소중한 건 없을 거야. 사람에 대한 소중함은 고독한 사람들이 제일 먼저 만나는 감정이지. 일종의 고립감 때문이야. 여기에서 산다면 사람들이 그냥 지나치는 서로 간의 감정이 소중해질 것 같아. 정말 이런 침묵의 순간이 또 있을까 싶지. 그래서 새들이 이 섬으로 날아오나 봐. 그 이유를 조금은 알 것 같아."

"고등학교를 졸업하면 사랑도 하고 여행을 하고 싶었는데, 둘 중에 하나는 이룬 것 같아요. 오빠가 고마운 사람 같아요. 그저 마음이 시키는 대로 무작정 따라오길 정말 잘했어. 이제 내가 누굴 좋아하는지 알 것 같아요."

"그건 참 좋은 일이군. 하지만 말이야. 여행은 자주 하더라도, 사랑은 자주 하지 마. 사람처럼 위험한 존재 또한 없는 법이니까 말이야. 사람이 상처를 주면 치명적일 수도 있으니까."

내 말은 듣고 그녀가 짧게 한숨을 내쉰다.

"지나간 사랑은 이제 그만 생각하세요. 사실 선배들에게 오빠 이야기 다 들었어요."

"… 지나간 사랑이라?"

우리의 머리 위로 등대 불빛이 지나갔다. 빛이 내려와 길게 우리의 그림자를 만들고는 다시 암흑 속으로 빠져 들어간다. 그녀는 내 이야기를 어디까지 들었을까. 내 이야기를 해준 그들이 과연 나에 대해서 아는 것이 무엇일까. 그저 몇 가지 사실만 알고 있을 뿐이다. 내 속에 있는 내 이야기는 사실 나도 잘 가늠이 되지 않는다.

연애 감정은 번역이다. 나는 그녀의 말을 번역했다. 나는 당신을 사랑한다. 그러자 나영의 손바닥 감촉을 느낄 수 있었다. 땀이 촉촉하게 배어 나왔다. 손아귀에 힘을 주었다. 어둠이 마치 담요처럼 우리 두 사람을 덮어준다. 주위에 아무도 없는 것 같다. 용기를 내서 그녀의 입술을 손으로 더듬었다. 나영이 무슨 말인가 하려고 하다가 말았다. 내 손이 입술을 만졌기 때문이다. 말문이 막힌 나영은 두 손으로 내 머리카락을 감싸 쥐었다. 미처 예상하지 못한 과감한 행동이었다. 그때 그녀는 눈물을 흘리고 있었다. 한없이 투명한 처녀의 물방울이 두 볼을 타고 내려와 절벽같이 까마득한 공간으로 떨어지고 있었다.

15 바
　다
　와

별과 바람과 시와 섬,
　그
　리
　고
　새

　젊은이들은 시간을 흡수하는 속도가 빠르다. 신체의 왕성한 기초대사 능력처럼 감각과 감성이라는 마음 세포로 시간의 영양소를 빨리 흡수했다. 주위의 사소한 변화에 민감하고 정치적으로도 진보적인 이유가 왕성한 시간 흡수 능력 때문이었다. 그래서 젊은이들의 사랑은 빠르고 다급하다. 그래서 지성이 반드시 필요하다. 지성이 없는 감성은 나약하기 때문이다.

　나이가 어릴수록 시간을 더 빨리 빨아들이고 소화시킨다. 갓난아이의 하루가 노인의 십 년보다 더 왕성한 에너지를 내기도 한다. 그때 첫 키스를 나누고 난 후, 단 하루가 지났을 뿐인데 우리는 서로를 바라보는 포즈가 바뀌었다. 어디에 있든 간에 그곳이 절벽이라도 되는 듯이, 서로 간에 조금 더 가깝게 있으려고 했다. 따로따로 보던 것들을 같이 바라보는 시간이 많아진다. 연인 간에 자연스러운 진행이다. 우리는 손을 잡고 해변을 걸었다. 우리 두 사람의 발자국이 생기고 지워지기를 반복했다. 그녀의 얼굴이 아지랑이처럼 떠오른다.

'그때 그런 일이 있었구나…. 그걸 까마득히 잊고 살았구나.'
연구실에서 내 입술을 더듬어보았다. 삼십 년 전에 그녀의 입술이 닿았던 자리가 거칠게 변해 있었다. 그녀의 감정이 지문처럼 남아 있는 내 입술에 새겨져 있을 그 아름답고 순수했던 시간은 다 사라져버렸단 말인가. 이것이 바로 치매가 아닌가. 사랑의 치매는 의외로 빨리 찾아온다.

그때 아마도 이런 말을 했을 것이다. 첫 키스를 하고 나서 "너, 나 좋아하니?"라고 묻자 그녀가 말했었다. "뭐예요. 사람이 왜 이렇게 싱거워요." 그리고 나중에 그 말을 한 번 더 듣게 된다. 그래, 그런 일이 있었다. 나에게 싱겁다고 말하는 그녀의 모습이 간절하게 떠올랐다. 이제야 드러나는 기억의 발자국들을 처연하게 바라보았다. 어떤 의미에서 그것은 사무실에 찍혀 있는 도둑 발자국이다. 바로 내 발자국이었다.

어청도는 사백여 명의 주민들이 모여 사는 작은 동네였다. 생계는 바다로 나가 고기를 잡아 해결한다. 섬마을에는 넓은 만이 있어 작은 섬치고는 어항으로 좋은 조건을 지니고 있었다. 어부들이 살기 좋은 동네였다. 해가 뜨면 바다에 나가 고기를 잡아먹고 판매하면서 평생을 살아가는 사람들은 몸에 지느러미가 달린 것처럼 물과 친하게 지냈다. 이곳의 주변으로 고래 어장이 있어서 한 시절에는 포경선의 기지로서 섬은 유명했다. 포경이 금지되고 나서는 그 흔적을 찾을 수 없지만 말이다.

섬 전체가 하나의 공동체이다. 이상적인 국가의 모습을 찾으려면 섬에서 찾아야 할 것이다. 노자가 꿈꾸었던 이상적인 국가인 '소국과민'이나 식민지 아나키스트들이 꿈꾸는 나라가 바로 이 섬이다. 이곳에 있으면 자연에 겸손해지고 타인에 대한 배려심이 생긴다. 간혹 배타적인 사람들이 있지만, 갖고 있는 것이 적은 사람들의 약한 마음일 뿐이다. 사람의 수가 적으니 대문을 만들지 않아도 되는 인심이 있다. 야트막한 산자락을 배경으로 옹기종기 모여 있는 집들 사이에 골목길이 다정하게 이어져 있었다.

우리는 섬의 모습을 서로 달리 스케치했다. 나는 사진을 주로 찍었고, 그녀는 가끔 메모를 했다. 그때 문득, 소미 누나의 모습이 떠올랐다. 한겨울에 등을 보이고 돌아서 가는 한 승려, 그녀를 이제는 내 감정의 덫에서 풀어주어야 되겠다는 생각이 들었다. 오로지 나홀로 타올랐던 열정의 불꽃들이 사방으로 흩어지는 나날이었다. 그 자리에 바로 나영이 있었다. 그래, 그녀는 내 인생에서 누구보다 소중한 사람이었다.

우리는 마을 사당 앞에 섰다. 사당의 솟을대문에 달려 있는 현판이 반쯤 내려 앉아 곧 떨어질 것처럼 아슬아슬하게 매달려 있었다. 섬에 있는 사당이니 바다 신이라도 모시고 있나 싶었다. 우리가 사당 문을 열고 들어가려고 하는데, 마침 곁을 지나가던 여인이 우리에게 말을 걸었다.

"학생들…. 거긴 치옹묘예요. 문은 항상 열려 있으니 들어가도 되는 곳이지."

그녀는 반쯤 열린 문을 열고 안으로 들어갔다. 우리도 따라 들어갔다. 마당에 무성하게 자란 풀이 보였다. 그 수풀을 헤치고 들어가면서 그녀가 말했다.

"여기 봐요. 이 섬을 발견했다는 중국 한나라 장군 전횡을 모신 사당인데 이제는 다 무너졌지요. 여기에 처음 왔을 땐 이렇지 않았는데, 그동안 많이 변해버렸어요."

그녀는 머리에 두건을 하고 개량 한복을 입은 옷매무새가 매우 세련되었다. 뜨거운 볕에 그을린 검은 어촌 여인의 모습이 아니었다. 피부가 하얀 도시의 여자다. 그녀가 나를 보면서 말했다.

"학생은 지난겨울에도 다녀갔지요. 가만히 보니까 기억이 나네."

"아, 그러세요. 여기 등대에 삼촌이 근무하고 있어서 겸사겸사 왔습니다."

"아, 저 등대에 있는 분…. 그래요. 카메라 장비를 들고 있어서 나는 조류학자인 줄 알았어요. 멀리서 봐서 잘 기억이 안 나지만."

"학자는 아니고요. 동물에 관심은 좀 있습니다."

"여긴 일본 사람들이 자주 와요. 주로 연구자들이지요. 아직 학생처럼 보이는데 대학원에 다니나 봐요. 그리고 여학생은 후배?"

"아니요. 저는 복학해서 올해 졸업할 예정입니다. 이 친구는 같은 과 후배입니다. 제 여자 친구이기도 하고요."

그녀가 우리를 번갈아 보면서 말했다.

"그래요. 참 좋아 보이네요. 잘 어울려."

그녀는 사당 앞마당에 무성한 잡초를 밟고 뒤쪽으로 걸어갔다. 우리는 낯선 사람이지만 섬의 안내원을 만난 것처럼 반가웠다. 사람이 사람을 만나는 방법은 적어도 지구 상의 인구보다는 많을 것이다. 그런 복잡한 인연을 부처는 멀리하라고 했다. 하지만 이런 곳에서 호감이 가는 낯선 사람을 만나 말을 나눈다는 건 일종의 위안처럼 여겨졌다.

나영은 그날 사당을 처음 보았다고 했다. 비록 신을 모신 자리라고 하더라도 사람의 손길이 없으면 그곳은 폐가가 된다. 그렇다면 신은 사람의 흔적일 수도 있다. 사람이 없으면 신의 존재는 어떤 의미가 있을까? 과연 신은 하늘로 올라가고 싶은 사람들이 찍어놓은 허공의 발자국일 뿐일까? 현존하는 세상을 보며 가상의 세상을 꿈꾸는 것은 인간만이 할 수 있는 일이다. 사당 역시 마찬가지다. 오래전에 사라진 사람을 가상의 공간에 두고 사람들은 현실을 견딘다. 눈에 보이지 않는 종교의 힘이다.

그녀가 말했다.

"여기 사람들이 먹고살기 바빠서 사당 관리가 되지 않아요. 사실 과거에는 더 어려웠는데 사당을 잘 관리했지. 그래서 한 시절에는 이 사당의 장군님이 섬을 보호해준다고 믿긴 했지만, 이젠 그런 신화의 세상이 사라지고 있는 것 같아. 섬이지만 모든 게 빠르게 변하고 있어요. 심심한데 여기 이야기나 해줄까요. 한나라 유방과 대항하던 항우의 부하 장수였던 전횡이 전쟁에 패하자 수하를 이끌고 무작정 바다로 나선 모양이에요. 중국을 떠난 지 삼 개월 만에 여기에 도착했고, 섬에 도착한 장군이 바다를 보고 '아, 푸르다.'라고 해서 '어청'이라는 이름이 붙었지요. 이곳은 마치 비무장지대 같아요. 신과 인간의 비무장지대 말이에요. 이렇게 버려져 있으니 풀이 무성하지요. 집은 죽어가고 있지만 바다에서 떠오르는 태양과 불어오는 바람 덕에 이렇게 풀이 자라고 있잖아요. 이것이 오히려 신의 뜻에 더 가까운지도 모르고."

세련된 말솜씨로 이야기를 하는 도중에 간간이 이마를 가리는 머리카락을 올려드는 그녀의 손길이 부드럽고 유연해 보였다. 한눈에 보기에도 꽤 매력적인 여인이었다. 문득 그녀가 왜 여기에 왔는지 궁금했다. 나영은 내 표정을 살피더니 여인에게 조심스럽게 물었다.

"혹시, 이 섬에 사시나요?"

"그래요. 여기 온 지 이제 삼 년이 넘었네요. 벌써 그렇게 세월이 흘러가네. 참 빨라. 이젠 마을 사람이 다 됐어요. 혼자 살아요. 그림 그리면서."

"그림요?"

"그래요. 나 화가예요."

"아, 그렇군요. 여기 사람들과 뭔가 달라 보여서 어떤 일을 하나 궁금했거든요."

"아가씨는 참 진지한 구석이 있어 보이네요. 말씨가 참 고와. 멀리서 보니까 두 사람이 너무 예뻐서 말을 걸어본 거예요. 사실 이 섬에는 나이 든 사람이 많거든. 자신이 나이가 들었다는 사실을 언제 깨닫는지 알아요? 그건 젊은이들이 예뻐 보일 때예요. 정말 두 사람은 아가처럼 예뻐요. 두 사람처럼 싱싱한 시간이 부럽기도 하네."

그녀는 사당의 뒤편으로 그들을 안내했다. 거기에는 작은 새 둥지가 있었다. 풀과 나뭇가지, 해초류로 엮어 만든 바닷새의 둥지 같아 보였다.

"여기를 새들의 낙원이라고는 하지만 새들은 이쪽에서는 별로 잘 보이지 않지요. 마을에서 조금 벗어나 저기로 가면 가파른 언덕이 나오고 절벽처럼 떨어지는 곳이 있어요. 거기에 가면 새들이 많아. 여기에 사는 새들의 이름은 잘 모르겠어요. 아마 희귀한 새일 수도 있고…. 카메라를 들고 있으니까 이거 하나 찍어 가요. 연구자의 눈에는 다른 게 보일 수도 있으니까."

"아직 아마추어인데요. 하여간 고맙습니다. 이 둥지가 좋은 자료가 되겠는데요."

나는 그녀의 말대로 카메라를 들고 둥지 사진을 찍기 시작했다. 그러자 그녀는 나영의 팔을 잡고 다시 앞마당 쪽으로 나갔다. 두 사람은 벌써 친해진 것 같았다. 그녀가 나영에게 관심을 보이는 이유는 오랜만에 만난 대학생이기에 그럴 것이다. 여자들은 남자들보다 친밀감을 더 빨리 느끼는 모양이다. 그것도 참 신기한 일이다.

나는 그녀가 어떤 그림을 그리는지 궁금했다. 아마 이 둥지도 그리지 않았을까? 마침 하늘 위로 새들이 날아오르고 있었다. 촬영을 마치고 마당으로 나왔다. 두 사람은 이야기를 계속 주고받았다. 나영이 활짝 웃기도 하면서 즐거워하고 있었다. 사당에서 나오는 길에 아쉬운 표정을 지으면서 그녀가 말했다.

"오늘 저녁은 우리 집에서 먹는 거 어때요. 마침 바다에서 새벽에 올라온 생선들이 있어서 좀 샀어. 간혹 싱싱한 생선을 보면 요리를 하고 싶은 생각이 들어요. 그런 날에 손님들이 온다면 좋은 일인 것 같기도 하고. 오늘 요리를 하려고 하는데 혼자서 먹는 것 보다는 오랜만에 청년들하고 먹었으면 하는데…. 음… 섬이 그래요. 이렇게 모르는 사람에게 말을 걸고 밥을 먹자고 해도 되는 것 같아. 나 주책이지요."

나는 대답 대신에 나영을 쳐다보았고, 나영이 그녀에게 대답을 했다.

"저희들이야 고맙지만, 폐가 되지 않을지요?"

"내가 청했잖아요. 둘이 와주면 나는 참 좋겠어요."

그녀는 손가락을 들어 집의 위치를 가리켰다. 마을 중턱에 산세와 어울리는 목조 주택이 지어져 있었다. 숨어 있는 것 같은데, 눈에 띄는 집이었다. 생각해보니, 저 집에 화가가 산다는 말을 등대에서 들었던 것 같기도 했다. 작고 예쁜 집이었다. 저녁에 집으로 찾아가기로 약속을 하고 다시 바다로 가는 길에 나영이 말했다.

"저분이 뭔지 모르지만… 오빠에게 깊은 상처가 있는 것 같다고 했어요. 지난겨울에 혼자서 우두커니 바다를 바라보고 있는 모습이 인상적이었나 봐요. 오후부터 석양이 질 때까지 한자리에서 바다를 보는 사람은 흔하지 않다면서 말이지요. 그때 무슨 생각을 그렇게 깊게 했어요?"

나는 잘 생각이 나지 않는다고, 상처는 누구나 있을 거라고 웃으면서 대꾸했다. 그리고 그녀가 이 섬에서 그린 그림을 보고 싶은 마음이 들었다. 어딘가에서 나를 지켜본 사람이 있었다는 사실이 조금 놀랍기는 했다. 그때 나는 완전히 혼자인 줄 알았기 때문이다.

여행의 즐거움은 낯선 곳에서 사람들을 만나는 것이 아닐까 싶었다. 사람들을 만나서 그들의 이야기를 듣는 것, 그래야 세상이 조금은 이해할 수 있는 곳이 된다. 우선 그녀가 화가라는 점이 끌렸다. 그녀에게도 어떤 사연이 있겠지 싶었다. 이 섬에는 간혹 사연이 있는 사람들이 살고 있다는 삼촌의 말이 생각났다. 삼촌 역시 깊은 상처를 가지고 있다. 그녀는 삼촌과 어떤 관계가 있는 것 같다는 직감이 들었다. 두 사람의 모습이 얼핏 보기에 비슷한 구석이 있어 보였다.

그녀가 알려준 대로 섬의 뒤편으로 걸어가니 또 다른 풍경이 펼쳐져 있었다. 새들의 울음소리가 요란하게 사방으로 울려 퍼졌다. 먼 바다에서 힘차게 달려와 해변에서 요란하게 포말 치는 파도를 바라보았다. 우리들의 눈에는 보이지 않는 달의 이면처럼 섬의 이면에 이런 낙원이 있었다. 새 울음소리가 상상력을 촉발시켰다. 나는 날아갈 것 같은 나영의 몸을 끌어 앉았다. 그녀는 내 팔을 잡고 고개를 내 어깨 쪽으로 기댔다. 바람이 거세게 불자, 우리는 한 몸이 된 것 같았다. 나는 그녀의 귀에 대고 말했다.

"새들은 사람처럼 두 다리로 걸어 다닌다. 네 발로 걷는 포유동물의 발자국을 보면 그 짐승의 모습을 이해하기도 쉽고, 그 발자국을 보는 것만으로도 곧 정체가 드러날 짐승을 만날 생각에 즐거운 일처럼 여겨지기도 하지. 그런데 새는 묵직한 발바닥이 없어. 새의 몸이 가볍고 날개 때문에 무거운 발바닥이 필요 없는 거야. 그것이 사람과 다르다. 긴 발가락만으로 마치 무대 위의 발레리나처럼 땅 위에 내려와 걸어 다니는 거야. 그러다가 또 날아가지. 방향을 알 수 없는 곳으로 말이야. 새들을 보면 나의 영혼과 가장 닮은 동물이 아마도 저것이 아닌가 하는 생각을 하곤 했어. 세상을 향해 날고 싶어 한다는 점에서도 그렇고, 하늘을 동경한다는 점에서도 그래. 그리고 가장 결정적인 것은 새들은 내가 꿈꾸는 날개를 가지고 있다는 거지."

바람과 파도 소리 때문에 내 말이 허공으로 흩어지는 것 같았다.

그녀는 내 말을 새처럼 쪼아 먹고 있었다. 나영은 고개를 끄덕이면서 손에 힘을 주어 내 팔을 잡았다. 우리는 백사장으로 내려갔다. 섬으로 날아든 새들의 흔적이 간혹 백사장에 남아 있기도 했다. 나영은 새의 발자국을 살피면서 모래사장에 자신의 발자국을 찍었다. 그녀의 발자국을 살피면서 걸었다. 가볍고 가벼운 영혼의 발자국이었다. 바닷바람에 그녀의 향기가 전해졌다.

"여기 이 자리에서 어디론가 날아갔구나."

나영이 문득 멈추어 서서 하늘을 올려다보았다. 백사장에 찍혀 있는 새 발자국은 문득 사라져버렸다. 그 자리에서 하늘로 날아간 것이다.

"나영아. 거기에 서 봐."

카메라 렌즈를 통해 그녀를 바라보는 일은 즐거웠다. 그녀를 가장 가까이 보는 방법이기도 했다. 육안으로 보는 것보다 상대방을 더 가깝고 자세히 볼 수 있는 방법이 카메라 렌즈에 있다. 망원 렌즈를 당기면 그녀의 붉은 입술이 다가오는 것이다. 나영이 손사래를 치다가 새처럼 두 팔을 흔들면서 포즈를 잡았다. 셔터를 누르자 필름이 돌아가면서 한 컷, 한 컷, 그녀의 모습이 잡혔다. 어느 순간 그녀는 새처럼 날개를 펼친 포즈로 정지했다. 그녀를 향해 크게 소리를 질렀다.

"그 자리에서 날아가면 안 된다. 여기서 보니까 너에게 날개가 있는 것 같아."

"뭐라고요? 잘 안 들려요."

"날 버리지 말라고!"

"뭐라고요? 잘 안 들린다니까요!"

파도와 바람, 그리고 태양과 바다, 섬과 새들의 시간이었다. 우리는 서로의 말을 잘 듣기 위해서는 조금 더 가까이 다가가야 된다는 사실을 섬에서 깨달았다. 아주 단순한 사실이 결국은 사람과 사람을 이어주는 감정의 끈이 되는 것이다. 그녀에게 다가갔다. 그리고 조용히 말했다.

"너, 참 예쁘다."

그녀는 아름다웠고, 감정이 풍부했다. 액이 차오른 나뭇가지와 같은 손목과 팔을 가지고 있었다. 인간의 몸에는 그것을 지배하는 영혼과 감정이 있다는 사실을 그녀를 통해서 보았다. 비록 그것 때문에 고통스러울지라도 말이다.

이 세상에 바다보다 넓은 바닥은 없다. 그 바닥은 우주의 바닥이고, 육지처럼 길을 내지 않는다. 길이 없는 곳에 길이 있는 법이다. 눈에 보이지 않는 그 길이 우리들의 청춘을 이끌었다. 우리는 어디든 갈 수 있을 것 같았다. 그때 내가 본 바다는 광장을 만들었고, 그녀라는 심해는 어두운 밀실을 만들어놓은 우주의 공간이었다. 그곳은 완벽한 공간이었다.

어청도를 떠올리자 땅콩 줄기를 잡아당긴 것처럼 하나둘 따라 올라오는 추억들을 반추하며 옛날 사진첩을 보고 있다. 디지털 시대가 오고 나서 카메라 필름이 사라진 지 오래되었다. 더 이상 현상을 하기 위해 충무로에 다니지 않았다. 컴퓨터 하드디스크에 저장을 하고 필요할 경우에만 인화를 했다. 화면으로 보고 사진이 결정되면 출판사에 넘기기 때문에 전문 작가가 아니라면 인화를 하는 일은 거의 없었다. 하지만 나는 가끔 사진을 인화했다. 그리고 그 시절에 촬영한 필름을 박스에 넣어 따로 보관했다. 한동안 거의 찾아볼 일이 없어 어디에 두었는지, 인화된 사진의 필름이 어디에 있는지 기억이 가물거렸다.

그것은 서가의 책장 속에 묻혀 있었다. 러시아 문학 전집이 정리된 자리에 붉은색 상자가 보였다. 상자의 먼지를 털어내면서 박스를 열었다. 필름들이 가지런하게 정리되어 있었다. 필름을 꺼내 창문을 통해 하나둘 들여다보았다. 어청도에서 찍은 나영의 사진이 있었다.

필름을 보던 뷰 박스가 사라진 지 오래되어 빛이 쏟아지는 창문 쪽으로 가서 필름을 펼쳐 보았다. 어청도 등대, 섬마을의 전경. 섬의 수호신이었던 한나라 시대의 전횡 장군 사당, 삼촌, 화가, 둥지, 절벽을 비행하고 있는 새들, 백사장의 새 발자국, 바다의 수평선으로 나가는 어선, 등대 불빛을 받고 들어오는 작은 어선, 마을에 사는 사람들의 얼굴, 그리고 나영이 두 손을 벌리고 환하게 웃고 있는 모습이 여러 장 촬영되어 있었다. 바다를 바라보는 그녀의 옆모습이 클로즈업 된 사진도 있었다. 긴 속눈썹과 오뚝한 콧날이 얼굴의 중앙에서 흘러내리고, 달콤하게 붉은 입술이 조금 벌어져 있었다. 그녀가 미소를 짓고 있었다.

그것을 들여다보고 있는데 문득 예고도 없이 눈물이 흘러내렸다. 무거운 것을 지고 있는 것처럼 그 자리에 슬그머니 주저앉아 필름을 올려다보았다. 햇볕 때문에 떨어지는 눈물이 보석처럼 반짝거리고 있었다. 이젠 잊었다고 생각한 인생의 파편들이었다. 조각난 파편들이 유리처럼 날카롭게 감정에 상처를 냈다. 추억에 젖어 예민한 사람의 감정에 상처가 나면 하얀 피가 흘러내린다. 사람들은 그것을 눈물이라고 불렀다.

오랜만에 울었다. 눈물을 흘리자 눈동자가 맑아지고 기억은 창고에 불이 들어온 것처럼 환해진다. 그동안 잊고 지내던 일들을 떠올리자, 마음의 밀실에 촛불이 타오르기 시작했다. 그 불꽃은 연애 감정을 밀어 올리며 타오르고 있었다. 타자기를 꺼내 나는 뭔가를 적어대고 있었다. 내 책상 앞에 있는 소파에 타자기 소녀가 와서 앉아 있었다.

"어, 너로구나. 타자기 소녀, 도대체 언제 들어왔어?"

"문이 열려 있었어요. 이렇게 과로하면 안 되잖아요. 시리우스님은 지금 항암 치료 중인데."

이젠 타자기 소녀가 언제 어떻게 나타나도 놀랍지 않다. 그 아이는 항상 내 곁에 있는 것 같았다. 나는 안경을 치켜 올리면서 다시 사진을 보며 말했다.

"어른이 되면 아파도 해야 될 일이 있단다."

"그런, 그렇군요. 난 아직 모르겠어. 그런데 깊은 수렁에서 이제 나오려나 봐요?"

나는 타자기 소녀를 보았다.

"그런데 말이야. 넌 참, 할 일도 없다. 왜 나를 자꾸 졸졸 쫓아다니는 거냐?"

"제가 귀찮으세요? 생명의 은인인데?"

"아니. 귀찮은 게 아니라, 그냥 좀 궁금해서 말이야. 넌 한참 공부할 나이잖아. 그리고 이메일 주소 같은 것 있으면 가르쳐줘."

나는 타자기 소녀와 메일을 주고받고 싶은 마음이 들었다. 그 사이에 정이 들었나 보다. 하지만 타자기 소녀는 고개를 가로저었다.

"두 가지를 한꺼번에 질문하지 마세요. 대답하기 힘들어요. 하여간 저는 공부는 잘하는 편이에요. 이미 세상의 모든 것을 다 안다고나 할까? 그리고 저는 컴퓨터나 스마트폰은 사용하지 않아요. 그런 거 필요 없어요. 의사전달은 이렇게 직접 말로 전하는 게 제일 좋아요. 특히 시리우스님에게는 말이죠. 이제 다른 사람 걱정하지 마세요. 지금 시리우스님은 남 걱정할 때가 아니라니까요."

소녀가 이메일이나 SNS에서 자유롭다니 놀라운 일이다. 하지만 왠지 이상한 생각이 들었다. 이메일마저 하지 않는다니 참 기괴한 녀석이다. 타자기 소녀는 지구의 아주 먼 나라나, 별나라에서 온 것 같다는 생각이 든다.

"너, 혹시 스티브 잡스라는 남자는 알고 있니?"

"아이 참, 시리우스님, 그 사람은 죽었잖아요. 사람들을 지옥에 빠지게 하곤 먼저 세상을 떠났어요. 참 머리가 좋은 사람이에요. 지금 살았으면 굉장히 힘들었을 거예요."

"아이고. 이 녀석. 두 손 두 발 다 들었다. 스마트폰도 잘 쓰면 지옥이 아니야. 특히 너 나이 때는 말이야."

"아니요. 그렇지 않아요. 그런 기계 정말 싫어. 사람에게서 영혼을 뺏어가니까."

타자기 소녀가 심통을 부린다. 나는 허허 웃고는 말했다.

"그럼 냉장고에서 음료수라도 줄까?"

"아니. 제가 가져다 마실게요. 그냥 하시던 일 하세요."

"그래. 그럼."

다시 타자기 자판에 손을 올리자 타자기 소녀가 또 말했다.

"아직 저녁도 되지 않았는데, 저기 동쪽으로 낮달이 떴네요. 하얀 달이에요. 신기하다."

나는 소녀가 말한 하늘을 보았다. 창문으로 과연 낮달이 하얗게 떠 있었다. 그럼 서쪽으로 해가 걸려 있다는 말이다. 하늘이 청명하게 푸르렀고, 구름 한 점 없었다. 낮달은 비현실적으로 보였다. 나는 턱을 괴고 낮달을 쳐다보았다. 태양이 온 천지를 비추고 있는데, 저기에 걸려 있는 달은 그림처럼 보였다. 누가 내 창문에 그림을 그려놓은 것 같다. 기억이란 그런 것이다. 청명한 하늘에 떠 있는 낮달 같은 것. 타자기 소녀의 말대로 피곤한 몸을 이끌고 나는 내 할 일을 했다. 어청도에서의 일만 잘 기억하면 뭔가가 해결될 것 같았다. 그래서 나영이 어청도를 물어보았을 것이다. 다 알고 있는 것을 확인하는 목소리였다. 그녀의 오랜 버릇이다. 그것도 기억이 났다. 나는 타자기 소녀에게 말했다.

"저 낮달이 떠 있는 자리에 밤에 오면 별이 뜬단다."

타자기 소녀가 말했다.

"온 하늘의 별 중에서 시리우스가 가장 밝답니다."

16 새
는
사
람
처
럼
걷는다

　타자기 소녀가 하늘에 낮달처럼 내 방에 와서 떠 있다는, 아니 앉아 있다는 생각이 들었다. 달의 하강이라고나 할까? 아니 어쩌면 소녀는 별인지도 모를 일이다. 하여간 소녀가 곁에 있으니 왠지 마음이 진정된다. 녀석은 도대체 누구일까? 등에 걸친 가방에서 소설책을 꺼낸 소녀는 묵묵히 책을 읽고 있었다. 제목을 보니 《미국의 송어낚시》라고 적혀 있다. 거참, 신기한 녀석이다. 조용하면서도 거침이 없다. 저런 딸이 있었으면 좋겠다. 하늘의 별자리를 뒤져서 녀석에게 좋은 이름을 지어주고 싶었다. 이왕이면 좋은 전설이 있는, 별자리에서 가장 빛나는 혹은 가장 어두운 별의 이름을 지어주고 싶었다. 그렇다면 뭐가 좋을까? 내가 머리를 긁적이자 타자기 소녀가 책에 눈을 둔 채 말했다.

"시리우스님, 어서 하던 일에 집중하세요."

소녀의 말대로 나는 타자기를 두들기면서 어청도와 관련된 기억에 집중했다. 이번엔 화가와 섬이다. 화가의 집은 등대가 한눈에 보이는 터를 차지하고 있었다. 나무로 만든 대문을 열고 들어가면 작은 화단이 나왔다. 마당에 심어놓은 꽃과 작은 나무들이 지중해풍의 흰색 주택과 어울려 화려한 색감으로 다가왔다. 집주인의 취향을 짐작할 수 있는 화단이었다. 마당에 서서 아래를 내려다보면 한눈에 망망대해의 광활한 풍경이 펼쳐져 있었다. 우리의 인기척 소리를 들었는지 그녀가 현관문을 열고 손짓을 했다. 우리는 인사를 하고 화가의 집으로 들어갔다.

집 안 거실에는 길게 가로로 만들어진 통유리 창문을 마주하고 안락의자가 있었다. 이 공간에 전등이 켜진다면 바로 여기가 등대다. 도시에서는 결코 볼 수 없는 바다의 정중앙을 바라볼 수 있는 곳이었다. 나는 나영에게 귓속말로 말했다.

"야, 정말 신기한 일이다. 이 섬에는 두 개의 등대가 있네."

"나도 그런 생각을 했어요. 위치가 좋아서인지 이곳의 불빛은 바다에서도 잘 보일 것 같아요. 섬에 이런 집이 있다는 생각을 한 적이 없어. 참 아름다운 집이네요. 주인처럼."

"그렇지. 집이 주인을 닮았어. 삼촌이 등대를 닮은 것처럼 말이야. 그리고 문득 생각이 났는데 말이야. 저 화가가 누군가를 기다리는 사람 같다는 생각이 들어."

"오빠. 시상이 떠오르는구나. 섬에서 그림을 그리면서 누군가를, 아니 어떤 연인을 기다리는 여자. 꽤 감각적이고 깊은 이야기가 있을 것 같죠."

"그래서인지 시보다는 더 열정적이고 숨 가쁜 이야기가 숨어 있는 집 같아."

우리는 화실의 창 가까이에 나란히 서서 속닥거렸다. 화가는 부엌에서 음식을 만들고 있었다. 부엌에서 간헐적으로 달그락거리는 그릇 소리가 들려왔다. 집 안에 퍼지는 음식 냄새 때문에 우리는 동시에 허기를 느꼈다. 창으로 보이는 등대에 직원들이 나와 등롱을 점검하고 있는 모습이 보였다.

넓은 화실은 화가의 거실 겸 작업실로 잘 갖추어져 있었다. 그림을 올려놓은 이젤이 보였고, 바닥과 벽에도 그림들이 어지럽게 널려 있었다. 물감과 붓, 파레트와 물통에서 특유의 휘발성 냄새가 났다. 섬마을이 아니라 삼청동에 있는 미술관처럼 보인다. 장작 난로가 화실의 한구석에 있고, 그 위에 여러 권의 책이 쌓여 있었는데 르네 마그리트의 화첩도 있었다.

나영은 르네 마그리트의 화첩을 손에 들고 펼쳐 보다가 탁자에 올려놓고 보기 시작했다. 내가 좋아하는 화가이다. 섬에서 우연히 만난 여류 화가와 르네 마그리트의 그림은 반가운 일이었다. 프랑스에서 발간된 고급 양장본으로 꾸며진 화첩이었다. 유럽의 인쇄

기술이 뛰어나서인지, 국내에서 발간된 작은 화첩에서는 보이지 않았던 그림의 색감이 무척 선명했다. 어느새 나영은 그 그림에 푹 빠져 있었다. 그림 중에서 〈빛의 제국〉에 눈길을 멈추고 있었다. 그 그림은 낮의 푸른 하늘과 가로등이 켜진 밤의 집을 그리고 있었다. 낮과 밤이 화폭에 동시에 존재하는 초현실주의 화가의 신비한 그림이었다. 그의 그림은 사유하게 하는 힘이 있었다. 르네는 그의 〈빛의 제국〉에 대해 이런 글을 남겼다.

나는 빛의 제국에서 다른 개념들, 즉 밤의 풍경과 낮에 보는 것과 같은 하늘을 재연했다. 이 풍경은 우리로 하여금 밤에 대해, 낮의 하늘에 대해 생각하게 한다. 내 생각에, 이 낮과 밤의 동시성은 우리의 허를 찌르고 마음을 끄는 힘을 가지고 있다. 나는 이 힘을 시詩라고 부른다.

나영에게 르네의 그 문장을 이야기해주었다. 시에 대한 글 중에서 단연 뛰어난 작가의 해석이다. 우리의 허를 찌르는 그 무엇, 그것은 창조자의 시선이다. 화가는 신이 되고 싶어 했던 거라고 나는 느꼈다. 창조적인 활동을 하는 작가, 화가, 음악가, 시인은 모두 신이 되려는 프로젝트를 세우고 자신만의 방식으로 인간의 삶을 사는 사람이다. 그 말이 무슨 뜻이냐고 나영이 물었다. 나는 더 이상 설명을 하지 않았다. 다만 그림을 좀 더 보고 어떤 마음의 느낌을 발견하라고 했다. 나영은 '우리의 허를 찌르는' 다음에 이어지는 '마음을 끄는 힘'이라는 문장이 좋다고 했고, 그 힘이 시라는 문장이 잘 이어져 있다고 말했다. 우리가 그림에 대해 이야기하고 있을 때, 화가가 이제 식사를 하자면서 불렀다.

그녀가 준비한 저녁 식사는 이국적인 생선 요리였다. 이태리 원목 탁자에 프랑스 상품 로고가 붙어 있는 접시와 포크 등 집기들이 한눈에 보기에도 고급스러워 보였다. 우리는 맛있게 음식을 먹었다. 그녀는 식사를 마치고 작은 창을 열고 담배를 피워 물었다. 청치마를 입고 머리를 묶어 넘긴 모습이 세련된 여성이었다.

여대생인 나영이 그녀와 같이 있으니 소박한 섬마을 아가씨로 보일 지경이었다. 이곳이 어청도가 아니라, 희랍의 크레타 섬이 아닌가라는 착각을 일으키게 했다. 그녀는 화끈한 이태리 여자의 모습이었다. 식사를 마친 식탁에서 그녀가 이곳에 사는 이유가 궁금했다고 하자, 의외로 간단한 대답이 돌아왔다. 그림을 그리기 위해 선택한 곳이라고 했다. 떠나고 싶으면 언제든지 떠나기 위해 작은 집을 개조해서 적당한 공간으로 만들어놓았다고 했다.

그녀는 서울 삼청동에 본가가 있는 꽤 유명한 집안의 차녀였다. 그녀의 개인전 팜플릿을 통해서 그녀에 대한 정보를 얻을 수 있었다. 해외 미술전에서 수상작품도 몇 편이 있는 것으로 보아 그녀가 대단한 화가라는 사실을 알 수 있었다.

그녀는 자신의 화실을 하얀 둥지라고 불렀다. 작은 둥지에 있는 큰 새 같은 여자다. 그녀가 날개를 펼치면 둥지가 부숴질 것 같았다. 낮과 밤이 공존하는 비현실적인 공간처럼 신비스러운 구석도 있었다. 하지만 화실의 크기는 면적이 아니라 화가의 그림이 결정한다. 아무리 초라한 오두막이더라도 고흐가 있으면 명소가 되는 것이다. 그녀의 화실에는 고독한 창조자의 경건함이 있었다.

나는 그림을 좋아했다. 그중에서도 에드워드 호퍼와 르네 마그리트는 한동안 나의 시각 세계를 장악한 사람들이었다. 더군다나 느닷없이 벨기에 화가 르네 마그리트를 만났으니 짧은 시간에 그녀에 대한 호감이 생길 수밖에 없었다. 그녀는 소미 누나와 미미를 합쳐놓은 것 같은 여자였다. 몇 마디를 나누지 않았지만, 나영은 그녀의 매력에 푹 빠지고 말았다. 식사를 마치고 커피를 마시고 있는데 창밖으로 등대 불빛이 지나가고 있었다. 등대 불빛은 어느새 먼 바다까지 나아가고 있었다.

그녀는 창문을 열고 손을 뻗어 바람을 만지작거리고 있었다. 엄지와 검지, 중지를 가볍게 비비면서 바람을 종잇장처럼 느끼는 모습 같기도 했고, 그림을 그리기 전에 보이지 않는 색감을 만지고 있는 것 같기도 했다. 그녀의 모든 동작이 섬세하게 보였다. 그녀가 말했다.

"이제… 이 섬이 나에게는 무지개가 끝나는 곳처럼 여겨지기도 해요. 나도 자기들처럼 청춘의 시절이 있었지. 불과 얼마 전인 것 같기도 한데, 세월이 참 빠르네요. 손에 붓 하나 들고 프랑스 파리를 비롯한 유럽의 여러 나라를 돌아다니면서 그림을 공부하던 시절에 만난 안젤로라는 화가가 있어요. 그는 초현실주의 화가였는데, 무지개가 시궁창에 처박혀 있는 작품이 인상적이었어요. 쥐가 무지개를 갉아 먹고 있더라고. 하여간 독특한 사람이야. 그는 말했어요. 무지개가 끝나는 곳에 보물이 있다고 말이지요. 그때는 무지개가 유럽에 있는 줄 알았죠. 프랑스의 몽마르트, 이태리의 광장, 스페인의 열정…. 내가 돌아다닌 곳에 무지개가 끝나는 곳이 있을 거라고 찾아 다녔어요. 그렇게 나이를 먹었어요. 앞도 뒤도 없이 끝없이 찾아다니던 시절에 무지개는 보이지 않았어요. 다만 이 섬을 만났을 뿐이지. 섬은 나에게 무지개에 대해서 생각하라고 지금도 이야기하고 있어요."

무지개는 잡을 수가 없다. 무지개 안으로 들어가면 무지개가 보이지 않기 때문이다. 그녀는 그것을 이야기하고 있었다. 나 역시 그러한 경험이 있었다. 그래서 인간은 성취하기 바로 직전에 최고의 상태가 된다. 어떤 일이든 성취하거나 이루면 그다음은 다시 시작일 뿐이다. 무지개 속으로 걸어 들어간 이야기는 화가가 그림을 완성하고 나서의 상태일 수도 있겠다는 생각이 들었다. 잠시 말을 멈춘 그녀는 우리를 보고 말했다.

"둘이 르네에 대한 그림을 보고 이야기를 나누는 것을 봤는데 말이지요. 이 그림도 한번 봐요. 이 그림을 보니 서문 학생은 어떤 생각이 들어요?"

그녀는 르네의 그림 한 편을 펼쳐 보여주었다. 그 자리에 메모지가 붙어 있는 것으로 보아 그녀가 자주 보는 페이지처럼 여겨졌다.

그림의 하단으로 바다가 펼쳐져 있고 바다 위로 전체를 지배하고 있는 하늘에 새 한 마리가 날개를 펼치고 있었다. 하지만 그 새는 형태만 있을 뿐 하늘과 구름으로 보이기도 했다. 한 마리 새가 하늘이 되는 것인지, 구름이 되는 것인지 르네의 독특한 이중성이 빛나고 있었다. 그림을 보고 그녀의 질문을 받으니 르네의 말대로 허를 찔린 것 같았다. 섬과 바다와 새가 마음을 끄는 힘이 있는 그림이었다. 이것이 바로 그림으로 사유하는 자의 모습이다. 나는 말했다.

"새가 구름이 되는 것 같기도 하고, 구름이 새가 되는 것 같기도 하고. 그 모든 것들이 바다의 물방울에서 탄생하고 있다는 생각도 들고요. 하여간 르네의 그림을 어떤 그림이든 간에 생각을 하게 해요. 그것이 천재적인 초현실주의 화가가 우리에게 주는 그림의 힘이 아닐까요. 저도 간혹 르네의 그림을 보면서 어떤 생각을 하는데요. 그의 화풍에 나타난 사물들은 현실보다 더 현실 같다는 생각이 들어요. 그것이 초현실주의라는 느낌. 현실을 뛰어넘은 그 무엇이 아니라, 현실의 내부에 더 깊이 스며드는 뿌리 같은 어둠의 힘이 공존하는 거지요. 그래서인지 이 유럽의 그림이 마치 어청도의 바다처럼 보여요. 여기에 있는 이 그림, 통찰력을 보고 많은 생각을 했어요. 마그리트가 화가로서 자신이 작업을 하고 있는 모습을 그리고 있는데요. 알을 보면서 화폭에는 새를 그리는 모습에 처음엔 깜짝 놀랐어요. 이것이 마그리트 그림의 열쇠가 될 수도 있겠다는 생각을 한 거지요. 알은 모티브가 되지만 화가에 의해 새로 현시되지요. 바로 이런 거죠. 반대로 새를 보고 알을 생각할 수도 있겠고…."

　그림 속의 새가 여류 화가의 모습처럼 보였다. 그녀는 구름처럼 감정이 풍만하고, 자신이 원한다면 어디든 날아갈 수 있는 사람처럼 보였다. 그녀는 하늘을 날다가 잠시 이 섬에 내려 앉아 사람처럼 걸어가고 있는 새가 아닐까. 새는 사람처럼 두 다리로 걷는다. 새의 걸음이 오래 가지 않는 것은 날개가 있기 때문이다. 날개가 있는 새가 걷는 것과 팔을 흔들면서 사람이 걷는 것은 그 모양이 비슷할 뿐 근본적으로 다르다. 그리고 바닷새들은 육지의 새들과 달리 다리가 발달하지 않았다. 땅과 숲이 있는 산의 안락함이 바다에는 없기 때문이다. 어쩌면 인간의 입장에서는 바다처럼 거친 황무지가 없다. 그래서 바다는 육지에서 바라보면 풍요롭지만, 멀리 갈수록 두려운 것이다.

　그녀는 조용히 고개를 끄덕였다. 손가락 사이에 낀 담배에 연기가 올라온다. 마치 남성의 뜨거운 성기를 손으로 쥐고 있는 여자처럼 에로틱하게 보였다. 이런 느낌이 뭘까? 그녀는 이제 삼십 대 중반에 가까워진다고 하니 나보다 십 년 이상의 연상이다. 묘한 분위기에 눈길이 갔다. 그녀 역시 슬쩍 나를 쳐다보면서 미소 지었다. 열린 옷깃으로 뽀얀 피부의 유방이 스쳐 지나간다. 그녀는 길게 재가 이어진 담배를 재떨이에 비벼 끄고 말했다.

　"역시 내가 사람을 잘 보았던 것 같아요. 서문 학생은 생각이 깊어서 인생을 쉽게 살 수가 없겠네. 나영 학생 이야기를 들으니까 등단까지 한 시인이라고 하던데 말이지요. 우리 삶의 등대지기 같은 시인이 될 수도 있을 것 같아요. 우리 사회는 지금 그런 사람이 필요해. 두 사람을 우리 집에 초대하기 정말 잘했어."

그녀는 천천히 나에게 나아왔다. 향기가 다가온다. 그녀가 가까이 오자, 나는 고개를 내리고 그림을 보는 척했다. 눈길이 강렬하고 뜨거운 여자였다. 그녀는 내 곁에 있던 나영의 손을 잡고 바다로 길게 뻗어나가는 등대 불빛을 보면서 말했다. 나영은 어느새 그녀의 팔짱을 끼고 다정하게 몸을 기대었다. 젊은 고모와 조카 같은 모습처럼 보였다.

"나영 학생. 이리 와서 여기 좀 봐요. 저기 바다 위로 가는 불빛이 어디까지 가는지 한번 가늠해 봐요. 가끔 여기에서 불빛이 떨어지는 자리를 찾아보곤 하는데, 불빛을 쫓아가다 보면 뭔가 보이기도 하더라니까. 자 한번 조용히 봐요."

그녀의 말대로 불빛이 끝나는 곳에 검푸른 바다가 이어지고 있었다. 수평선으로 뻗어나가는 불빛이 바다를 가로지른다. 그녀의 눈동자에 바다가 차오르고 있었다. 그녀의 몸이 점점 바다처럼 푸르게 변하는 느낌이 들었다. 르네가 바다와 새의 그림을 그릴 때, 혹시 자신의 아내가 바다를 바라보고 있는 모습을 보고 착상을 한 것은 아닐까 하는 생각이 들었다. 새가 사랑하는 여자로 보였다. 그녀가 날아가고 싶은 곳은 어디로든 갈 수 있는 날개를 화가는 그려 준 것이 아닐까? 그게 사랑이 아닐까? 이 지상에서 하늘로 들어 올리는 작은 날개를 달아주는 것. 화가는 우리를 번갈아 보면서 짧은 한숨을 쉬었다. 그 한숨 소리가 내 귀에는 크게 울려 퍼졌다. 그녀 역시 누군가를 보고 싶어 하는 표정이었다.

그날, 나는 그녀의 그림 앞에서 꼼짝할 수가 없었다. 독창적이고 아름다운 그림이었다. 섬과 등대가 그려져 있고, 불빛이 푸른 바다로 나아가고 있다. 밤바다인지 낮인지 구분이 잘 되지 않는 상태였지만, 불빛은 마치 철길처럼 두 줄기로 뻗어나가고 그 불빛 위에 날개를 단 여자가 새처럼 앉아 있었다.

화면의 구도가 파격적으로 구성되어 있어 독창적인 작품임을 한눈에 알아볼 수 있었다. 아마추어들의 상투적인 구도와 터치를 그녀의 그림에서는 찾아볼 수 없었다. 그것이 좋았다. 그림에는 그녀의 농염하다고 할 수 있는 육체적인 에너지가 넘치고 있었다. 금방이라도 물에 젖어 찢어질 것 같은 창호지와 같은 피부라고나 할까? 윤기가 흐르면서도 끈적끈적한 관능의 느낌, 그것이 성숙한 여인의 살 냄새와 함께 섬에 가득 차 있는 느낌이 들었다. 나는 그녀에게 매력을 느끼고 있었다. 비록 나영이 곁에 있었지만 말이다. 이런 이중성이 사람을 힘들게 한다. 악마와 천사는 항상 우리 곁에 있다. 내가 어디를 보느냐에 따라 인간의 인성이 결정되는 것이다. 그건 매우 단순한 일이다. 여자를 앞에 두고 보는 것처럼.

거의 자정이 다 되어서야 나는 다시 등대로 돌아왔다. 항로표지과 사무실에서 삼촌은 묵묵히 바다를 바라보고 있었다. 멀리서 선박이 지나가는 모습이 보였다.

"그래, 나영 학생은 어디에 두고 혼자 걸어오나?"

삼촌은 내가 걸어오는 모습을 보고 있었던 모양이었다. 내가 화가 이야기를 꺼내자 삼촌은 슬그머니 미소를 지으면서 그녀를 보았느냐고 되물었다.

"오후에 사당에서 만나서 식사 초대를 받았어요. 지금 나영이가 화실에 있어요. 오늘 처음 봤는데 말이죠. 아직 어려요."

"그래, 그래서 너를 좋아하는 거지. 이놈아. 철이 들었으면 너를 따라왔겠니. 하하."

"하하. 그건 그러네요. 그런데 삼촌 그 화가가… 참 인상적이었어요."

"그러더냐."

"예, 뭔가 사연이 있는 것 같기도 하고."

"글쎄. 하여간 이 섬에서 사는 사람들 중에서는 어울리지 않게 독특한 사람이지. 금세 어디론가 떠날 것 같기도 하고 말이야."

"그런 생각이 들지요."

나는 그녀에 대해 이야기를 하면서 삼촌의 반응을 살폈다.

"그분에 대해서 뭐 아시는 것 있으세요? 아무래도 삼촌과 아는 사람 같다는 생각이 들어요. 갑자기 저녁 식사를 같이 하자는 것도 그렇고 말이지요. 나에 대해서 알고 있다는 느낌이 들어요. 그렇다면 이 섬에서 삼촌밖에는 아는 사람이 없지 않나 하는 생각이 들어요."

삼촌은 주위를 돌아보면서 말했다. 사무실에는 항로 장치를 점검하는 등대원들이 조용히 자신의 업무에 열중하고 있었다. 삼촌이 말했다.

"녀석 눈치가 빠르구나. 하긴 바람이 불면 나뭇잎이 흔들리는 법이다. 사실 나는 그녀와 아는 사이다. 정부 청사에 근무하던 시절에 우연히 그녀의 전시회에서 만났지. 단둘이 만난 건 아니고, 명사들이 어울리는 형식적인 자리였다. 그래 너의 짐작이 맞아. 내가 너에 대한 이야기를 해준 적이 있다. 가끔 섬에 나가 군산에서 식사를 하거나 커피 한 잔을 같이 하곤 했다.

하지만 그녀가 나 때문에 여기에 사는 것은 아닐 거다. 이를테면 자존감이라고 할까. 뭐 그런 감정이 강한 사람이니까 말이야. 그녀는 여기가 좋아서 머무는 거고, 내가 우연히 여기에 있는 거다. 이런 걸 인연이라고 할 수 있을까. 너는 지금 궁금한 게 많을 거다. 어떤 생각을 하든 그건 너의 상상력이니까 내가 뭐라고 할 수는 없겠지. 이건 확실하다. 어떤 형태가 되었건 간에 우리는 서로 혼자 있고 싶어 한다는 거지. 내가 가족들과 헤어지고 여기에 들어온 이유가 그녀 때문이라고 생각하면 오해다. 그런 면에서 우리는 전혀 관계가 없어. 나는 혼자 있고 싶을 따름이다."

삼촌이 묻지도 않은 말에 대한 대답을 한다는 생각이 들었다. 지금 생각하니 그것이 연륜이 아닐까 싶다. 나 역시 이제는 사람들의 표정만 보아도 무엇을 궁금해하는지 짐작이 된다. 어른들은 그것을 알고 있다. 대답을 하지 않을 뿐이다. 하지만 삼촌은 말을 했다. 그녀에 대해 궁금한 것을 물어봐도 될 것 같았다.

"언제 처음 만나셨어요? 전시회는 아닌 것 같은데."

"녀석…. 너 지금 연애하고 있지. 참 좋은 시절이다. 그래 우리도 너희들처럼 대학에서 처음 만났다. 그녀는 나보다 한참 후배이기는 하지만 말이다. 그때 서로 좋아한다는 느낌은 있었지만 이상하게 연결이 되지 않았어. 나는 행정고시를 준비하고 있었기 때문이기도 하지. 고시라는 것이 일종의 수도승 같은 생활을 요구하기 때문에 그럴 수도 있을 거야. 그리고 빈부격차가 결정적인 요인이었다. 그녀는 부유한 집안에서 잘 자란 따님이었지. 알다시피 나는 친일파 집안이란 게 싫어서 집에서 나와 혼자 가난하게 살고 있었다. 믿을 것이라고는 머리밖에 없으니 감정이 메말라 있었다. 배가 고프면 그딴 건 창밖으로 날아간다. 나의 대학 생활은 거지와 같았다. 노트와 책이 있고, 최고의 대학에 다니고 있었으니까 그것으로 청춘은 포장되었다.

어느 해 여름이었는데… 학과에서 봉사활동을 하러 같이 갔던 시골 마을에서 데이트 비슷한 것을 몇 번 했고, 내가 내 감정을 전달했는지는 잘 기억이 나지 않는다. 그런데 그녀는 그것을 정확하게 기억하고 있더구나. 같은 말을 들어도 여자와 남자가 다른 말을 들은 것처럼 행동할 때가 있지. 예를 들어 '사랑한다.'라는 말을 남녀가 동시에 하늘에서 들었다고 치자. '너를 사랑한다.'라는 말이 들려왔을 때 여자는 그것을 진정으로 받아들이고, 남자는 건성으로 받아들이기 쉽다. 물론 사람마다 다르겠지만, 그런 경우의 수가 많다는 말이다.

그런 생각이 들었다. 아마도 우리는, 사실 지금도 기억이 가물거리지만 서로 사랑한다는 말을 했다. 나는 그것을 금방 잊었고, 그녀는 꽤 오랫동안 품고 살았던 모양이다. 새가 알에서 깨어나 어미를 처음 보면서 '각인'이 되는 것처럼 첫사랑이 있는 법이지. 아마 그게 나라고 그녀에게 각인된 모양이다. 사실 나는 잘 모르겠다. 그땐 이성과 욕망이 혼재되어 있었으니까 말이다.

전시회에서 그녀가 나를 대하는 태도는 여느 동창과 다르지 않았다. 아니다. 지금 생각하니 반짝하고 반가운 표정을 지었던 것 같기도 하다. 그리고 한눈에 알아보더라. 지질하고, 궁상맞던 첫사랑이 고위 공직자가 되어 깨끗하게 입고 나타났으니 그녀는 무척 반가웠던 모양이더라. 전시회가 끝나고 한 번 만난 적이 있는데, 너무 고맙다고 눈물을 보이더라. 나는 당황했다. 그녀와 헤어지긴 했지만 그녀가 나를 버린 것이라고 생각하지 않았기 때문이다. 그저 내 처지가 그렇게 만든 것이라고 잠깐 낙담하고 이를 악물고 공부했다. 공부만 했다. 행정고시에 합격하고 집안에서 주선한 자리에서 너의 고모를 만나 결혼하고 열심히 살았다. 나머지 이야기는 내가 한 것 같고."

삼촌의 말을 들으면서 그녀가 그리고 있는 그림이 떠올랐다. 하지만 우리나라 수많은 섬 중에서 이 섬을 선택한 이유가 단지 우연이었다면 그건 좀 이상하다. 삼촌은 부인하지만, 그녀는 삼촌과의 어떤 인연을 찾아서 선택한 결단이었을 것이다. 그녀는 그런 힘이 있는 여자로 보였다. 오히려 삼촌이 당황했을 것이다. 나는 그녀의 그림 이야기를 했다.

"그분의 그림이 참 좋았어요. 특히 등대와 여자가 있는 그림은 인상적이었어요."

"불빛 위에 앉아 있는 자화상이지. 그녀는 자신만을 그리는 화가다. 프리다 칼로처럼 말이다. 그녀의 그림에 나오는 모든 여자는 모두 그녀 자신이야. 그런 면이 상당히 탁월하지. 적어도 내가 보기에 그녀는 대단한 화가다. 그게 중요해. 유럽에서도 지명도가 있는 화가야. 그냥 섬에서 그림을 그리면서 소일을 하는 사람이 아니야. 아마 그녀는 적당한 시간이 되면 여길 떠날 거야. 그러길 내가 바라고 있다. 누구든 자기 자리가 있는 법이다. 여기는 잠시 그녀가 그림을 그리는 장소로 남을 거다. 여기에서 오래 버틸 수는 없어. 나도 내년에는 다른 곳으로 자리를 옮길 수도 있고 말이야."

우리들의 이야기는 숙소로 돌아와서까지 이어졌다. 나는 잠자리를 펴고 있는 삼촌에게 이야기했다.

"두 분이 같이 여기에서 있는 것이 좋을 것 같다는 생각도 들어요. 서로 적당한 거리를 유지하면서 정도 나누고 말이지요. 너무 외롭게만 지내시면 인생이 아깝잖아요."

내 말을 듣고 삼촌은 고개를 가로 저으면서 자리에 누워 말했다.

"아니, 나는 그녀와 같이 살지 않을 거다. 이런 말을 해도 될지 모르겠다만, 그래 나는 이미 성기능을 상실했기 때문이다. 이젠 별 이야기를 다 하는구나. 이젠 너도 성인이니까 이해하겠지. 그것 참 이상한 일이더라. 죽을 생각으로 술만 먹던 시절이 지나고, 다시 살아보려고 하자 성기능이 물건처럼 분실되었다. 마치 성욕을 지탱하는 심줄이 뚝 끊어져버린 느낌이다. 아마 그때 너무 혹독하게 몸을 다루어서 그런 것은 아닌지 모르겠다. 하여간 등대로 오면서부터는 그것이 전혀 움직이지 않았다. 많은 노력을 했지만 말이다. 전혀 안 움직이더라. 이제는 편안하게 받아들인다. 남자에게 그것은 의외로 중요하다. 성기능이 없는 남성과 숙모가 되었건 그녀가 되었건 살 필요는 없다. 한때 나는 의처증에 가까울 정도로 네 숙모를 감시하기도 했다. 허허. 그런 기분은 참으로 비참한 것이다."

삼촌이 고해성사에 가까운 이야기를 하는 이유를 알 수가 없었다. 고위공무원 시절에 삼촌은 과묵하고 차가운 분이었다. 지금의 모습은 마치 칼과 갑옷을 벗어 놓은 장군처럼 보였다. 아무런 무장을 하지 않고 무방비로 세상을 향해 두 팔을 펴고 있는 모습이었다. 그리고 내가 이제는 이런 이야기를 들어줄 정도로 커버렸다는 사실도 깨달았다. 삼촌이 머리를 쓰다듬어 주던 아이도, 용돈을 주던 소년도 아니었다. 나는 청년이었다. 푸른 기운이 온몸에 돋아 올라 세상을 향해 발기를 하던 욕망의 청년이었다. 삼촌은 그날 또 이상한 이야기를 해주었다.

"너 서울로 가기 전에… 섬 늑대를 찾아봐라. 이 섬에는 늑대가 살고 있다. 아무도 본 적이 없다고는 하지만 나는 분명히 보았다. 심야에 바닷가에서 낚시를 하다가 푸른 털을 가진 늑대가 산에서 내려오는 걸 봤다. 그놈의 발자국을 찾아봐라."

"섬에 늑대가 산다는 말이에요?"

"물론 나도 들어본 적이 없다. 여기가 제주도처럼 큰 섬도 아니고 말이야. 겨우 중학교 운동장만 한 이 섬에 늑대가 산다니 믿어지지 않아. 누군가 방목을 한 것 같다는 생각도 들었지만, 그럴 이유가 없지. 하긴 이유가 없는 일들이 어디 한둘이냐. 세상은 눈에 보이지 않는 것들로 가득하다. 그리고 그것이 우리를 움직인다. 그놈을 꼭 찾아봐라."

"예, 그런데 그게 혹시 개가 아닐까요. 육지에서 누군가 놓고 간 큰 개일 수도 있잖아요."

"어, 그래. 그럴 수도 있겠구나. 인디언들이 이야기하는 개와 늑대의 시간? 그런 개념이 아니야. 그런데 내가 그놈을 본 것은 심야였다. 그 형태만 봤는데 개가 그렇게 보일 수도 있겠구나. 하늘에서 가장 빛나는 별인 시리우스를 왜 우리나라에서는 늑대별이라고 했는지 이해가 되더라. 안광이 뿜어 나오는데 등대 불빛보다 밝게 보였다. 개라고…. 아니야, 아니야…. 그놈은 분명히 늑대였다. 늑대의 눈은 개의 눈과 다르다. 푸른 눈이 살기에 가득 차서 빛나고 있었어. 개는 그런 눈을 가질 수 없다. 그건 분명히 늑대였다."

삼촌은 늑대 이야기를 하고는 이내 잠이 들었다. 피곤한 삼촌의 얼굴을 보면서 생각했다. 늑대가 섬에 산다는 것은 있을 수 없는 일이다. 삼촌이 뭔가 허상을 본 것이 분명하다. 결론적으로 섬에서 나는 늑대를 찾지 못했다. 하지만 다음 날, 백사장에서 늑대 발자국을 발견하고 그것을 쫓아갔던 기억이 났다. 우리나라에는 포유류 동물 중에서 개과에 속하는 개, 너구리, 여우, 승냥이에 대한 기록은 있으나, 현재 흔히 볼 수 있는 것은 개와 너구리뿐이다. 남한에서는 1970년대 이후에는 발견되지 않고 있다.

우리나라의 어느 곳에도 늑대가 살아 있을 확률은 거의 제로에 가깝다. 그 야생 짐승을 서해의 고도 어청도에서 봤다고 하는 삼촌의 말은 그냥 믿을 수는 없는 일이었다. 하지만 다음 날 일몰 시간 즈음에 나는 분명히 늑대의 울음소리를 들었고, 짐승의 발자국을 보았다. 늑대와 개의 발자국은 매우 비슷하지만 늑대의 발볼이 상대적으로 아래에 위치하여 늑대 발자국이 좀 더 갸름해 보인다. 부지런히 셔터를 눌러 백사장에서 산기슭으로 올라간 부드럽고 축축한 흙에 찍힌 늑대 발자국을 찍었다. 늑대는 앞발이 통통하고 뒷발은 앞발보다 조금 더 갸름하다. 나영은 그때의 기억을 떠올리고 얼마 전에 나에게 섬 늑대 이야기를 한 것이었다. 그녀는 그때 겁에 질려 있었지만, 경이로운 눈으로 세상을 보고 있었다. 이제 그녀가 만나게 될 가혹한 세상의 발자국을 그때 본 것인지도 모른다. 그래 그런 것이다.

그리고 그날 삼촌에게서 나는 타자기 소녀가 말한 시리우스라는 별에 대한 이야기를 들었다. 늑대별, 그 별에 대한 이야기는 아주 오래된 이야기이다. 그걸 타자기 소녀가 나에게 이름 지어주었다.

우리는 섬에서 사흘 동안 머물렀다. 하루만 머물 예정이었지만 바다 날씨가 변덕을 부리는 바람에 배가 나가지 못했다. 바다에서는 흔한 일이다. 갑자기 섬으로 몰아치는 폭풍우는 사나운 짐승의 발톱처럼 날카로웠다. 숙소에서 짐을 챙기다 말고 나는 천둥소리에 놀라 창문을 열어보았다. 등탑을 중심으로 등대원들은 분주하게 움직였다. 마을은 납작 엎드린 난쟁이처럼 보였다. 이런 날씨에 바다에서 가장 필요한 안전 장치가 바로 등대이기도 하다.

모든 배들이 접안지에 꽁꽁 묶여 있었다. 아무리 급한 일이 있어도 섬에서 나갈 수도 없는 상태였다. 하지만 나영은 전혀 불안한 기색이 없었다. 그사이에 나영은 화가와 더 가까워진 모양이었다. 서로 전화번호를 주고받고 다음에 만나자는 약속을 했다고 한다. 우리는 이틀을 더 섬에서 보내고서야 배를 타고 나올 수 있었다.

나는 그때 보았다. 어청도를 떠나면서 일몰을 배경으로 늑대가 우뚝 솟아 있었다. 산 중턱에 가파르게 기대어 서서 바다를 바라보고 있는 외로운 짐승이 있었다. 바로 섬 늑대였다. 그 녀석을 발견하고 화들짝 놀라 내 어깨에 기대 눈을 감고 있던 나영의 어깨를 흔들어 깨웠다.

"나영아, 저기 좀 봐, 늑대다."

"정말요? 어디요?"

나영이 고개를 들자, 녀석은 슬그머니 자취를 감추었고 석양이 바다로 떨어져 사라지고 있었다. 나는 녀석이 사라진 자리에서 눈을 뗄 수가 없었다. 나영은 다시 눈을 감고 내 어깨에 얼굴을 기대면서 말했다.

"오빠…. 화가 언니가 말하기를 섬에 있으면 환상이 보이곤 한대요. 그것을 그림으로 그리고 있다고 하더라고요. 등대 불빛에 앉아 있는 여자도 어느 날 본 환상이라면서요. 그것이 아주 구체적으로 보였고, 손을 뻗으면 만질 수 있을 거리에 있었다고 했어요. 뭐든 생각이 깊으면 사람의 눈에 보이는 법이라고 하면서요. 오빠는 내가 알 수 없는 깊은 상처가 있어서 그 기억이 만들어낸 짐승의 형태가 있을 것 같아요. 늑대라…. 아주 적당한 동물 같았어요. 그걸 아마 본 것이 아닐까 싶어요. 마치 화가가 상상력으로 그림을 그리듯이 말이에요. 그림으로 사유한다는 말처럼 오빠는 지금 고통의 형태를 구체적인 짐승으로 만들어낸 것이 아닐까…. 오빠는 전공보다는 지금 동물들의 세계에 빠져 있으니까. 오빠가 감당할 수 있는 짐승이 보일 거예요. 그래요. 다시 생각해도 늑대가 적당할 것 같아요. 호랑이나 사자는 왠지 감당이 안 될 것 같아요. 만약에 오빠가 호랑이라고 한다면 섬과 어울리지 않아요. 호랑이가 있다면 누구라도 금방 그 사실을 알겠지만, 개보다 조금 큰 늑대라면 어딘가에 숨어 있을 수도 있잖아요. 오빠, 환상은 섬에서 떠나면 금방 사라진대

요. 이제부터 펼쳐지는 세상이 무섭고 바쁘고 각박하니까. 늑대보다
더 무서운 일들이 도사리고 있으니까 말이지요. 아, 섬이 점점 멀어지
고 있네요. 지난 며칠을 평생 잊지 못할 것 같아요. 정말, 신비한 섬
이에요. 나중에 우리 또 같이 와요."

나영은 무척 피곤한 모양이었다. 마치 잠꼬대를 하듯이 말했다.
나는 나영의 손을 잡고 힘을 주면서 말했다.

"그래, 그러자, 또 새들을 보러 오자."

나영이 내 품을 고양이처럼 파고들면서 말한다.

"약속해요."

"그래, 약속할게."

나영은 내 손을 잡고 다시 눈을 감았다. 물끄러미 그녀를 내려다
보았다. 그녀의 말대로 지난 며칠은 신비한 경험이었다. 우리 두
사람에게는 평생 잊을 수 없는 일이기도 하다. 우선 소녀처럼 여겼
던 나영이라는 한 여자의 모습을 자세히 볼 수 있었다. 학교에서는
보지 못했던 그녀의 진짜 모습이라고 할까. 무엇보다 화가가 모델
로 삼을 만큼 아름다운 여자였다.

화가는 그녀가 막 피어난 꽃보다 아름답다고 했다. 폭풍우 때문
에 이틀을 더 머물면서 나영은 화가의 방에 오랫동안 머물러 있었
다. 그때 화가는 나영의 누드화를 그렸다. 그 그림이 지금은 어디에
있을까? 내가 혹시 그 섬에 살았던 늑대가 아니었을까? 사무실을
다시 서성거리면서 그녀와의 약속을 지키지 않았다는 사실을 깨달

았다. 아무런 의미 없이 던진 약속들이 내 인생에 짐승을 잡는 덫처럼 놓여 있었다. 잠시 생각을 쉬면서 담배를 뽑아드는데, 사무실에 있던 타자기 소녀는 어디론가 가고 없었다. 탁자 위에 메모지가 보였다.

"아저씨, 갑자기 급한 일이 생겨서 먼저 가요. 아니, '먼저 가요.'란 말이 우습네요. 하여간 저 가요. 아저씨가 점점 좋아지는 것 같아요. 다시 또 올게요. 그땐 제가 누구인지 알 수 있을 겁니다. 그럼 생각 계속하세요. 이 세상에서 가장 소중한 사람이 누구인지 말이에요. 저도 그중에 하나였으면 좋겠네요."

17 개
와
늑대의 시간

"섬 날씨는 정말 알 수가 없다니까. 여자들 마음이 이런가 싶기도 하고. 나영이는 아직 화가 집에 있나? 날이 사나우니까 거기서 쉬라고 하든지. 오늘 같은 날 삼촌은 바쁘니까 말이야. 오늘은 잠을 잘 수 없을 것 같다. 삼촌 기다리지 말고 먼저 자라."

삼촌은 폭풍우 속에서 분주하게 움직였다. 모든 등대원들이 등대 사무실에 모여 대책 회의를 하면서 긴장을 늦추지 않았다. 나영은 나와 같이 저녁을 먹고 화가의 집으로 올라갔다. 금방 다녀오겠다더니 시간이 걸린다. 혹시 빗길에 사고라도…. 나는 따로 할 일이 없고 걱정도 되어서 나영을 불러 이야기라도 나눌 참이었다. 거실에 있는 비옷을 갖춰 입었다. 우산 따위를 들고 가릴 수 있는 빗줄기가 아니었다.

폭우로 질척거리는 돌담길로 이어진 오르막길을 오르자 화가의 작업실 창문이 보였다. 불빛이 새어나오는 것으로 보아, 화실에 두 사람이 있다고 생각한 나는 창문 가까이에 가서 주먹을 쥐고 손기척을 하려다가 손길을 멈추었다. 번쩍 하고 하늘을 가르는 번개가 지나가고 천둥소리가 가까이 들렸다. 나는 깜짝 놀랐다. 섬을 에워싸고 있는 광풍 속에서 믿어지지 않는 풍경이 창문을 통해 그림처럼 보였다. 벌거벗은 나영의 뒷모습과 화가의 전신이 교차해서 보였다. 빗물이 흘러내리는 창문에 손바닥을 대고 문질러가면서 그녀들을 보았다.

화가는 스케치를 하다가 어떤 색감이 떠올랐는지, 붓을 들고 나영에게 다가갔다. 막 찍어낸 유화 물감이 바닥에 떨어진다. 그녀는 실오라기 한 올 걸치지 않았다. 번쩍거리면서 바다 한가운데 번개가 또 떨어졌다. 무엇인가 비현실적인 것을 보는 것 같았다. 하지만 그녀가 움직이는 순간마다 가는 몸에 비해 풍만한 가슴이 출렁거리면서 단단하게 올라붙어 있었다. 크고 단단한 유방이었다. 그 풍만한 가슴에 검붉홍색의 유두가 역시 단단하게 솟아올라 있었다. 그녀는 삼십 대 중반의 여인이었지만 완성된 조각품 같은 몸을 가지고 있었다. 맑고 부드러운 피부가 감싼 육감적인 살덩어리들이 적당한 크기로 잘 익은 과일 같았다.

화가가 일어나 움직이는데 배꼽 아래로 가지런한 그녀의 체모가 낱낱이 보였다. 그녀의 앞에 있는 나영의 엉덩이와 잘록한 허리와 몸매는 그녀의 앞모습과 대비되고 있었다. 화가는 나영의 어깨를 잡고 창문 쪽으로 비스듬히 기울여놓고는 다시 의자로 돌아갔다. 그녀의 옆얼굴과 이어지는 목선과 긴 머리카락이 반쯤 덮은 유방이 출렁거렸다. 화가는 나영의 가슴에 물감을 찍은 붓을 대고는 길게 선을 그렸다. 나영이 꿈틀거리는 모습이 보였다. 붓길이 사내의 섬세한 손길처럼 나영의 가슴을 더듬는 것처럼 보인다. 나영이 나른하게 몸을 비튼다. 나영에게 저런 모습이 있었던가?

그녀는 다시 이젤로 가서는 스케치를 하다가 붓을 들고 그녀의 주위를 천천히 돌았다. 그녀가 창문 가까이 다가왔다. 나는 몸을 숨길 생각을 하지도 못했다. 빗방울이 쏟아지는 창문에 그녀의 눈동자가 보였다. 내 눈동자와 마주쳤다. 나는 고개를 숙여 창 아래로 몸을 눕혔다. 쏟아지는 빗줄기가 비옷을 거칠게 헤집고 들어왔다. 늦가을 차가운 빗방울도 불타오르는 몸의 화기를 식힐 수는 없었다. 화가는 내 얼굴이 사라진 창문을 바라보다가 희미하게 미소를 짓고는 다시 의자에 앉아 스케치를 하기 시작했다.

나는 비바람에 휘청거리면서 다시 숙소로 돌아왔다. 비에 완전히 젖은 비옷을 벗어 욕실에 던져놓고는 축축하게 젖은 속옷을 갈아입었다. 화가는 매우 육감적인 여성이었다. 남성의 손길을 끌어당기는 치명적인 몸을 가지고 있었다.

그녀의 몸을 만지는 상상을 하고는 두 눈을 꾹 감아버렸다. 나는 자리에서 벌떡 일어나 배낭에서 가지고 온 책을 펼쳐 들었다. 이반 투르게네프의 《첫사랑》이었다. 주인공의 아버지가 죽어가면서 유언으로 남긴 말이 인상적이었다. '아들아 여자의 사랑을 두려워하라. 그 행복, 그 독을 두려워하라.'라는 문장을 읽었다. 페이지를 넘겨 아버지가 죽어가는 장면을 읽다가 옆으로 던져버리고는 두 팔을 벌리고 누웠다가, 다시 일어나 방 안을 서성거렸다. 숙소의 벽에 있는 전신거울 앞에 섰다. 바지 위로 우뚝 솟은 몸을 거울을 통해 바라보았다. 그때 탁자 위에 있는 전화기에 벨소리가 요란하게 울렸다. 나는 반사적으로 몸을 움직여 수화기를 들었다. 그녀의 목소리가 들렸다. 가슴이 터져버릴 것 같았다.

"나영 학생이 지금 여기에 있는데 비가 많이 오네요. 사실은 내가 나영 학생에게 모델이 되어달라고 부탁을 했거든요. 오랜만에 영감이 떠올라서 말이야. 시간이 조금 걸릴 것 같아요. 학생도 여기 빈 방이 있으니 오늘은 여기에서 지내는 것도 괜찮지 않을까 해서요. 가까운 거리니까, 오고 싶으면 와서 하룻밤 지내고 가요. 숙박비는 받지 않을 테니까. 두 사람이 이런 곳에서 같이 있으면 좋은 추억이 되지 않을까 해서."

나는 애써 침착한 목소리로 전화를 받았다.

"그래서 나영이 늦는군요. 안 그래도 전화를 드리려고 했는데."

"그래요. 걱정할까봐 전화를 했어요. 비가 너무 와서."

"고맙습니다. 그럼 제가 잠시 가도 될까요."

"그래요. 그런데 화실로 바로 오지 마시고 거실 옆에 있는 빈방에서 잠시 기다려 주세요. 그럼 그릴 때 집중하는 버릇이 있어서."

"예, 잠시 후에 출발하겠습니다."

그녀는 내가 화실을 훔쳐보았던 사실을 정말 모르는 것일까? 조금 전에 돌아왔던 길을 다시 올라가면서 지금 내가 누구에게 가는 것인지 잠시 혼란스러웠다. 나영에게 가는 것인가, 화가에게 가는 것인가? 그때 누군가 나의 뒤를 쫓아오는 느낌이 들어 고개를 돌려보았다. 쏟아지는 빗줄기에 나뭇가지가 심하게 흔들리고 있었다. 아무도 보이지 않았다. 왠지 오싹한 기분이 들긴 했지만, 다시 발걸음을 옮겼다. 그때 산언덕 쪽에서 안광을 빛내면서 늑대가 나를 노려보고 있었다. 나는 덫에 걸린 짐승처럼 꼼짝을 할 수가 없었다. 늑대는 바로 지척에서 나를 향해 으르렁거리더니 다시 언덕을 넘어 어딘가로 사라져버렸다. 늑대가 사라지자 나는 그 자리에 무너지듯이 주저앉았다. 그리고 잠시 후 크게 웃음을 터트렸다.

"하하하. 이 늑대 새끼야. 하하하."

오랜 시간이 지났지만 폭풍우 속에 언덕에서 나를 내려다보던 늑대와 화실의 분위기와 풍경을 잊을 수가 없었다. 그것은 밤과 낮처럼 극명하게 대비되는 풍경이었다. 그 이후에도 가끔 그녀 생각을 하면서 가볍게 흥분을 하곤 했다. 여성의 관능미였다. 두 여자의 누드가 두둥실 떠오른 구름이거나, 한없이 넓게 펼쳐진 바다에 솟아

오른 섬처럼 보였다. 그것은 폭풍우처럼 걷잡을 수 없는 기묘한 감정의 바다 위에 있었다.

그날 밤, 화실에 도착한 나는 그녀의 말대로 방에서 잠시 그녀를 기다렸다. 작업을 마친 나영과 화가가 화실에서 나오는 모습을 보곤 안도의 한숨을 내쉬었다. 그녀가 어디론가 사라져버릴지도 모른다는 불안감이 들었다. 화가가 그녀를 화폭에 가두어버릴지도 모른다는 터무니없는 생각도 들었다. 화가는 마녀처럼 보였는데, 그 마성이 매력적이었다. 동시에 나영에게 불안감을 느낀다는 감정은 바로 사랑이었다.

화가와 나영에게 동시에 욕정을 느끼자 나영에게 큰 죄를 지은 것 같아 부끄러웠다. 할 수만 있다면 두 여자를 동시에 거칠게 범하고 싶었다. 섬에 숨어 있는 늑대 한 마리가 어슬렁거리고 있었다.

"언제 왔어요. 이렇게 미친 듯이 비가 내리니 춥지요. 겨울이 오기 전에 꼭 이런 비가 와요. 이 섬의 계절 인사 같기도 하고. 잠시만, 감기라도 걸리면 안 되지. 잠깐 여기 있어요. 나영이는 지금 누드 상태니까 여기서 신사답게 기다려줄 수 있지요. 조금만 기다리면 되니까."

내가 비에 젖어 있는 모습을 보고 화가는 뜨거운 차를 내오면서 말했다. 나는 화실 쪽을 보고 큰 목소리로 나영을 불렀다.

"나영아, 지금 모델을 하고 있는 거야?"

그녀의 목소리가 화실에서 들려왔다.

"아, 오빠 왔구나. 그림 속에 사람이 된다는 기분이 어떤 건지 알겠어. 오빠 말대로, 처음 하는 것들이 많이 생기네요."

"그래, 그럼 오빤 여기 잠깐 있을게."

"그래요. 오빠 훔쳐보면 안 돼요."

그녀의 이야기를 듣고 화가가 웃었다.

"멋진 그림이 될 거야. 아직 나영이 몸을 보지 못했어요?"

화가는 찻잔을 입술에 대고 나지막히 말했다. 나는 얼굴을 붉혔다. 그녀의 도톰한 입술에 가로로 가는 선들이 보였다. 자세히 보면 뭔가를 금방 물어버릴 것처럼 육감적인 입술이었다.

화가는 입고 벗기 편한 원피스를 입고 있었지만 조금 전에 빗물이 흐르는 창으로 잠시 보았던 알몸이 연상되었다. 그녀는 용광로를 몸속에 품고 있는 위험한 여자처럼 보였다. 뜨겁고도 강인한 에너지가 느껴졌다. 아마, 저게 아닐까 싶었다. 저 강렬한 에너지, 화가에게 그 기운이 없다면 서해의 중앙에 있는 고도의 섬에서 견딜 수 없었을 것이다. 하지만 그녀는 삼촌이 사랑하는 여인이었다.

그들의 불완전한 사랑의 깊이를 나는 짐작할 수도 없었다. 다만 저런 여성을 보고도 성기능이 죽어 있다면 이젠 남성으로서 회복이 불가능한 상태로 여겨졌다. 그런 생각이 들자, 내가 무슨 생각을 하는 것인가 싶어 얼굴이 화끈거렸다. 섬의 밀폐된 공간은 도덕적으로 사람을 무장해제 시킨다. 어떤 짓을 저질러도 바다는 용서할 것 같았다. 삼촌의 여자를 넘보는 마음이 치욕스러웠지만 그것이 바로 욕망의 맨얼굴이었다. 갑자기 섬에 휘몰아친 광풍처럼 말이다. 날씨는 사람의 마음을 닮았다. 언제 어떻게 변할지 알 수가 없다.

더운 차를 한 잔 다 마시고 나자, 찻잔을 다시 채워주면서 화가
가 말했다.

"아무리 두 사람이 친해도… 아직 남녀가 유별하니 오늘은 나영
학생을 내 방에서 재워야겠지요."

"그래요. 저는 조금 있다 숙소로 돌아가지요."

"뭘 번거롭게 또 왔다 갔다 해요. 그냥 여기에서 하룻밤 보내도
돼요. 이렇게 비가 오는데 이런 방에서 지내는 것도 좋은 경험이
될 거예요. 옆방에서는 여자가 그림을 그리고 있고 말이지요. 그냥
있어요."

그 말이 툭 걸렸다. 나는 화실에 있는 나영을 의식하고 있었다.
나영은 우리의 대화를 듣지 못할 것이다. 화가와 나는 어느새 비밀
을 공유하는 사이가 되었다. 화가는 내 눈치를 보더니 살짝 상기된
표정으로 다시 말했다.

"서문 학생은 이 화실에서 자요. 여기에서 등대를 보는 것도 좋
아요. 이런 날에 밤바다에서 항해를 하는 배들도 있을 거예요. 기상
변화는 예측을 벗어나는 일이니까. 사람들도 그런 경우를 당하곤
하지요. 특히 젊은 시절에는 말이에요. 폭풍우 치는 밤바다에 떠 있
는 조각배의 어부 같다고나 할까, 그래서 우리는 등대를 찾아가는
것이기도 하지요. 사랑만이 그 모든 것을 품어주니까 말이에요. 여
자의 몸은 가끔 바다처럼 격정적으로 움직일 때가 있어요."

마치 자신의 심리적인 상태를 말하는 것 같았다. 나는 얼굴이 화끈 달아올랐다. 화가와 나는 잠시 서로를 바라보았다. 서로의 시선을 피하지 않았다. 나는 그녀를 똑바로 보면서 말했다.

"고맙습니다. 그런데 그림은 언제쯤 완성이 될까요."

"이제 전체적인 스케치를 했으니까 몇 달은 걸리겠지요. 경우에 따라서는 몇 년이 될 수도 있어요. 그건 잘 모르겠어요. 하여간 나영 학생의 모습을 잘 담았으니까. 이젠 내 창작의 단계로 넘어온 거지요. 참 예쁜 몸을 가지고 있어요."

나는 그때 나영의 몸을 정확하게 보지 못했다. 화가의 몸이 압도적으로 다가왔기 때문이었다. 풍만한 가슴이 파도처럼 넘실대는 모습이 떠올랐다. 여성의 관능미를 이토록 강렬하게 느낀 적이 없었다. 연상의 여인이었지만 인간의 벌거벗은 몸은 나이테가 없었다. 나는 심한 욕정을 느꼈다. 이러한 혼돈이 빛과 어둠이 교차하면서 대지가 잠들어가는 시간에 나타난다는 늑대와 개의 시간이 아니던가.

"그림이 완성되면 연락할 테니 두 사람 꼭 같이 와요. 아마 올해 안으로는 될 것 같아. 혹시 모르니까 학생 연락처도 하나 남겨줘요. 두 학생 또 보고 싶은 사람들이야. 곁에 두고 자주 보고 싶은 이웃 같은 사람들인데 금방 가고 마네. 이것도 인연이라면 큰 인연이지."

잠시 거센 빗줄기가 줄어들면서 파도 소리가 적막한 주위를 감싸 돌았다. 바다가 마당으로 밀려온 것처럼 파도 소리가 가깝게 들렸다. 그녀의 화첩 한구석에 전화번호를 적어주었다. 사각거리는 만년필의 촉감이 스며든다. 사위가 조용했다. 그때 방에서 나영이 기침 소리를 내면서 화가를 불렀다. 화가는 번호를 확인하고는 방을 옮겼다.

그녀는 감기 몸살에 걸렸다. 피곤한 여행길과 바닷바람, 그리고 숙면을 취하지 못한 이틀 동안 그녀는 힘이 들었을 것이다. 그리고 누드 모델이 되어 알몸으로 장시간 화실에 있었으니 몸에 한기가 스며들었다. 화가는 나영의 이마를 짚어보고는 서둘러 뜨거운 생강차를 준비하고 있었다. 생강과 계피로 만든 차를 끓이고 자신의 침실에 있는 벽난로를 지폈다. 장작이 타오르는 소리를 들으면서 그녀를 침실에 눕혔다. 화가는 나영의 이마에 찬 수건을 덮어주면서 말했다.

"잠자는 모습이 꼭 아가 같구나. 섬 바람은 육지보다 더 찬 법인데. 내가 미안하네. 모델이 돼달라고 해서. 그림이 완성되면 우리 아가씨에게 줄게. 선물이 되었으면 좋겠어."

나영이 고개를 가로저으면서 나를 보며 말했다.

"괜찮아요. 금방 일어날 거예요. 워낙 감기에 잘 걸려요. 오빠. 미안해요. 여행 와서 이게 뭐야. 아파 누워 다른 사람에게 폐만 끼치고. 그림은 안 주셔도 돼요. 선생님 작품인데요. 아파서 미안해요."

"아니, 잠을 좀 푹 자면 좋아질 거예요. 내가 미안해요."

그날 새벽이 될 때까지 그녀의 곁을 지켰다. 나영은 갑자기 너무나 많은 일을 겪었다. 새벽까지 나는 졸고 깨기를 반복했다. 화가는 밤을 새워 그림을 그리고 있었다. 가끔씩 거실로 나오는 인기척 소리가 들릴 때마다 잔뜩 긴장이 되었다. 나영은 이미 깊은 잠에 들었고, 우리 두 사람만이 깨어 있었다. 나는 어느 순간 까마득히 잠들었다.

화가는 조용히 방문을 열고 들어와 담요로 내 어깨를 덮어주었다. 어깨와 목을 감싸주고 가만히 나를 들여다보고 있는 그녀는 페르시안 고양이처럼 조용했다. 그녀의 숨소리를 느낄 수 있었다. 눈을 감은 채 조용히 말했다.

"선생은… 모델을 쓰지 않는다고 들었습니다."

왜 그녀가 나영의 누드를 그리고 싶어 했는지 그것이 궁금했다. 그녀는 내 옆에 쪼그리고 앉았다. 그녀는 내 머리카락을 쓰다듬으면서 귀에 입술을 대고 속삭였다.

"첫사랑을 하고 있는 여자의 온전한 모습을 보고 싶었어. 나영은 내가 예전에 잃어버린 감정을 고스란히 가지고 있는 여자로 보였기 때문이지. 나영에게는 섬처럼 고요한 구석이 있어. 그것이 그녀가 살아가는 데 힘들지 않을까 하는 걱정이 들 정도로. 너무 순하고 착한 여자야. 그리고 나의 이야기를 삼촌에게 들은 모양이지. 그럼 우리 관계도 알고 있겠구나. 넌 참 귀여운 구석이 있다."

"나중에 저의 모델이 되어주세요. 새처럼 정확하게 지금의 모습을 담아드리겠습니다."

"아니, 정말 그러고 싶다면 지금 찍어…. 나중은 없는 거야. 섬에 살면서 나중을 기약할 수 있는 건 죽음밖에 없어. 조용히 화실로 카메라를 들고 와, 아까 본 모습을 자세히 봐."

그녀의 입술이 귀에 닿았다. 붉게 영글어진 살덩어리 사이로 뜨거운 입김이 귓속으로 빨려 들어왔다. 나는 그녀가 조용히 사라진 후, 천천히 눈을 뜨고 그녀의 화실을 바라보았다. 화실의 문은 조금 열려 있었다. 떨리는 손으로 카메라를 들고 한 여인에게 다가가고 있었다.

섬에 나타난 늑대를 찍는 기분이 들었다. 늑대가 그 섬에 있을 이유는 아무것도 없다. 하지만 화실에 오는 동안 늑대를 보았다. 진정한 삶이란 언제나 그림처럼 그려지는 어떤 것이라고 그녀가 말했다. 화가와의 만남을 통해 늑대가 왜 나타나야 하는지 그 이유를 알 것도 같았다. 그것이 왜 거기에 있는지 이해하기 힘든 것, 그것이 삶이기 때문이다.

삶의 눈으로 본다면 죽음처럼 아이러니한 것이 없다. 죽음을 삶으로 받아들이는 순간 삶이 풍요로워진다. 그녀의 육체를 통해 자연스럽게 발현되는 욕망 역시 어떤 탄생의 조짐이 아니었을까. 이것이 죽음일지라도 받아들여야 한다. 그래서 이야기는 이어진다. 그 순간 화가는 나의 완벽한 모델이 되어주었다. 어두운 화실에서 여인의 관능적인 육체를 향해 내 카메라의 플래시가 퍽퍽 터지고 있었다. 그것은 마치 바다 위에 떨어지는 번개처럼 보였다.

내가 수술 도중에 일종의 환각 상태에서 보았던 책의 '안티 카메라'

에 걸려 있던 누드 작품들 중에 그녀의 사진도 거기에 있었다. 내 무의식 속에 남아 있는 관능적인 여인. 그녀 역시 내 청춘의 늑대였다.

섬에서 돌아온 후, 나영은 더 심한 몸살을 앓았다. 온몸이 불덩어리처럼 뜨겁게 달아올라 금방이라도 터져버릴 것 같았다. 나는 서둘러 그녀를 병원에 입원시켰다. 병상에서 바들거리면서 떨고 있는 모습이 온몸에 상처가 난 작은 강아지 같았다. 심지어 그녀는 헛소리까지 하면서 고통스러워했다. 곁에서 지켜보면서 그녀가 안쓰러워 견딜 수가 없었다.

결국 큰 고비를 넘긴 그녀는 고향으로 요양을 하기 위해 내려갔다. 그때 학과 조교 남궁민이 그녀의 학점 처리를 도와주었다. 그때부터 남궁민은 나영에게 유독 관심을 보였다. 그녀를 쳐다보는 남궁민의 시선이 눈에 거슬렸다. 술집 풍뎅이에서 남궁민은 나영에 대한 이야기를 꺼냈다. 그의 말에 바짝 신경이 쓰였다.

"아, 우리 과에 나영이 있잖아. 그 아이가 요즘 아파서 집에 잠시 내려갔는데, 어딜 다녀온 것인지 분위기가 참 많이 바뀌었더라고."

남궁민이 막걸리 잔을 비우고 말했다.

"그래, 어떻게?"

"뭐랄까? 설명하기는 좀 곤란한데, 하여간 굉장히 매력적이야. 신입생 때는 마냥 어린아이로 보였는데 일 년 사이에 성숙해진 것 같아. 여자가 되었다고나 할까?"

"그렇구나. 그래서 한번 사귀어보려고?"

"잘 모르겠는데, 요즘엔 마음이 자꾸 가네. 혹시 두 사람 사이에 내가 끼어드는 건가?"

"우리도 별 사이 아니야."

"그래, 그것 참 다행이네."

그때 나는 나영과의 관계에 대해서 말하지 못했다. 사실 나는 당시 섬에서 만난 화가에게 빠져 있었고, 나영과의 애정은 애매모호한 구석이 있기 때문이었다. 그날 남궁민은 과음을 했다. 새벽 세 시까지 술을 마시고 골목길에 구토를 하고 들어와서 계속 술을 마셨다. 평소에 남궁민처럼 보이지 않았다. 자신의 감정을 잘 드러내지 않는 친구인데 그날은 달랐다. 두 사람은 나중에 결혼을 하게 되었는데, 아마 그때부터 남궁민은 나영에게 접근을 한 것 같았다. 하지만 그녀는 흔들리지 않았다. 그건 내가 잘 알고 있었다.

그녀가 고향으로 내려간 몇 주간 동안 난 죄를 지은 것 같아 초조하게 그녀를 기다렸다. 심야에 그녀와 통화를 했다. 그녀가 많이 회복하고 있다는 사실이 고마웠다. 돌이켜 생각하니 나영은 그때 성장통을 겪고 있었던 것 같다. 나 역시 마찬가지였다. 친구에서 순식간에 연적으로 등장한 남궁민에 대한 생각은 금방 잊었다. 나영이 그에게 전혀 관심을 두지 않았기 때문이다. 하지만 나는 나영에게 확실하게 내 입장을 말하지 못했다. 그것은 이상한 감정이었다. 그녀에게 쉽게 다가갈 수가 없었다. 항상 일정한 거리를 유지하고 있었다. 나영은 나에 대해서 어떤 생각을 가지고 있었을까. 거기까지는 생각하지 못했다. 그 시절엔 방황하는 청춘의 돛을 달고 거친 바다를 항해하는 심경으로 살았다. 그다음 해 화가는 나의 아내가 되기 위한 수순을 밟고 있었다. 그녀는 섬에서 육지로 옮겨와 나와 동거를 했다. 그리고 우리는 결혼을 했다.

18 고
래
자
리
의

오메가성

  아내의 기일이다. 매년 돌아오는 이날이 되면, 내가 한 사람에
대해 알고 있는 유일한 사실이 그가 죽은 사람이라는 사실을 확인
한다. 아내와의 만남이 어떤 의미를 가지고 있는지는 중요하지 않
았다. 타인의 눈으로 보기에 우리의 만남은 격정적으로 지나가는
사랑이라고 생각할 수도 있을 것이다. 하지만 어른들의 말처럼 부
부의 연은 따로 있는 것 같다는 생각도 든다. 탁상 달력에 한 기일
메모를 펜으로 지웠다.
  아내와 결혼한 가장 큰 이유는 마술과도 같은 경험 때문이었다.
열정이 불타고 있는 자리에서 나는 그녀의 그림을 보았다. 그것은
예술가만이 보여줄 수 있는 일종의 마술이었다. 한순간에 사람의

영혼을 휘어잡아버리는 그녀의 그림을 보면서 나는 결혼하고 싶다는 말을 했다. 아내는 나와 결혼을 하겠다는 결정을 내리는 데 주저하지 않았다. 나 역시 마음이 변하지 않았다.

다만 나영의 일이 마음에 걸렸지만, 청춘의 사랑은 지나가면 잊을 것이라고 자신을 위안했다. 그만큼 아내의 존재는 나를 압도했다. 주위의 걱정과 반대를 무릅쓰고 한 결혼이었다. 삼촌은 내 이야기를 듣고 "그 녀석 참⋯."이라고 하시면서 혀를 차시곤 그저 희미하게 웃기만 했다. 그리고 우리의 결혼을 지켜본 후, 어청도에서 남해의 섬으로 근무지를 옮겼다. "이제는 따뜻한 곳에서 일하고 싶구나."라는 말을 남겼다. 우리는 한동안 어청도에서 지내다가 분당으로 주거지를 바꾸었다. 아내가 임신을 해서 조금 더 안락한 장소로 집을 옮긴 날, 아내는 삼청동에 있는 갤러리에 잠시 일을 보기 위해 자동차에 올랐다. 그때 우리는 이런 마지막 대화를 나눴다.

나는 임신 중인 아내가 걱정이 되었다.

"내가 운전할까?"

"서방님은 내일 답사를 가야 하니까 좀 쉬어. 금방 다녀올 거야."

"왠지 불안해서 말이야. 당신은 어디든 빠르게 가려고 하잖아."

"그래서 내가 서문을 잡았잖아. 걱정하지 마. 이제는 천천히 운전할 수 있어. 당신이 있으니까 거짓말처럼 마음이 차분해져. 우리의 섹스가 좋아서 그런가⋯. 농담이야. 하지만 그런 면도 있을 거야. 그런데 말이야. 어제 갑자기 자기 예전 여자 친구 생각이 나더라. 그 아이에게 정말 미안하다는 생각이 들었어. 내가 그런 생각을 잘 안 하는 스타일인데 아이를 가지니까, 정말 여자가 된 것 같기도 하고. 그 그림… 말이야. 나영이를 모델로 한 그림. 아직도 완성을 하지 못했어. 포기하고 싶다는 생각도 들고."

"쓸데없는 소리. 당신에게 미완성은 어울리지 않아요. 완성할 수 있을 거야. 괜한 걱정하지 말고, 어서 다녀와요."

"그래. 금방 다녀올게. 당신이 있어서 정말 좋아. 이런 감정이 오래 갔으면 좋겠어. 내가 잘할게."

"나도 그래."

아무리 천천히 운전을 해도 사고는 나는 법이다. 졸음운전을 하던 대형 트럭이 아내의 벤츠를 덮쳤고, 아내는 그 자리에서 즉사했다. 나에게 도로는 묘지로 가는 길목처럼 여겨진다. 아내와 사별을 하고 만난 사진가인 서정희도 도로 위에서 죽었다. 가끔 운전을 하다가 '사망사고가 난 지점'이라는 표지를 보곤 한다. 그땐 가슴이 철렁하고 가끔은 현기증을 느낀다.

아내의 유품을 정리하면서 나는 미완성의 그림을 발견했다. 어청도에서 나영을 모델로 한 그림임에 분명했다. 화폭에 나영은 없었다. 다만 그 자리에 내가 있었다. 그녀는 나영을 보면서 나를 그린 것이다. 나영에게 했던 행위들은 모두 나영을 통해 그녀를 투영한 광기였던 것이다. 화가에게 모델이란 무엇일까? 그것은 다만 그리고자 하는 형상의 촉매일 따름인 것인가. 아내가 그림을 완성하지 못하겠다고 한 이유도 짐작이 된다. 그녀는 나영에게 죄책감을 가지고 있었던 것이다.

결혼 생활을 일 년 남짓했으니 이제는 아주 오래된 일처럼 여겨질 만도 한데, 그게 그렇지가 않다. 수년 전부터는 아내의 기일이 더 가깝게 느껴진다. 그저 허무한 마음이 들어 담배를 피워 물고 우두커니 어둠 속에서 앉아 있기도 했다. 병약해진 몸 때문인가 싶었다. 나도 그리 오래 살지는 못할 것 같다. 나는 검은색 정장으로 갈아입고, 아내의 묘지에 갈 차비를 하고 있었다.

바람 같았던 따님을 유독 사랑했던 장인어른의 배려로 교외의 선산에 그녀의 무덤이 있었다. 장모님은 아내가 죽은 지 몇 해를 넘기지 못하고 시름시름 앓다가 그만 돌아가시고 말았다. 따님이 없으니 자신도 없는 것 같다고 하신 말씀이 아직도 귀에 남아 있다. 무덤 안에는 아내와 세상의 빛을 보지 못한 아이가 같이 묻혀 있었다.

타자기 소녀와 같이 묘지에 갔다. 꼭 그곳에 가고 싶다고 했다. 이유를 물었더니 이제는 더 이상 이 세상과 함께 할 수 없는 장소에서 무엇을 할 수 있는지 생각하고 싶다는 대답을 한다. 뭐랄까? 이 아이는 이 세상과 대비되는 어떤 면을 가지고 있는 것 같다. 같은 장소에서 서로 대비되는 그 무엇이 존재의 핵심이기도 하다. 죽음과 삶처럼. 이 세상과 함께 할 수 없는 사람들의 사연은 살아 있는 사람들이 무엇을 해야 하는지 알려주기도 하니까. 대답이 그럴 듯

해서, 그럼 그러자고 했다. 타자기 소녀는 묘지에서 무엇을 이야기할까? 그것이 궁금하기도 하다. 편의점 근처 사거리 신호등 앞에서 소녀를 태우고 자동차를 몰았다.

"시리우스님, 우리 이제 꽤 친해진 것 같죠?"

소녀가 말했다. 나는 차창을 열고 고개를 끄덕였다. 소녀의 말대로 전혀 어색하지가 않다. 오히려 내가 가끔 소녀를 보고 싶을 정도니까.

"참, 신기해요. 시리우스님은 기억을 하지 못하는 모양인데. 시리우스님이 쓰러지던 날 말이에요. 사실 시리우스님은 투신하려고 창문으로 걸어가던 중이었어요. 그러다가 쓰러진 거죠. 만약에 실신하지 않았으면 아마도 여기 무덤 속에 있을 수도 있는 일이죠."

"정말 그런 거야? 넌 내가 그런 행동을 하는 걸 어디서 어떻게 지켜봤다는 거냐?"

"그게 참 궁금하죠?"

"그래."

"나중에 이야기해 드릴게요. 아니 때가 되면 그냥 아시게 될 거예요. 그리고 저 편의점 앞에 잠시 세워주세요. 뭐 살 게 있어요."

소녀는 편의점에 내려 작은 머리핀을 샀다. 나는 캔 커피를 하나 사고 함께 계산을 했다. 그러자 소녀는 고맙다면서 말했다.

"응. 그럼 이건 생일 선물로 받을게요."

"오늘이 생일이니?"

"예. 오늘이 제 생일이에요."

"그것 참, 아내가 죽던 날 넌 태어난 거로구나."

"그런 셈이네요."

"태어나고, 죽고 그런 거네. 하여간… 생일 선물이 너무 작다. 뭐 좀 그럴 듯한 것으로 준비해줄까."

소녀는 머리핀을 만지작거리면서 미소를 지었다. 참 따뜻한 녀석이다.

"그럼 내년에 해주세요. 만약에 우리가 계속 만난다면."

"이 녀석, 꼭 연인처럼 이야기하네."

"원조 교제?"

"이놈, 허허 참. 나는 연상의 여인이 좋다. 이놈아."

나는 어이가 없어서 웃었다. 비록 중년들의 치부를 드러내는 끔찍한 말을 했지만, 소녀가 말투가 해맑아서인지 무척 귀엽다는 생각을 하면서 아내의 묘지에 도착했다. 같은 말을 해도 누가 하느냐에 따라 뉘앙스가 다르다. 말은 사람을 닮았다. 만약에, 정말 만약에 아내가 아이를 낳았다면, 나에게도 저런 아이가 있을 텐데. 그런 생각 때문에 소녀에게 나의 곁을 조금 내준 것이 아닐까 싶다.

소녀는 묘지 근처를 산책한다고 했고, 나는 무덤 앞에서 죽은 아내를 추모했다. 우리가 지금까지 함께 살았다면 지금의 내 모습은 어떻게 변해 있을까? 당신이 가버린 자리에서 참 힘겹게 버티면서 살았는데, 거기서는 편안한가? 당신은 이제 나에게 천사가 된 거다.

이런 말들을 혼자서 했다. 한참이 지나도록 소녀가 돌아오지 않았다. 그날 이후로 나는 한동안 소녀를 볼 수가 없었다. 또 그냥 사라진 모양이다. 도깨비 같은 녀석이니까 또 언제 불쑥 나타날 것이다.

그런 생각이 들었다. 혹시 녀석이 도깨비가 아닐까? 다음에 만나면 내 소원을 들어달라고 말해봐야겠다. 그럼 소녀가 들어줄 수도 있을 것 같았다. 그만큼 그 아이는 독특했다. 별 이름으로 타자기 소녀의 이름을 지어주기 위해 자료를 뒤지다가 적당한 것을 발견했다.

별자리 중에서 고래자리의 오메가성인 '미라'였다. 라틴어로 놀람, 기적의 의미를 가지고 있어 내가 타자기 소녀를 볼 때마다 느끼는 감정과 어울리고, 미라라는 말이 '아름다운 아이'라는 뜻으로도 여겨진다. 산에 있는 돌배나무라는 뜻으로 산 이름 '미^嵋'와 곤륜산에서만 자란다는 돌배나무 '라^欏' 자를 써서 한자 이름까지 만들어주었다.

한자는 획수가 많을수록 아름답고 쓰기도 좋다. 다음에 만나면 미라라고 불러야겠다. 타자기 소녀가 좋아할 것 같다는 생각이 들었다. 책상 위에 있는 포스트잇에 '서미라'라고 적어 모니터 옆에 붙여놓았다. 아직 한 번도 타인의 이름을 만들어준 적이 없다. 난생 처음 있는 일이었다. 타자기 소녀의 이름을 짓고 몸이 피곤해서 그날은 온종일 쉬었다.

19 산
　에
　서

　온 편지

　손바닥으로 나무 책상에 낀 먼지를 닦아내면 까칠한 질감이 느껴
진다. 이 느낌이 정말 좋다. 내가 작은 나무 책상을 버리지 않는 이
유이다. 철재나 유리로 된 책상보다는 나무가 책과 어울린다. 어떤
기억은 잘라낸 나무의 단면에서 보이는 나이테 같다. 어청도에서 기
억은 한동안 내 머릿속을 떠나지 않았다. 우리에게 섬은 이정표 같
은 곳이었고, 벌목한 큰 나무의 그루터기 같은 곳이다. 새들이 바다
를 건너기 위해 잠시 쉬어가는 섬에 우리는 두고 온 것이 많았다.
　나영이 삼십 년 후에도 그 섬을 기억하고 문득 전화를 걸어 지나
간 이야기를 꺼낸 이유를 알 것 같기도 하다. 그녀에게는 그때의
경험이 평생 지워지지 않는 나이테로 자리를 잡았다. 나 역시 섬에

서 있었던 일을 생각하면서 그녀의 모습을 하나둘 찾아낼 수가 있었다. 나영에게 에세이를 쓸 때 슬픈 이야기는 절대로 슬프게 쓰지 말라고 했다. 그건 얼마나 중요한 이야기인가? 하지만 내가 그녀에게 슬픈 이야기의 소재가 되리라고는 전혀 짐작하지 못했다.

어청도에 혼자 갔던 겨울에 슬픔에 대한 한 통의 편지가 도착했다. 편지 봉투에 적힌 월명 스님이라는 법명을 보고, 겨울에 떠난 소미 누나의 편지임을 알았다. 그 자리에서 읽지 않고 외투의 속주머니에 편지를 넣었다. 편지는 두툼하고 길었다. 연필과 볼펜을 이용해서 원고지의 뒷면에 쓴 편지는 오랜 시간 동안 공을 들인 작가의 작품처럼 보였다.

합장合掌. 계절 인사는 생략한다. 정말 오랜만에 속세에, 비록 문자이기는 하지만, 인연의 다리를 놓는구나. 문에게 이런 편지를 쓰는 이유는 그간 절집에서 있으면서 도저히 내려놓을 수 없는 사연이 있기 때문이다. 너는 아마도 내가 문득 떠난 이유를 이해할 수 없을 거다. 때론 말을 하지 않고 가슴에 묻어 두는 게 좋은 일들이 있지. 하지만 그건 무거운 짐을 지는 일이구나. 문아. 이 이야기를 해야만 나는 진정으로 출가를 할 수 있을 것 같구나.

그 시절 우리가 만나고 사랑했던 이야기를 말이다. 그냥 묻어버리고 가려고 했지만, 아무래도 이것이 인연의 고리가 되어 있으니, 어느 순간 큰 뿌리를 내려 번뇌의 불씨가 될 것 같기 때문이다. 다행히 학교 때 글쓰는 연습을 했으니 되도록 객관적으로 나의 이야기를 적어보려고 한다.

지금 산에는 깊은 적막이 찾아들고 있다. 나는 스승님이 안거하고 있는 절의 암자로 올라와 있단다. 곧 열반에 드실 것 같은 자세로 스승님은 하루하루를 그저 묵묵하게 무엇인가를 바라보면서 지내고 있다. 이러한 시간에 홀로 깨어 있으니 스승님의 기침 소리 마저도 독경 소리처럼 들린다. 그래 기침을 참으면 안 되는 법이지. 때론 이야기를 기침 소리처럼 내도 좋겠지. 지금부터 하는 이야기는 우리 청춘의 기침 소리 같은 것일 수도 있겠구나.

너도 기억하고 있겠지만 너의 고교 시절 여자 친구인의 신경자의 자살은 우리에게(우리는 나와 고도찬을 말한다) 엄청난 충격이었다. 너는 별 반응을 보이지 않았지만 말이다. 하긴 너는 그녀에게 별 관심이 없는 것으로 보였다. 이미 다른 사람을 좋아하고 있었으니 말이다. 새삼스럽지만 나의 출가가 너에게 상처가 되지 않았으면 하는 마음이다.

고독한 공간에서 공부를 한다고는 하지만, 나는 여느 사람과 마찬가지로 절집 살림을 하면서 바쁘게 살고 있다. 뭍으로 나온 물고기처럼 퍼덕거리고 있지만, 물고기의 몸에 가시가 있으니 마음이 항상 아프고 갈 길이 더 멀게만 보이는구나. 처음엔 너를 만나 이야기를 할까 하다가 서로 대면한다면 또 내 마음을 속일 것 같아서 이렇게 글로 적는다.

우리의 전공이 글을 쓰는 일이고, 책을 읽는 일이니 내 이야기 정도는 적을 수 있을 것 같기도 하다. 하지만 내 눈앞에서 일어난 이야기를 잘 쓰는 건 보통 일이 아니야. 차라리 창작을 한다면 더 편할 수도 있을 것 같은데 말이다.

그날을 너도 기억할 거다. 태양이 있어 화창한 날에 눈이 내리던 날 나는 그에게 무척 화를 내고 있었다. 네 앞에서는 태연한 척했지만, 너의 여자 친구에게 손을 내밀고 있는 모습을 보니 참을 수가 없더구나. 우리는 심하게 다투었다. 그는 별 관계가 아니라고 특유의 여유를 부리면서 시인이 어쩌고저쩌고 하는데, 솔직히 역겨운 마음까지 들었다. 너도 짐작하고 있겠지만 그의 여성 편력은 대학 시절 내내 이어졌다. 그런데 그 아이는 조금 달랐다. 감정의 기복이 심해서 위험해 보인다고나 할까. 상처를 입으면 안 될 것 같다는 직감이 들었던 거야. 하지만 고도찬은 그런 기운을 감지하지 못한 사람처럼 굴었다.

그런데 이상하게도 그가 좋았다. 그는 매우 고독한 사람이었다. 그게 매력이었을까? 그는 특유의 제스처를 가지고 있는 시인이었다. 이건 인정해야 할 거야. 그의 시는 인간의 중요한 면을 다루고 있으니까 말이야.

하루는 그가 이런 말을 했다.

"소미야. 우리 졸업하고 결혼하자. 생활은 어떻게든 될 거야. 우선 번역 일을 하면서 작은 방이라도 얻어 살자. 소미야. 이제 졸업을 할 때가 된 것 같아. 경자 일도 마찬가지야. 그 아이도 대학에 들어가면 좀 달라지겠지."

"결혼 문제는 좀 신중하게 하자. 항상 그런 식이야. 사랑을 가볍게 생각하지 말았으면 좋겠어. 지금 결혼이 문제가 아니야. 그 아이는 지금 자기에게 온 마음을 다 바치고 있는 것 같단 말이야. 그게 얼마나 위험한 일인지 잘 알고 있잖아. 사람을 가지고 장난치면 안 된단 말이야."

나는 결혼을 서두르고 싶지 않았다.

"소미 너는 너무 심각하게 받아들이고 있어. 별 관계 아니란 말이야.

그저 귀여워서 조금 만나는 거야."

"귀엽다고? 동생 같은 아이에게 그럼 그런 짓을 한 거야? 용서할 수가 없네. 넌 근친상간을 한 거야!"

"말조심해. 그런 의미가 아니잖아."

"그 아인 아직 미성년자야."

"아, 정말 답답하네. 이제 그만 하자. 내가 잘 이야기해서 경자 문제는 해결하도록 할게. 정말 미안하다. 이제 우리 제자리에 돌아가도록 하지."

고도찬은 그때 나에게 오려고 했다. 하지만 경자의 집착은 유난스러웠다. 문학소녀의 눈에 우상처럼 보이는 젊은 시인이니까 그녀가 느낀 감정은 경이로움과 존경심도 있었을 거야. 여성이 남성에게 다가가는 이유 중에 존경심도 있으니까 말이야. 그것이 사랑으로 변하는 거야. 감정이라는 게 그래. 마치 달이 차오르듯이 말이야. 나는 그에게 지금 잘못을 하고 있다는 사실을 알려주었지만, 이미 너무 늦어버린 거야. 그 역시 시간이 지날수록 자신에게 집착하는 경자의 태도에 당황한 기색이 있더구나. 경자의 집착에 힘겨워하는 것이 눈에 보였어. 그래서 그 사람은 어느 순간부터 경자와 연락도 하지 않고 지냈던 모양이야. 우리가 다시 화해를 하고, 새벽까지 술을 마시고 그의 집으로 가는 길에 나는 가로등에 눈사람처럼 서 있는 경자를 보았다.

그는 경자를 발견하자 욕을 하고, 신경질을 부리면서 나에게 잠깐 기다리라고 하고는, 경자에게 다가가 뭐라고 소리도 지르고 달래기도 하더구나. 그런 모습을 눈 내리는 밤에 가로등을 통해서 고스란히 보고 있다가 발길을 돌렸다. 그때 나는 서로 다른 두 사람의 모습을 보았다. 경자는 그의 세계에 들어오려고 안간힘을 쓰고 있었고, 그는 높은 성벽을 쌓고 문을 걸어 잠그고 있었으니까 말이다. 뭔가 불길한 생각이 들었다. 눈사람처럼 서서 나를 노려보던 경자의 모습이 무섭고, 한편 가엾기도 해서 그냥 발길을 돌렸다.

내가 돌아서는 모습을 보고 그가 달려왔지만, 나는 어서 가서 경자를 달래주라고 담담하게 이야기했다. 지금도 경자라는 아이의 머리카락을 덮고 있던 눈이 기억나는구나. 마치 그녀의 먼 미래를 보는 것 같기도 했다. 세상을 다 살고 이제 이승을 떠나려고 하는 백발의 여인을 말이다. 그리고 한동안 나는 그를 보지 못했다. 그리고 깊은 생각에 빠졌다.

과연 이런 감정 따위가 뭐란 말인가? 그때 내가 자주 다니던 사찰에 가서 나 자신에 대해 곰곰이 생각하는 시간을 가질 수 있었다. 이젠 그와의 관계를 졸업과 동시에 정리해야 되겠다는 생각이 들었다. 비단 경자의 문제가 아니었다. 그에게 결별을 통보하고 대학원에 진학해서 공부를 하려고 마음을 먹었던 거지. 종교학과나 철학과 쪽으로 방향 전환을 하고 싶었다. 항상 관심을 가지고 있던 불교를 중심에 두고 넓은 공부를 하고 싶었지. 그때까지만 해도 출가는 생각하지 않았다. 젊고 싱싱한 내 몸을 사찰의 돌확처럼 두고 싶지 않았던 거다.

그즈음의 어느 날 밤 자정에 그에게서 전화가 왔다. 그는 우리가 다투고 나면 심야에 전화를 걸어 그날 쓴 시를 읽어주곤 했다. 나는 또 그런 전화인 줄 알고 전화를 받지 않았다. 그러면 그는 다시 전화를 하지 않았어.

자존심이 강한 사람이니까 다음 날 하거나 내가 먼저 하곤 했지. 그런데 그날은 달랐다. 계속해서 전화를 하는 거야. 나는 혹시 다른 사람인가 싶어 전화를 받았다. 그때 전화기를 통해 들려오는 그의 목소리는 영원히 잊을 수 없을 거다. 공포에 겨우 겨우 몇 마디를 하고 있었다.

"경자가…, 경자가… 죽었다."

나는 가슴이 철렁 내려앉았다. 그 몇 마디를 듣는데 십 년은 걸린 것 같더구나. 시간이란 그런 것이지. 어떤 순간의 찰나가 타인의 평생보다도 길게 느껴지는 법이다. 부처는 그것을 본 것이야. 하여간 나는 소스라치게 놀라 한달음에 그에게 달려갔다. 그의 지저분한 자취방은 온통 피바다였다. 기억을 떠올려보니 마치 광인의 화폭 같다고나 할까. 그런 공포감은 정말 견딜 수 없는 것이었다. 난생 처음 본 주검 앞에서 나는 하얗게 질려 그 자리에 주저앉았다.

잠시 정신을 차리고 방을 둘러보니, 책상과 책꽂이가 흐트러져 있었고, 골방의 한구석에 그녀가 모로 누워 새우처럼 웅크리고 팔을 내밀고 있었다. 그 가늘고 긴 팔에서 흘러나온 검은 피가 응고되어가고 있었고, 그는 정신이 나간 표정으로 멍하니 쪽 창문을 보고 있었다. 나는 그의 어깨를 흔들면서 물었다.

"이게 뭐야?"

"방에 들어와 보니 이런 지경이네. 이제 나 어떡해."

"경찰에 연락을 해야지. 왜 나를 불러 이런 일을 보게 해."

"무섭다. 두려워. 아니 뭐 이런…."

방 안에 흘러내린 경자의 피는 내 발바닥에 묻어 여기저기 흔적을 남겼다. 나는 이리저리 골방을 돌아다니면서 정신을 차리려고 애를 썼다. 이 일을 어떻게 한단 말인가, 가늠이 되질 않았다. 경자는 하얗게 눈을 뜨고 한 손으로는 자신의 배를 감싸고 있었다. 문아, 세상이 이렇게 무섭다. 나무아미타불, 관세음보살, 천수보살, 지장보살…. 조금 쉬자, 기억이 너무 무겁다.

그때의 일을 이렇게 적고 있으니 나는 고독하구나. 그때 보았던 경자의 검은 피, 그 두려운 마음이 시간이 흐르면 건조하게 말라버릴 줄 알았지. 그건 아니다. 오히려 이끼처럼, 축축하게 기억의 바위에서 조금씩 자란단다. 붉은색의 이끼처럼 말이다.

그 사건을 처리하는 과정에서 그가 지방의 유력한 명사의 자식이라는 것을 알게 되었다. 그는 우리가 알 만한 정치인의 집안이었다. 아버지에 대한 적개심이 유난했는데, 여당 의원인 그의 아버지는 유연하고도 솜씨 좋게 그 사건을 마무리했다(언젠가 그가 권력형 부정부패에 연루되어 검찰에 들어가는 모습을 티브이 화면에서 봤다). 그 역시 담담하게 그 사건을 받아들이고 있었다. 그토록 경멸하던 자신의 아버지가 자식의 과오를 모조리 덮어주고 어깨를 두드리면서 여유롭게 사라지던 모습을 잊을 수가 없다. 자살사건을 조사하던 형사가 타살의 가능성을 두고 나를 여러 번 찾아왔단다. 그는 경자의 죽음이 타살이라는 확신을 가지고 있었다. 여러 가지 증거를 대면서 말이다. 그 증거들은 지금 잘 기억이 나지 않는다.

하지만 권력의 힘 앞에 모든 것이 감쪽같이 사라지더구나. 그때 사건이 자살로 마무리되고 그는 어디론가 사라졌다. 짐작해보니 그 예민하고 오만했던 성격에 큰 상처를 입었을 거야. 지금까지도 실종 상태라는 이야기를 전해 들었다. 정말 그것이 타살이었을까? 형사의 말대로 그는 증인을 만들기 위해 나를 불렀던 것일까?

나 역시 그날 밤 자정 즈음에 그를 본 것이 마지막이었지. 가끔 생각한단다. 그는 지금 어디에서 무엇을 하고 있을까? 혹시 잘못된 것은 아닐까. 지금 생각해보면 인생에 대해서 간절한 사람인데 가엾다는 생각이 드는구나. 그가 만약에 경자에게 그런 짓을 했다면, 그러고도 잘 살 수 있다면 그건 그의 인생이겠지. 가만히 생각해보니 내가 오고 나서 그가 쪽창을 열고 피 묻은 손으로 담배를 피우던 모습이 기억난다. 손을 떨면서 깊게 담배 연기를 빨아들이면서 울고 있었다. 두 눈에 흐르는 눈물의 의미는 과연 형사의 말대로 자신을 괴롭히던 존재가 사라졌다는 안도감에서 오는 희열에 찬 감정의 소진이었을까.

그 사건이 있기 얼마 전에 나는 경자를 만났다. 학교로 나를 찾아왔더구나. 그의 아이를 가졌다고 나에게 고백을 하더구나. 그래서 내가 물었다. 정말 그의 아이가 맞느냐고 말이다. 그 아이는 나의 잔혹한 말에 울음을 터트리면서 대답을 하지 못했다. 내가 그런 질문을 한 이유는 그가 나에게 경자의 행실이 의외로 대담하다고 했기 때문이었다. 경자는 그의 아이라고 했지만, 아마 그는 믿지 않았을 거야. 자신의 주위에 있는 선후배들과 어울리는 모습을 봤다고 했으니까 말이야. 그건 잘 모르겠다. 참 복잡하지. 인연이라는 것이 이런 거란다. 그래서 단순하게 살면 좋은 거야. 하지만 사랑은 더 복잡한 미로와 같단다. 그녀는 나에게 그와 헤어져달라고 부탁을 하고 돌아갔단다.

그때 난 그녀가 아이를 낳을 것이라는 이야기를 분명히 들었다. 혼자서라도 그를 기다리면서 키우겠다고 말이다. 그래서 나는 그 아이가 적어도 자살을 하지 않을 거라고 믿고 있었다. 그런 기미는 전혀 보이지 않았다.

이런 이야기를 너에게 하는 이유는 지금이라도 그 아이의 무덤을 찾아가기를 바라는 마음에서다. 보통 부모들은 자신보다 일찍 죽은 자식의 묘를 쓰지 않지만 그 아이의 아버지는 유별난 사람이었다. 딸 사랑이 지극해서 기어이 묘를 쓰고 거기에서 한동안 지냈다는 이야기를 들었다. 세상의 윤리라는 것은 세상의 일이지 죽은 사람 앞에서 무슨 소용이 있을까싶어도, 이런 부모의 마음을 우리가 알 수는 없겠지.

이 사건으로 나는 대학원에 진학하려는 생각을 접어버렸다. 적어도 내가 알고 있는 이 세상에서 가장 고요한 장소로 떠난 거다. 현실도피처럼 보이겠지만 꼭 그렇지도 않다. 나는 그때 선택을 한 거야. 담담한 마음으로 오래 생각했단다. 문아, 이런 생각이 들었다. 나는 그때 내 인생의 끝에 서 있다고 생각했지.

모든 일은 끝에 가서야 가장 잘 보인단다. 끝에 서서 보면 처음이 가장 가깝게 보이니까 말이다. 경자의 죽음은 내 청춘의 죽음이기도 했다. 만약에 내가 그녀의 죽음을 사람들에게 전해 들었으면 사정은 달라졌을 거야. 너처럼 말이야. 너는 그 이야기를 전해 듣고 잠시 흔들리다 말았지. 솔직히 너의 얼굴을 보기가 부끄러웠다. 너는 나를 사랑하고 있었잖니? 그런 사랑에게 추한 얼굴을 보이기 싫었다.

못난 선배들의 욕심 때문에 경자가 희생양이 된 것이 아닐까. 너는 경자의 손이 따뜻하다고 했지. 경자가 너의 손을 잡으면서 손이 차다고 했던 말이 기억나는구나. 그래, 그 아이가 잡기에 세상의 손은 너무나 차가웠던 것이 아닐까. 자꾸 의구심이 드는구나. 너는 왜 그 아이의 손을 잡지 않니. 인연이 아니었던 거겠지. 이젠 내가 산으로 올라간 이유가 조금은 설명이 되는구나. 아주 조금은 말이다. 이런 생각을 깊게 하니 내 부드러운 몸이 사찰의 돌확처럼 단단해지더구나. 몸이 단단해야 지혜의 말이 물처럼 고인다는 사실을 알았다.

며칠 동안 눈이 내리니 산속이 적막하구나. 여기에 내리는 눈은 도시의 눈과 다르단다. 이 풍경을 너에게 보여주고 싶은데 말이야. 연필을 놓고 잠깐 암자의 뜰로 나가보니 누군가 다녀간 발자국이 있구나. 가만히 살펴보니 산에서 같이 사는 고라니 녀석들과 산토끼들이 내려왔다가 간 발자국이 고스란히 찍혀 있다. 이 산속의 적막도 동물의 발자국으로 조금은 흔들렸겠지. 한겨울 깊은 산속의 암자도 이러한데, 우리들의 청춘은 얼마나 많은 흔적이 남아 있을까. 그것을 하나씩 지우고 먼 길을 가고 있다. 갈 길이 멀어 짐을 내려놓는 심경으로 너에게 편지를 쓰는 것이다. 먼 길에는 가벼운 짐이 없는 법이니까 말이다. 이제 조금은 가벼워졌구나. 건강하고, 너에게 주어진 인생을 사랑하기 바란다. 가끔은 부처님 말씀도 읽으면서 세상을 향해 잘 나아가기를. 네가 가는 길에는 너무 많은 눈이 내리지 않기를 바란다. 그저 발등을 덮을 정도만 내리고 다시 녹아내리기를 바라는 마음이다.

편지에 적힌 글자들을 점자를 더듬듯이 만져보았다. 비록 잉크로 한지에 깊게 새겨진 글자들이 도드라지지는 않았지만 집중해서 천천히 만져보니 단어와 문장에 소미 누나의 살결이 느껴졌다. 그것은 누나의 얼굴이며 유방이고 성기이며, 종아리였다. 어떤 부분은 머리카락처럼 건조하다. 어떤 부분은 입술처럼 촉촉하게 내 손가락의 감각을 자극한다. 고라니라는 글자를 만지니 고라니의 눈빛이 떠오르고, 눈이라는 글자를 만지니 차다. 산이라는 글자를 만지니 높고, 물이라는 글자를 만지니 낮다. 물고기라는 글자를 만지니 퍼덕거리고, 가시라는 글자를 만지니 따끔하다. 암자라는 글자를 만지니 조용하고 적막하다. 그런 모든 감각들이 문자에서 그녀의 몸으로 변화된다. 결국 사랑은 몸을 만지는 것이다.

누나를 만나는 동안 한 번도 진지하게 애무를 한 적은 없지만 나는 그녀의 문장을 만지면서 그녀의 몸을 더듬고 있었다. 그녀를 향했던 내 사랑이 글자를 만지는 동안 활화산처럼 터져 나왔다. 이것은 일종의 숭고한 정신이었다. 이런 상태에서 새로운 생명은 잉태되는 것이다. 그리고 그 감각의 시간이 지나자, 편지에 적힌 사연, 단어와 문장을 통해서 안개 속에 가려져 있는 것 같았던, 그때의 정황들이 정원의 풀과 나무처럼 생생하게 보였다.

그것은 야생동물 도감처럼 정확하게 내가 걸어온 흔적을 기록하고 있었다. 어떤 방향으로 발자국이 찍혔고, 어떤 나무에 발톱 자국이 있으며, 어디에 배설물이 있는지 말이다. 그것들만 잘 종합하면 그 짐승의 정체를 밝힐 수 있다. 나의 무의식 속에 내가 경험한 최초의 죽음이었던 경자의 자살, 혹은 타살 사건은 서해의 섬처럼 자리 잡혀 있었다. 섬에서 화가의 몸을 향해 다가갈 때 느닷없이 내 앞에 나타나 으르렁거리던 거대한 늑대의 정체도 알 수 있을 것 같다.

사실, 경자가 자살을 했다는 말을 친구에게 전해 들었을 때, 처음에는 고도찬을 향한 분노심이 치솟아 올랐다. 야비할 정도로 타인에게 가혹했던 그 인간이 드디어 일을 저질렀다는 생각이었다. 하지만 금세 잊었다. 소미 누나를 짝사랑하는 동안 그녀에게 주었던 마음이 그리 크지 않았기 때문이다. 경자의 죽음에 타살의 가능성을 두고 수사를 했다는 이야기는 전혀 짐작조차 할 수 없었던, 처음 듣는 이야기였다. 고도찬이 과연 그런 짓을 했을까?

처녀 귀신에게 가위눌림을 당했던 기억이 났다. 그때는 전혀 이해할 수 없었지만, 그녀가 누구인지 왜 자신에게 나타난 것인지 이제야 알 것 같았다. 그녀는 바로 신경자였다. 타자기 소녀는 그것을 보고 나에게 말해주었다. 광주의 한 골방에서 어둠 속에서 어렴풋하게 내려다보고 있는 모습, 머리카락 사이로 보이는 그녀의 눈동자가 생각났다. 그녀는 슬픈 표정으로 나를 내려다보고 있었다. 그래 이제야 알 수 있다. 그때 보았던 그녀의 얼굴이 정확하게 떠오른다. 삼십 년이 지난 지금에서야 말이다.

그녀는 자신이 올 수 있는 가장 가까운 거리에서 나를 바라보고 있었다. 상식적인 생각으로는 내가 아니라 고도찬에게 나타나야 되는 것이 아닌가? 어쩌면 그에게도 다녀간 것인가? 하여간 신경자가 나에게 나타난 이유가 무엇인지 지금도 알 수가 없다. 그녀는 노려보거나 째려보는 것이 아니라, 비록 고개를 숙이고는 있었지만 간절하게 바라보고 있었다. 가만히 생각하니 이슬 같은 눈물방울이 볼에 떨어진 것 같기도 하다. 그녀의 정체를 알게 되자 공포감이 사라지고, 오히려 경자가 가여워서 견딜 수가 없었다.

그녀는 어둠 속에서 얼마나 춥고 외로웠던 것인가. 고교 시절 문학반 동아리로 함께 만나 나누었던 시간들은 소중한 추억이었다. 인생에 가장 투명하고 순수한 사랑의 시간이었다. 그녀를 통해서 이성 간에 느끼는 적절한 감성의 선을 보았다. 경자 역시 나에게 소박한 소녀의 감정을 보여주었다. 아직 어리고 미숙한 우리는 서로의 방식으로 세상을 향해 나아가고 있었다. 그것이 사랑이 아니면 무엇이란 말인가? 서로를 세상으로 나아가게 밀어주고 당겨주는 것, 그것이 사랑이란 말이다.

그녀가 종로에서 장갑을 벗고 따뜻한 손으로 나의 언 손을 잡아주었던 기억이 났다. 환하게 웃던 단발머리 소녀의 해맑은 표정이 떨어지는 눈처럼 차고 맑다. 신경자와 함께 있었던 종로의 풍경도 되살아났다. 종로 2가 쪽으로 진입을 하던 시내버스와 종로 서적을 비롯한 익숙한 거리의 간판들, 골목길 허름한 식당들의 메뉴판, 옆을 지나가던 미니스커트 여대생, 도로 위의 길고양이까지. 그리고 바로 옆에서 산울림의 엘피음반을 사던 아직 만나지 않은 소미 누나까지 거기에 있었다.

그동안 신경자에 대한 추억은 어청도에서 보았던 사당처럼 내 청춘의 섬에서 폐허가 되어가고 있었다. 안개가 걷히듯이 모든 것이 선명하게 보이기 시작했다. 복원되는 고옥처럼 조금씩 원래의 모습을 찾아가고 있었다. 억울하게 죽고 나서 그나마 믿을 만한 친구에게 찾아온 그녀를 무서워 피했던 내가 부끄러웠다. 그녀는 내가 친구로서 편했던 것이다. 그것도 우리를 연결하고 있던 순수한 사랑이 아닐까? 나는 탄식했다.

'아, 그런데… 경자야…. 그때 너는 나에게 무슨 말을 하고 싶었던 것이냐!'

소미 누나의 편지는 다음과 같이 마무리되었다.

우리가 언제쯤 다시 만날 수 있을까? 물론 지금이라도 당장 만날 수 있겠지. 하지만 우리는 아마 한동안, 어쩌면 이승에서는 다시 못 볼 수도 있을 거다. 다들 그렇게 사니까 말이야. 그러나 우리가 만약에 다시 만난다면 내가 너에게 좋은 소식을 전해주고 싶구나. 요즘 나의 화두는 선가에서 내려오는 문답이 아니란다. 우리가 대학에서 철학 시간에 들었던 '에피쿠로스의 딜레마'이다.

신이 전지전능하고 도덕적으로 선善하다면 도대체 악惡은 어디에서 오는 것일까? 악은 추한 마음이라는 뜻이다. 부처는 나의 이러한 질문에 대해 아직 아무런 대답이 없다. 논리적으로 풀어낼 수 없는 문제이기도 하겠다. 이것이 바로 나의 무명이다. 부처가 인류에게 남긴 가장 위대한 가르침인 '십이연기설'을 생각하면서 편지를 마무리하련다. 문아, 다시 만날 수 있는 그날까지 건강하고, 하던 공부 열심히 해서 너의 자취를 남기길 바란다. 그것이 사람들에게 작은 도움이라도 될 수 있게 말이야. 문아, 사랑한다. 너는 정말 착한 청년이었다. 아름다운 남자이기도 했고. 월명이 아닌 너의 소미가 말을 하는구나. 이제 이런 말은 하지 않으련다. 부디 성불하기를 간절히 기원하마.

산속에서 소미 누나가.

나는 '문아, 사랑한다.'라는 문장에 손을 대고 눈을 감았다. 그래, 마치 점자처럼 문장이 도드라지면서 감촉이 느껴진다. 문자에서 음악 소리가 들린다. 비록 눈은 감았지만 그 어두운 커튼 뒤로 세상이 환하게 밝아오는 것 같다. 이것이 바로 소미 누나가 나에게 준 마지막 선물이었다. 그제서야 나는 소미 누나를 떠날 수가 있었다. 그리고 그 겨울에 섬에 가서 소미 누나의 편지를 되풀이해서 읽으면서 한동안 깊은 생각에 잠겼고, 섬에 머물던 화가였던 아내가 그런 나의 모습을 보고 마음에 담아두었던 것이다. 미동도 하지 않고 정오에서 일몰까지 한자리에 앉아 있던 나의 정적이 그녀의 마음을 흔들었던 것이다. 인연이란 참으로 모질다. 그때 이런 시를 썼다.

서해의 작은 섬에서 울었다
더 이상 발디딜 곳이 없는 섬의 마음을 보고 울었다

그 외로움이 바로
그대가 오고 있는 길이라는 걸
그대가 저기 파도로 밀려오고 있는 작은 길이라는 걸 알고
눈이 시리도록 울었다

밀려와 그대
이제 이 섬의 작은 바위가 되어라
떠나지 않는 섬이 되어라

20 거울 속에 있는 낯선 남자

봄이 왔다고는 하지만 꽃샘추위가 극성이었다. 올겨울은 내 인생에 마지막 겨울이라도 되는 듯이 길고 가혹했다. 때가 되자 그 추위도 물러가고 있었다. 꽃이 피기까지 참 길고 어둡고 무서웠던 세월이 지나가나 보다. 그렇게 3월에 들어서면서 잠깐 날씨가 화창하더니 다시 찬바람이 불었다. 저렇게 봄이 왔다가 다시 무더위가 시작될 것이다. 내 몸에 새처럼 날아와 깃든 병이 점점 깊어진다. 그런데 두렵지가 않다. 이것이 바로 삶이라는 것인가? 이제야 겨우 알 것 같기도 하다. 그런데 죽음이 다가오다니 웃음이 날 지경이다.

오랜만에 종혁과 만나기로 했다. 광화문에 있는 신문사 근처의 밥집에서 퇴근 시간보다 조금 일찍 약속 시간을 정했다. 내가 조금 더 일찍 도착해 자리를 잡았다. 잠시 후에 종혁이 들어와서는 자리에 앉자마자 서둘러 소주부터 한 잔 마셨다. 급하게 마시지 말라고 하고, 빈 소주잔을 채워주고 그동안의 안부를 물었다.

"나야 뭐, 여전하지. 회사에서 명예퇴직 신청받는다고 해서 고민하고 있다."

종혁이 말하면서 안주로 나온 두루치기를 한 점 집는다.

"벌써 무슨 명예퇴직이야. 한참 일할 나이인데."

"뭐 그건 우리 생각이고, 선배들 중에는 일찍 퇴직한 사람도 있어."

"정말 세월 빠르네."

"아이고, 뭐든 지나고 가면 금방이지. 명예퇴직 신청하면 일 년 연봉을 준다는데. 어쩔까 싶다. 그나저나 너 술 마시면 안 되잖아."

"괜찮아. 더 이상 치료 안 받으려고."

"하긴. 암 치료가 독하지. 그래도 할 수 있는 건 해봐야지."

"아니 이제 그만하려고. 요즘엔 좀 나아진 것 같아. 나영이 덕분에 옛 생각을 했더니 잠시 몸에 기운이 돈는 느낌도 들고."

"아, 나영이. 그래 너희 둘은 같이 아프구나."

"어떻게 그렇게 됐네. 그것도 인연인 것 같고 말이야. 종혁아."

나는 소주잔을 만지작거리면서 낮게 이야기했다. 종혁이 안주를 집다가 젓가락을 멈추고 바라본다.

"음. 왜?"

"내가 가끔 귀신 얘기 한 적 있잖아."

"아. 그래 선배 집에서 봤다던 처녀 귀신."

"너, 그 이야기 안 믿지?"

"아니 그럴 수 있다고 봐. 현실적인 이야기는 아니지만 말이야. 갑자기 웬 귀신 이야기야. 또 귀신이라도 봤냐?"

"그건 아니고. 사실 요즘에 곰곰이 지난 일들을 떠올리다가 그 귀신이 누군지 알겠더라고."

"아. 그래 그게 누군데?"

"내가 고등학교 때 잠깐 만난 여학생인데. 자살을 한 친구야. 지금도 왜 그녀가 죽었는지는 잘 모르겠지만, 그게 무의식 속에서 머물다가 어떤 형태로 나타난 것 같아. 그리고 최근엔 더 황당한 걸 봤어. 어미 배에서 죽은 딸이 나를 찾아온 것 같아. 이제 내가 미쳐가는 것 같기도 하고."

종혁은 잠시 걱정스러운 표정을 지었다. 병약해진 내가 어떻게 될 것 같다는 생각을 한 것일까. 저승에 한 발 걸쳐놓은 사람처럼 보이나 보다. 종혁은 한숨을 쉬면서 소주를 단번에 마시고는 푸념하듯이 말했다.

"야. 산 사람이 왜 죽은 사람을 생각해. 얼마나 남았는지는 몰라도, 사는 동안 그냥 사는 데만 집중해."

"그러게 말이야. 그런 일을 겪으니까 마디가 생기는 것 같아. 대나무 마디처럼 말이야. 이젠 크게 한 번 꺾어지는 거지. 그때부터 지금까지 이 무서운 인생을 그런대로 잘 산 것 같아."

"그래. 우리 잘 버텼다. 참 고비고비 사연도 많았어."

"그런 생각이 들지. 그런대로 잘 살았다는 생각 말이야. 사실 지금 죽어도 그렇게 아까운 나이는 아니라는 생각도 들고. 우리 동창 중에서 갑자기 이십 년 전에 급사를 한 친구도 있잖아. 작년에는 화장실에서 신문 보다가 쓰러져 죽은 녀석도 있고."

"그래. 어떤 녀석은 중풍에 걸려 쓰러졌다고 하더라. 가난해서 치료도 못 받고, 정부 시설에 들어갔다는 이야기도 들었다. 또 같이 운동하던 녀석 중에서 고문 후유증으로 자살한 녀석도 있지. 참 거친 세월을 버티고 있다."

"거참, 알 수 없어. 인생이라는 거 말이야."

"그냥 갈 때까지 가는 거야."

"그래 갈 때까지 가는 거지. 네 말이 맞다. 그런데 요즘엔 너무 멀리 나온 것 같다는 생각이 드네. 헤밍웨이의 《노인과 바다》에서 주인공이 한 말인데, 자꾸 떠올라. 자신은 다만 너무 멀리 나왔을 뿐이라고 말이야. 참 불교적인 소설이야. 사람들은 돌아가야 할 곳이 있을 때 비로소 자신이 얼마나 앞으로 나갔는지 아는 법이지. 넌 다시 돌아갈 수 있다면 어디로 가고 싶냐?"

"아직 그런 생각은 안 해봤는데."

"그럼 넌 아직 청춘이야."

종혁이 껄껄 웃었다. 나는 이미 서너 잔의 소주를 마신 상태였다. 손님들이 하나둘 덜거덕거리는 식당 문을 열고 들어오면서 좀은 실내가 분주해졌다. 주방에서 음식 만드는 소리와 냄새가 실내에 가득해지자 따뜻한 기운이 감돌았다. 우리는 돼지 두루치기와 계란찜 하나를 주문하고 소주를 마시고 있었다.

식사가 나왔지만 밥뚜껑은 열지도 않은 채 나는 조심스럽게 나영의 이야기를 꺼냈다. 식당에 달그락거리는 수저가 오가는 소리와 사람들의 두런거리는 목소리가 듣기 좋다. 우선 그동안 그녀가 얼마나 변했는지부터 물어보았다. 취기가 오른 종혁이 말했다.

"요즘엔 세상이 좋아서 여자 나이 오십이 되어도 팽팽한 여자들이 많이 있잖아. 오히려 젊은 여자보다 더 관능적인 여자도 있어. 내 주위만 봐도 그래. 그런데 나영은 완전히 할머니처럼 변했어. 머리카락도 백발이 되었고 말이야. 항암 치료를 하느라고."

"그래. 그녀를 언제 보았나?"

"한 달 정도 되었나. 그녀가 신문사 앞에서 전화를 해서 내려갔지. 그때 친구들과 같이 왔더라고. 너도 기억날 거야. 우리 후배들 말이야."

"그래. 기억나지."

"그때 너의 안부를 물어보더라고. 너희들 한때 서로 좋아했지?"

사실 잘 가늠이 되지 않았다. 적어도 남들이 보기에는 그런 모양이었다라고 짐작할 뿐이었다. 내가 고개를 숙이고 있자 종혁이 물었다.

"너, 그때 나영하고 잤냐?"

"아니. 그런 사이는 아니고."

"그래. 나영이 조금 보수적이고 단정했지. 그리고 넌 대단히 열정적인 연상의 여인과 사랑을 불태우고 있었으니까. 제수씨는 정말 정열적이었지. 나영에 비해서 말이야. 그 매력에 빠진 거냐."

나는 아내 이야기를 했다.

"그랬지. 그땐 걷잡을 수 없이 빠져들었지. 그 관능과 더불어 성숙한 여인이었어. 그녀에 비해서 나영이는 순수하고 아름다웠어. 그런데 어쩌다가 그렇게 망가진 거야."

종혁이 대답했다.

"그건 알 수가 없지만, 오래전에 이혼을 하고 혼자 살면서 고생을 많이 한 거 아니겠어. 딸 하나 키우는데도 안 한 일이 없는 모양이더라. 가난이 사람을 병들고 늙게 하는 거니까 말이야."

그녀의 남편이자 친구인 남궁민이 원망스러웠다.

"아니, 그 녀석은 양육비도 안 보내줬나?"

"그건 잘 모르겠고. 그 새끼는 결혼하고 나서부터 속을 썩인 모양이더라."

섬에서 돌아온 후 난 나영과 어떻게 헤어진 것인지 잘 기억나지 않았다. 하지만 마지막으로 그녀를 본 기억은 선명하게 났다. 졸업을 할 즈음 지방으로 여행을 떠나기로 하고 나영에게 당분간 못 볼 것이라고 이야기를 했다. 그때 고속버스 터미널로 마중을 나온 나영은 불안한 얼굴로 나를 보고 있었다. 망원렌즈로 표정을 잡는다면 불안한 눈동자가 흔들리는 것이 보일 것이다. 우리가 무슨 이야기를 나눈 것인지는 잘 기억나지 않았다. 어쩌면 안 돌아온다는 이야기를 한 것 같기도 했다. 하지만 그녀가 나에게 남긴 마지막 한마디는 정확하게 기억하고 있었다.

"뭐, 이렇게 싱거운 사람이 다 있어요."

그때 버스 창으로 내려다 본 나영은 울고 있었다. 푹 고개를 숙이고 어깨가 흔들리는 것을 보았다. 그 모습이 자꾸 생각이 났다. 곰곰이 생각해 보니 '싱거운 사람'이라는 말에는 복잡한 감정이 숨겨져 있었다. 그녀가 나를 생각하는 마음은 내가 그녀를 생각하는 마음보다 훨씬 더 크고 무거웠던 거다. 나는 숟가락을 내려놓고 말했다.

"야, 음식이 너무 싱겁다."

그러자 김종혁이 말했다.

"음식이 짜서 좋을 거 없다. 그저 심심해야 좋은 거야. 그리고 이건 간이 적당한데. 아니 오히려 좀 짠 듯한데 무슨 말이야."

"아니야. 싱거워."

"하여간, 넌 싱거운 놈이야."

"너도 그렇게 생각하냐?"

"그래. 싱거운 놈."

우리는 두루치기 집에서 소주를 서너 병 먹은 후 오랜만에 대학 사거리에 있던 술집 '풍뎅이'로 향했다. 사실 최근 몇 년간은 술자리에 거의 나가지 않았다. 하지만 그날은 왠지 학교 앞에서 술을 마시고 싶었다.

나는 택시 안에서 종혁에게 받은 나영의 병원 주소를 주머니에 넣고 만지작거리고 있었다. 그녀가 곧 퇴원하니 다음 주에는 가보라고 했다. 그러다가 다시 말했다.

"아니. 그냥 가지 마라. 첫사랑은 추억으로 남기는 것이 좋아."

"그런 말 너무 통속적이다. 만나고 나서 후회하더라도 한 번은 꼭 보고 싶다. 네 말대로 살면 얼마나 산다고 그런 걸 참고 사나."

"그래. 그럼 그러든가. 귀신보다 더 무서운 게 사람이라는 말이 있지. 젊어 죽어 귀신이 된 여자보다 늙은 여자가 더 슬픈 거야. 아이고, 가지 마라."

"생각해볼게."

언론사에서 이젠 논설위원으로 물러나 앉은 친구의 모습도 많이 변했다. 그 역시 백발의 중년, 아니 노년으로 넘어가는 늙은 사람이었다. 그가 남긴 말이 이명처럼 귀에 맴돌았다.

"첫사랑을 왜 다시 만나면 안 되는 줄 알아. 그냥 모습이 변해서 실망하게 되니까 그런 게 아니야. 젊었던 그때의 모습은 아무리 나이 들어도 숨어 있는 거야. 그리고 어떤 경우에는 그때보다 더 멋있게 변한 사람을 보기도 하니까. 정말 무서운 것은 첫사랑의 상대에게 그때의 모습이 하나도 남아 있지 않을 때야. 흔적도 찾을 수 없을 때 말이야. 그건 변한 게 아니라, 사라진 거니까. 그리고 더 무서운 건 그때의 감정이 메말라버린 것을 발견하는 일이야. 차라리 불륜이라도 저지르면 중간이라도 가지. 그런 생각도 떠오르지 않고, 오로지 연민의 마음만 든다면 그건 지옥이 아닐까. 나… 취해서 하는 얘기인데, 나영이… 네 생각 많이 하는 것 같더라. 그게 가슴이 아프다. 왜 그땐 나영을 떠난 거냐…. 말 안 해도 안다. 난 나영을 징말 친동생처럼 아꼈거든. 그 착한 아이가 이 무서운 세월을 못 견딘 거다. 너를 좋아한다고 나에게 울면서 너를 찾아달라고 조른 적도 있다. 이 새끼야. 넌 그 남궁민보다 더 나빠. 이 개자식아."

나는 고개를 처박고 있는 친구의 어깨를 흔들면서 혀가 꼬부라진 소리로 물었다.

"그런 말을 왜 지금 하냐?"

친구는 고개를 처박은 채로 대답했다.

"그땐 나도 바빴어. 나도 연애하느라고 바빴다고. 그땐 나도 청춘이었다고."

친구의 어깨를 만지면서 말했다.

"그땐 누구나 그랬지."

종혁은 다시 비실거리면서 일어나 화장실에 가면서 말했다.

"하하. 그래 그땐 누구나 그랬어."

우리의 목로주점 풍뎅이에는 삼십 년 전 우리의 모습을 한 청년들이 여전히 막걸리를 마시고 있었다. 그때와 다른 점은 금연이라는 것 뿐. 그때는 너구리 굴처럼 술집에 담배 연기가 자욱했다. 마치 안개와도 같았던 담배 연기가 그리웠다. 그곳에서 들려오던 친구들의 목소리는 지금 말끔하게 사라졌다. 학생들도 삼십 년 전보다 더 단정하고 외모가 곱다. 우리는 너무 거칠고 무섭게 그 시절을 버티고 지나왔다. 풍뎅이 주인아주머니는 당연히 자리에 없었다. 주인이 바뀌었는지 청년 시절에 보았던 주인아주머니와 비슷한 사람이 있었다. 화장실에서 돌아온 친구가 말했다.

"야. 문아. 화장실에 가니까 거울에 웬 이상한 늙은 놈이 서 있더라. 청년인 내가 사라지고 이상한 늙은이가 나를 보고 웃고 있더라."

"미친 놈. 그게 너야."

"아, 그렇구나. 그게 바로 나구나. 하하하. 바로 나야. 그렇다면 내가 생각하는 나는 어디에 있는 거야. 여자애들이 감탄을 하면서 쳐다보던 그 젊고 종마같이 튼튼했던 사내는 어디로 가버린 거야."

"그런 놈은 이제 없어. 다시 화장실에 가봐. 거기에 있는 게 바로 너야."

"싫다. 거울 보기 싫어. 야. 문아. 우리 학교에 한번 올라가보자."

"학교에?"

"거기에 가면 진짜 내가 있지 않을까. 내가 보고 싶어 하던 녀석이 거기에 있지 않을까."

나는 벌떡 일어나면서 말했다.

"그래, 학교에 가자. 거기에 나영이가 있을 수도 있어."

"거기에 우리 예쁜 나영도 있고, 멋진 나도 있고, 싱거운 너도 있을 거야."

"그래, 나영을 잡으러 가자."

그때 나의 손을 잡으면서 종혁은 말했다.

"야, 입은 비뚤어졌어도, 말은 바로 해야지. 나영은 어디 간 적이 없어. 네가 어디론가 간 거지. 그 사실을 인정하라. 피고인."

"그래 유죄다."

"그렇다면 이제 가자. 이 죄수야."

"그래 가자. 가자. 가자."

그날 우리는 지갑을 털어 술집에 있는 후배들의 술값을 모조리 계산해주었다. 술집 주인이 학생들에게 그 사실을 알리려고 하자, 나는 그러지 말라고 부탁했다. 살면서 가끔 이런 날도 있는 거다. 청년들이 잘 먹고 잘 살았으면 좋겠다. 그냥 학생들이 먹는 데까지 먹이고 술값이 남으면 내일 들어오는 순서대로 계산을 해달라고 조용히 부탁했다. 술집 주인은 자신도 동창이라고 하면서 고맙다고 후배들을 대신해 정중하게 인사했다. 정말 오랜만에 취했지만 정신은 말짱했다. 택시를 기다리는 동안 우리는 이런 이야기를 나누었다.

"야, 학교에 오니까 여학생들이 참 예쁘네."

"그러게 말이야. 우리가 그때 만났던 여자들도 저런 모습이었을 텐데…."

"그래, 그런데 우린 그걸 몰랐지. 그때 우리가 얼마나 아름다웠는지 말이야."

"나이를 먹는다는 거 말이다. 그거 젊은 사람들이 유독 예뻐 보이기 시작하면 늙었다는 게 아닐까."

"그렇기도 하겠네. 이제 저들의 세상 속으로 들어갈 순 없겠지."

"그래, 그래. 어 저기 택시 왔다."

비틀거리는 종혁을 택시에 태워 집으로 보내고 혼자서 대학 정문을 향해 걸어 올라갔다. 새벽 두 시가 지나가고 있었다. 어두운 정문 앞으로 이어진 길에 미미가 하던 술집을 발견했다. 그때 있던 건물은 아니었지만 그 자리에 신축된 건물의 1층에 미미라는 상호를 건 술집이 있었다.

나는 얼어붙은 듯, 그 자리에 멈추어 섰다. 골목길에서 한 학생이 구토를 하고 있었다. 그 학생의 등을 두들겨주면서 미미, 아름다울 미자를 겹쳐 쓴 상호를 눈길로 만지고 있었다. 학생의 얼굴은 어린 아이처럼 어려 보였다. 학생은 인사를 꾸벅하고 골목으로 사라졌다. 카페 미미 앞에 섰다. 술집의 간판과 상호는 그때 그 시절과 같았다. 새로운 건물에 오래된 나무 간판이 큰 기둥에 나뭇가지처럼 매달려 있었다.

섬 소년, 신중현, 김정미, 대마초, 소미 누나, 미미, 그리고 나영. 저 문을 열고 들어간다면 잃어버린 청춘을 되찾을 수 있을 것 같았다. 적어도 이토록 취해 있는 동안에는 말이다. 조심스럽게 술집의 문을 열었다. 길고양이 한 마리가 골목길에서 튀어나와 다급하게 도로를 건너가고 있었다.

술집의 문을 열고 들어가자 한 여인이 허리를 굽히고 청소를 하고 있었다. 한 손에는 담배를 들고 있었다. 그녀는 막 술집의 문을 닫으려고 준비를 하고 있던 참이었다. 가슴이 두근거렸다. 아무 말도 못하고 우두커니 그녀의 뒷모습을 보았다. 그녀가 고개를 숙인 채 말했다. 이미 술에 취한 것인가 싶기도 했다.

"영업 끝났습니다. 술도 다 떨어졌어요."

"......"

그녀의 말에 대꾸도 하지 않고 심지어 손가락 하나도 꼼짝하지 않았다. 마치 커튼으로 가려진 그림을 보는 사람처럼, 나를 향해 몸을 돌린 그녀의 얼굴이 드러나기를 기다렸다. 그녀가 긴 머리카락을 쓸어 올리면서 말했다.

"영업 끝났다니까요. 어? 혹시!"

그제서야 나는 움직일 수 있었다. 그녀는 미미였다.

"허허. 여전하시네요. 미미 누나. 하나도 안 변했어."

"혹시 섬 소년?"

"누나. 그래요. 접니다. 섬 소년… 서문. 누난 하나도 안 변했네."

"야, 임마. 섬 소년, 너 정말."

그녀는 손에 들고 있던 담배를 바닥에 떨어뜨렸다. 나는 과장되게 두 팔을 벌리고 천천히 그녀에게 다가갔다. 미미가 와락 안긴다. 몽실한 구름처럼 가벼운 추억을 안고 나는 한동안 움직이지 않았다. 눈물이 날 것 같았다.

미미는 술집 문을 닫아걸고 탁자 하나를 비우고 앉았다. 건물은 바뀌었지만, 바로 이 장소에서 대마초를 피우면서 노래를 들었다.

그 생각이 났다. 예나 지금이나 그녀는 역시 거침이 없었다. 술이 떨어졌다는 건 거짓말이었다. 내가 편의점에서 술을 사오려고 하자, 그녀는 바 쪽으로 걸어가더니 양주 한 병과 과자를 담은 안주를 내왔다. 우리는 그냥 한동안 서로를 바라보다가 크게 웃었다. 정말, 신기한 일이다. 이런저런 이야기를 나누다가 새벽 여명이 밝아올 즈음에 그녀가 취해서 말했다.

"그래, 네 소식은 가끔 들었어. 여기에 오는 사람들에게 말이야. 전공을 바꾸고 학자의 길을 걸어갔다고 하던데, 어울리네. 그래 대자연에서 많은 걸 봤니. 그리고 정말, 넌 나이 차이가 많이 나는 연상의 여인하고 결혼했다면서. 섬에서 만난 화가라고 하던데. 참 연상을 좋아하는구나. 그때 누나한테 한번 덤벼보지 그랬어. 넌 매력 있었는데 말이야. 하긴 소미가 있었지. 아니 이젠 월명 스님이다. 얼마 전에 한 번 다녀갔어."

"아이고, 오래된 이야깁니다. 월명 스님은 잘 지내지요."

"그래, 이젠 제법 승려 같아. 너 결혼하고 나서 일 년도 안 돼서 개인적인 참사를 겪었다는 이야기는 들었다. 많이 아팠겠구나. 월명 스님이 어떻게 그 이야기를 알고 있더라. 참 안타까워했어. 그래도 잘 견뎌줬네. 난 그동안 두 번 결혼하고 두 번 이혼했다. 지금은 무명 연극 배우인 한 남자하고 동거하면서 아이들 키우면서 살고 있어. 그나저나 우리 섬 소년이 말이야. 야, 이젠 흰머리가 제법 보이는구나. 누나도 많이 늙었지."

적어도 내 눈에 그녀는 예전보다 더 매력적으로 보였다. 미미는 불로초라도 먹은 것 같았다. 하지만 나는 그냥 고개를 끄덕였다. 우리는 밤을 새워 술을 마셨고, 나는 어느 순간에 푹 쓰러졌다. 몽롱한 상태에서 아침 해가 떠올라 지난밤의 어둠을 깨진 거울처럼 조각내고 있었다.

21 거
　　울
　　뉴런

　병원과 입원실의 호수를 다시 확인하고 코트의 안주머니에 메모
지를 구겨 넣었다. 주머니에 집어넣은 손으로 메모지를 만지작거
리면서 택시에서 내렸다. 불과 얼마 전에 내가 수술을 했던 바로
그 병원이었다. 길이 익숙하다. 병원의 1층 로비를 지나 지하 편의
점에 내려가 과일 바구니를 골라 손에 들었다. 가슴이 답답해서 크
게 한숨을 쉬고 편의점의 거울을 보면서 머리를 만졌다. 그런대로
단정하고 깔끔하다. 병문안을 가는 모양새로 그리 나쁘지 않았다.
어깨를 펴고 새로 산 정장의 옷매무새를 가다듬었다.
　이 옷은 종혁과 함께 구입한 것이었다. 그녀를 만날 생각을 하니
우선 옷을 잘 갖추어 입고 싶었다. 답사를 다니기 편하게 등산복과

가벼운 청바지만을 입고 생활해온 나는 옷을 보는 안목이 없었다. 겨우 상가에 갈 때 입는 검은색 정장과 흰 와이셔츠가 한 벌 정도 있을 뿐이다. 그것도 언제 입었는지 기억도 나지 않는다.

하지만 종혁은 자주 해외 출장을 다니고, 사회 명사들과 인터뷰가 자주 있고, 공적으로도 예술가들과 어울려야 하기 때문에 남성복에 대한 안목이 있어 보였다. 가끔 아르마니나 보스에 대한 이야기를 했다. 얼마 전에는 캘빈클라인 가죽 허리띠를 나에게 주었다. 청바지를 자주 입으니까 필요할 것이라고 하면서, 독일 출장길에 자신의 바지를 사면서 하나 더 구입했다는 것이다. 그 생각이 나서 나는 전화를 걸어 종혁과 백화점의 남성복 코너에서 만났다.

종혁은 명품 디자이너 라벨이 붙어 있는 정장을 추천해주었다. 그가 애용하는 아르마니 정장이었다. 옷값이 그렇게 비싸다니, 나는 허허 웃었다. 그리고 넥타이와 와이셔츠, 심지어 속옷까지 새로 구입했다. 허리띠와 구두까지 모두 종혁의 안목으로 선택한 것이다. 그녀에게 좋은 모습을 보여주고 싶었다. 삼십 년 만에 만나면서 청바지를 입고 가고 싶지는 않았다. 최대한 예의를 갖춘 신사처럼 보이고 싶었다. 옷이 날개라는 말이 맞다.

하지만 아무리 잘 갖추어 입어도, 지나간 세월 탓인지 거울을 통해 보는 내 모습이 뒤틀리고 불안정하게 보였다. 지하에서 올라와 로비로 걸어가는 내내 고개를 숙여 들고 있는 과일 바구니를 자꾸 내려다보았다. 입원실이 있는 5층에 내리자 시내 종합병원 별관 병동에 근무하는 의사와 간호사들이 무미건조한 표정으로 환자들을 돌보고 있었다. 약품과 주사기가 놓인 쟁반과 차트를 든 간호사들이 입원실을 부지런히 드나들고 있었다.

나는 입원실의 근처에서 잠시 망설이고 있었다. 종합병원의 5층 502호를 지나치면서 환자의 이름을 확인했다. 2인실의 환자 명패에는 황보나영이라는 이름과 성별, 생년이 펜으로 적혀 있었다. 다른 이름이 없는 것으로 보아 혼자 입원실을 쓰는 모양이었다. 그 자리에 서서 명패를 손가락으로 만져보았다. 과연 이 이름의 주인이 병실에 있을 것인지 의심스러웠다. 그리고 내가 만나야 할 사람인지 생각했다.

'그래, 뭘 어쩌자는 것이 아니야. 그냥 한 번 보는 거지. 어쩌면 이것이 마지막일 수도 있잖아. 그나마 다행이잖아. 그녀가 나에게 전화를 걸어왔다는 것이 말이야. 그냥 다른 사람에게서 그녀의 부고를 듣는 일보다 얼마나 다행이냔 말이다.'

때론 마음이 말하는 소리가 타인이 자신의 귀에 대고 하는 이야기처럼 잘 들릴 때가 있다. 용기를 내서 '그래, 그렇게 하자.'라고 중얼거렸다. 혼자 생각하고 혼자 대답한다. 엘리베이터에서 내려 502호로 오는 동안 다른 입원실의 병상에 누워 있는 환자들의 모습이 하나둘 보였다. 입원실의 복도에는 링거를 매단 밀대를 끌면서 복도를 오가는 환자들이 그의 곁을 무기력하게 천천히 지나간다. 바닥을 보니 100미터 200미터 간격으로 거리가 표시되어 있었다. 입원 환자들의 실내 산책로로 만들어진 복도였다. 그 복도 바닥에 있는 화살표를 따라 천천히 한 바퀴를 돌고 다시 입원실 문 앞에 서서 손을 뻗어 기척을 내려고 하다가 멈추었다. 어쩐 일인지 입원실의 문은 조금 열려 있었다. 그사이 누군가 들어가면서 문을 닫지 않은 모양이었다.

열린 문틈으로 보이는 병상에 누워 있는 한 여자와 그 앞에 의자를 놓고 있는 남자의 모습을 보았다. 여자는 얼굴을 확인할 수 없었지만, 남자는 옆모습이 잘 보였다. 그는 그녀의 전 남편 낭궁민처럼 보였다. 아니, 분명히 그였다. 맨손으로 불길을 만진 것처럼 깜짝 놀라 얼른 문 뒤로 숨었다. 경직된 자세로 잠시 숨을 고르다가 복도를 걸어가 휴게실의 의자에 앉았다. 심장이 두근거리고 있었다.

'무슨 죄를 지었다고 이토록 당황한 것일까? 그냥 들어가서 아는 척을 할까. 아니다. 저 녀석과도 안 본 지가 벌써 십 년이 넘었다. 그래 여기서 좀 기다리자.'

잠시 휴게실에 있는 티브이를 멍하니 쳐다보았다. 모니터에는 아이돌 가수들이 나와 건강한 다리를 드러내며 요란한 춤을 추고 있었다. 노래를 부르고 있는데 소리는 거의 나오지 않는다. 눈으로 화면을 보고 있었지만 잘 보이는 것이 없었다. 그저 형형색색의 물체들이 눈앞을 지나갈 뿐이었다. 자판기에서 꺼낸 커피를 조금 마시고 탁자에 내려놓았다. 휴게실에 비치된 여성지를 뒤적거리다가 고개를 들었다. 휴게실의 창문을 통해 마주 보이는 엘리베이터에 낭궁민의 모습이 보였다. 낭궁민은 1층으로 내려가는 버튼을 누르고 고개를 숙이고 있었다. 머리카락을 손가락으로 만지면서 서 있는 모습이 옛날 그대로이다.

'넌, 참 변하지도 않았다. 아니 더 좋아진 것 같다.'

그는 건강한 중년 사내로 변해 있었다. 신경이 날카롭고 병약했던 젊은 시절보다 기운은 더 좋아 보인다. 하지만 머리에 백발이 눈에 띈다. 그때 젊은 여자가 나가왔다. 의사 가운을 입고 있는 그녀의 가슴에 신경외과 의사 '남궁혜리'라는 이름이 적혀 있었다. 수술대에서 실려 나오면서 그녀를 보았던 것 같다.

이제 조금 떨어진 거리에서 보니 그 모습이 확연했다. 그 자리에서 벌떡 일어났다. 그녀는 황보나영과 너무나 닮아 있었다. 아무리 모녀지간이라지만 저토록 닮은꼴일 수가 있나 싶을 정도였다. 대학 시절의 그녀가 삼십 년이 지난 후, 병원에 의사 가운을 입고 나타났다. 휴게실의 창문에 코가 닿을 정도로 얼굴을 바싹 대고 있었다. 엘리베이터 앞에서 두 사람은 뭔가 이야기를 나누었다. 나도 모르게 '나영아'라고 소리를 칠 뻔했다.

두 사람은 뭔가를 이야기하다가 말을 마쳤다. 남궁민은 딸의 어깨를 만져주고는 다시 고개를 숙이고 엘리베이터를 타고 내려갔다. 침통한 표정이었다. 그녀는 휴게실로 들어와 자판기에서 커피를 꺼내고 있었다. 그녀에게서 눈을 뗄 수가 없었다. 그녀와 눈이 잠시 마주치자 얼른 고개를 돌렸다. 그녀는 고개를 갸웃거리면서 주춤거리다가 걸려온 전화를 받고는 다시 발길을 돌려 입원실로 걸어 나갔다. 나는 자석에 이끌리듯 그녀의 뒤를 따라갔다. 그리고 입원실 앞에서 기다렸다. 그녀는 커피를 나영에게 내밀었다.

"커피는 안 좋다니까, 그냥 맛이나 봐요."

"몸에 안 좋아도 먹고 싶을 때가 있는 법이야. 조금만 먹을게."

"그래요."

황보나영은 반쯤 일어나 커피를 조금 마시고 말했다.

"그 사람…, 다시는… 부르지 마라. 네 아빠는 이미 우리를 떠난 지 오래됐어. 이젠 다른 집안에서 사는 사람이니까, 부르지 마. 한 번 더 이런 일이 있으면 엄만 너에게 실망할 거다."

"아빠에게서 먼저 연락이 온 거야. 내가 오지 말라고 했지만, 한 번은 와야 되겠다면서 다녀간 거고. 엄마… 헤어진 지 벌써 이십 년이 넘어가는데 나는 아직도 아빠가 미워. 미워하는 감정이 남아 있어. 엄마가 고생을 해서 이런 병도 걸린 거야. 그걸 생각하면 나도 정말 보고 싶지 않아. 하지만 엄마… 그건 지난 일이잖아. 나도 이렇게 성장했고, 누굴 미워하면서 지내기에는 엄마 인생이 너무 아깝잖아. 엄마가 내가 근무하는 병원에 있으니까 그냥 한 번 온 거야."

"하지만 이제 엄마는 그 사람에게 아무런 감정이 없어. 그저 안 좋은 기억이 있을 뿐이야. 그게 힘들어서 그래. 그 기억이 자꾸 자극을 하니까 나도 힘들어. 그저 나에게 주어진 여생이 있다면 그 시간이나마 조금 편하게 지내고 싶다. 다 자기가 사는 길이 있는 거지. 이젠 원망하지 않는다. 그 사람 덕에 네가 공부를 할 수 있었으니 그건 고마운 거고. 하지만 아닌 건 아닌 거야."

나영은 희미하게 웃었다. 그리고 다시 한 번 "감정, 그런 거 없다."

라고 말하면서 창문을 바라보았다. 나영은 의사 가운이 잘 어울리는 딸을 두었다. 그녀가 동그란 안경을 머리 위로 올리면서 엄마의 손을 잡고 말했다.

"엄마…. 인체의 신경세포 중에 거울 뉴런이라는 게 있어. 사람들이 서로 공감하게 하는 뉴런인데, 아기가 웃는 걸 보면 저절로 어른이 따라 웃는 것 같은 거야. 거울처럼 말이야. 이게 있어서 사람들은 서로 공감하고 사랑하는 것 같아. 엄마는 감정이 없다고 하지만 아빠를 보면서 화가 나는 것도 일종의 거울 뉴런의 작용이야. 서로가 미워하니까. 엄마, 이젠 그 거울을 깨뜨려버려요. 아빠를 보고 화내지 말아요. 그럼 엄마만 손해잖아. 그리고 엄마. 감정에는 성 차이가 있어. 남녀가 서로 달라. 원인이야 여러 가지가 있겠지만, 환경, 교육, 유전자, 호르몬 등이 모두 영향을 미치는 거지. 남성과 여성은 동일한 환경에서 같은 공감을 표현하더라도 뇌의 활동 모델은 전혀 다르다는 연구가 있어. 일반적으로 여성의 뇌 활동이 더 복잡하고 주로 대상회에서 활동이 나타난대.

대상회는 여러 뇌 부위에서 온 감정적 정보가 행동 결정을 준비하기 위해 모이는 장소야. 하지만 남성의 경우 이 부분은 죽은 듯 고요하다는 거지. 대신 다양한 관찰과 분석을 담당하는 두정엽의 한 부위가 활성화된대. 그러니까 남성의 경우에는 공감 역시 합리적 분석의 결과라는 거지. 이건 학계에서 거의 정설로 받아들여진 이론이야. 아빠는 이런 남성의 특징을 과도하게 많이 가지고 있는 것 같

아. 그래서 타인에게 시니컬하게 보이는 거고."

나영은 딸의 설명을 듣고 인상을 쓰면서 말했다.

"얘는 새삼스럽게 엄마를 공부시키는 거야. 이럴 땐 꼭 아빠를 닮았구나. 그래 넌 아빠를 많이 닮았어. 지성적이고 냉정하지. 넌 의사로 성공할 거다. 엄만 아빠에 대한 너의 의학적인 견해에는 별 관심 없어. 하여간 너의 아빠는 냉혈한, 철면피야. 아마 두정엽이라든지 대상회조차 없는 뇌를 가지고 있을 거야. 지금 생각하니 너무 분하고 화가 나. 내가 왜 그때 그렇게 바보처럼 살았을까?"

나영은 무슨 생각을 했는지 온몸을 심하게 떨었다. 놀란 딸이 엄마의 손을 잡고 말했다.

"엄마, 흥분하지 마. 건강에 안 좋아. 내가 잘못했어. 아빠는 다시는 안 올 거야. 엄마 말대로 냉혈한이고 철면피니까. 그래도 난 아빠가 한 번은 엄마를 봐야 한다고 생각했어. 미안해 엄마. 엄마가 보고 싶은 사람 있으면 불러. 엄마에게 좋은 추억이 있는 동창이나 친구들 말이야."

"이젠, 그런 쓸데없는 짓 하지 마라. 엄마가 식물인간도 아니고. 보고 싶은 사람 없어."

"알았어. 진정해 엄마. 미안해."

"이젠 퇴원하고 싶다. 어서 퇴원해서 집에 가고 싶어."

"김 선배하고 상의하고 퇴원하자 엄마. 조금만 더 있어보자."

"그래, 하여간 빨리 가고 싶다."

나영은 스마트폰을 꺼내 무엇인가를 확인했다. 나영의 딸은 고개를 끄덕이면서 말했다.

"엄마, 요즘에 기다리는 전화 있어? 왜 갑자기 스마트폰을 가져오라고 하고."

"아니야. 그냥 뉴스나 동창들 페이스북을 보려고 하는 거야."

"몸이나 잘 추슬러요. 눈 나빠지게 웬 스마트폰."

나영은 스마트폰을 내려놓고 다시 눈을 감았다. 나영의 딸은 간호사를 불러 몇 가지 지시를 하고 입원실을 나갔다. 병원의 복도가 긴 터널처럼 느껴졌다. 나는 터널의 끝에 있는 것처럼 환한 병실의 입구에 서 있었다. 이제 더 이상은 주저할 수 없었다.

나는 환자만 남아 있는 병실 문을 조심스럽게 열었다. 긴 숨을 몰아쉬고는 한 발을 내디뎠다. 비로소 황보나영 앞에 섰다. 우리 사이에 삽십 년의 세월이 바다처럼 넓게 퍼져 있는 것 같았다. 그녀는 내가 아직 갈 수 없는 섬처럼 보이기도 했다.

나영은 그사이 잠이라도 들었는지 고른 숨을 쉬면서 눈을 감고 있었다. 고개를 숙여 그녀를 자세히 보았다. 그녀의 얼굴에는 젊은 시절의 그녀가 없었다. 그녀의 딸이 엄마의 젊은 몸을 가지고 빠져나갔다. 그녀는 빈껍데기 같았다.

친구의 표현은 정확했다. 아직은 젊다면 젊은 나이다. 겨우 쉰 살에 이게 무슨 일인가. 그녀의 흰 머리카락은 구겨진 신문지처럼 건조하게 메말라 있었다. 눈물이 많고 수줍음이 가득했던 처녀의 얼

굴은 딸에게 그대로 옮겨가고 겨울 들판에 홀로 서 있는 빈 나뭇가
지처럼 그녀는 앙상했다. 하지만 거기에 그녀가 있었다. 삼십 년의
세월이 발걸음 한 번 옮긴 것처럼 짧았다. 눈물이 차오르는 것을 느
끼면서 몸을 돌렸다. 그때 아득히 먼 곳에서 종소리가 들렸다.

"오빠, 문 오빠지."

목소리, 낮은 목소리가 들리는데 고막이 찢어질 것처럼 아팠다.
꼼짝할 수가 없었다. 그녀는 고개를 약간 기울이면서 말했다.

"병문안을 왔으면 인사를 해야지. 왜 그냥 가요. 또 그냥 멋대로
가려고 해요. 싱거운 사람. 우리가 뭐 대단한 연애라도 한 사이라고.
그냥 생각이 나서 안부 전화 한 거예요. 너무 신경 쓰지 마요. 얼굴
한번 봐요."

나는 아무런 대답도 하지 못하고 그 자리에 주저앉았다. 마치 상
갓집에 온 사람처럼 소리 죽여 흐느꼈다. 나영이 몸을 일으켜 주저
앉아 있는 내 등을 우두커니 바라보았다.

"오빠, 울지 말고 얼굴 좀 봐요. 왜 울어요. 바보같이. 이젠 참을
수 있는 슬픔이잖아요. 그동안 우리 사이에 있었던 일들이 다 사라
졌잖아요."

그녀를 떠나던 날, 버스 터미널에서 나영이 멀리서 울고 있는 모
습이 연상되었다. 눈가를 훔치며 천천히 몸을 돌렸다. 한 손에 들
고 있던 과일 바구니를 내려놓지도 못하고 말했다.

"오래간만이다. 그동안 잘….”

22 오
　래
　된

사랑은 새처럼 걷는다

"전화 받고 마음이 너무 무거워서 한참을 망설이다가 이렇게 그
냥 찾아왔다. 다시 전화를 하지 못한 건, 지나간 시간도 너무 길고
그 이야기들을 전화로 하기에는 내 감정이 잘 전달되지 않을 것 같
아서 말이야. 나영아. 나 여기에 오기까지 정말 많은 생각을 했다.
대학을 졸업하고 평생 미친듯이 동물의 흔적을 쫓아다녔는데, 정
작 내가 찾아야 할 것은 내 발자국이 아닌가 하는 생각도 하고 말
이야. 이게 다 네 전화에서 시작되었다. 정말 고맙고 미안하다. 그
런데 말이야, 넌 많이 변한 것 같은데, 얼굴 속에 변하지 않은 것도
있구나. 가까이에서 보니까 정말 변하지 않은 것이 있다."

　나영은 그저 웃음 띤 얼굴로 나를 보고 있었다. 그녀는 내 얼굴에

서 무엇인가를 읽어낼 것이 있는 것처럼 가만히 들여다보고 있었다. 과연 그녀는 늙어버렸지만 얼굴 속에는 아직 대학 시절에 보았던 순수한 소녀가 앉아 있었다. 그리고 눈동자. 그 맑은 눈동자는 중심에서 벗어나지 않았다. 그 모습이 보이자 그녀의 눈동자를 정면으로 바라볼 수 있었다. 우리가 적당한 거리에서 서로를 바라보기까지 시간은 오래 걸리지 않았다.

나영이 말했다.

"오빠… 여전해요. 오빠…. 저 그 섬에 다시 간 적 있어요. 이혼을 하고 나서 혼자 찾아갔었는데, 모두들 떠나고 없더라고요. 마치 내 젊은 시절처럼 말이에요. 그게 아마 이십 년은 된 것 같아. 그 뒤로는 가보지 못했어요. 오빠는 그 섬에 간 적이 있어요?"

나는 가슴 한구석이 서늘해졌지만 참을 수 있을 정도였다. 그 사이의 일을 지금 말할 필요는 없을 것 같았다. 내가 말했다.

"꽤 오래된 것 같아. 한두 번 정도."

"어쩌면 우리가 거기에서 다시 만날 수도 있었군요. 그런 생각을 했어요. 오빠가 새를 쫓아 여기에 오지 않을까. 그럼 무슨 말을 하지."

"사실 나도 그런 생각한 적이 있다."

"오빠는 그 섬에서 새들이 사람처럼 걷는다고 했어요. 참 멋진 말이야. 새와 사람이 두 다리로 걷는데 새들은 날개가 있어서 발자국을 쫓아가도 실체를 볼 수가 없다고 했어요. 그런데 이제는 그런 생각이 들어요. 오래된 사랑은 새처럼 걷는다는 생각 말이지요. 오래된 사랑의 발자국을 쫓아가다 보면 그 사랑이 사라지고 없어요. 사랑이 끝난 그 자리에서 죽어 사라졌기 때문이지요. 하지만 새의 발자국이 끊어져도 새는 하늘을 날고 있는 것처럼, 오래된 사랑에 영혼이 있다면 어딘가로 날아가겠지요."

"그래 그렇구나. 사랑의 영혼이 새의 날개 같다는 생각은 희망이라기보다는 용기를 주는구나. 그래 영혼이 있다면 어디인들 가지 못할까. 아마 그런 생각이 있어서 여기까지 오게 된 것이겠지. 걸어온 것이 아니라 날아온 것 같기도 하고 말이야. 아직까지 이런 감정이 남아 있다는 게 정말 다행이라는 생각이 들어."

"저도… 오빠 목소리 듣고 정말 좋았어요. 그리고 두려웠는데, 막상 목소리를 들으니까 벽이 무너지는 것처럼 세상이 환해지더라고요. 이젠 어디라도 날아갈 수 있을 것 같기도 하고."

우리는 잠시 침묵하면서 서로를 바라보기만 했다. 나는 그녀의 병상 이부자리를 반듯하게 펴주면서 지나가는 말처럼 물었다.

"그래, 그동안 어떻게 살았어?"

"그거야 뭐, 중요한가요. 우리 다른 이야기해요. 이 아까운 시간에. 그런 이야기는 시시해. 우리처럼 이렇게 다시 만나기도 쉽지 않아요. 그냥 그렇게 살다가 가는 사람들이 너무 많은 것 같아요. 주위를 살펴보면 슬픈 사람이 너무 많아."

그날 나는 거대한 바다에 떠오르는 섬을 보았다. 이제는 갈 수 없는 섬이었다. 지나간 시간처럼 그것은 기억의 무인도가 되어 있었다. 사람들의 기억 속에서 한때는 만선이 오고가던 섬이 무인도가 되는 순간이 있다. 어느 날, 다시 찾아간 자리가 사라진 것처럼.

나는 다리의 상처 자리에서 다시 통증을 느꼈다. 이제 살 날이 얼마 남지 않았다는 사실을 떠올렸다. 의사가 걱정스러운 얼굴로 암세포가 전이되고 있다고 했던 말이 떠올랐다. 재수술을 권유했지만 병원에 가지 않았다. 그 시간을 병원에서 보내기 싫었다. 때가 되면 지상에 발자국을 남기고 어느 순간 새처럼 날아갈 것이다.

나영이 말했다.

"우리 젊은 시절, 오빠가 나에게 글 제목을 하나 준 적이 있어요. 기억나요?"

"그럼, 기억나지. 연애 감정이라는 제목이었지."

"아직 나는 숙제를 하지 않았어요. 아니, 그때 에세이를 쓴 적이 있었는데 오빠가 오지 않았지. 왜 돌아오지 않았어요? 돌아온다고 했잖아요."

"잘 모르겠어. 어떻게 된 건지. 정말 미안한데 잘 모르겠어."

"아마도, 그 땐 갈 곳이 많아서 그런 게 아닐까 싶어요. 정말 오빠 바람처럼 돌아다녔어. 어디로 불어올지 모르는 봄바람처럼."

"너는 나무처럼 그 자리에 있었지."

나영의 얼굴에 생기가 감돌고 있었다. 신기한 일이었다. 그녀가 기운을 차리고 몸을 반쯤 일으켰다.

"오빠. 미당 선생 강의를 들은 적 있어요?"

"아니, 나도 선생님 강의를 직접 들은 적은 없어. 우리 선배들이 들었지."

"그래요. 저도 선배들에게 들은 이야기인데, 미당 선생은 가끔 시한 편을 칠판에 적어놓고 그냥 의자에 앉아 계셨다고 해요. 요즘 같으면 아마 그런 강의는 할 수 없을 거야."

"아마 그럴 거야. 바로 학교에서 쫓겨나겠지."

"그때 미당 선생은 담배를 피우시기도 하고, 가만히 앉아서 창밖을 보시기도 했다는 거예요. 이젠 유명한 시인이 된 그 선배가 자신도 대학에서 강의를 하지만, 그 강의를 잊을 수가 없다는 거예요. 한 번은 칠판에 '빈 가지에 바구니 걸어놓고 내 소녀 어디 갔느뇨'라는 오일도의 시를 적어놓고 그 자세로 의자에 앉아 계셨다는 거예요. 담배를 피우시면서요. 그리고 수업 시간이 끝나자 학생들을 데리고 막걸리를 마시러 나가셨대요. 그 문장에 대한 이야기는 하지 않았다고 하더군요. 그때 선배는 그 구절이 마치 자신을 떠난 여자에게 바치는 헌사처럼 느껴져 많은 시를 썼다는 거죠. 물론 그 강의가 아카데믹하게 좋은 강의라고는 할 수 없겠지만, 세상에 그토록 무거운 강의가 있을까 생각했어요. 그래서 기형도 시인은 〈침묵의 뼈〉라는 시를 썼나 봐요. 가만히 생각해보니 사람들이 의미 없이 떠들어대는 말들이 세상을 병들게 하는 것 같아. 부질없는 약속들, 허무맹랑한 구호들, 이런저런 정치적인 거짓말들. 정말 많아요. 너무

시끄러워서 미쳐버릴 지경이 되기도 하는데, 미당 선생의 강의는 연못에 돌을 던지는 것처럼 조용한 시를 생각하게 하지요."

"그래 그 구절은 선생의 시에 부제로 달린 문장이지. 참 생각을 많이 하게 만드는 문장이야."

"그 시의 제목이 뭔지 아시죠."

"잘 알지…. 그 시는 내가 좋아하는 시야."

"그 시 제목 한번 들려줘요."

"뭐?"

"그래요. 그 시는 아주 기니까 외우라고는 하지 않을게요. 대신에 그 시 제목 한번 말해 봐요. 그리고 첫 문장만. 오빠. 그 시를 들려줘요. 어서요. 시는 소리를 내서 읽어야 좋아요. 맛있는 음식을 치아로 씹는 것처럼 천천히 들려줘요."

나영은 아이처럼 졸랐다. 얼굴에 화색이 돌면서 대학 시절의 모습이 돌아와 있었다. 정말 신기한 일이다. 나도 힘이 났다. 나는 드디어 그녀의 손을 다시 잡았다. 참 따뜻했다.

"그래, 그래. 제목은… 무슨 꽃으로 문지르는 가슴이기에 나는 이리도 살고 싶은가. 그리고 첫 줄은… 아조 할 수 없이 되면 고향을 생각한다. 이제는 다시 돌아올 수 없는 옛날의 모습들, 안개와 같이 스러진 것들의 형상을 불러일으킨다. 귓가에 와서 아스라이 속삭이고는, 스쳐가는 소리들, 머언 유명 幽明에서처럼 그 소리는 들려오는 것이나, 한 마디도 그 뜻을 알 수는 없다."

23 한
마
디
도

그 뜻을 알 수는 없다

　이제는 내가 살아온 날들을 적어놓은 문장에 마침표를 찍을 수 있다는 자신감이 생겼다. 결국 지난 일들은 다 자신이 찍어놓은 발자국이었다. 때론 타인을 원망하면서 도둑 발자국처럼 취급을 했지만 결국은 자신의 것이었다. 이제 자신의 발자국을 쫓아가는 긴 여정의 끝이 보이는 지점에 나는 서 있었다. 거기에 무엇이 있는지 전혀 짐작할 수 없었다. 짐승인지 인간인지, 자신인지 타인인지. 자신의 발자국이 끝나는 곳에 왜 자신이 없을 것 같다고 생각하는지도 몰랐다. 꼭 다른 사람이 있을 것만 같았다.

　오랜만에 단골 카페에 가서 한가하게 차를 마셨다. 벌써 십 년 넘게 이곳을 다녔다. 그동안 많은 바리스타들이 나에게 커피를 내려주었다. 한동안 오지 못했는데, 얼굴이 낯선 젊은 바리스타가 커피를 내리고 있다. 잠시 후, 주인이 들어오면서 나를 발견하고 반색을 한다. 그녀는 운동을 하고 오는 길이라면서 요즘에는 여기저기 아픈 곳이 많다고 푸념을 한다. 나영과 비슷한 나이인데 두 사람의 외모는 많이 달랐다. 헬스클럽에서 운동을 할 때 입고 있던 옷을 그대로 입고 왔는데, 젊은 기운이 온몸에서 뿜어져 나온다. 그녀를 보고 병든 나영을 생각하니 저절로 한숨이 나왔다.

"원고 보러 오셨어요?"

그녀는 머리를 묶은 끈을 만지면서 다시 머리를 정돈하면서, 탁자에 앉아 있는 내 맞은편에 앉았다.

"그래요. 중요한 원고를 한 번 보려고. 오랜만이네요."

"그러게요. 자주 오세요. 좋은 커피 대접해 드릴게요."

"아. 그런데 사실은 내가 지방으로 갈 일이 있어서 겸사겸사 온 겁니다. 오늘 보니까 건강해 보여서 기분이 좋네."

"지방요. 아… 답사를 가시는구나."

"그래요. 그런데 그게…, 이번에는 좀 긴 답사가 될 것 같아요."

이 카페도 나에게는 중요한 장소이다. 연구실에서 나와 산책을 하다가 고양이가 생선가게를 지나치지 못하는 것처럼 찾곤 했다. 가끔 만나야 되는 사람들과의 약속 장소로도 자주 이용했다. 이곳과도 이제는 헤어져야 된다는 생각을 하면서, 나는 그녀에게 인사를 한 것이다. 오늘따라 커피 맛이 참 좋다고, 어딜 가든 이 커피가 생각날 것이라고 하면서. 그녀는 그래도 잊지 말고 찾아달라는 말을 남기고 일어섰다. 커피를 반 잔쯤 마시고 나영의 노트를 가방에서 꺼냈다. 넓은 창으로 비치는 햇살을 조명 삼아 그녀로부터 전해받은 노트를 펼쳤다.

오빠, 그때 오빠가 이야기한 '연애 감정'에 대한 글을 이제야 쓰네요.

이건… 오빠가 앞으로 육 개월을 넘길 수 없다는 이야기를 전해 듣고 제가 오빠에게 드리는 마지막 마음이라고 생각하면 될 것 같아요. 오빤 도대체 무슨 병을 그렇게 독하게 앓았어요. 여전히 예전의 그 싱거운 사람이군요. 삼십 년 만에 병든 몸으로 와선 또 이렇게 금방 가버리려고 하니까 말이지요. 하긴 청춘이었던 그때도 오빠는 병든 몸이었지요. 세상과 사랑에 대해 지독하게 아파했어요. 한때 우리는 사회와 주위 사람들을 원망했지만, 이젠 더 이상 그런 마음도 들지 않아요. 이제야 철이 드는 것일까 싶네요.

종혁 선배를 만나고 나서 돌아오는 길에 여자의 직감이랄까, 선배는 오빠에 대해 할 말이 있는 사람처럼 보였어요. 엘리베이터를 타지 않고 계단을 내려오는데 아무런 근거도 없이 불안한 마음이 들어 다시 신문사로 올라가 확인을 해보니 선배는 그제서야 주저하면서 말을 하더군요.

"그래 잘 왔다. 그냥 지나가면 뭔가 죄를 지은 것 같기도 하고. 거두절미하고, 서문은 이제 얼마 살지 못한다. 그 녀석 참 지독하게 외길을 걸었는데 말이야. 비록 우리가 좋은 글재주를 가진 시인 하나를 잃어버린 것 같아서 아쉽기는 하지만 지난 세월 야생동물에 대한 연구로 자기 분야에서 한 경지를 이루었으니 그것으로 족한 거지.

얼마 전에 동물의 흔적에 대한 문이의 책을 받아들고, 결국 문이는 동물들을 쫓아가는 인간의 발자국 몇 개를 우리에게 남기고 가고 있다는 생각이 들었다. 무슨 이유인지는 모르겠지만 그 녀석, 암 치료를 거부하고 죽음을 받아들이겠다고 하는구나. 허탈하게 웃으면서 새들은 암 치료를 받지 않는다고 하면서 말이야. 그냥 새처럼 날아가겠다는 말을 하던데. 그때 자신의 청춘에 한 마리 새가 있다면 바로 너라고 하더라.

하긴 병원에서도 치료가 불가능한 말기 암으로 보고 있고, 암세포가 계속 다른 쪽으로 전이가 되고 있으니까. 항암 치료를 비롯한 고통만 받을 뿐이니, 문은 일말의 희망을 포기하고 인간의 기품을 지키면서 그냥 가겠다고 하더라. 나영아, 문의 사무실에 갔을 때 네 걱정을 하는 소리를 들었다. 네 전화를 받았다고 말이야. 혼자 살면서 동창들의 안부에 거의 관심이 없는 녀석이 유독 너는 챙기더라고. 너에게 무슨 죄라도 지은 사람처럼 말이야. 둘이 대학 시절에 연애라도 한 거야?"

"그런 것 같기도 하고, 문 오빠 마음을 잘 모르겠어."

"하긴 그 시절에 누군들 연애를 하지 않았겠니. 다 지나간 이야기니까 마음 가볍게 먹어라. 서문이는 이젠 주변 정리를 다 한 모양이야. 평생 외롭게 살았으니 그나마 있는 재산을 다 정리해서 여행을 다니다가 죽을 거라고 하던데. 사무실은 아직 유지하고 있는 것 같아. 아직 뭐 쓸 게 있는지 말이야. 연락하고 싶으면 해봐라. 내가 말했다고는 하지 말고."

"그렇군요."

"그나저나 너도 건강이 안 좋아 보이는데, 많이 아픈 거냐."

"선배도 참…. 다 알면서 뭘 새삼스럽게 그러세요. 그래도 치명적인 것은 아니니까, 걱정하지 마세요. 우리 나이쯤 되면 누구나 병들어 있어요."

"하긴 그렇다. 나도 요즘에 몸이 간헐적으로 휘청거려. 심장이 무겁기도 하고 말이야. 겁이 나서 조심조심 다니고 있다."

"내가 전화하니까 반가워하더군요. 그게 고마워요."

"아마, 그럴 거다."

오빠에게 제가 전화를 했을 때 오빠가 대학 시절에 내준 과제를 이제야 탈고하고 난 후였어요. 이 부끄러운 글을 그냥 가슴에 묻을까 하다가 그래도 오빠가 이 글의 수신인이니까. 이 글이 배달 불능 우편물 취급을 받게 할 수는 없다는 생각이 들었어요.

그래요. 만약에 오빠가 이 세상 사람이 아니라면 이건 '데스 레터'가 되는 거겠죠. 배달 불능 우편물이 되기 전에 오빠에게 내가 직접 전해야 되겠다는, 오빠처럼 싱거운 사람에게는 그것이 최선의 방법이라는 생각이 들어요. 위로가 될지는 모르겠지만 시한부 생명에서 자유로운 사람들이 있나요. 태어나는 순간 누구나 시한부 생명이죠. 오히려 오빠처럼 판정을 받으면 반대로 그 시점을 알고 있으니 조금은 덜 불행하다는 생각으로 날 위로해요.

우리는 태어나는 순간 시한부의 생명을 살고 있지만 다만 그 시점을 몰라 고통스러운 것은 아닐까요. 오히려 그 시간을 안다는 것은 신의 선물이라고 생각할 수도 있어요. 그래요. 그런 생각이 들어요. 지금 육 개월이 지난 삼십 년보다 의미가 있다면 그리 슬픈 건 아닐 거예요. 그리고 이젠 요절이라고 말할 수 없는 나이잖아요.

삶의 마지막에서 지나온 풍경들을 바라보니 비록 늙고 병든 몸이지만, 이젠 더 이상 원망하는 마음이 들지 않아요. 타인에 대한 원망으로 내 남은 시간을 보내고 싶지 않아요. 그저 보고 싶지 않은 사람은 안 보면 되는 거니까. 그리고 그들에게도 내가 보지 못한 인생이 있을 테니 그리 야속한 일도 아니지요. 이제 나는 연애 감정에 대한 에세이를 쓰려고 해요. 내 이야기를 설명하니 그리 어려운 일도 아니지요.

학교에 다닐 때, 저의 남편이었던 선배와 미당 선생을 찾아간 적이 있었어요. 남편은 꽤 유명한 시인이고 평론가였으니 미당 선생이 반갑게 맞이해주셨지요. 당신과 나의 전남편은 학교 시절에는 자주 만나고 친한 사이었으니까, 그 사람에게 오빠의 이야기를 물어보기도 하고 그러면서 자연스럽게 결혼까지 하게 되었어요.

하여간 그때 제가 선생에게 물어봤어요. 연애 감정을 제목으로 에세이를 쓰고 싶은데 잘 안된다고 말이지요. 그랬더니 선생이 허허 웃으면서 당연한 일이라고 조금 세월이 지난 뒤에 쓰면 좋겠다고 하시면서 당신의 시 〈무슨 꽃으로〉를 읽어 보라고 하셨어요. 당신의 시 제목을 말씀하시는데 그 목소리와 대가의 잔잔한 미소가 환했어요(그래서 오빠에게 제가 그 시의 제목을 한번 들려달라고 한 거예요. 그때 생각이 나서). 그게 도움이 되었으면 좋겠다고 하셨지요.

그땐 잘 몰랐어요. 그런데 지금 그 시를 다시 보니, '세월이 지나면…'이라는 미당의 말씀과, 첫 번째 단락에 '유명'이라는 단어가 마음에 걸려요. 바로 이 구절이죠.

'귓가에 와서 아스라이 속삭이고는, 스쳐가는 소리들. 머언 유명에서처럼 그 소리는 들려오는 것이나, 한 마디도 그 뜻을 알 수는 없다.'

유명幽明은 어둠과 밝음, 이승과 저승인데, 미당은 이승이나 저승이라고 하지 않고 둘을 둥글려서 하나로 만들어버린 것은 아닐까 싶어요. 만남과 이별, 사랑과 증오, 탄생과 죽음 이 모든 두 가지의 개념들이 결국은 둘이 아니라 하나로 보일 때가 있지요. 우리들은 지금 유명의 세계를 볼 수 있는 나이인 것 같아요. 아니 그런 상태인 것 같아요. 우리 둘 다 아프고, 저승의 세계가 가까워지고 있으니 말이지요. 저승은 그윽하고 어둡다고 하네요. 참 아름답고 고요한 곳인 것 같아요. 저승이라는 곳은 말이에요. 요즘엔 저도 가끔 저승을 보곤 해요. 그 뜻을 알 수는 없지만, 들려오는 소리들. 우리의 청춘과 연애 감정의 시간들. 미당 선생의 시처럼 붉은 꽃으로 가슴을 문지르면 붉은 피가 돌아오고, 푸른 꽃으로 가슴을 문지르면 푸른 숨이 돌아오는 그런 세상을 이제 우리는 볼 수 있을까요? 오빠, 제가 오빠를 얼마나 사랑했는지 그 꽃으로 문지르던 기억을 이젠 하나둘 펼쳐 보일게요.

이 글을 오빠가 읽는다면 세상에 남아 있는 시간이 얼마 없을 거예요. 그땐 제가 곁에 있어 드릴게요. 그게 꿈처럼 느껴진다면 좋겠네요. 한 손에 붉은 꽃을 들고, 한 손에 푸른 꽃을 들고 가슴을 문질러봅니다. 내 청춘의 피와 숨이 돌아온다면 그땐 어디인들 돌아갈 수 없을까요. 그래요. 어디에라도 갈 수 있어요.

처음 오빠를 보았을 때, 진달래와 개나리가 피는 봄날이었는데 오빠는 장승처럼 교정의 연못가에 서서 도대체 어디를 보는지 알 수가 없었지요. 저는 오빠 곁을 지나갔고 같이 가던 학과 선배가 오빠에게 말했어요.

"이제 돌아왔냐?"

오빠는 희죽 웃으면서 그의 어깨를 건드렸고 내가 처음으로 인사를 했지요. 그때 내 얼굴로 햇살이 쏟아져 눈살을 찌푸리면서 어색하게 인사를 했어요. 그게 처음이었어요. 서문이라는 이름을 그때 들었고, 그것은 내 청춘의 첫인사처럼 나에게 다가왔어요. 이유는 알 수 없었지만 오빠의 이름이 계속 내 마음속에 맴돌았고 그 후로 우리는 같은 공간에서 서로를 볼 수 있었지요.

그리고 도서관 앞에서 벤치에 길게 누워 있는 당신을 봤어요. 긴 장발에 가방을 베고 누운 당신은 학교 신문으로 얼굴을 덮고 있었어요. 그 앞에 앉아 헤르만 헤세를 읽으면서 책에 눈을 두고 있었지만, 당신을 '저 사람이 서문이다'라는 생각을 하면서 훔쳐봤지요.

왜 그런 행동을 했을까요. 바람이 불어 학교 신문이 날아가서 내 앞으로 왔어요. 아마도 당신은 밤새 술을 마셨는지 팔을 벤치 아래로 떨어뜨리고 있었어요. 햇살이 얼굴로 떨어지는 것도 모른 채 말이죠. 나는 신문을 집어 다시 당신의 얼굴을 덮어주고 내 손수건으로 그 위를 덮은 후 자리를 비켜주었

355

지요. 그 손수건은 지금 어디에 있을까 가끔 생각해요. 손수건에 대한 이야기는 들을 수 없었으니까 말이지요. 혹시 그 손수건 지금도 가지고 있나요?

아, 그랬었구나. 나는 허허 혼자 웃고 말았다. 도서관 앞에 벤치는 내가 즐겨 이용하던 장소였다. 언젠가 한숨 자고 일어났는데, 얼굴 위에 손수건이 놓여 있었다. 그 손수건에서 향기가 났다. 기억난다. 그 손수건은 한동안 가지고 다녔다. 졸업을 하고 삼십 년이 지난 어느 날 나는 학교 도서관을 다시 찾은 적이 있었다. 그때 생각이 나서 벤치에 누워 잠시 눈을 감았다. 역시 학생회관에 비치되어 있던 학교 신문으로 얼굴을 가렸다. 눈을 감았지만 잠은 오지 않았다. 신문으로 얼굴을 덮고 있는데 바람이 불어 자꾸 떨어지려고 했다. 한손으로 신문을 잡고 있다가 다시 몸을 일으켰다. 그때 신문이 바람에 날아가지 못하도록 나영이가 손수건을 놓고 갔다는 사실을 지금에서야 알았다. 잠깐 눈을 감고 뜨니 삼십 년이 지나 있었다. 그 시절에 나의 모습이 저러했을까? 학생들이 분주하게 움직이고 있었다. 눈물이 날 것 같았다. 뭔가 다녀갔는데, 그 정체를 알 수 없이 세월만 흘렀다. 말 그대로 눈 한 번 감고 나니 삼십 년이었다.
　그녀의 편지는 계속 이어졌다.

　지방에서 올라온 학생들은 학교 앞에 방을 얻어요. 태어나서 처음으로 부모님과 떨어져 혼자만의 방을 가진다는 것은 굉장한 일이지요. 그 방에 작은 책상과 옷장, 부엌 살림살이를 마련하고 혼자 밥을 해 먹고 혼자 책을 읽는다는 것. 시골에서 올라온 촌아이에게는 그야말로 신세계였어요. 창문에 꽃무늬 커튼을 만들어 달고, 세계 문학 전집을 골라 책장에 올려 놓으면서 내 인생이 정말 아름다운 꽃처럼 피어날 것 같았어요. 그땐 대구, 부산, 광주, 전주 등등 우리나라 방방곡곡에서 올라온 신입생들이 많았어요. 우리는 서로 어울리면서 사투리를 쓰는 동기생들과 문학 이야기와 고향 이야기를 하면서 꿈을 키워나가고 있었어요.

그때 나에게 다가온 하얀 손길이 있었어요. 우리가 처음 만난 곳은 도서관처럼 꾸며진 학교 앞 음악다방이었어요. 학과 선배인 오빠가 친구들과 어울려 이야기를 하고 있었는데 저는 그 맞은편에 앉아 시집을 뒤적거리고 있었어요. 그 좋은 시들을 읽지도 않고 내 신경은 온통 오빠에게 쏠려 있었어요. 그게 도대체 뭘까요. 왜 아무런 정보도 없는 사람에게 그토록 마음이 가는 것인지 모르겠어요. 지금 생각해도 잘 모르겠어. 그때 종업원의 손을 통해 메모지 한 장이 나에게 왔어요. 기억나요. 그 메모에 오빠는 이렇게 적었어요. "지금 당신의 옆자리가 비었습니다."라고. 내가 고개를 들어보니 오빠는 손을 들고 빙긋 웃었지요. 나는 얼굴이 홍당무가 되었고, 오빠는 다가와서 앉아도 되냐고 물었지요. 오빠는 나와 이미 인사를 한 사이였는데, 그것도 모르고 작업을 걸었던 거예요. 오빤 그런 사람이에요. 바람둥이처럼 보였지만, 그래도 마음이 움직여서 가만히 있었지요. 커피를 시켜 마시면서 오빠는 내 이야기를 듣고 호탕하게 하하 웃고는 말았지요. 그렇게 우리는 만났어요. 그 뒤로 내 옆자리에는 항상 오빠가 있기를 바라는 마음이었지요. 이것이 첫 번째 막 피어나기 시작하는 붉은 꽃이에요.

　두 번째 붉은 꽃은 내 방에서 피어났어요. 내가 자취를 하던 방은 같은 고향 할머니가 사는 집이었어요. 방을 얻으면서 할머니가 이런저런 걸 물어보았고, 그러다가 할머니는 자신도 강원도 화천 출신이라면서 우리 집 안에 대해서도 잘 알고 있었어요. 세상이 참 좁다는 생각이 들었고, 부모님들은 할머니와 연락을 하면서 객지에 있는 딸아이의 안부를 걱정했답니다. 그래서 전 할머니의 눈치를 심하게 볼 수밖에 없었어요. 학교 후문 쪽에 있었던 그 방에 오빠가 찾아왔지요. 그 뒤로 대학 생활 내내 다른 남학생은 한 번도 그 방을 찾은 적이 없어요. 첫 번째 이유는 그 방은 나의 몸과 같은 곳이라는 생각 때문이었어요. 작가가 되기로 마음을 먹었기 때문에 작가에게는 내밀한 비밀 공간이 있어야 된다는 생각을 했어요. 그 방을 보여준다는 것은 내 몸을 보여주는 것이나 다름없다는 생각이 들었어요.

　학과 선배들은 나의 그런 면을 잘 알았고, 나에게 있는 촌스러운 정조 관념을 존중해주었어요. 그런 나의 손을 잡은 오빠가 내 방에 들어왔던 거죠. 그저 무심하게 찾아온 오빠가 방을 나간 후, 나는 당신의 체취를 기억하면서 일기를 썼던 기억이 나요. 한번은 심하게 감기 몸살을 앓아누워 있을 때 오빠가 찾아온 적이 있었지요. 문 앞에서 할머니와 이야기를 나누는 소리를 잠결에 들었어요. 나는 그냥 잠이 든 척하고 있었는데, 오빠가 방문을 열고 들어와 내 이마에 손을 얹고는 걱정스러운 한숨 소리를 내는 것을 들었어요.

"이런 열이 심하네. 나영아… 나영아."

나는 그냥 눈을 감고 있었어요. 감기 몸살에 걸려 온몸에 열이 오르기도 했지만, 오빠가 내 이마에 손을 대고 있을 때, 몸살의 고통과 함께 몸에 다른 열기가 퍼졌기 때문이었어요. 그때 오빠 무슨 생각으로 내 입술을 훔쳐간 거죠. 내 입술이 아름답다고 했지요. 입술 사이에서 나오는 더운 숨소리가 봄바람처럼 감미롭다고 했지요. 나를 향한 당신의 마음이 움직여 내 입술로 다가와 입술을 대자 저절로 열리는 방문처럼 우리는 키스를 했어요.

그때 내가 눈을 감고 물었어요.

"오빠, 왜 그래요?"

"너무 예뻐서. 네 입술이 꽃잎이 떨어진 것 같아서."

"떨어진 꽃잎은 싫어요. 지고 나면 사라지잖아요."

"아니, 아니. 꽃잎이 피어났다고 고치자. 문장은 고쳐야 완성되니까."

"내가 뭐 오빠가 쓰는 원고지예요."

"아니다. 원고지는 무슨. 넌 원고지가 아니라 내가 써야 할 아름다운 시다."

지금 생각하면 유치찬란했던 속삭임들이 그때는 왜 그렇게 달콤한 것이었는지. 그건 아마도 두 눈이 멀어버린 사람이 바다를 보는 기분이겠지요. 저기에 바다가 있는데 보지 못하고 느끼기만 하는 그런 아득함. 한 걸음만 걸어간다면 뚝 떨어져버릴 것 같은 두려움이 핀 자리가 바로 사랑이라는 달콤한 말이지요. 오빠는 사랑한다는 말을 잘 하지 않았는데, 지금 생각해보니 그게 얼마나 무서운 말인지 미리 알고 있었던 사람 같더군요.

우리는 몇 마디를 나누고 오빠 감기에 걸린 나보다 더 뜨거운 숨을 쉬고, 또 서두르면서 내 몸에 꽃잎이 핀 자리를 다녀갔어요. 그때부터 내 영혼엔 뱀이 지나간 길 같은 것이 생겼어요. 오빠가 평생 쫓아다닌 야생동물의 발자국처럼 말이지요.

뱀이 지나간 자리는 아마도 주변의 수풀이나 배설물을 통하여 확인할 수 있을까요. 다른 동물에 비해서 뱀이 지나간 자리는 찾기 어려운 것 같아요. 그래서 청춘이 지나간 흔적은 꼭 뱀이 지나간 자리처럼 보여요. 하지만 특별한 사람을 생각하면 아무런 흔적을 남기지 않아도 그 자리에 서면 그 사람에게만 보이는 흔적이 있지요. 단 한 사람의 눈에만 보이는 그런 흔적을 우리는 추억이라고 부릅니다. 남녀 간의 사랑은 수많은 흔적을 남기지만 타인의 눈에는 보이지 않아요. 그것도 기억이 나지 않나요?

세 번째 푸른 꽃은 섬에서 피어났어요. 그건 내 청춘에 핀 가장 아름답고 탐스러운 붉은 꽃이기도 하지요. 지금도… 사실은 거기에 가고 싶어요. 그런 마음이 든다는 건 아직 살아 있다는 증거겠지요. 그동안 힘든 삶이었지만 이런저런 여행을 했어요. 신혼여행을 가기도 했고, 그전에는 친구들과 배낭 하나만 메고 유럽여행을 가기도 했어요. 하지만 여행은 혼자 하는 것이 제일 좋다는 생각이 들고, 이혼을 하고 나서부터는 여행은 꼭 혼자 다녔어요. 혼자서 여행을 하다 보면 그동안 잃어버렸던 내 모습을 찾기도 하니까 말이지요. 그리고 어딜 가나 나 혼자가 아니라는 사실을 발견하곤 하지요. 먼저 와 있는 내가 있고, 떠나고 있는 내가 있었으니까 말이에요.

여행을 다녀와서는 대학 시절 당신이 권해준 에세이를 쓰곤 했어요. 적어도 글을 쓰는 동안에는 잠시 행복했어요. 그것은 일종의 책 읽기의 연장이기도 했고요. 쓴다는 행위는 세상을 읽는다는 행위의 손동작이라는 생각도 들고 말이지요. 그리고 음악을 들었어요. 주로 피아노곡을 중심으로 한 클래식 음악이었어요. 음악은 매우 대단한 지성을 필요로 하는 예술이라는 생각이 들곤 해요.

우리 대학 동기생 중에 음악을 하는 친구가 있어요. 아마 오빠도 아는 사람일수도 있어요. 동기들 중에서는 매우 성공한 친구이지요. 피아노를 치는 친구인데 재능이 대단해요. 그 친구에게 음악을 어떻게 들어야 되느냐고 물었어요. 여러 가지 이야기를 하더군요. 결국 음악도 공부를 하면서 들어야 되는 건데, 그 친구가 한 말 중에 기억에 남는 말이 있어요.

"음악은 잘 들으면 잘 들려. 잘 들어야 해. 오직 흘러나오는 곡에 집중을 해야지, 딴 일을 하면서 배경음악으로 들으면 잘 들리지 않아. 결국 듣는 만큼 들리는 거야. 보는 것 하고는 또 달라. 보이는 것과 숨어 있는 것의 차이는 인식의 작용이지만, 들리는 것은 집중력에 따라 서로 다른 감흥으로 나타나기도 하니까. 예를 들어 평생 피아노를 한 번도 들어본 적이 없는 사람이 쇼팽을 잘 듣고 감동을 하기도 하지. 아름다운 음악은 문학과는 다른 결을 가지고 있어. 그래서 아마 세상에서 가장 오래된 예술이 음악일 거야. 그건 몸에서 흐르는 피처럼 내재되어 있는 유전자이기도 해.

피아노나 바이올린의 한 음 한 음을 잘 들으면 어느 순간에 음악의 선율이 보이고, 거기에 너의 감정을 투사하면 감동을 받게 될 거야. 좋은 곡들은 인간의 마음을 움직이는 힘이 있는데 그건 잘 봐야 보이는 거야. 전문적인 공부를 하지 않아도 베토벤을 듣고 몰아의 경지에 이르기도 한다니까 말이야. 작은 관심으로 가장 큰 효과를 보이는 것이 음악일거야.

그리고 사랑이야. 사랑이 음악을 풍요롭게 해. 왜냐면… 사랑은 고통이니까. 걸음마를 할 때부터 악기를 만지고 자라서 이젠 악기가 내 몸처럼 여겨지는데, 녹음실에서 만난 피아니스트에게 마음을 빼앗긴 후 현이 달라지더군. 연주에 감정이 실리니까 내가 연주했던 곡의 해석을 새롭게 하는 거야.

우리가 연주한 곡은 슈베르트의 바이올린 소나타와 바이올린과 피아노를 위한 론도 그리고 환상곡 B단조를 비롯한 여러 곡이었어. 그때 난 처음으로 사랑에 빠진다는 말을 알 수 있었어. 그와 함께 연주를 하는 동안에는 말할 것도 없고 연주를 마치고 나서도 길게 이어지는 여음에 정신이 어지러울 지경이었어. 그동안 오케스트라, 협주곡 팀을 비롯한 협연을 하면서 사람들을 만났지만 그런 감정은 처음이었어. 도대체 어떻게 된 일인지 알 수가 없어. 연주를 하는 동안에 서로가 그런 감정을 느낀 것인지 그 사람이 만나자고 따로 연락을 했고, 내 생각이 나서 너무 힘들다고 고백을 했어. 참 고마운 일이지. 우리는 그날부터 같이 다니기 시작한 거야."

그 시절에는 각기 다른 방식이지만 서로 같은 일을 하는 사람들처럼 우리는 바쁘게 사랑을 하기 시작했어요. 거기에 나도 있으니까 생각하면 참 기분 좋은 일이지요. 바이올린이 피아노를 만난 것처럼 내 산문이 당신의 시를 만났으니 우리는 참 어울리는 커플이 아니었을까요. 그리고 그 친구도 결국은 이혼을 했어요.

피아니스트가 여자에게 폭력을 쓴 모양이에요. 그에게도 겉으로는 드러나지 않는 고통과 상처가 있었을 겁니다. 결국 사랑은 고통이에요. 섬을 생각하면 이렇게 마음이 풍요로워지고, 미처 생각하지 못했던 일들이 떠오르곤 해요. 그게 섬의 힘인 것 같아요. 오로지 고립되어 있으면서 사방으로 열려 있어 모든 걸 받아들이는 이중성이, 바이올린과 피아노처럼 어울리는 거죠.

지금 조용히 혼자 앉아서 섬을 생각하니 새소리가 들려와요. 사위로 들리는 소리는 내 청춘의 음악이었어요. 오로지 단둘이 당신과 함께한 시간은 다만 그 시간뿐이었다는 생각이 들어요. 그 후로 그 누구와도 그런 시간은 찾을 수 없었으니까. 오빠의 소식을 듣고, 아니 이제부터는 당신이라고 호칭을 바꾸어야 될 것 같아요. 오빠라고 하니 왠지 근친상간 같다는 생각이 들어서 말이지요. 이젠 나이가 들었나 봐요. 이제는 당신이라고 해도 되겠지요.

당신의 소식을 듣고 섬에서 보았던 새를 생각했어요. 이제 우리들에게 시간이 얼마 남지 않았구나. 그 많은 새털 같은 나날들이 다 어디로 날아가고 빈 둥지처럼 텅 빈 마음만 이렇게 어른거리면서 눈앞에 있는 걸까. 가만히 살펴보니 내 마음속에 오롯이 남아 있는 장소…. 결국 섬이더군요. 그래 나에게 청춘은 섬이다, 라는 생각을 했지요. 누구나 인생의 한가운데 있는 중심 기억이 있어요. 그게 바로 어청도였어요.

나에겐 당신과 함께한 섬에서의 며칠이었지요. 우리는 1박2일의 일정으로 거기를 갔는데, 갑작스러운 날씨 때문에 이틀을 더 머물렀지요. 그리고 예상하지 않았던 그 하루가 나에겐 소중한 시간입니다. 운명은 이렇게 문득 다가와요. 감정처럼 말이지요.

하나둘, 차분하게 기억을 하니 지나간 시간들이 눈부시게 쏟아집니다. 마치 사람들의 박수 소리처럼 날개를 치면서 날아오르는 새들의 비상, 그것은 우리 생에 가장 아름다운 순간과 외로운 순간이 만나 파장을 일으키며 떨어지는 울림의 소리였어요. 어린 나이에 남자를 따라 서해 바다의 고도로 나간 것은 그것 자체만으로도 대단한 일이랍니다. 적어도 나의 기준에서는 말이지요. 하지만 이미 나는 당신을 받아들였고, 둘만의 시간을 바다 한가운데 보낸다고 생각하니 가슴이 두근거려서 그곳에 가기 전부터 오래전에 약속한 시간을 기다리는 마음으로 보냈어요.

우리 둘이 공유하는 기억은 당신도 아마 가지고 있겠지요. 저는 그 섬에서 당신과 함께 있으면서 고독한 시간을 소유할 수 있었습니다. 섬에서 만난 여류 화가가 인상적이었지요. 그녀는 악마와 같은 힘이 있는 여성이었어요.

지금 생각해보니 섬에 휘몰아치던 폭풍우는 우리를 붙잡아두기 위해 그녀가 몰고 온 것이 아니었나 하는 생각이 들 정도입니다. 예술가의 광기와 미녀의 오만함, 귀족적인 기품을 지닌 그녀를 보는 순간 나는 한 손에 제압을 당한 어린아이처럼 굴고 말았습니다. 비록 공손하고 다정하게 부탁을 한 것이었지만, 처음 보는 여대생에게 누드 모델을 부탁하는 일은 그 섬이라는 특수한 공간에서나 가능한 일입니다. 시간도 아주 절묘했어요. 폭풍우 치는 섬의 밤은 인간의 오감과 도덕을 마비시키는 마술의 공간이었어요.

그녀는 비바람 속에서 온몸이 젖은 채 어딘가를 다녀왔는데, 그 모습이 귀신의 형상처럼 무서웠어요. 별이 없는 밤하늘엔 신의 저주처럼 천둥이 치고 귀신들린 듯한 여인의 육체는 터져오를 듯 부풀어 올랐어요. 그녀는 나에게 누드 모델을 제의했고, 자신이 먼저 옷을 벗어 나의 경계심을 풀었지요. 그녀의 육체는 아름다운 조각처럼 내 앞에 서 있었어요. 누가 모델인지 알 수 없는 지경이었지요. 그녀의 육체에 비한다면 나의 몸은 이제 피어나기 시작한다고나 할까, 봄날의 꽃봉오리처럼 보였을 겁니다. 하지만 그녀는 모든 것을 벗어던지고 가장 경건한 상태에 들어가 나를 보고, 나를 통해 보이는 것을 그리는 것이었어요. 그건 대단한 경험이었어요. 절대 고독에 들어가 앉은 부처의 몸처럼 붓을 잡은 그녀의 몸은 고요했고, 나의 몸은 떨리고 있었어요. 그 떨림과 눈빛, 내 주위를 서성거리는 경건한 화가의 열정. 이런 경험을 나는 다시는 할 수 없었어요. 난 그녀에게 동성애라고 할 수 있는 감정을 느낀 것 같아요. 그녀의 손길에 내 몸에 닿는 순간의 아찔한 감정. 붉고 두터운 그녀의 입술에서 말할 수 없이 달콤한 꿀물이 흐르는 시간들. 물론 그런 일은 없었어요. 하지만 그런 감정은 참 신비로운 것이었어요.

24 섬
이

움직인다

결국 그녀는 죽은 내 아내의 이야기를 하고 있었다. 나에게는 너
무나 무거운 이야기다. 한숨이 저절로 나왔다. 그녀는 어디까지 알
고 있는 것일까? 나는 그녀의 노트를 내려놓고 아내와 (그때는 결혼하
기 전이지만) 함께했던 무인도에서의 며칠을 기억해내고야 말았다.
그건 화인처럼 가슴에 남아 있었다. 폐병 환자가 핏덩어리를 쏟아
내는 기분이었다.

그해 다시 어청도를 조심스럽게 찾았다. 그녀를 촬영한 사진을 보
여준다는 핑계가 있었지만 사실은 그녀에게 욕망을 느낀 탓이었다.
내 생애에 그토록 강렬한 열정을 느낀 적이 없었다. 열에 들떠 세상
의 모든 것을 태워버릴 것만 같았다. 물론 잊어버리기 위해 나름대

로의 노력을 안 한 것은 아니었다. 그러던 어느 날, 그녀에게서 전화가 왔다. 그 목소리를 듣는 순간 더 이상은 견딜 수가 없었다. 심지어 꿈속에서 몽정을 하기도 했다. 이제는 더 이상 돌아갈 수 없는 시간들이었다.

섬에 도착해 삼촌이 있는 등대에도 가지 않았다. 마치 몰래 숨어든 도둑처럼 섬의 절벽으로 가서 새들을 바라보고만 있었다. 그때 나는 어청도가 얼마나 깊고 푸른 바다인지 알 수 있었다. 심연을 알 수 없는 깊이로 매 순간 바다는 색과 결을 바꾸었다. 바다는 한 순간도 가만히 있지 않았다. 그때까지도 나는 망설이고 있었다. 이대로 등대로 가서 삼촌과 이야기나 나누다 돌아가면 어떨까 싶기도 했다.

'그리고 그다음에는…. 너는 지금 얼마나 바보 같은 생각을 하고 있는가?'

시간이 가고 수평선으로 점점 가깝게 내려오는 태양이 아슬아슬하게 해면에 닿았다. 나는 깊은 한숨을 내쉬면서 눈을 감았다. 그때 덜컹, 섬이 움직이고 있었다. 마치 뗏목처럼 파도에 밀려 바다로 나아가고 있었다. 나는 자리에서 벌떡 일어났다. 섬에 아무도 없었다. 등대도, 마을도, 새들도, 그리고 화가도 없었다. 섬이 점점 줄어들어 선박처럼 바다 위에 떠 있었다. 섬은 태양을 향해 움직이고 있었다. 나는 배고픈 짐승처럼 노을을 떠서 허겁지겁 먹고 있었다. 달콤한 노을이 과육처럼 흘러내렸다. 노을은 그녀의 화폭이었고, 그녀의 육체였다. 나는 그녀를 향해 저절로 다가가고 있었다. 더 이상 망설이지 않았다. 눈을 떴다.

"그래, 가고 싶은 곳으로 가자. 그곳의 문은 열려 있다."

바다가 어두워지자, 그녀의 화실에 불이 켜졌다. 등대는 이미 바다 쪽으로 빛을 내보내고 있었다. 나는 천천히, 서둘러 걸었다. 그녀의 마당으로 들어갔다. 조금 열려진 문이 짧은 스커트를 입은 여인의 다리처럼 길어 보였다. 불빛이 새어 나왔다. 나는 문을 열었다. 삐거덕거리는 경첩의 움직임이 느껴졌다. 한 손에 들고 있던 가방에는 그녀의 사진이 인화되어 있었다. 나는 가방을 쥔 손에 힘을 주었다. 선배의 암실을 빌려 그 사진을 인화하면서 그녀를 얼마나 그리워했던가? 단 한 번의 만남으로 이토록 깊은 감정에 빠질 수 있다는 사실이 놀라왔다. 그리고 화실의 문은 열려 있었다. 내가 도착할 시간을 짐작해서 그녀는 문을 열어놓았던 것이다.

"왜 이렇게 늦었어. 생각이 많으면 아무것도 할 수가 없어."

그녀는 등을 보인 채로 이야기했다. 나는 아무런 대답도 할 수 없었다. 사진을 보여주면서 이야기를 하려고 가방을 열었다.

"어서 와."

여전히 등을 보이고 있었다. 그녀 역시 나를 정면으로 볼 수 없었던 것일까. 이젤 앞에 앉아 있는 그녀를 등 뒤에서 껴안았다. 그녀는 작업을 할 때, 옷을 벗는 버릇이 있었다. 그때도 옷을 벗고 있었다.

그녀에게 달려들어 깨물어버리고 싶은 풍만한 가슴을 손으로 쥐고 입술을 더듬었다. 나의 거친 손길에도 그녀는 놀라지 않았다. 마치 기다리고 있었다는 듯이 그녀는 몸을 활짝 열고 나를 품어주었다. 갈증 난 사람처럼 우리는 거칠게 서로의 몸을 더듬었다. 그것을 나영은 알고 있었던 것일까? 그때 내가 만났던 아내 생각을 하자 나영의 노트에 있는 다음 문장을 읽을 수가 없었다.

그제서야 내가 얼마나 감정을 낭비했던 것인지 확연하게 보였다. 나영을 떠난 이유는 그 화가 때문이었다. 왜 그렇게 살았던 것일까? 상처 때문에 그런 것일까? 청춘의 도입부에서 나는 사람과 사랑에 대한 오문을 쓰고 말았던 것일까? 아니다. 나는 아내를 사랑했다. 우리 둘 사이에 있었던 열정과 욕망은 죄가 아니다. 그녀의 나이 따위는 아무것도 아니었다. 그것을 후회하지는 않는다. 다시 그 시절로 돌아간다면 그것을 수정할 수 있을까 싶었다. 고개를 흔들었다. 그런 행동은 분명히 반복될 것이다. 그렇다면 나영에게 내가 지은 죄를 속죄할 수 있는 시간은 영원히 사라진다. 지금이 마지막 기회가 아닐까 싶었다.

25 보
　　이
　　지
　　않
　　았
　　던

사랑의 섬, 무인도

　나는 노트를 만지작거리면서 왼손으로 스마트폰을 들었다. 그녀
가 이야기한 붉은 꽃과 푸른 꽃들이 내 가슴을 문질러대고 있었다.
간혹 인생이 시가 될 때가 있다고 하는데, 이런 감정을 말하는 모
양이었다. 나는 잠시 생각을 하고, 용기를 내서 그녀에게 전화를
걸었다.

　"나야. 서문."

　전화가 연결되었지만, 그녀는 내 목소리를 듣고만 있었다.

　"나영아…. 듣고… 있지. 혹시 전화 받기 불편한가?"

　목소리가 들리지 않아서인지 왠지 불안하다. 주위에 누군가 있
는 것일까? 한 번 더 그녀를 불러본다. 그제서야 그녀는 말했다.

"제 숙제는 다 읽었어요? 학점을 매겨줘야죠."

"아니, 중간까지만 읽었어. 여기까지는 A플러스야."

"별로 길지도 않은 글인데."

"글이 너무 좋더라. 아껴서 읽으려고 말이야. 그리고 글을 읽다 보니까, 글보다 지금 당장⋯ 지금 바로 내 앞에 있는 삶을 살고 싶다는 생각이 들어서 말이야. 같이 여행을 가고 싶어서. 사실⋯ 나, 시간이 그렇게 많지 않아."

"그건⋯ 저도 그래요. 서로 몸도 안 좋은데 여행이 힘들지 않을까요."

잠시 내 몸 상태를 떠올렸다. 점점 나빠지고 있었다. 어쩌면 그녀에게 가는 길에 운명을 달리 할 수도 있었다. 다리에 난 상처에 통증이 찾아온다. 이 기억의 감각도 곧 나를 떠나겠지. 평생을 나와 함께 한 통증이 친구처럼 여겨진다. 한 손으로 다리의 상처를 만졌다. 어느 순간부터 상처는 항상 나와 함께 있었다. 이토록 확실한 흔적은 어디에도 없다. 제 몸에 남긴 상처처럼 가야 할 길을 알려주는 이정표는 없는 법이다. 그녀의 목소리를 들으니 통증이 조금씩 사라진다. 이제는 떠나고 싶었다.

"나는 지금 떠나고 싶어. 같이 갈 수 있겠어?"

그녀는 또 말을 하지 않았다. 그러다가 짧게 대답했다.

"그래요. 같이 가요."

"그리고 말이야⋯. 정말 미안해."

그녀는 또 말을 하지 않았다.

"그동안 세상과 사람들에게 내가 잘못한 게 많아. 내가 너무 함부로 산 것 같아. 그걸 잘 몰랐어. 항상 내가 피해자라고 생각했지. 내가 가해자인 줄은 정말 몰랐어."

내 말을 다 듣고 그녀가 말했다.

"아니야. 당신은 좋은 사람이야."

"그게 고맙다는 거야. 나를 좋은 사람이라고 생각하고 있어서."

"아니야. 당신은 정말 좋은 사람이야. 내 에세이는 어디까지 읽었어요?"

"그 섬에서 만난 화가 이야기까지만 읽었어."

"그랬구나…."

그녀는 또 잠시 말을 하지 않았다. 대신에 언제 우리 여행을 가냐고 했다. 바로 가자고 했다. 그녀는 어서 오라고 했다. 평소에 답사를 다니는 직업이라서 가벼운 여행 가방은 사무실에 항상 있었다. 이제는 여행 가방보다 주머니에 돈만 가지고 가는 것이 편한 나이이다. 이젠 여기를 떠나고 싶었다. 영원히.

그녀에게 가기 위해 사무실의 문을 나섰다. 그리고 502호라고 적힌 작은 간판을 손으로 만져 보았다. 건물에서 만든 아크릴 간판의 촉감은 차가웠다. 손에 먼지가 조금 묻어 나왔다. 다시 사무실로 들어가 손걸레를 가지고 나와 간판을 정성스럽게 닦았다. 이제 이곳을 떠나야 하기 때문이다. 그녀에게 가면서 서재에 있는 책들과 집기들을 어떻게 할지 생각하고 있었다. 지나치게 많은 물건들이다. 이제 그 자리에 둘 수도 없다. 그 자리에 다른 사람이 들어오기 때문이다.

책은 근처에 있는 도서관에 기증을 하기로 마음을 먹었다. 작은 오디오와 엘피음반들은 종혁에게 선물로 주어야겠다. 책상과 책장 소파 등 사무집기는 재활용 센터에 전화하면 가지고 갈 것이다. 그렇게 마음을 먹고 나자 몸이 가벼워지는 느낌이 들었다.

노트북에 들어 있는 원고들을 모두 삭제하기 시작했다. 출력을 한 원고는 소각을 하기로 했다. 유럽의 작가 카프카가 친구인 막스 브로트에게 자신의 모든 유고를 불태우라고 한 시절은 사라졌다. 그런 발상 자체가 복고풍의 의상을 입고 이국을 상상하는 것처럼 낭만적이다. 이제는 컴퓨터의 삭제 키보드만 누르면 아무리 중요한 문서라고 할지라도, 그것이 설령 밀란 쿤데라나 아퀴나스의 《신학대전》이라고 할지라도 영원히 세상에서 사라진다. 대학 시절에 원고지를 불태운 적이 있었다. 이제는 번거롭게 마당에 원고지를 쌓아놓고 불지를 것도 없다. 그냥 아무도 모르게 중요한 것들이 조용히 사라지는 것이 일반화되어 있다.

모든 것이 쉽게 사라지고 쉽게 태어난다. 포유류처럼 잉태의 과정이 없이도 어느 날 태어나고 어느 날 그냥 사라진다. 이러한 시대에는 동물의 발자국마저도 발견할 수 없는 것이다. 그래서 나는 자꾸 과거를 회상하고 있는 것인가? 미래에 대한 전망은 왜 이리

부질없어 보이는 것일까?

하지만 어쩌다 펜으로 적어 놓은 문장 같은 것들이 아직 남아 있다. 그것이 바로 나영이었다. 왜 그녀인지는 모르겠다. 이제야 그녀를 알고 싶다는 생각이 간절하게 들었다.

'그런데… 그게 가능한 일일까?'

26 이
삿
짐
정리

　여기저기 전화를 걸어 사무실 정리를 하기 시작했다. 고양시 재활용 센터 직원이 와서는 폐기해야 할 사무실 가구들의 처리 비용으로 이십오만 원을 요구한다. 좀 과하다는 생각이 들었지만, 지갑에서 현찰을 꺼내 지불을 하고 다음 날 오후에 깨끗하게 처리해주겠다는 영수증을 받았다. 몇몇 가구들은 3층에 있는 전자제품 서비스 센터 직원들이 와서 들고 갔다. 네일 용품을 취급하는 옆방에 있는 여직원들이 와서 1인용 소파를 들고 갔다.

　음악을 들을 때 나의 몸을 편안하게 해주던 가구라서인지 아쉬운 마음이 들었다. 사람의 마음이 참 그렇다. 주위에 있는 사람들이 몰려와 내 가구를 들어내가는 모습을 보니 그만하라고 소리를 치고 싶은 생각이 들었다. 그렇게까지는 아니더라도 가구의 빈자리를 보니 문득, 아깝다는 생각이 든다. 허허, 이런 와중에도 가구들이 아깝다는 생각이 들다니. 그들이 사막의 독수리나 밀림의 하이에나, 혹은 늙은 어부 산티아고의 청새치를 뜯어 먹는 상어 같다는 생각이 든다. 내가 원해서 주는 것인데도 막상 눈으로 보니 그렇다는 거다. 소유욕을 바탕으로 하는 생명이란 참 모진 것이다. 이런 감정마저도 없으면 열반에 든 것이다.

하지만 마음이 가벼워졌다. 여행 가방을 들고 건물을 나서면서 관리소장이 있는 컨테이너 박스의 문을 노크했다. 관리소장은 문을 열고 밖으로 나왔다. 이번에는 아주 긴 답사를 떠난다고 그에게 말하고, 이번 달까지만 사무실을 쓰겠다고 이야기했다.

"왜, 다른 사무실로 옮기려고 그러시나."

"아닙니다. 이제 사무실이 필요 없을 것 같아서요. 그동안 고마웠습니다."

"아이고, 아니에요. 그런데 가구들은 다 어떻게 하시려고?"

"재활용 센터에 전화했어요."

"아, 그래요. 얼마 달라고 그래요?"

"이십오만 원 줬습니다."

"아이고, 참. 바가지 썼네. 내가 처리해줄 테니까 십만 원만 줘요."

"이미 지불했는데…."

"관리실에서 알아서 하겠다고 하면 돼요. 은행 계좌 가르쳐줘요.

내가 십오만 원 입금시켜주지. 아깝잖아. 돈이라는 것이 너무 무서운 거라서 말이야."

"아이고, 고맙습니다. 그런데… 그냥 알아서 처리하시고 나머지는 용돈 쓰세요. 그동안 수고하셨는데, 담뱃값이라고 생각하시면 되지요."

"그래요. 걔들한테 그럼 전화나 한 통 해줘요. 관리실에 일임했다고. 나머지는 내가 알아서 처리할게."

"그러지요. 고맙습니다. 진작 의논을 드렸으면 좋았을 텐데."

"사실, 우리가 소통이 잘 안 되었지 뭐. 허허."

소통이란 말을 듣자, 마음에 걸리는 일이 생각났다.

"그러게요. 그리고 말입니다. 제가 그때…."

그때 발자국으로 소란을 피운 것을 거듭 사과했다. 그 발자국이 내 발자국이었고 아무도 들어온 사람이 없었다는 사실을 말했다. 관리소장은 잠깐 놀라는 표정을 지었다.

"바로 그날 사과를 했어야 했는데, 너무 늦었습니다."

손을 내밀어 관리소장에게 악수를 청했다. 늙고 거친 손이 보였다. 손바닥 역시 거칠었다. 나는 잠시 그의 손을 보았다. 그의 손을 잡자 문득 그가 살아온 날들이 짐작되어 감정이 복받쳤다. 눈물이 날 지경이었다. 관리소장은 내 모습을 보고 웃으면서 말했다.

"아니, 이 사람이 싱겁게 왜 이래. 별거 아닌 일을 가지고."

"아니에요. 그 별거 아닌 일들이 참 무섭더라고요. 진심으로 사과드립니다. 너그럽게 용서해주시길 바랍니다."

"아이고, 이 사람 참, 용서는 무슨 용서. 나 벌써 다 잊었어요. 지나간 일을 가지고 새삼스럽게. 나도 너무했지 뭐. 늙으니까 화나는 일이 많아서 말이지요. 허허. 서문 선생. 그동안 고생 많았어요. 항상 밤새워서 일하고 말이야. 에이, 정말 사는 게 힘들어요."

"누군들 안 그런가요. 다들 힘겹게 사는 거지요. 하지만 저는 이 사무실에서 하고 싶은 일 하면서 편하게 살았습니다. 그런 생각이 드네요. 정말 고맙습니다."

나는 거듭 사과를 하고 나서야 마음이 편해졌다. 관리소장은 더이상 나를 502호라고 거칠게 부르지 않았다. 내 이름을 정확하게 부르고 선생이라는 존칭까지 붙여주었다.

"선생님 존함은 어떻게 되시는지요."

내가 정중하게 물었다.

"허허, 늙은이 이름은 뭐. 난 정동민이라고 하오."

"아, 그렇군요. 정동민 선생님, 그럼 건강하십시오."

"그래요. 어딜 가든 건강하게 사시오. 서문 선생."

"고맙습니다."

관리소장과 헤어지고 주차장으로 걸어갔다. 여전히 사람들이 분주하게 움직이고, 차들이 골목길로 밀려 들어왔다. 건물 근처에 있는 가로수와 단독주택의 화단에 꽃들이 지고 낙엽이 떨어지고 있었다. 이제 가을이다. 다시 긴 겨울이 시작되고 있었다. 자동차에 시동을 걸고 엔진이 돌아가는 소리를 들으면서 나영 생각을 했다. 내 심장이 엔진 소리처럼 박동을 친다. 지금 간다면 그녀가 꽃처럼 피어 있을 것 같았다.

27 클
   래
   식

메리 제인

　차에 시동을 걸고 안전벨트를 잡아당기는데, 타자기 소녀가 옆 자리에 앉아 있는 것이 보였다. 이 녀석은 또 어떻게 내 차에 들어왔단 말인가. 그런 건 이제 아무래도 상관없다. 내가 기다리고 있으니, 어떻게든 들어왔겠지. 언제 어떻게 들어왔는지 이제는 궁금하지도 않다. 하지만 그 자리는 이제 나영이 앉아야 될 자리라고 말을 하려다 말고, 그냥 쳐다보았다. 타자기 소녀는 시트의 밑에 있는 구두 상자를 발견하고는 고개를 갸웃거렸다. 나는 구두 상자를 가리키면서 말했다.

　"너에게 줄 선물이다. 어울릴지는 모르겠지만."

　타자기 소녀는 상자를 묶어놓은 노끈을 풀고 상자를 열었다. 상자를 바닥에 내려놓고 구두를 손에 들고는 이리저리 살펴보면서 활짝 웃었다.

"어머. 메리 제인이네. 이 구두 신고 싶었는데."

"마음에 드니…? 클래식 메리 제인이야. 스타킹과 함께 신으면 소녀들에게 가장 잘 어울리는 구두가 아닌가 싶다. 색상은 어때?"

내가 고른 메리 제인의 색상은 블루였다.

"아주 맘에 들어요. 메리 제인은 이 색이 제일 예쁜 것 같아."

"나중엔 그 신발 신고 오너라. 넌 참 고마운 아이다. 그 선물이 내 마음을 조금 표현한 것이라고 생각해라. 결국 뭐든 주고받아야 되는 거니까."

타자기 소녀는 대답을 하지 않고, 잠시 무슨 생각을 하더니 말했다.

"시리우스님. 정말 고마워요…. 그런데 이제 저, 가야 될 시간이에요."

내 어깨에 타자기 소녀가 얼굴을 기댄다. 가벼운 깃털이 떨어진 것 같은데, 따뜻한 기운이 온몸에 퍼진다. 내가 고개를 돌리려고 하자, 소녀는 그대로 있어달라고 하면서 말했다. 나는 순간적으로 울컥하는 마음에 핸들을 잡은 손에 힘을 주었다. 왠지 구름 위를 날고 있다는 생각이 들었다.

"그래. 이사라도 가는 거냐?"

소녀는 고양이처럼 내 어깨에 얼굴을 비비면서 대답했다.

"그래요. 저 이사 가요. 그동안 고마웠어요."

"어디로 가니?"

"엄마가 있는 곳으로요. 그동안 떨어져 살았거든요."

"좋겠구나. 주소라도 알려주렴."

타자기 소녀는 대답을 하지 못하고 있었다. 마치 결정적인 단서 앞에서 망설이는 범인의 모습처럼 그녀는 주저하고 있었다. 전혀 타자기 소녀답지 않은 행동이었다.

"너, 혹시 너냐?"

내가 한숨을 쉬면서 물었다. 타자기 소녀를 마지막으로 보았을 때 소녀가 누구인지 나는 알 수 있었다. 하지만 막상 소녀를 옆에 두고 가슴에 맺혀 있던 말을 꺼내자, 그 순간부터 내 눈에서 눈물이 주체할 수 없이 흘러내리기 시작했다.

"언제부터 짐작하셨어요?"

"혹시나 했는데, 그런 일은 현실적이 아니어서 말이야."

"시리우스님, 아니…. 아빠에게 보여주고 싶었어요. 내 모습을."

나는 탄식하듯이 말했다.

"이게 무슨 일이냐? 도대체…."

"나는 그때부터 존재하지 않았지만, 아빠가 간절하게 원하고… 이렇게 불러내줘서 고마워요. 난 의지대로 움직이지 못해요. 다만 사랑하는 사람이 원하는 대로 움직이긴 하죠. 이젠 제가 가도 될 것 같아요."

"다시 한 번 확인하고 싶구나…. 내 딸의 모습을."

"아니요. 그럴 수 없어요. 이젠 나를 알아버렸으니까."

타자기 소녀의 모습이 점점 흐릿해진다. 조금씩 사라지고 있었다.

"어째서 그런 거냐?"

"잘 아시잖아요. 우리가 보고 있는 이 모든 것이 허상이라는 것을. 비밀이 사라진 영혼은 지상을 떠나는 것이랍니다. 진실이라는 것이 그런 거잖아요. 그건 확인하는 순간 사라져버린다는 걸. 마치 산의 정상 같아서 올라서는 순간 사라지는 거예요. 그래도 좋았어요. 제가 아빠의 인생을 되돌아보는 데 작은 도움이 된 것 같아서 말이에요. 목에 걸린 가시 같은 것들 이제는 다 뱉어버리고 사세요. 그리고 이 구두 너무 고마워요. 아빠가 좋아하는 바다를 닮았어요…. 하지만 나는 발이 없어서 구두를 신을 수가 없어요. 구두를 신는 게 얼마나 행복한 일인데…."

"그렇구나. 너, 새처럼 구두를 신지 못하고 나에게 왔구나. 이제 그만 날아가려는 거냐…. 도대체 어디로 간단 말이냐? 그동안 네 엄마와 네가 그렇게 가고 나서 난 너무 힘들었다. 그리고 너의 이름을 지었다. 미라, 서미라라고 말이다. 어떠냐, 맘에 드니? 그건 네가 좋아하는 별자리인 고래자리의 오메가성인…."

타자기 소녀는 아무 말도 하지 않았다. 다시 옆을 돌아보니 조수석에는 아무도 없었다. 나는 도로변의 갓길에 정차를 하고 잠시 숨을 골랐다. 가슴이 답답해서 현기증이 났다. 심호흡을 하면서 눈가에 물기를 티슈를 꺼내 닦아내었다.

타자기 소녀는 이제 영원히 나에게서 떠난 것인가? 내가 만든 이름을 불러주고, 그 녀석의 대답을 꼭 듣고 싶었는데 타자기 소녀의 이름을 불러주는 순간에 모든 것이 사라지고 없었다. 다만 소박한 메리 제인만이 조수석에 고스란히 남아 있었다. 그것은 확실하게 보였다. 물건이란 그런 것이다. 서로 간에 신호를 보낸 흔적인 것이다. 하지만 나머지는 모조리 사라지고 없었다.

돌이켜 생각해보니 녀석을 만나는 동안 한 번도 만져본 적이 없었다. 손이라도 잡고 싶었지만 그럴 기회가 없었다. 그때 볼을 만져 볼 기회가 있었는데, 그러질 못 했다. 그때 손을 뻗어 녀석의 볼을 만지지 못한 것이 후회스러웠다. 하지만, 그것 역시 허상이 아니던가? 이미 영혼이 되어버린 아이가 어떤 몸을 빌려 나에게 다녀간 것인지도 모르겠다. 하여간 이제는 모든 것이 눈에 보이지 않는다. 어린 시절에 읽었던 문장인 '정말 중요한 것은 눈에 보이지 않는다.'라는 말이 이토록 가슴에 와 닿는 것인 줄은 정말 몰랐다. 나는 흔적만을 찾아오는 삶을 살았다. 하지만 흔적을 남기지 않는 것들이, 눈에 보이지 않는 것들이 더 중요할 수 있다는 생각이 들었다.

28 사
랑
을
위한 여생

어떤 동물은 수백만 년이 지나도 자신의 흔적을 온몸으로 남겨 둔다. 화석과 같은 것이 그렇다. 동물의 흔적을 찾아다니던 내가 결국 내 발자국을 통해 청춘의 시간들을 돌아보니, 그 발자국은 결국 인생을 걸어온 어지러운 흔적들이었다. 들짐승이나 날짐승의 발자국보다도 더 선명하게 남아 있다. 그 발자국을 따라가다가 결국 자기 자신을 보았다.

우리는 어청도에 다시 왔다. 섬은 고스란히 모든 것을 그대로 간직하고 있었다. 섬에 있으니 우리의 모습이 처음 여기에 왔던 모습이 아닐까라는 착각이 들었다.

"난 평생 참 많은 곳을 다녔는데 여기가 그 출발점이라는 생각이 드네."

"왜 그런 생각이 들어요?"

"그건 사람 때문이겠지. 저 등대도 사람을 기다리고 있는 존재니까 빛나는 것이 아닐까."

"그 여류 화가는 지금 어디에서 살고 있을까요?"

나는 아무런 대답도 하지 못했다. 그녀와 나의 관계에 대해 나영은 모르는 눈치였다.

"그래요. 할머니가 되어도 예쁘고 뜨겁게 사실 것 같아."

"하하. 참 대단한 여자였지."

"당신도 그때 그 사람 좋아했지요."

나영의 손을 꼭 잡았다. 그녀와의 일들을 이야기해야 한다. 나는 천천히 나영의 손을 잡고 말했다.

"사실은… 나 비밀이 있어. 당신에게 말이야. 그 화가는 말이야…."

나영이 내 말의 꼬리를 자르고 말했다.

"아니, 그만해요. 이제 지나간 이야기는 그만해요. 그것도 자꾸 하니까 지치네요. 세상에 비밀 없는 사람이 어디 있어요. 나도 당신에게 비밀 있어요. 노트에 적어 놓지 못한."

"그래. 비밀은 그냥 놔두는 게 좋을 거야."

"그래요. 그거 뭐, 그냥 가지고 있어요. 어떤 일이든 간에 시간이 지나면 다 사라지잖아요. 지금 이렇게 같이 있는 게 좋아요."

"그래. 그게 좋을 거야."

우리는 잠시 침묵하고 있다가 내가 먼저 말했다.

"나영아. 나… 너 만지고 싶어."

그녀는 고개를 돌려 내 희끗한 머리를 쓰다듬었다.

"아직도, 날 만지고 싶어요?"

고개를 끄덕였다. 그녀는 천천히 다가왔다. 그녀의 어깨를 잡고 힘껏 껴안았다. 그렇게 한참을 있었다. 그녀가 말했다.

"그런데 나는 이제 당신의 어디를 만져야 될지 잘 모르겠어. 당신의 몸 어디를 만져야 될지. 당신도 그래요? 왜 이렇게 떨고 있어요?"

"아니. 나는 이제야 당신을 온전히 만지는 것 같아. 당신의 몸을 이제야 알 것 같아. 당신은 내가 만난 그 어떤 여자보다 탐스럽고 아름다운 몸을 가지고 있어."

"아, 정말 따뜻해. 이제야 살아 있는 것 같아. 아, 생각났다. 당신을 만나면 만지고 싶은 곳이 있어요."

나영은 천천히 손을 뻗어 내 바지를 더듬었다. 그 손은 점점 아래로 내려가다 허벅지와 종아리를 가로지르는 흉터를, 내 삶의 깊은 상처를 더듬고 있었다. 그녀는 눈을 감고 그 상처에 손을 대고 마치 점자를 읽는 맹인처럼 움직였다. 손가락의 움직임을 느끼자 숨이 막힐 지경이었다. 그녀는 여기를 기억하고 있었구나. 속으로 되뇌었다. 그녀의 손길을 통하여 이제야 그 상처의 흉터가 지닌 의미를 알 것도 같았다. 그것은 이제는 지나간 청춘의 상처였다. 그녀의 손길이 닿자 그것은 흉터가 아니라 그동안 내가 걸어온 험한 인생길이라는 생각이 들었다. 그녀가 말했다.

"여기에 난 상처를 보고 난 얼마나 울었는지 몰라요. 그리고 당신들은 어디에 있었냐는 그 고함소리에 내 청춘은 깨어났어요. 난 아무것도 하지 않았지만 그때부터 당신을 생각하고 어느 순간 사랑하고 말았어요. 지난 세월 내내 난 가끔 이 상처를 떠올리면서 당신을 생각했어요. 그동안 살면서 얼마나 힘들었어요."

그녀를 안고 있던 손에 깍지를 끼고 가까이 끌어당겼다. 할 수만 있다면 그녀의 몸속으로 온전히 들어가고 싶었다. 아무런 흔적도 남기지 않고 그녀가 되고 싶었다. 그녀는 고개를 들어 내 얼굴에 흐르는 눈물을 두 손으로 닦아주었다. 가을바람이 차가웠다.

"다시 봄이 오겠지요."

"그래, 이제 겨울도 없이 봄이 오려나 보다. 세상이 정말 따뜻하다."

우리는 섬에 붙어 있는 바위처럼 움직이지 않았다. 꽃들이 피어나고 있었다. 바다를 건너온 새처럼 날개 달린 꽃들이 피어오르고 있었다. 꽃잎 한 장이 서둘러 떨어져 텅 빈 바다를 향해 날아갔다. 아직 등대 불은 빛날 시간이 아니다. 그대로 앉아 등롱에 불빛이 나올 때까지 있을 생각이었다. 그 불빛으로 우리가 걸어온 길이 가지런하게 보일 것도 같았다. 예이츠의 시가 떠올랐다. 인생을 비극이라고 여기는 순간 삶은 시작된다고. 시인의 말대로 그래…. 인생은 비극이다. 그리고 이제 비로소 삶은 시작되었다. 오늘부터는 사랑을 위한 여생이다. 나는 그녀와의 약속을 지키기 위해 소설을 한 편 쓰기 시작했다. 제목은 '연애 감정'이었다.

"육지의 끝이 어디라고 생각하는가?"

이 문장을 첫 문장으로 쓰기로 했다. 나영을 품에 안고 삼십 년 전에 떠올렸던 제목으로 글을 쓸 생각을 하니 심장의 박동수가 빨라지고 있었다.

그래. 아직까지는 그렇게 절망적이지는 않다. 바로 내 곁에 사랑이 있는데 어딘들 가지 못하겠는가? 그리고 새들이 날아가는 곳이 반드시 천국만은 아닐 테니까. 그곳이 지옥일지라도 날아간다는 것이 중요하지 않을까? 겨드랑이에서 날개가 돋아오르는 느낌이 든다.

지난 세월 동안 내내 웅크리고 있던 알이 깨지면서 바다와 같은 세월이 펼쳐져 있었다. 해변에 포말 치는 파도는 여기까지 오는 동안 꿈꾸었던 삶의 희망과 사랑이었다. 파도가 방파제에 산산이 부서지면서 찬란하게 무지개를 만들고 있었다. 무지개는 인간의 감정을 통해 본 아름다운 색채의 세상, 바다 위에 떠오르고 있었다.

에
필
로
그

*

　파도에 밀려온 두 사람의 사체가 어청도의 바닷가에서 발견되었
다. 뗏목에 묶인 두 사람의 시신은 신기할 정도로 깨끗했다. 서로
의 손을 잡은 채 입가에는 미소를 머금고 있었다. 바다에서 올라온
남녀의 사체를 발견한 등대원은 그들의 주검을 '살아 있는 사람들
이 잠시 햇볕을 쬐고 있는 것 같았다.'라고 묘사했다. 다소 과장되
기는 했지만 주검의 상태가 끔찍하지 않았다는 전언이었다. 어쩌
면 바다의 소금기가 그런 요술을 부렸는지도 모를 일이다.
　그 소식을 전해들은 문의 친구인 김종혁은 서둘러 섬에 도착했
다. 그는 경찰의 도움으로 두 사람의 시신을 수습해 모교의 대학병
원에서 장례 절차를 밟았다. 장례식에는 그들의 대학 동창을 비롯

해서 서문의 삼촌과 나영의 딸과 전남편이 참석했다. 종혁이 상주를 맡았고, 아프리카에서 살고 있던 서문의 여동생이 귀국해서 자리를 지켰다.

서문의 첫사랑이었던 월명 스님과 미미도 문상을 다녀갔다. 나영의 딸은 한동안 오열하더니 "엄마가 너무 불쌍하다."라고 곡소리를 내면서 식장 바닥에 그대로 쓰러져버렸다. 타자기 소녀가 한쪽으로 물끄러미 그 풍경을 지켜보고 있었지만 아무도 그 모습을 보지는 못했다. 오랜 시간 동안 서로 연락을 못하고 지내다가, 친구가 죽어서야 만나는 사람들이 서로의 안부를 전하고, 식장에서 준비한 육개장을 한 그릇씩 비웠다.

그 자리에서 남궁민과 종혁은 오랜만에 만나 어색하게 악수를 했다. 두 사람의 친구인 서문의 장례식장에서 그들이 만날 것이라고는 아무도 예측할 수 없는 일이었다. 그들은 대학 시절부터 앙숙이었지만, 미소를 짓고 있는 서문의 영정 사진 앞에서는 적어도 화해를 하는 포즈를 취했다. 남궁민은 전 부인의 영정 사진과 서문의 영정 사진이 나란히 놓인 이상한 풍경을 감당하기 힘들었다.

아무리 오래전에 헤어진 아내이고 정이 없다고는 하지만, 막상 마주하니 누군가 자신의 가슴에 대못을 박는 것 같았다. 지난 세월들이 고통스러웠다. 아주 잊었다고 믿었던 기억들이 되살아나 설치류의 날카로운 이빨처럼 마음에 굴을 파고 있었다. 그는 대학 동창생들과 합석을 한 자리에서 소주를 몇 잔 마시고는 일어났다. 문상을 마치고 나간 남궁민은 장례식장의 흡연석에서 담배를 피우면서 무슨 생각인지 깊은 시름에 잠긴 모습이었다. 종혁이 담배를 피우기 위해 흡연실에 갔다가, 주춤거리면서 등을 보이자 남궁민이 슬그머니 그에게 다가와 말을 걸었다.

"오래간만이야. 종혁이. 나와 같이 담배나 하세."

종혁은 그가 내미는 담배를 받아들면서 대답했다.

"그래, 같이 담배나 한 대 피우지. 아마 삼십 년이 넘었지. 우리가 서로 못 보고 지낸 지 말이야."

"글쎄. 그 정도 되었나. 저기 가서 앉아 이야기 하세. 요즘엔 류마티즘 때문에 다리가 아파서 말이야. 오래 서 있으면 불편해."

종혁은 그러자고 했다. 남궁민은 타들어가는 담배를 들고 말했다.

"두 사람이 저런 식으로 같이 있을 거라고는 상상하지 못했네."

"나 역시. 그런 생각을 하지는 못했지. 대학 시절에 있었던 일이 지금까지 이어지리라고 누가 상상하겠는가?"

남궁민은 참담한 마음이 들었는지 긴 숨을 내쉬고는 말했다.

"그녀의 행동들이 이제야 이해가 좀 되는구만…. 사실 결혼 생활이 평탄하지 않았어. 아이를 낳고부터는 무슨 일인지 도대체가 곁을 주지 않았단 말이야."

종혁은 남궁민의 말을 듣고 고개를 가로저었다.

"그게 서문 때문은 아닐 거야."

종혁이 이야기하자, 남궁민이 말했다.

"그래. 그렇겠지. 이렇게 두 사람의 영정 사진을 보니까 화가 나기도 하지만, 두 사람의 인생이 참 가엽다는 생각이 드는군. 그리고… 종혁이 자네에게도 내가 미안한 게 많아. 정말 미안하네. 사과하겠네. 여러 가지로 말이야."

종혁은 고개를 끄덕였다.

"그건 서로 마찬가지지 뭐. 하여간 그런 말을 먼저 해주니 고맙네. 내가 미안한 게 많았어. 서로 잘 맞지 않는다고 너무 심하게 행동했네. 나도 미안하네."

두 사람은 다시 담배 한 대를 같이 나누어 피우고 자리에서 일어나 악수를 하고 헤어졌다. 언제 보자는 말도 하지 않았다. 다만 먼지같이 남아 있는 악감정이 정리된 것 같아 둘 다 마음이 개운해졌다. 장례식이 끝나고 화장을 한 백골 가루를 김종혁과 서문의 여동생을 비롯한 몇몇 지인들이 어청도에서 배를 빌려 푸른 바다에 뿌려주었다. 그렇게 두 사람은 다른 나라로 떠났다. 남궁민과 종혁은 그 자리에서 다시 만나 바다를 바라보고 있었다. 두 사람이 알게 된 이후, 처음으로 같은 곳을 바라보는 모습이었다. 그곳이 바로 바다였다.

**

며칠 후, 종혁은 서문이 보내온 편지를 읽고 있었다. 그 편지는 서문의 바지 주머니에서 발견되었다. 방수용 팩에 있어 훼손이 되지 않았다.

논설위원실의 책상에 보관하고 있던 서문이 생전에 남긴 소설 원고를 물끄러미 바라보았다. 깔끔하게 프린트를 해서 철끈으로 묶어 놓은 원고였다.

"문아. 그래도 이거 하나는 남겼구나. 그렇게도 문학을 뿌리치더니 결국은 한 편을 쓰고 갔으니, 그리고 내가 있어 너를 보니 그리 나쁜 인생은 아닌 것 같다."

종혁은 다시 편지를 내려다보면서 마치 서문이 앞에 있는 것처럼 행동했다. 그는 후배가 타 준 종이컵의 커피를 마시면서 '이것이 너의 유서가 되는구나. 참 무심한 녀석이야.'라고 혼잣말을 중얼거리면서 다시 한 번 문의 편지를 천천히 읽기 시작했다.

육지의 끝이 어디라고 생각하는가? 아마 자네는 해변이라고 생각할 거야. 하지만 이곳에서 살다 보니, 육지의 끝은 섬이라는 생각이 드네. 섬은 육지의 마침표라는 생각 말이야. 육지에서 멀리 떨어진 섬처럼 인간은 언젠가는 세상과의 인연에 마침표를 찍는 법이지. 그걸 나는 적멸이라고 부르겠네. 그래, 자네가 생각한 대로 나는 지금 다른 세상을 마주하고 있다네. 막상 마주하고 있으니까 그리 무섭거나 허망하지도 않아. 바다 위에 떠 있는 구름처럼 말이야. 혹은 바다 위에 떨어진 눈물처럼 한생이 그토록 투명하게 맑아질 수가 없네. 눈물 한 방울이 온 바다라는 생각을 하게 되었으니…. 여생이 그리 허무하지는 않네.

마지막으로 우리가 광화문에서 만났을 때 내가 자네에게 이젠 떠나겠다고 하니, 날 보던 그 표정을 잊을 수가 없네. 자네는 마치 영혼의 얼굴을 보듯이 나를 바라보았지. 그리고 소년처럼 눈물을 몇 방울 흘리던 모습. 너무나 고맙고…. 자네와 같은 우정이 있으니 내가 얼마나 행복한 사람인지 이제야 알 것 같아. 그동안 정말 고마웠네. 가을바람이 차네. 지금 자네 곁에 있는 사람을 소중하게 여기면서 잘 지내게나.

자네 생각이 자꾸 나서 자네에게 내 마지막 문장을 보내네. 그저 한 번 읽어버리고는 태워버리게나. 누구에게 보여주기 위해 쓰는 글이라기보다는 그저 내 넋두리를 자네에게 이야기하는 기분으로 이 감정을 정리하고 싶네. 글의 형식은 내 감정을 정리하는 에세이로 하겠네. 그게 좋을 것 같아. 하긴 편지라는 것이 다소 감상적인 에세이이긴 하지.

이제 이사를 가는 것 같아. 이사를 가기 전에 이런저런 물건들이나 책을 챙기는 기분을 잘 알지 않는가. 정리되어 있을 때는 별거 없는 것 같은데 말이야. 꺼내놓으면 감당하기 힘든 그런 이삿짐을 정리하는 시간이네. 그런데 말이야. 오십 년을 넘게 살아온 한 인생을 옮기는데 너무 가져갈 것이 없어. 그저 이 세상을 살면서 산짐승처럼 기슭에 몇 개의 발자국을 남긴 것 같은 기분이 드네.

지금 촛불을 밝혀놓고 있다네. 며칠 전부터는 전기를 쓰지 않고 있지. 나는 그녀의 병상에 촛불을 밝히고 딱 그만큼의 밝기로 그녀를 보고 있어. 어쩐지 시간이라는 것이 눈에 보이는 동물처럼… 유기체라는 생각이 드는 거야. 그건 아마도 그녀가 내 앞에서 천천히 죽어가고 있기 때문일 거야. 반추해보면 얼마나 아름다운 생명이고 몸이었느냔 말이야. 그녀의 몸은 이제 피부와 뼈만 남아 있는 것처럼 보이네. 어느 순간부터 그녀는 곡기를 끊어버렸네.

그것은 일종의 선택이라고 생각하네. 나는 그녀의 판단을 존중하고 지켜보고만 있네. 얼마 전까지만 해도 기적을 바라면서 신께 기도를 올렸지만. 그 간절한 바람은 신의 뜻이 아닌 모양이네. 그녀는 이제 그녀가 걸어온 길처럼 여겨지네. 긴 몸이 누군가의 길이라는 생각을 하네. 그래. 사람의 팔이며 다리, 얼굴에 모두 길이 있네. 그 길이 곧 흔적이기도 하지.

인생은 결국 흔적이고, 과거란 흔적들이 연결된 방향이라네. 그녀의 마지막 모습은 장엄한 일몰의 바다에 번지는 노을빛 같은 것이네. 참 아름답네. 정말 아름다운 인간이었던 한 여자가 내 곁에 누워 있네.

얼마 전부터는 나영은 극도의 고통에 시달리고 있네. 비명을 지르고, 누군가를 원망하는 말들을 주문처럼 쏟아내기도 하네. 그러다 다시 잠잠해지고, 다시 발작과도 같은 광기가 그녀를 괴롭히고 있어. 몸에 자신의 손톱으로 상처를 내서 항상 손톱 관리를 해야 하네. 하지만 이런 그녀의 행동마저도 이제는 다 받아들일 수 있네. 간혹 정신이 들면 내 품에서 어서 죽고 싶다고 하소연을 하면서 운다네. 그럼 나는 그런 그녀를 안고 등을 토닥거리면서 잠시라도 잠에 들게 하지.

그녀가 고통스러워하는 모습을 이제는 더 이상 지켜볼 수가 없네.

"초를 켜요."

"응. 그래. 그런데 왜?"

"초 하나를 켜고, 그 시간 동안만 나를 봐요. 그리고 나를 다른 세상으로 보내줘요. 이젠 그래도 될 것 같아. 너무 고마워요. 이렇게 곁에 있어줘서 말이에요."

"그럼, 당신이….."

"울지 말아요. 울지 마. 나를 고통에서 벗어나게 해주고…. 지금은 그것이 사랑이에요."

나는 그녀의 손을 꼭 잡았네. 손바닥과 손바닥을 마주하니, 정말로 몸이 이어지는 기분이 드네. 자웅동체의 어떤 세포처럼 말이야. 나는 그녀를 바라보다가, 너울거리는 촛불이 꺼지자 천천히 그녀의 목을 졸라 고통으로부터 벗어나게 해주었네.

자네는 짐작도 할 수 없을 거야. 통증이라는 거 말이야. 고통은 곁에 있는 사람까지 손을 벗어 목을 조르는 악마의 손길이네. 그녀가 이제 막 숨을 거두었네. 그녀는 선물을 받은 아이처럼 미소 짓고 있네. 얼마나 고통스러웠으면 죽는 순간에 저러한 미소를 짓는단 말인가. 그녀의 임종을 지켜보면서 나는 촛불이 꺼져가는 걸 그저 물끄러미 바라보다가 어둠 속에 웅크리고 있다네.

다시 한 번 그녀의 숨결을 느껴보네. 아, 전혀 미동도 없구나. 이제는 그녀가 아주 사라진 것인데 내 앞에 있는 그녀의 육신은 온기가 느껴지는 것 같기도 하네. 아니 차갑다. 그래 차갑구나. 온기라는 것은 살아 있는

397

내 손바닥의 감각일 뿐이겠지.

우리 속담이라고 해야 되나? 하여간 죽어야 철들 놈이라는 욕이 있는데 말이야. 그건 어쩌면 모든 사람에게 적용되는 금언처럼 여겨지네. 그동안 내 생을 반추하면서 비로소 몇 가지 사실을 발견했네. 말 그대로 죽을 때가 되니까 철드는 거지. 참 절묘한 인생이네.

이제 내가 이 섬에서 발견한 이야기를 전해주려고 하네. 이 글을 마치면 우리들이 준비한 뗏목을 타고 바다로 나가야 할 시간이네. 나는 바다 위에서 숨을 거두려고 하네. 그녀를 끝까지 지켜야 되겠다는 책임감이 날버티게 하고 있네. 그나마도 이제는 희미하지만 말이야. 지켜야 할 대상이 사라지니까 마음이 참 편해지는구나. 이게 사람이지.

나는 섬에서 내가 한평생을 쫓아다닌 늑대 발자국을 발견했네. 그래 처음에 여기에 왔을 때 봤던 그 늑대였는데 말이야. 계속 쫓아가보니까. 결국 벼랑 끝에 녀석이 나를 보면서 서 있더군. 짐승이 이빨을 드러내면서 으르렁거리고 있는데, 곧 죽음을 맞이할 나는 그 사나운 모습이 두렵지가 않았네. 나는 천천히 늑대에게 다다가 손을 내밀었네. 늑대는 나의 행동을 보고는 잠시 경계를 하더니 내 손에 얼굴을 부비더군. 고양이처럼 말이야.

그 녀석을 만지면서 나는 말할 수 없는 감정에 휩싸였네. 평생 그 정체를 보지 못했던 섬 늑대가 내 앞에 있다니 말이야. 이것은 사진으로 남길 수도 없는 일이고 누구에게 이야기하기도 어려운 그런 신비한 이야기라네. 마치 아일랜드의 시인 예이츠가 보았다는 켈트 신화의 요정들처럼 짐승의 몸에 사람의 얼굴이 붙어 있는 것 같은 착각이 들었단 말이야. 늑대는 사람의 얼굴을 하고 있었네. 마침 일몰이 지고 있어서 잘 보이지가 않았네. 그게 누구인지 자세히 보려고 하는데 늑대는 그대로 내달려 바다 속으로 들어가버렸네. 섬의 절벽 아래에 늑대가 떨어진 자리에 잠시 파도가 일고 다시 바다는 고요해지더군. 그 자리에 나는 혼자 서 있었네. 난 알고 있다네. 그 늑대는 나의 마지막 여생이었다는 것을 말이야.

이제야 모든 것이 정리되는 기분이 들었네. 그것은 나 역시 그녀를 따라 다른 세상으로 간다는 의미이기도 하지. 가만히 둬도 얼마 살지 못하겠지만 인간으로 할 수 있는 마지막 선택을 내가 하네. 그녀의 시신은 무척 가벼웠네. 이미 살을 내려버린, 뼈가 지탱하고 있는 육체를 뗏목에 묶고 나란히 누워 그녀의 손을 잡았네. 이제 우리는 어디로 가는 걸까? 알 수 없는 일이지만, 다만 이것은 알 수 있네. 나는 지금 이 세계에서 천천히 내 손으로, 나의 선택으로 사라지고 있는 중이라는 것을.

이제 나는 육체에서 영혼을 떼어내려고 하네. 그것이 바다에서 이루어지니 얼마나 행복한지 모르겠네. 미리 준비한 알약을 삼키고 편안하게 누웠네. 의식이 점점 멀어져가고 있네. 바다는 어머니이기 때문이지. 내 병약한 어머니가 바다에서 나를 받아들이는 느낌이 드네. 바다에서 내 영혼은 바다가 되어 출렁일 거야. 그럼 자네가 언제든지 나를 볼 수 있다는 말이기도 하지. 영혼이 떨어져 나간 내 육체는 물고기들의 식량이 되었으면 좋겠어. 그럴 수 있다면 내 영혼이 조금은 덜 부끄러울 것 같으니까 말이야. 그게 인간이 바다와 한 몸이 되는 길이기도 하고, 아무런 흔적을 남기지 않는 유일한 길이니까 말이야.

바다에는 흔적이 없다네. 이 얼마나 아름다운 세상인가. 바다는 고해
이기도 하지만, 화엄이기도 하다네. 이젠 내가 바다가 되고 있다네. 이 황
홀한 순간을 자네에게 보여주지 못하는 것이 안타까울 정도야. 이젠 편지
를 그만 써야겠어. 이 편지를 내 품에 간직하네. 혹시 자네가 볼 수도 있
으니까 말이야. 그럼 이제⋯ 잘 지내게.

한동안 편지를 손에 쥐고 있던 손바닥에 땀이 차 편지지가 젖을
지경이 될 때까지 있었다. 그리고 해가 질 무렵이 되자 라이터를
켜서 편지를 태웠다. 편지 용지의 끄트머리에 붙은 불길이 점점 올
라오면서 흰 종이가 고스란히 타들어가고 있었다. 한 인간의 진정
성이 담긴 문장이 타오르면서, 마치 노을처럼 붉은 기운이 온 방에
퍼지고 있었다. 종혁은 유리 탁자 위에 타버린 편지를 떨어뜨렸다.
손길에 닿은 불길이 뜨겁다.

그는 기사 마감 시간을 재촉하는 후배 기자의 얼굴을 보고 "알았
다."라고 말하고는 다시 노트북으로 손길을 옮겼다. 노트북에 적은
기사의 첫 문장은 서문의 편지에 적힌 마지막 문장이었다.

"삶을 비극이라 여기는 순간, 우리는 비로소 삶을 시작한다.
⋯그 삶을 사랑하라."

푸른 연금술사의 사랑

이 소설은 청춘의 조각들로 만든 모자이크 소설이다. 구름 한 조각, 떨어진 꽃잎, 깨진 수박 한 덩어리, 유리 파편 같은 기억과 상처들을 하나씩 연결해 보니 제법 긴 이야기가 되었다. 대부분 젊은 날들의 흔적이 모여 길을 만들었다. 어떤 조각은 손으로 만지니 너무 날카로워 피가 배어 나온다. 그 고통이 나를 여기까지 밀고 온 것이다.

이젠 청춘의 시간을 지나, 갈 길은 먼데 날이 저문다는 일모도원 日暮途遠의 때이다. 그 낙엽 같은 시간들이 내 앞에 남아 있다. 하지만 그 메마른 시간을 태워 아교처럼 풀을 쑤어 이야기의 퍼즐 조각을 맞추어보았다. 한참을 지나고 나서 생각하니 청춘은 푸른 연금술사처럼 고통을 사랑으로 만들었다. 《연애 감정》은 연금술이기도 하다. 담금질을 하는 자세로 고치고 또 고치기를 몇 번 반복했지만, 이야기의 이음새가 거칠어서 한참을 더 다듬어야 되는데, 그만 내고 말았다. 더 이상 주저할 수가 없었기 때문이다.

낙엽이 불에 잘 타는 이유는 물기가 메말라버렸기 때문이다. 신록과 녹음의 시절이 지나 이젠 나도 건조해져서 어디서건 떨어져버릴 것 같은 위기감이 든다. 하지만 불을 지피는 마음은 예민한 감정으로 축축하게 젖어 있다. 그 마음을 가만히 살펴보니 달팽이가 지나간 촉촉한 자리 같기도 하다. 땀과 눈물의 세월 탓일 것이다. 이런 식으로 사유를 확장해 나가니 밤하늘에 별이 빛나거나 파도가 바위에 포말 치는 이유도 다 하늘의 어둠과 바다의 고통을 바탕으로 하고 있다.

'상처 없는 영혼이 어디 있으랴'라는 구름바지를 입은 시인의 말처럼, 그 누구라도 청춘의 상처는 있을 것이다. 그것을 지금까지 간직하고 있는 사람들에게 이야기를 바치고 싶었다. 비단 중년이라는 생물학적 나이 때문이 아니다. 젊은이나 늙은이나 연애 감정을 잘 간직하고 산다면 인생이 덜 비참할 것이다. 이것이 내가 쓰고 싶었던 연애 감정의 속살이다. 피부와 달리 속살은 만지면 아프다. 그 시절이 아름다웠다고 추억하고 싶지는 않다. 그것은 피부가 벗겨진 살처럼 추하고 더럽기도 했다. 그래서일까. 그때 품었던 감정은 더 어려운 인생을 살면서 용기를 주는 순수한 힘을 가지고 있었고, 그 청춘의 피부 위에 우리는 미당의 푸른 꽃과 붉은 꽃을 문지르면서 살아온 것이다.

이상한 일이다. 세상의 다른 일은 무섭도록 빠르게 지나가는데, 남녀 간의 연애 감정만은 제자리에서 뿌리를 내리고 있는 나무의 모양을 닮았다. 오늘 오후에 공원을 산책하면서 본 한 쌍의 청춘남녀는 삼십 년 전의 내 모습과 그대로 일치하고 있었다. 연애 감정은 시대와 인종을 구분하지 않는다. 심지어 한 쌍의 짐승에게도 연애 감정이 있다고 나는 믿는다. 나무나 풀, 돌과 하늘, 온 우주도 마찬가지다.

고대, 중세, 근대의 연애는 신분과 시대의 차이마저 넘어서버린다. 중세의 귀족들이나 현대인들의 연애 감정은 번역이 필요 없다. 눈빛과 행동이 단어와 문장이고, 키스와 섹스가 단락이다. 이런 덩어리진 마음이 우리를 이 척박한 시대에 살면서도 간혹 하늘을 올려다보게 하는 이유이다. 이 소설은 지금도 가끔 지나간 옛 연인을 생각하는 사람이 읽었으면 좋겠고, 그것을 아예 잃어버린 사람들이 읽는다면 더 좋겠다. 어쩌면 당신의 감정을 되살릴지도 모르기 때문이다. 그런 마음이 든다면 올 여름과 그 전의 겨울 내내 원고를 쓴 내 고통이 조금은 줄어들 것이다. 알고 있을 것이다. 당신을 진정 사랑하는 사람의 눈빛을 말이다. 이 소설은 연인의 눈빛 같은 소설이다.

그리고… 어떤 일을 앞두고 지금은 너무 늦은 것이 아닐까 하고 생각하는 독자에게 하고 싶은 말이 있다. 갈 길은 먼데 날이 저물고 있다면 밤길을 가자. 그 길 위에는 별빛이 찬란하리니.

2016년 가을
놀이 번지는 임진강변에서
원재훈